JN302584

ジャパニーズ・アメリカ

移民文学・出版文化・収容所

日比嘉高

Hibi Yoshitaka

新曜社

ジャパニーズ・アメリカ——移民文学・出版文化・収容所＊目次

Ⅱ　サンフランシスコ、日本語空間の誕生

装幀――難波園子

凡例

1　引用に際して漢字は新字体に、変体仮名は現行の平仮名に改めた。傍点・圏点などは必要でない限り省略した。

2　本文中の引用は「　」で括った。引用文中の日比による補いは〔　〕で示した。引用文中の〔…〕は前・中・後略を、／は原則として原文改行を表わす。用字あるいは意味上明らかな誤りと認められるものは〔　〕で訂するか、〔ママ〕のルビで示した。

3　作品名は「　」で表記した。ただし書名を指す場合は『　』を用いている。雑誌・新聞名は『　』を用いた。

4　〈　〉内は概念語かキーワードを示し、引用・作品名以外の「　」は強調か留保を示す。

5　参考文献は、本文中では「浅見淵（一九六八）」「（石川　一九八六）」などと略記し、巻末の「主要参考文献」においてその書誌を示した。

序章　海を越える文学――移民・書物・想像力

吾らは新しい文芸の創造者であると云ふ自負心の下に吾らの決心をもつ。
吾らは日本歴史を背景として米大陸の舞台で踊るダンサーである。(1)
――翁久允《おきなきゅういん》「移民地文芸の宣言」より

1　旅をする本と出会う

一つの個人的な思い出から、書き起こそう。米国UCLAの東アジア図書室の窓際の席で、私は一冊の本を手に取った。二〇〇二年のことだ。出納をお願いして出してもらったのは、田村松魚《しょうぎょ》の『北米の花』(一九〇九a)という書物だった。

私はこの本のことを以前から知っていた。しばらく前、永井荷風についての論文を書いたときに、明治時代の文芸時評が永井荷風の『あめりか物語』とこの『北米の花』を比較しており、田村松魚の作品を手ひどく評価していたことを覚えていたからだ。いわく、「荷風が欧大陸の新芸術の香を十分に身に染めて来たとは違つて、松魚には幾何の進境をも認むるに難い」(2)。永井荷風の『あめりか物語』も、田村松魚の『北米の花』も、どちらも新帰朝者――あらたに帰国した外遊者――の文学的成果だが、荷風は新しく、松魚はあいかわらず古い、というわけだ。

私はこの本をデータベースで見つけ、意外な場所で旧知の作品を見つけた思いに打たれて、本を書庫から出すよう申請した。そして手にとって読み始めてしばらくして、自分が以前とはまったくちがう目でこの本を読み始めていることに気づいた。私は数年前には、日本に住む日本人の日本文学研究者として、永井荷風と田村松魚の本を読み、評価していた。一方いま、米国の一時滞在者として、日系移民たちの歴史と経験を考えながら田村松魚の『北米の花』を読んでいる。前者の視線で見れば、たしかに『北米の花』は、さして参照するに当たらない本だった。しかし、後者の目で見れば、明治期の移民たちの経験を、なかなかするどく、そして文学者ならではの筆致で書きとどめた興味深い文芸作品だった。

驚きはさらに続いた。ざっと全体に目を通し、あらためて内表紙の表題のページを眺めると、私はそこに一つのスタンプがあるのに気づいた。「ツーリレーキ日本語圖書館」、日系人を強制収容したキャンプの、図書室の蔵書印だった。私は突然、私の手元にあるこの書物が、途方もなく長い旅を経て、いま私の手元にあるのだということに気づいた。一九〇九年九月に東京築地活版製造所で印刷されたこの本は、当時の大手出版社博文館から発売され、書店を通じてか、個人の携行物としてかはわからないが――当時の書物流通については第2章で詳述しよう――太平洋を越えて、米国に住む日系移民の架蔵となった。そしてこの『北米の花』は、幸いにも廃棄や焼却の憂き目に遭うことなく、一九四二年を迎えた。この年、米国の日系移民の大半が、強制収容所に送られる運命となった。日本と米国とは開戦していた。収容所に送られる人々の手荷物はいちじるしく制限されていたが、この本を持っていた人物は、その限られた荷物のなかに、この本を入れたらしい。あるいは、別の場所に保管してあったそれを、キャンプへとわざわざ送ってもらったのかもしれない。そして鉄柵を超えて収容所に入った『北米の花』は、図書室の蔵書となった。この本を、キャンプの無聊にまかせて、手に取った人はいただろうか。

戦争は終わり、収容所は閉鎖され、そしてこの本はまた新しい旅に出た。一つ目のスタンプを発見した後に、よく見てみれば、この本には他に「読書倶楽部／Japanese Library, Limoneira, Co., Santa Paula」というスタンプと、「日本語学園協同システム蔵書／Japanese Language School Cooperative System, Inc.」という二つのスタンプがあった。後者は比較的新しい。前者も詳細はまだわかっていないが、日本人コミュニティの読書サークルか図書室の蔵書だったことを示しているようだ。いくつかの書架を渡り歩き、この本は今、どのような形でか米国西海岸を代表する大学の一つであり、アジア系文学の研究拠点の一つであるカリフォルニア大学ロサンゼルス校（UCLA）の、研究図書館 Young Research Library 内の East Asian Library に収蔵され、読者の手に取られることを待つ身となった。そして二〇〇二年、日本から来た物好きな男の要求で、久方ぶりに棚から引き出され、明るい窓際へ出て来ることになった。

本は旅をする。私は、心の深い部分でそれを実感した。本は空間を超え、そして時間を超える。この本をどれだけの人々が手に取っただろうか。彼／彼女は、どのような場で、どのような思いでページをめくっただろうか。手から手、眼から眼への、時と場所を越えた連鎖の先に、私はいた。この本、いままさに私の手元にあるこの本は、人々の経験が堆積する、歴史そのものだった。

2　研究のねらい

本書は、日系アメリカ移民の日本語による文学活動についての考察である。すなわち、日本で生まれたり、日本で教育を受けた人々が、米国において日本語で書いた文学作品を考えようとするものである。一般には、そのような文学があったこと自体が、よく知られてはいないだろう。またなぜそのような一風変わった文学が生まれたのか、そしてそのような文学を、なぜ研究しようと思ったのか、についても疑問が生じて当然といえるかもしれない。日系アメリカ移民の日本語文学とはどのようなものか。そしてその文学を、私はこの本でどのように扱おうとしているのか、順を追って示してみたい。

『ジャパニーズ・アメリカ』という本書のタイトルは多義的である。英語ではこのタイトルは「Japanese Americas」と複数形で書かれるべきものである。日本（人）のアメリカ、という意味を持つこの題名は、前者の「日本（人）の」と、後者の「アメリカ」の双方を考え、かつ両者が取り結んだ入り組んだ関係を考える意味をこめて選ばれた。「日本」「アメリカ」双方の、日常的な意味における自明さをいったん括弧にくくり、その輪郭を問い直すところから出発する。

ここでいう「ジャパニーズ」は、「移民」という移動した主体を起点に考えられている。はたして、人は自分の国を出て他国に住み始めたとき、なお元の故国の「国民」／「民族」なのだろうか。そうではなくなる、としたらいつからだろうか。逆に、そうである、としたら、他国で「（故国の）国民」／「民族」であり続けるということはどのようなことなのだろうか。

移民は、特別な存在で、「普通」の国民ではない、と考える人もいるかもしれない。移民を起点に「ジャパニーズ」＝「日本国民」「日本民族」を考察するのには問題がある、と。だが、日本の近代の歩みを思い起こすべきである。琉球処分以降、帝国主義国家としての近代日本の歩みは、海外への軍事的・非軍事的侵出と、そうした海外侵出域（植民地も居留地も含む）との間に打ち立てた緊密な社会的、経済的、文化的紐帯の利用と切り離せない。その紐帯には海外侵出域との間の人口移動も含まれている。日本から出て行く流れにせよ、日本へ入ってくる流れにせよ、移民――のちに述べるように私はこの言葉を広い意味で使っている――は、近代日本のあり方と切り離すことはできない。

一方、アメリカ Americas という表現についても、説明が必要だろう。近年のアメリカ（史）では、「アメリカ研究の多言語的転回」（Multilingual Turn in American Studies）という象徴的な言葉などで語られる捉え直しの動きがある（Sollors 1997）。「アメリカ」を単線的な歴史を持つ、一枚岩的なものとしては捉えず、「異なった複数の文化が接触し相互交渉し合うことによって変容する」あり方に力点を置き、「「アメリカ Americas」の多くの異なった社会システムと文化的属性」を尊重しようという方向性である（Rowe 1998, 一三頁）。

日系アメリカ人の日本語文学についての関心も、こうした「多言語的転回」の一部としてある（Kobayashi 2005, 三頁：Marx 2002）。ジャパニーズ・アメリカは、その他のチャイニーズ・アメリカや、コリアン・アメリカ、フィリピーノ・アメリカ、ブラック・アメリカ、ラティーノ・アメリカなどの複数のアメリカ Americas などと並列的に、また連関してとらえられながら、「アメリカ」という存在そのものを複雑な構成として捉え直そうとする研究の流れのなかにおかれている。本書がこの言葉を用いるのも、そうした複数の「アメリカ」のあり方を、さらに掘り下げて考えていくことが、もくろみのひとつとしてあるからである。

それゆえ、『ジャパニーズ・アメリカ』というタイトルを持つ本書は、日本人がアメリカでいかに活躍したか、とか、米国における日系人の苦難と成功の歴史、とか、日本（人）にとってアメリカがどれだけ重要か／重要でないか、とかいうような内容を期待する読者には、多少ならず戸惑いを覚えるようなものになるだろう。私はここで、「日本（人）」も「日系人」も「アメリカ（人）」も、確固たるアイデンティティを備えた統一体とは考えていないからである。ましてや、北米の日系人が、日本人としての心を失っていないだとか、日本文化をしっかりと守って生きているだとか、そういう幻想を作りあげるつもりもない。

こうしたナショナリティをめぐる本書の方向性は、日系アメリカ移民の日本語文学という個別の領域についての方向性でもある。どの人文社会学系の領域でも同じ傾向にあると思うが、研究する対象は今なお国別、地域別で編制される傾向にある。文学の場合も、日本文学、アメリカ文学、フランス文学、韓国文学、中国文学、というように国別で研究されており、学会もそのように組織されている。この体制のもとでは、当然、〈境域〉にある文学は視野の隅におかれる。日本で生まれて米国に移動した人々の文学、ハワイで生まれて日本で教育を受けて米国に戻った人々の文学などといった、周縁的で、何かと何かの境に位置してしまうような文学は、そのどちらの側からも、取り扱いがされにくい。多和田葉子の提示した「エクソフォニー」という概念が注目を集めるなど変化の兆しはあるが、大きな研究の流れにはなっていないのが現状である（多和田 二〇〇三）。〈境域〉にもさまざまあり、その地域における文学の生産や研究のあり方も多様である。たとえば日本の近代文学研究の場合でいえば、東アジア地域における帝国／植民地時代の文学については、比較的研究の蓄積がある。朝鮮半島や、旧満洲、台湾の日本語文学などは、日本の帝国主義文化の批判的研究の対象として、精力的に考察が進められている。だが、米国移民の日本語文学はそうではない。ほとんどの研究者が、そのような文学が存在することさえ認識していない。作家・作品の絶対量が少なく、著名作家も存在しない。これは、予備知識なしに作品を読んでも面白いような、いわゆる名作が存在しないということでもある。いってみれば、日系アメリカ移民の日本語文学とはマイナー文学なのだ。

では、なぜそのようなマイナーな文学を研究するのか。

簡単にいえば、私は、彼らの残した文学からいくらかの批評性を、いま引き出すことができると考えているからである。その批評性は、彼らの文学が〈境域の文学〉だということに由来する。彼らの文学は、さまざまなものの狭間で書かれた。日本と米国、祖国の文化と新世界の文化、日本語と英語、出稼ぎと定住、移動と定着、日本への愛憎、米国への愛憎、「日本人」のアイデンティティと「米国市民」のアイデンティティ。数え上げればきりがない。彼らの文学は、境界をまたぐ文学であり、接触領域の戸惑いと混交を描く文学であり、囲い込もうとする思考や固定したパースペクティヴに揺さぶりをかける文学である。

本書の研究の特色は、〈境域の文学〉としての日系移民の文学を、たんに文学作品の内容分析だけからは迫らないという点にある。もちろん、作品の分析は本書の重要な課題であり、大きな比重を占める。二つの文化、二つのベクトルの狭間でゆれる彼らの文学は、そのストーリーの展開、描き出される事件、引用される現実、想像力の質、用いられる比喩、登場人物の造形、さまざまなレベルにおいて、詳細な分析に値する。以下の各章において、私は可能な限り、その表現の肌理《きめ》を解きほぐそうと試みた。

その一方で、彼らの文学を考えるのに際し、「文学」というものの内部でだけ考えていたのでは、その越境性が十全につかみ取れないというのが、本書のもう一つの主張である。見ず知らずの異国へ出稼ぎや留学に出かけたとして、そこでいきなり「文学」ができるかどうか、想像してみるとよい。いったい何を書き、何を読めばいいというのか？「文学」として生み出されるはずの作品を、どう発表し、どう分かち合えばいいというのか？「文学」が社会的営為として成り立つためには、それを支える文化的基盤《インフラストラクチャ》が必要である。たとえば書かれた原稿が、作品として共有され享受されるためには、書き手と読み手をつなぐメディアが必要だ。手綴じで作られる回覧雑誌のようなものであれば別だが、読者規模が一定数を超え、地理的にも拡散したならば、媒体の複製が必須である。雑誌か、新聞か。紙はどうするか？活字は？製本は？「文学」が再生産され永続していくためには、創作の側だけ見ていたのでは足りない。なにかを創り出すには、材料や発想の源となる刺戟がつねに必要だ。それは人が運んでくるかもしれないし、書物が運んでくるかもしれない。過去の時代の、そして同じ時代を生きる多種多様な書物が、仲間が、創造行為の霊泉となる。では、そうした人は、書物は、どこからどのようにやってくるのか？

　このような観点から移民地の文学を考え始めたとき、それが可能になるためには、海を越える人とモノと情報のトランスナショナルなネットワークが必要だったことが見えてくる。人を運ぶ船、モノを運ぶ車、手紙を運ぶ国際郵便網、書物を運んで売る業者たち、そうしたさまざまな人や運輸システム、社会的制度が連動し合ってはじめて、異国にあって日本語で文学作品を書き、読むという行為が可能になる。日系アメリカ移民の日本語文学を考えることの面白さは、こうした文化的なインフラストラクチャの問題と、文学の問題とを同時に考えられる、考えねばならないところにある。

　そして、このことは、ひるがえって考えれば、日本において日本語で書かれる文学――すなわち「日本文学」――であっても、米国にあって英語で書かれる文学――「アメリカ文学」――であっても、同じことがいえるのではないのか。

日系移民の文学にまつわるもう一つの〈境域性〉は、考察の対象のレベルではなく、研究を行なう研究者のレベルにおいても存在する。移民を研究する研究者の集団として日本で最大のものは、日本移民学会である。そこに参加する研究者たちの顔ぶれを見れば一目瞭然だが、移民研究は多分野の研究者が相互乗り入れを行なう領域としてある。社会学、歴史学、人類学、地理学、教育史、宗教学、文学研究、音楽研究、その他さまざまな専門分野の研究者が、それぞれの観点から参加し、知見を持ち寄る。

文学研究者としての私がそこで悩まされるのは、はたして文学の研究は、そうした学際的な空間にどのような寄与ができるのだろうか、という問いである。文学研究、とくに近代文学研究は、文学作品の精読とそれによってもたらされる新たな読みの発見を主要な課題としてもっている。多くの研究者が同一の作品の読解を競い合うことから、より精細な、より意外な読みが、歓迎される。ところが、このような文学研究の主たる特徴は、それ以外の分野の研究者にとって、まさに異文化そのものだ。ある作品のアクロバティックな解釈を延々と聞かされて、それを他分野の研究者が自身のフィールドに、どのように生かせるというのか。

もちろん、近年の文学研究は、メディア研究や出版文化研究、読者研究、あるいはフーコー的な言説分析との境界が消える傾向にあり、他領域の研究者と成果や論点を共有することは容易になってきている。本書のいくつかの章も、こうした傾向にあるはずだ。

だが、文学研究は、文学作品の表現の精読に関わる部分で、本当に他領域に寄与できないのだろうか。それが、本研究を進めながら私が考えていたことだった。たしかに、同僚である文学研究者を暗黙の読者として書かれる作品分析の論文は、あまりに自閉的で、他分野には通じない話となっていくことは間違いない。

だが私は、移民研究に関していえば、文学作品のもつ二つの特徴を焦点として介在させることによって、作品の精読を通じてでも他領域との対話が可能になるのではないかと考えている。

一つは文学のもつ広範な描出力に注目することである。これは人が残す意図的な「記録」というものの性格と対比させるとわかりやすいだろう。公的な記録にせよ、私的なそれにせよ、特別な出来事は書き残されやすいが、当たり前の日常は書きとどめられることなく通り過ぎ、気がつけば失われている。過去の市井の人の日記が、しばしば歴史研究で重視されるのはこの事情による。

文学の表現が抱え込む叙述の広がりは、こうした意図的な「記録」とはまったく性質が異なるものである。小説は、あるテーマに基づいて設計され進行するが、それが一つの作品世界としての広がりと幅を持つためには、テーマとは必ずしも関係しない些末な細部が必要であり、それが作品のリアリティを支える。そしてこの細部にこそ、失われた時代の日常性や、記録には残りにくい人々の心情が宿っている。短歌や俳句、川柳についてもそうだ。身近な題が設定され、大量に、かつ集団的に競作されるなかで、これらの短詩形文学は、人々の身辺にかつてあり、いま失われた日常の端々や、それにまつわる感性や記憶、思いを書きとどめている。文学作品の表現の肌理を読むことから、私たちはそうした人々の過去の経験を仮想的に再構築することができる。

そしてもう一つ私が重視するのが〈想像力〉の問題である。〈想像力〉というと、現実の社会や人々の生活からかけ離れた、空想かなにかの問題のように聞こえるかもしれない。私が本書のいくつかの章で考えたいと思っているのは、そのような現実と交渉を持たない想像力ではなく、現実そのものと深くからみあいながら、ものごとを動かしていく動力となるような〈想像力〉の問題である。

こうした社会的な力としての〈想像力〉を扱ったもっとも著名な著作の一つは、B・アンダーソンの『想像の共同体』だろう。よく知られているように、アンダーソンはこの著書のなかで、国民国家形成に際し、人々がみずからを「国民」として想像することの重要さを説いていた（アンダーソン 二〇〇七）。近年の論考では、国民国家の内部的「領土」と「辺境」「飛び地」とをつなぐ想像力の問題を論じた、アルジュン・アパデュライ（二〇〇四）が参照されるべきだろう。アパデュライは、メディアとオーディエンスが織りなす流動的な関係のなかに立ち上がる〈想像力〉に注目し、それを個人や集団が自身の実践とグローバルな諸力とを折り合わせていく「係争（contestation）の空間」（一二頁）として捉えようとした。メディアが国境を越え、そのオーディエンスが世界各地に散在するようになった時代に、そうした離散的な人々がいかに共通の、あるいはずれを含んだ集団として自分たちを構成・想像するのか。アパデュライが問うのは主に現代の問題だが、規模や速度こそ違え、本書のあつかう二〇世紀の太平洋両岸においても、同様の問題意識をもつことは十分に可能だろう。後述するように、この時代のメディアは、われわれが想像する以上に緊密で速力のあるネットワークを、日米の読者たちの間に打ち立てていた。

ここで私が重要だと思うのは、「帝国の時代は、経済的・政治的現象であるばかりでなく、文化的現象でもあった」と述べたホブズボームの指摘である（ホブズボーム 一九九三、一〇七頁）。送出人口や地域分布、送金額や移民法などのような移民史の個々の事実・事例については、たしかに物語と想像力の分析が寄与できる点は少ない。しかし、移民は近代世界の政治的、経済的構成要素であったと同時に、文化的要素でもあった。それゆえ、移民のもつ「象徴的な意味」（同、一一五頁）を考える必要が出てくる。たとえば、移民にまつわる政治的経済的言説は、しばしば移民というものが保持していた文化的記号性を流用していたはずだ。

文学は、〈想像力〉と切り離せない。それはときに奔放で現実味のない世界を描くが、どのような作品であれ、それが生み出された時代や社会と結び目を持たない作品はない。作家たちが描く、ありえたかもしれない過去、こうあってほしい未来、懐古的な昔語り、意味もないかに見える日常のスケッチ、目を背けたくなるような事件、極端な人物あるいは類型的な人物、悲劇へと向かうストーリー、都合のよい大団円——、どのようなものであれ作品は、それを生み出したコンテクストとの間になんらかの関係を樹立する。その関係性を読み解くことが、文学研究がみずからに課す一つの課題だ。

そして大切なのは、こうした〈想像力〉、またそれを用いる文学作品は、たんに現実の反映として受け取られるべきではない、ということだ。むしろそれらは、現実を構成していく諸力の一つとして捉えられなければならない。文字の形で定着され、メディアに載り、運ばれ、行きわたり、そして読み手たちの〈想像力〉を駆動し、時に組織化する文学の力は、人々の生の上に、しばしば決定的に重要な役割を果たす。強制収容所に入れられた人々は、なぜ歌を詠み、詩を書き、小説を発表したのか。なぜそれらのアマチュア詩人・文士たちの作品が掲載されたガリ版刷りの雑誌が、数百〜千数百部も売れたのか。文学の表現が喚起し、明視させ、組織化できる、人々の感情やビジョン、記憶がある。そしてそうした捉えがたいが、たしかに存在し力を発揮した移民たちの〈想像力〉の領域を、文学の研究はまさに論じることができるのだ。

3　日系アメリカ移民略史

ここで、本書の主要な議論の対象となる、日系アメリカ移民について簡略に概要を述べておこう（移民地におけるメディアや写真花嫁の問題など、個別の下位領域の歴史は、各章で詳述する）。

日本人が米国へ向かいはじめたのは、一九世紀末である。一八六七年にパシフィック・メイル社がサンフランシスコ〜横浜〜香港間を結ぶ太平洋航路を開設して以来、日本郵船、東京汽船などが次々とアジアと北米を結ぶ便を開設し、神戸、横浜など日本の各港が、その国際航路のなかに組み込まれていく（第2章参照）。

船が通うようになり、商人や初期の留学生たちが渡米を始め、一八八五年からは日本とハワイ王国との間で結ばれた労働協約により官約移民がハワイへと渡った。官約移民の終了後（一八九四年）には、民間の移民会社などが参入して私約移民が行なわれ、渡米者の数も増加する。ここでいう明治期の「移民」は「出稼ぎ」を多く含んでおり、後の定住移民をイメージするべきではないことに注意が必要である。「移民」の定義をどのように行なうかについては、移民研究においても議論があり、[3]「出稼ぎ」「植民」「一時滞在」などとの線引きは難しい。

自由意思かそうでないか、定住者としてそこに住み続けるかあるいは故郷や別の場所へ移動していくか、など「移民」を規定するための対比的条件を考えてみても、実際には状況が複合していたり、気持ちや意思のゆれがあることも多かったはずである。同様に、「日系アメリカ人」と呼ぶのか、「在米日本人」と呼ぶのか、という問題もある。現在を起点とし、日系アメリカ人の歴史をたどれば、そのパイオニアたちは「一世」になるが、一方で彼らは国籍の面からも自己規定の面からもアメリカに住む「日本人」だった。これらの問題については永井荷風の例をとりあげて第5章であらためて論じるが、本書では「移民」をあえてゆるやかな概念として用いている。明治期の出稼ぎ者たちは、自分たちのことを「日本人」だと考えており、一定の貯蓄を行なったあとには「帰国」するつもりであって、自身が「日系アメリカ人」だ、「一世」だ、などとは考えてもいなかった。しかし、本書は彼らをも時に「移民」と呼び、必要に応じて「在米日本人」とも「日系アメリカ人」とも呼ぶ。彼らの置かれた位置は同時代的にも複数性をはらんでいたし、現在から歴史的にまなざす場合にも多様な側面をもちうる。その規定の難しいあり方、境界区分の困難な位置取りこそが、彼らの歴史と文化の特徴であり、魅力であり、また批評性の源であろう。

日本から北米への移民数は、経済的要因（不況、就職難、貧困など）、社会的要因（地縁・血縁者による誘引、出稼ぎが多いといった地域社会の特色など）、政治的・外交的要因（契約労働などの国家間の取り決めなど）など複雑な要因が絡まり合って推移する。一八八〇年代には数十人―六〇〇人程度、九〇年代はほぼ一〇〇〇―二〇〇〇人、一八九九年と一九〇〇年にそれぞれ六六〇六人、一万五〇一人とピークを迎えるが、その後一九〇〇年代の一〇年は二〇〇〇人弱―九五〇〇人超の間を上下する。一八九〇年代の上昇は労働移民が、一九〇〇年代の上昇は学生や商人が支えていた（ウィルソン／ホソカワ 一九八二）。彼らが従事した労働は、農園の下働き、鉄道敷設、鉱山労働、林業、漁業などだった。米国国勢調査（U. S. Census）の数字では、日系アメリカ人の人口は表1のようになっている。(4)

一九一〇年ごろから定住指向が力を増し、独身男性が中心だったコミュニティの性格が変化し始める。移民たちは家族を作り始め、米国生まれの――ということは米国人の――次の世代、二世たちが誕生する。しかしこうした西海岸を中心とした日系移民集団の増大は、帝国日本の海外侵出のイメージと連動しながら、米国の保守派の警戒感を高めていく。労働移民の移入を制限した一九〇八年の日米紳士協約、一九一三年のカリフォルニア州外国人土地法、一九二〇年の写真花嫁向けの旅券発行停止、そして一九二四年にはすべての日本からの移民を禁止する排日移民法が可決され、ここに戦前の米国移民史の幕が下ろされた。むろん、これは日本からの移民が来なくなった、ということを意味しているだけで、すでに米国に住んでいた日系人たちの人生が続いていったことは当然だ。文学の面から見ても、一九二〇年代三〇年代には邦字新聞の文芸欄や同人雑誌などにおいて活発な活動があった。一九四一年、日本軍がハワイ真珠湾を奇襲し、日米が開戦した。米国の日系人たちは国内に住む潜在的な「敵」とみなされるようになる。一九四二年、大統領ローズベルトが署名し、軍事地域に指定された地域からすべての人々を排除する権利を陸軍長官に与える行政命令が発効した。これが日系人だけに適用され、約一一万人の日系人が立ち退きを迫られ、その多くの人々が戦争終結までの数年を強制収容所で暮らすことになった。以上が一九四五年までの米国日系移民史の概略である。

年	人口
1900	85,437
1910	151,832
1920	220,284
1930	278,465
1940	284,852
1950	325,976
1960	464,332
1970	588,324
1980	716,331
1990	847,562

表1　日系アメリカ人人口（U. S. Censusによる。ただし1960年以前はハワイを含んでいない）

米国への日本人移民の流れを、より巨視的に見てみる視点も有用だろう。近代日本の国際人口移動史の観点から見れば、米国は労働力の国外移動の候補地として想定された、朝鮮半島、旧満洲、台湾、中国、樺太、南洋、オーストラリア、カナダ、メキシコ、ブラジル、アルゼンチン、ペルー、ボリビアなどといった諸地域の一つとしてある。明治初期から始まり、一九二四年の米国の排日移民法によって終息した米国への日系移民の流れは、時期を違えつつも重なり合うように存在したこれらの国々・地域への移民／植民の流れの一部だった。琉球処分、台湾割譲、遼東半島租借、韓国併合とつづく明治期における帝国日本の海外への侵出は、その地域とのあいだの人口移動を活発化したが、これと平行して明治中期には米国への出稼ぎ・遊学がブーム——「渡米熱」——となった。米国への移動が難しくなると、人の流れは朝鮮半島や旧満洲へ多くなり、第二次世界大戦後はブラジルへと移った。

米国への移民史の観点からもとらえ直してみよう。[5] 米国への移民の流入は、大きくいって、北西ヨーロッパからの「旧移民」と、南東ヨーロッパおよびその他の地域からの「新移民」とに分けて整理される（もちろん、移民以前に先住民が居住しており、黒人奴隷貿易によるアフリカ系人口の流入もある）。「旧移民」、すなわちイギリス、ドイツ、アイルランド、北欧三国を主たる送出国とする人々は一八八〇年代までをその中心とする。一方、一九世紀後半からはロシアやポーランド、イタリア、オーストリア、ハンガリーなどの南東ヨーロッパからの「新移民」が流入の中心となる。たとえば一九一〇年には、米国人口九二〇〇万人に対し、「一年間に百万人の移民が入ってくる状況」（野村達朗 一九九二、九五頁）だった。

こうした移民送出地域の変化は、一九世紀から二〇世紀初頭にかけてのヨーロッパにおける農業・工業の大きな構造変化と人口爆発とによってもたらされた。農業不況によって農民が流民化し、出稼ぎ労働者として都市部や隣国へ流出するというパターンは共通するが、近代化の進展の時期のずれによって、その流れの向きが変わっていく。経済的により不安定な地域から出稼ぎ労働者が多く現われる。こうしたヨーロッパにおける大きな構造変化は、アメリカなどの新世界の経済とも連動していた。「［一九世紀後期の］運輸革命を背景として、ヨーロッパの先進諸国の食糧市場をめがけて、アメリカやアルゼンチン、カナダ、オーストラリアなどの新開地から安い農産物が大量に輸出されるようになり、農産物価格が低落し、ヨーロッパの農村は農業不況の奈落の底につき落とされた。こうして壊滅的打撃を受けた多くの農民が土地を手放して、流民化し、出稼ぎに出た。しかし国内に働き口が少なく、国外に向かう者が増えたのである」（野村達朗 一九九二、九八頁）。これが米国へやって来たヨーロッパ出稼ぎ移民たちの背景だった。
そしてこの背景は、実はかなりの部分で日本からの移民送出の構造と共通していることにも気づく。日本からの出移民の背景に、松方デフレによる農民の疲弊や、就職難、人口問題など、ヨーロッパの後発工業国が抱えていた問題と共通の社会問題が存在していた。(6)

新国家アメリカ合州国の姿はまだまだ大きな変容の途上にあった。日本を起点にして、そこから出て行く移民の姿だけを見ていると、ホスト社会であるアメリカ合州国は、すでに完成された一つの社会であるかのように見える。だが、その米国の姿は、まさに日本人移民たちが盛んに海を渡っていたその時に、新大陸をはさむ大西洋と太平洋とのあいだで打ち立てられつつあった経済圏との関係のなかにおいて、形成されていたのである。

4　日系アメリカ移民文学とその研究史

海を渡った日系移民たちは、はたしてどのような文学を残しているのだろうか。一つの詩を読んでみよう。

油のつきかゝつたランプが絶え入りさうな幽愁の光をこの狭いルーム一ぱいに漂せて居る
何処から忍び込んで来るのか死人の膚のやうな冷やかな風がそつと身体のぐるりを廻つて居る
俺れは仕事著〔ママ〕の儘で燈の下の机に両臂で頭を支へながら考へ込んで居るのだ
机の上の夥しい煙草の吸殻やフイスキー〔ママ〕ボトルなどを眺めて
俺れは何をして居るのだらう？
この亜米利加で何を求めやうとして居るのだろ〔ら〕う？
解らないさつぱり解らない、空虚だ空虚な生活だ

而し俺れがかうして働いて居る事は事実だ営々として毎日々々
下等な毛唐共にジヤツプ〳〵と嘲笑と侮蔑の頤先で仕事が遅いとせき立てられドントークなど、どなり立てられて働いて居る事は確な事実だ俺れはさうして働いて何を得たかナツシング
俺はもう真面目に働く事が厭になつて来たさうして虚偽な外面的な辞令を云ひ交して交際して行かねばならん周囲の人達からも遠《とおざか》つて行きたいさうして閉め切つた幽愁と孤独の中に只一人浸つて居りたいのだたとへ廻避だと云はれても臆病だと云はれても
而し俺れはすぐ生活と云ふ事を考へずに居れない明日の生活に差支へる俺れなのだ俺ればかりではない国元の家族の生活にも差支へを生ずるのだ
俺れは悲しい俺れは生活するのみに喰ふ事にのみ追れて生きて居るのだ動物的に。この荒涼とした三千哩外の亜米利加に
（九頁）

引用したのは、巴丹杏という署名をもつ著者による、「圧迫」という詩である。『レモン帖』という一九一六―一九年ごろにカリフォルニア南部の町アップランドで刊行されていた詩雑誌に掲載された（一九一七年六月号）。巴丹杏の経歴については残念ながら不明だ。だが、日系アメリカ移民の作家・詩人のなかに、それだけで食べていけるプロフェッショナルの職業創作家はいない。全員が、なにかの仕事のかたわら、文芸創作を行なっていた。この詩の、主人公のように。
生活のために働くことはしばしば苦しく、二〇世紀のアメリカでは厳しい人種差別にあうこともある。貯蓄のためか、故国への送金のためか、留学のためか、アメリカで生活を送るためか、その目的はさまざまだろうが、生きていくためには働かなくてはならない。だが、その目的は、ときに見失われる。「俺れは何をして居るのだらう？　／この亜米利加で何を求めやうとして居るのだらう《ら》？」人に交わり、生きるための糧を得る一方で、

心の内に空虚さや疑問を抱えてしまう。それは万人にある程度共通の経験といえるだろう。そしてこうした空虚さや懐疑を抱えたときのために、人はさまざまな紛らわす術を、それぞれにもっている。ある人々にとって、それは文学だった。「俺れは悲しい俺れは生活するのみに喰ふ事にのみ追れて生きて居るのだ動物的に」という嘆きを、文字にし、紙に写し、人に配り、読ませる。そのプロセスのなかで孤独は癒されるのか深まるのかわからないが、北米の日系移民たちのなかには、労働の世界と併せて、もう一つ、文学の世界を創り出す者たちがいた。それは一九世紀末に早くも始まり、現代の同人誌にまで連綿として至っている細くも長い流れだ。

本書が考察しようとしているのは、そのほとんどがそうした労働や生活と隣り合わせになっていた文学である。いいかえれば、アマチュアたちの文学といってもよい。したがって、職業作家たちの作品のように、高度な文体の洗練は期待できないし、創作の支えとなる知識の蓄積も十分とは言えない。ときにそれは、故国の流行の後追いをしたり、露骨な影響のもとで生み出されたりする。

オリジナリティを重視し、作品の自律的な〈強度〉——たとえばコンテクストの情報なしでも面白く読ませる力——に価値を置く立場からすれば、日系アメリカ移民の日本語文学のなかに評価に値する作品は数えるほどしか存在しまい。しかし繰り返せば、彼らの文学の面白さとは〈境域の文学〉の面白さである。一つの文化が、他の文化と接触する領域。そこでは、ある文学の枠組みが、異なるコンテクストに置かれることにより変容していく。そしてそうした移動と変容の背後には、複層的な文化的基盤が広がっている。

さて、ここで研究史にも目を転じておこう。日系アメリカ移民の文学は、これまで文学研究の世界でどのように考察されてきたのだろうか。(7)

日系移民文学についての記述は、同時代に書かれた移民史の一節として現われる。早いものでは、竹内幸次郎(一九二九)がシアトル文壇についての詳しい記述をしていたり、移民地の新聞社が出していた年鑑の類いが、各地域の文壇の概観をまとめている。戦前の比較的整理された史的叙述としては『在米日本人史』(在米日本人会一九四〇）がある。もちろんこれらは、人名や団体名の記録として、あるいは当時の雰囲気を伝える資料としては価値が高いものの、研究として分析的に書かれたものではない。

戦後、日系移民から精力的に聞き取りをし、資料を集めて編まれた書籍に、伊藤一男（一九六九；一九七二）がある。「第二十七集　西北部に興った文学運動」（伊藤　一九七二、八三―一一二頁）に移民地の文士のプロフィールが紹介されていたり、数多くの俳句、短歌が転載されている。邦字新聞やジャーナリストの紹介もある。出典が明らかでないため少々使いづらいが、同書にしか載っていない情報も多く、参照が必要な書籍である。

文学研究の領域で、日系アメリカ移民の日本語文学を牽引してきたのは、やはりアメリカ文学研究者や一部の比較文学研究者である。日系アメリカ移民の英語文学については、米国を中心に研究の蓄積がある。ただ本書が対象とする日本語文学は、米国においては日本語で書かれているという言語障壁のために研究者の数は多くない。したがって、アメリカに関心を持ち、かつ日本語に堪能であるという、日本人のアメリカ（文学）研究者たちが、まずはその魅力を発見し、考察を重ねてきたという経緯がある。一九八〇年代から作品分析だけでなく、資料の掘り起こしも積極的に行なってきた研究者に篠田左多江《さたえ》がいる。「日系アメリカ文学の歴史」（篠田　一九八〇）などの概観があるほか、個別の論文も多く、山本岩夫と共編した雑誌復刻（後述）の功績もある。また比較文学研究者の藤沢全《まとし》は、非常に早い時期に書かれたこの領域の単行図書において、情報量の多い網羅的な叙述を行なっている（藤沢　一九八五）。

個別作家としては翁久允についての研究が早く、蓄積も厚い（第8章で詳述する）。日本へ帰国した後も故郷富山を拠点に長く活動した翁には、没後に編まれた全集も早い時期に存在する。久允の次女逸見久美が日本近代文学の研究者であり、評伝や論考を発表している（逸見　一九七八；二〇〇二）。翁の関連資料の復刻も始まっている（逸見久美編　二〇〇七）。翁には他に稗田菫平（一九九四）があり、また山本岩夫を中心とした立命館の研究チームによる資料整理と考察の成果がある。ただし翁研究は突出して多く、その他の作家でこれほど研究が集まっている例はない。

一九九〇年代から研究の量が増加する。日系アメリカ文学を通時的に見渡そうとする試みとして植木／佐藤ほか（一九九七）があり、アジア系アメリカ文学全体を射程とした論文集、アジア系アメリカ文学研究会編（二〇〇二）で篠田左多江や中郷芙美子らが日系移民の日本語文学についても論じている。篠田左多江と山本岩夫編の労作『日系アメリカ文学雑誌集成』が充実した解説と解題、総目次付きで不二出版から復刻されたことも大きな成果だった（篠田／山本編 一九九七、篠田／山本共編著 一九九八）。これにより一九三〇年代の同人誌『収穫』から、強制収容所時代の『若人』『怒濤』『鉄柵』『ハートマウンテン文芸』『ポストン文芸』、戦後の『NY文芸』『南加文芸』が容易に閲覧できるようになった。

最近の動向としては、歴史研究者の粂井輝子が「在米日本人「移民地文芸」覚書」の連続論考をはじめ、積極的に論文を発表している（粂井 二〇〇五ほか）。いずれも詳細な調査に基づいた重要な考察が多い。篠田左多江も「強制収容所内の文学活動」に関する連続した論考（一九八七から）や「黎明期のハワイ日系日本語文学」（篠田 二〇〇七）など継続して研究を問うている。水野真理子は翁久允など日本語文学と英語文学双方を視野に入れながら、一八八〇年代から一九八〇年代にいたる文学史的な変遷を論じる単著を発表した（水野 二〇一三）。クリスティーナ・バシルの博士論文は、二〇世紀初頭の四人の文学者――保坂帰一、翁久允、永井荷風、前田河広一郎――を取り上げ、太平洋を渡る日本人のディアスポラ的な性格に注目しつつ、テクストの描き出す日本人移民たちの複数性、混淆性を論じている（Vassil 2011）。ジュンコ・コバヤシは、博士論文で戦前の同人誌『収穫』から強制収容所時代、そして第二次世界大戦の一九五六年までの日本語文学を論じ、文学作品が日系アメリカ人の複雑な心境を仮託する空間となっていたことに注目している（Kobayashi 2005）。このほか、永井荷風や田村松魚、ニューヨークの邦字雑誌の調査考察を行なっている佐藤麻衣（二〇〇九ほか）、俳句など短詩形文学を中心にハワイにおける文芸活動を追っている島田法子（二〇〇八ほか）、一世世代の和歌をジェンダーの観点から分析する一政《いちまさ》（野村）史織（二〇一一）、カナダの日本語文学の研究を進める日高佳紀（二〇〇八）、日本語文学について広く概論的な考察のある山本茂美（二〇〇七aほか）、最初期のハワイ日系日本語文学を論じた北川扶生子（二〇一三）、野本一平（二〇〇二）など、多様な研究が現われつつある。

本書『ジャパニーズ・アメリカ』の特徴の一つは、日本近代文学の研究者による、この分野の研究書だということになるだろう。私が先行研究の蓄積に学ぶなかで不満に思ったことの一つは、同時代の日本文学の動向にほとんど注意が払われていない、ということであった。移民たちは、アメリカ文化のなかでのみ生きていたのではない。彼らは故国の文物を積極的に輸入し、耽読していた。日系アメリカ移民の日本語文学を考える上で、近代日本文学の知見が必要であることは間違いないだろう。

そして文化的基盤への注目が本書の一つの焦点である。すでに述べたように、作家と文学作品だけではなく、移民地において〈文学〉が可能になった社会的・文化的な諸装置を本書は明らかにしようとしている。具体的には邦字メディアや書店を中心とした出版文化が考察の対象となっている。こうした研究の方向性はこれまでには存在していない。

実証的な研究が多いなか、私自身が批評理論に関心を持っていることも、研究の方向性に相対的な特色を持たせているかもしれない。批評理論の枠組みを主軸として演繹的に論じるようなやり方はしていないが、本書の問題意識の背景には、ホミ・バーバやポール・ギルロイ、ガヤトリ・スピヴァクらのポストコロニアル理論、アントニオ・ネグリ／マイケル・ハート、アルジュン・アパデュライのグローバリゼーション研究、ジョルジョ・アガンベンの例外状態論などについての理論的関心があり、各章の考察のなかで適宜参照している。

5　本書の概要

本書の内容を簡単に概観しておこう。各章はおおむね時代順に並び、一九〇〇年前後から一九四五年までを扱っている。

「I　アメリカに渡る法」では、移民が移民となるそのプロセスを考えている。「第1章　移民の想像力──渡米言説と文学テクストのビジョン」では、明治期の渡米ブームの背景にあった渡米案内書などの言説と、渡米物語の想像力を検討する。「第2章　船の文学──永井荷風の「船室夜話」から」では、船中の物語を読む。出発はしたが、まだ目的地にはたどり着かない、という宙づりの状態にある船中は物語を誘発する。なお、船の物語については第7章でも有島武郎の「或る女のグリンプス」を扱っている。

「II　サンフランシスコ、日本語空間の誕生」では、日系アメリカ移民文学たちの日本語文学の重要な文化的基盤となった、移民地の日本語新聞と書店の分析を行なう。「第3章　移民一世の日本語新聞と文学」では、移民地における出版物と日本国内の出版物の移入の状況を概観しながら、サンフランシスコの邦字紙『新世界』の文芸欄の考察を行なう。「第4章　移民と日本書店──サンフランシスコを中心に」では、日本語による情報網の一つの結節点としてあった移民地書店（「日本書店」と本書では呼ぶ）の活動のようすを調査分析した。「第5章　ある日本書店のミクロストリア──五車堂の場合」は、その具体例として、サンフランシスコの日本書店「五車堂」の詳細な分析を行なう。

「III　異土の文学」の「第6章　一世、その初期文学の世界」では、これまでほとんど考察されることがなかった一九一〇年以前の初期移民文学のありさまを考察する。故国の文学がもっていた輪郭線が、移民地でのそれといかに共通し、いかに異なるのか。内輪性と公器性の共存、遊戯性と風刺性、修辞的「慣性」と写実性（当地性）との葛藤などを鍵としながら、その特質を論じる。

「第7章　漱石の「猫」の見たアメリカ」で扱う作品は、これまでほとんど顧みられなかった作品だが、非常に面白い。漱石の「吾輩は猫である」の主人公吾輩は、オリジナル作品の末尾ではビールを飲んで溺死する。ここで取り上げる保坂帰一の「吾輩の見たる亜米利加」では、その「吾輩」が実は生きており、偶然の経緯で横浜から船に乗って米国へ移民（移猫）する。二〇世紀前半のサンフランシスコ日本人町のエンサイクロペディアともいうべき様相を持つこの大部の作品を読み解く。

第8章および第9章では、一般に世捨て人風の偏屈作家のイメージがある近代文豪、永井荷風の青年時代の作品を取り上げる。いまや永井荷風が日本語で書いた日本人の作家であることを疑うものはいないが、彼は渡米していた青年期、実は帰国するかどうかを真剣に迷っていた。「第8章『あめりか物語』は「日本文学」か？」では、若き永井壮吉の軌跡と、残された『あめりか物語』をもとに、日本人／在米日本人／日系アメリカ移民の境界線を考える。「第9章　転落の恐怖と慰安──永井荷風「暁」を読む」では、短篇「暁」を、荷風がありえたかもしれない移民地における近未来の自分をシミュレートした作品として捉え直す。

「第10章　絡みあう「並木」──太平洋両岸の自然主義文学」は、移民地の日本語新聞に連載された短篇小説、岡蘆丘の「並木」を検討する。この作品は、島崎藤村の同名の小説「並木」を下敷きにしている。藤村の「並木」は、二〇世紀初頭の東京で、並木のように刈りそろえられて規格化されていく人間の悲しみを描いたものだが、そのモチーフを、岡は同時代のロサンゼルスにおける日本人移民の苦境に節合させている。太平洋両岸の自然主義文学の対比を読み解いていく。

「第11章　洋上の渡米花嫁──有島武郎「或る女のグリンプス」と女の移民史」では、有島武郎の小説を論じながら、移民史の書かれ方のジェンダー・バランスについて再考を試みる。出稼ぎで始まった渡米の歴史は、その人口構成比の偏りと、もともと日本人社会がもっていたジェンダー・バイアスによって、男の歴史として書かれがちだった。渡米花嫁の移民史を概観しつつ、海を渡る女への想像力──しばしば偏った──の問題を取り上げる。

日系アメリカ移民を代表する文学者は、と問われれば、おそらくほとんどの研究者がまず指を屈するのが翁久允である。一九二四年に帰国し、その後の長い生涯を日本で送った彼を、一つの国／地域に縛りつけて論じることは本来難しいはずであるが、彼が一九一〇年代に提唱した「移民地文芸」が、その発想の枠組みとして移民地の日本人文化を論じる際に非常に重要であるのも確かだ。「第12章　移植樹のダンス――翁久允と「移民地文芸」論」では、文化的な自立と混成が入り交じり、育ちつつある二世たちへの視線も含みこむ彼の文芸論の射程を捉える。

「第13章　望郷のハワイ――二世作家中島直人の軌跡」は、米国生まれの二世作家を取り上げる。井伏鱒二の友人として、また帰国にまつわる記念出版騒動の人物として、昭和文学史にわずかに名を残す中島直人だが、彼の文学の面白さは「昭和文学」という枠組みからは見えてこない。ハワイと日本のはざまに生まれ、はざまに生きて死んだこの人物の人生と作品は、〈境域〉から放たれるかすかな声として、いまも私たちが耳を傾ける価値がある。

本書の最終章に当たる「第14章　〈文〉をたよりに――日系アメリカ移民強制収容下の文学活動」では、第二次世界大戦中の日系人強制収容と、その収容所における〈文《ふみ》〉の意味を考察する。〈文〉は、ここで文章であり、手紙である。まさに例外状態である強制収容所のなかで、人々はさかんに書き、交換し、読んだ。手紙を書き、便りを待ち、図書室を作り、同人誌を発行し、句会・歌会・柳会を開いた。なぜ人は、そのような危機的な状況におかれているにもかかわらず、読み、書くのか。〈文〉をたよりに生きた被収容者たちの経験を考えたい。

＊

ジル・ドゥルーズとフェリックス・ガタリはその著書において、〈マイナー文学〉の特徴の一つとして次のような点を数えている。

すべてが政治的だということ〔…〕その小さすぎる空間は、ひとつひとつの個人的な事件が直接に政治に結びつくようにさせている。したがって個人的な事件は、まったく別の歴史がそのなかで働いていれば、それだけ一層必然的で、不可欠で、顕微鏡によって拡大されたものになる。

（ドゥルーズ／ガタリ 一九七八、二八頁）

私が本書の各章で取り上げる作家や作品は、一部を除いて、日本近代文学やアジア系アメリカ文学の研究者にとってさえ、マイナーすぎるものたちだ。だが、私はそうしたマイナーな存在を、単なる物好きや「発掘」の目的だけをもって、好んで取り上げたわけではない。個人的で小さな空間に、政治や歴史が織り込まれている、そのありさまにこそ面白さと難しさがある。本書の各章の記述はしばしば専門的で、こまかな調査報告も含んでおり、決して読みやすくはないと思われる。だが、そうした細部なしには、移民文学を考えることの本当の価値は汲み出せないだろう。

I　アメリカに渡る法

第1章　移民の想像力――渡米言説と文学テクストのビジョン

1　アメリカへ――

中学を中退したものの職もないまま、岩手県渋民村で病後を養っていた石川啄木は、一九〇四年一月、米国にいる野口米次郎に宛てて長文の書簡を送った。啄木は野口の第三詩集『From the Eastern Sea』を読んで感激し、同年の一月一日にはこれを論じる評論「詩壇一則」を『岩手日報』に掲載していた。野口への手紙はその余勢を駆って書いたものらしく、次のように訴えていた。

あゝ然し、私の胸にはまた新らしい病が起りました。外でもない、それは渡米熱と申す、前のよりも重い強い、呵責の様な希望です。(1)

この頃の啄木は「渡米熱」に取り憑かれており、(2)他にも「生（啄木）は本年の秋か来春は太平洋の彼方、ロッキイの山走る国へまゐらんと存ずる故」云々（同年四月一五日付小沢恒一宛、五二頁）などという手紙を友人に書き送っていた。

ほとんど同時期にアメリカを目指した青年の姿を、次は文学作品のなかから見ておこう。

無情《つれな》い運命も、今は丑松の方へ向いて、微《すこ》し笑つて見せるやうに成つた。あの飯山病院から追はれ、鷹匠町の宿からも追はれた大日向が――実は、放逐の恥辱《はづかしめ》が非常な奮発心を起させた動機と成つて――亜米利加《アメリカ》の『テキサス』で農業に従事しようといふ新しい計画は、意外にも市村弁護士の口を通して、丑松の耳に希望《のぞみ》を囁《ささや》いた。(3)

島崎藤村「破戒」の結末近くの場面である。主人公・瀬川丑松は、被差別部落出身というみずからの出自を生徒たちの前に告白したのち、勤め先の小学校へ進退伺いを出した。その彼のもとへ降って湧いたように訪れたのが、上記のテキサス行きの話であった。

予備知識なしに読めば、突拍子もなく思われるこの「テキサス」の一幕だが、しかし小説には注意深く当時の社会的文脈への通路がうめこまれている。(4)テキサスにあるという「日本村」、そこへ向かう人の流れ、彼らの出自、そして動機づけ――心懸け次第では随分勉強することもできる――までも示されている。「破戒」は、日本からアメリカへ渡った人々の経路をたしかに書き込んでいた。

「渡米熱」――二〇世紀の初頭、明治の人々を太平洋の対岸へと駆り立てた熱病を指す言葉である。人々はなぜこの時期にアメリカを目指したのだろうか。彼らが思い描いたアメリカとはどのようなものだったのだろうか。

出稼ぎ、留学、商業、視察そのほかさまざまな形で米国へと渡った人々の

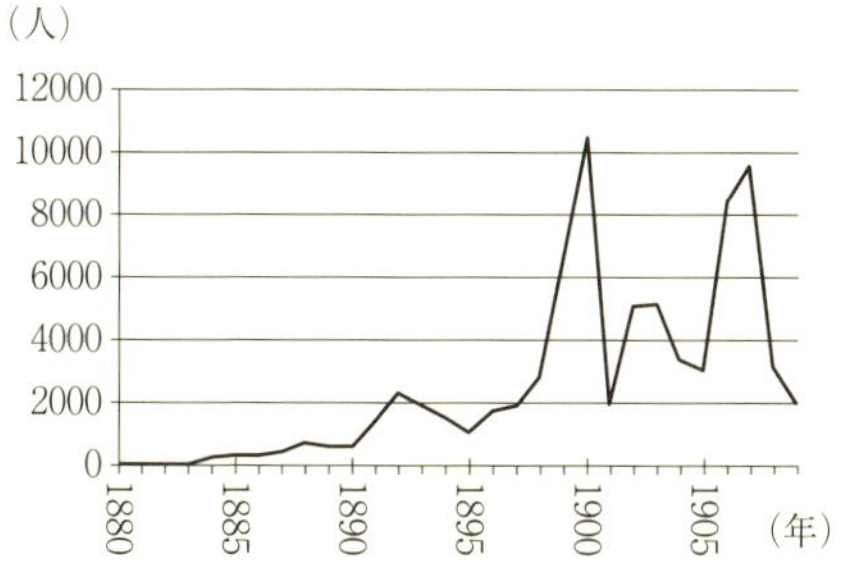

表2　米国向け旅券発給数
(ウィルソン／ホソカワ(1982)をもとに作成。人数の出典は『帝国統計年鑑』による)

流れについては、社会学、歴史学、地理学などの領域で、すでに数多くの研究が重ねられてきている。米国向けの旅券の発給数からその渡航者の数をみれば、一八八〇年代には最大でも七〇〇人超だったものが、日清戦争前あたりから二〇〇〇人を前後、一九〇〇年のピーク時には一万五〇〇〇人を数える（表2）。その直後に労働移民が禁止されて激減するものの、学生・商人の枠を利用しての渡航が増加を始め、日露戦後に二度目のピークを迎えて一万人に迫る数となる（ウィルソン／ホソカワ 一九八二、二五頁）。

これは米国のみをめざした人の流れというよりは、日清戦後に日本政府が積極的にその国民を海外へと送り出し、国内問題に対処すると同時に国外での影響力を強めようとしていた、より大きな流れの一部と捉えた方がよい（木村一九七八：一九七九）。一九〇八年の日米紳士協約によって米国への門戸が急激に狭くなったあと、人々は満洲や朝鮮、南米へと流れを変えたことからもそれは明らかである。移動の原因については、松方デフレによる農業民の疲弊、就職難、日本―ハワイ間に結ばれた官約移民の契約、移民会社の叢生、欧米式農法の修得、外貨獲得、もともとの地域社会の特色（出稼ぎの多い土地柄、など）、地縁・血縁による勧誘、人口問題など、多くの先行研究が考察を重ねている。(5) だがこれらの社会的背景についての説明は、米国への移民送出の動因究明のためには不可欠なものではあるが、なお充分ではないように思われる。

人は、経済状況の不如意や、周囲の状況のみで自らの振舞いを決めることはない。必ず、もしそのアクションを起こしたらどうなるか、という推測と検討が行なわれる。そしてその検証には想像力が介在する。アメリカとはどのようなところか、どのような人々が住み、どのような風俗をもつ国なのか。そこで自分に近い立場の人々はどのように暮らしており、どのような成果を自分は期待できるのか。むろん、そうした予想や逡巡がどの程度その人の行為を規定するかには強弱があろうが、多かれ少なかれこのような未来図を描画する作業なしには、人々の行為はなされない。渡米に際して人々が抱いたであろうビジョンを考察するためには、人々を誘った言葉の分析が必須である。それは渡米熱の「熱」の部分を解明しようとする作業といってもよい。

人は社会的条件だけでは動かないし、ときにその条件や動機が曖昧な場合ですら、大きな行動を起こすこともある。ヘンリー木山義喬の『漫画四人書生』（木山 一九三一）の冒頭の一話には、サンフランシスコに上陸した書生たちがその渡米の抱負を口々に述べる場面がある。時は一九〇六年のサンフランシスコ大震災より前。芸術研究、農業、商業と三人が抱負を述べたあと、四人目のCharlieは「故国ノ旧弊ニ飽キ共和国ノ民主的社会ヲ大ニ研究スル目的デス」（九頁）と胸を張って、だが曖昧な目的を掲げる（図1）。私はこのCharlieの言葉を、曖昧であるがゆえにリアリティがないとは考えない。彼の動機は、この後検討する青年向けの渡米奨励言説の口真似に見える。渡米案内本や渡米物語で想像力を膨らませ、その勢いで米国へ来てしまった若者の姿を、木山は一つの類型として描いて見せているように思われる。

図1　木山（1931）9頁より

本章は、明治の人々が太平洋を越えてアメリカを目指した時代を扱い、米国への移民がどのような言説の配置のなかで語られたのかを考察する。移民にまつわる想像力の分析は、これまでほとんどなされてこなかったといってよい。後述するように、渡米奨励の言説を分析する研究が「アメリカ」のイメージの検討を行ない、そこで付随的に明らかになっているにとどまる。本章はこの問題に取り組むに際し、移民史研究においてはあまり用いられることのなかった文学テクストという資料体を扱う。これにより、想像力の展開がより詳細に拾い上げられると同時に、従来の視座においては渡米に関する言説の範疇に入れられてこなかった資料や、〈移民〉としては捉えがたかった人々——渡米希望者や渡米断念者、帰国者——の姿までもが検討可能となるだろう。具体的には、アメリカへ人々を誘った言葉——以後「渡米言説」と呼ぶ——とその周囲にあった社会的動向を整理したのち、それらと文学テクストによる渡米物語との節合のあり方が、ここでの焦点である。

図2　『渡米雑誌』1905年4月号の表紙

2　誘う言葉たち

渡米案内書の世界

まずは人々を渡米へと誘った渡米案内書の検討から行なおう。立川健治の一連の研究が明らかにしたように、渡米の利益は福沢諭吉などによってすでに明治の一〇年代から説かれていたが、日清戦争後、渡米希望者が増加するにつれ、彼らに向けた渡米マニュアルの類が続々と出版されはじめる。[6]今井輝子は一八八五年前後に数種類の渡米案内書が刊行された後いったん姿を消し、一九〇一年以降再び渡米熱のうねりを受けて次々と出版されはじめることを指摘する。[7]今井が示す渡米本のリストは一九〇一年から一九一一年までの一〇年間で四〇種類を数える。もちろんこれは重版を含まない数字であり、この他に日本力行会、渡米協会、尚米同志会、東京交誠社などの渡米支援団体による雑誌や会報の類も多く出版されていた（今井 一九八四、三〇九—三一一頁）（図2）。

こうした二〇世紀初頭の渡米案内記を奨励する書物、雑誌は、人々に何を訴えていたのだろうか。渡米協会を主催し、渡米案内本の刊行や講演会など、この時期積極的に奨励活動を行なっていた片山潜の言葉を聞いてみよう。

> 渡米は現今国民多数の耳に最も強く響く所の声なり、渡米は国民中多数の青年の希望する所なり、是れ渡米熱に浮かされたる為めのみにあらず、之が原因は確乎たる事実に基づけるなり〔…〕何故に若《しか》く渡米希望者多きか是れ渡米の利益なるに依るなり、我が同胞が北米に行き往々其目的を達し得たるにあり(8)

片山は、渡米熱の隆盛ぶりを示しながら、修学、技芸修得、蓄財、ほとんどあらゆる種類の希望者にとってのユートピアとして、アメリカを想像させている。「人生の目的は北米に於て達し得ざる者なきが如し」（五頁）というわけである。

渡米案内書は、こうした楽観的なビジョンを示しながら、一方ではどのように渡米するのかというマニュアルも提示した。吉村大次郎著の二種類の案内書から、労働者向けと青年向けのバージョンを見てみよう。労働者向けの『渡米成業の手引』（岡島書店、一九〇三年二月）は「汎論」として「在米日本人の実況」を商業、農業など各分野にわたって概観したのち、「農業者の渡米」「職工の渡米」「芸術家（医師、教育家、宗教家、政治家を指している）の渡米」「銀行及生命保険会社出店の利」「労働者の渡米」「芸人の渡米」「婦人の渡米」などを並べ、最後に「在米成功者よりの近信」や見聞記を載せている。それぞれ職種に応じ具体的な情報に富んだ構成である。これに対し青年向けの『最近視察 青年之渡米 苦学者の天国』（中庸堂書店、一九〇二年一一月）では、まず「我が国青年雄飛の必要」「海外雄飛の利益」という理屈から入っている。これは中学卒業生の就職難を指摘し「貧生の運命」をちらつかせながら、「島国根性の脱却」「智識見聞の開発」「気宇の拡大」「真正なる愛国心の奮起」と精神的に奮い立たせ、かつ「米国富源の潤沢」「苦学青年の天国」というように実利をも示してみせるものだ。この後、渡航費や旅券、航路など丁寧な教示があり、もっとも一般的な学生の就労法であったスクールボーイ――一般家庭に住み込んで家事労働をしながら、日中は学校へ通う――の解説と各種学校の案内が続く。「在米青年に対する誘惑及び其の堕落」についての注意喚起も附されており、なかなか興味深い。

移民論と膨張主義の言説

吉村の『青年之渡米　苦学者の天国』にあった「海外雄飛」を訴える言葉は、国家の膨張主義の言説を想起させずにはおかない。実際、海外における個人的な成功と日本帝国あるいは大和民族の対外的な発展とを重ねる言葉は、渡米言説の常套的パターンの一つだった。

だが論を進める前に、この構図は、実は見かけほど単純ではないことに注意を払っておくべきである。正田健一郎が指摘するように、「移民をめぐる論と政策と事実〔現実の人の移動〕」との間には相互作用と差異とがある。[9]明治前期における政治家の植民地経営意識の低さを指摘する研究もあるように〔福島 一九六七〕、移民論、移民政策、実際の移民たちの動向、そして渡米奨励の言説はそれぞれ単純に短絡することはできない。明治期の海外発展の言説としては、徳富蘇峰の大日本膨張論をはじめ、南方を目指す志賀重昂、竹越与三郎らの南進論、北方に重きをおく小村寿太郎、後藤新太郎らの北進論（満韓集中論）がよく知られるが、現実には、明治の中後期においては「南」「北」どちらでもない米国が最も人気のある海外渡航先の一つであった。[10]人の動きと膨張主義的移民論の言葉は必ずしも一致しない、にもかかわらず、渡米言説の枠組みと膨張主義的移民論とは通底する部分があった、と言うべきなのである。なぜだろうか。

それは、渡米奨励の〝思想〟の言葉の大半が、主にいまだ世に出る前の書生たちに向けて語られていたからであり、外交や経済、人口制御などを論じる専門的な議論ではなく、冒険的な企図に際して精神を鼓舞することが

第一の目的である〝掛け声〟に近いものだったからである。(11)

たとえば当時の代表的な総合誌『太陽』に掲載された坪谷善四郎「国民的膨張＝移民」（一九〇一年一二月）を見てみよう。

> 国民の膨張に二種あり。一は征服的膨張にして、二は国民的膨張なり。〔…〕国民的膨張は然らず、軍隊の力を仮〔借〕らず、英雄の輩出を望まず、国民の力を以て漸次に国外に膨張す。其の短期なるを出稼と云ひ、長期なるを移住と云ふ。〔…〕顧みて日本国民を見るに、繁殖力に富むこと世界無比なり。近く十年間の統計に由れば、年々約五十万を増加す。〔…〕其の人口をして空しく本国内に局促たらしむるときは、久しからずして食料の欠乏を感ずるに至らんとす。是れ吾が同胞は自然の必要に迫られて漸やく国外に膨張せざる可らざる所以にして、実に日本国民は先天的に移住の資格を具備す。

坪谷の議論は、この時期の移民論の典型的な骨組みを示している。「帝国の時代」にふさわしく、社会進化論的な列強間の競争の構図を背景におき、そのなかにおける日本の有望性を説く。典型的なのは軍事的侵出（「征服的膨張」）をとらず、〝平和的〟侵出（「国民的膨張」）をとるという論の構えである。後者がすなわち移民による国民＝国家の膨張である。その根拠となるのは「繁殖力」の旺盛という日本民族の生物的優位性である。ただしその「繁殖力」は国内における人口の過多をもたらしており、その解決のためにも人口の海外移転が必要だ、という論法になる。

そして論がこの範囲にとどまる限り、移民先はどこであってもかまわないことが重要である。明治中頃までの移民論の大半は、この基本的な構造は同一のまま、対象たる移民地／植民地をバリエーションとして変えているだけというように把握することができる、と私は考える。

成功論

渡米熱はまた明治中期の成功ブームと密接に連関していた。今井輝子がすでに指摘するように、実際「当時の成功ブームを反映して創刊された『成功』誌も、〔…〕次々と渡米関係記事を掲載」していた。[12] 竹内洋（一九七八）は、「成功」がブームとなったのは、「戦争〔日清〕の勝利による大国意識や、新世紀の開幕によって生じた「新しい活動の天地は無限にひらけている」という観念上の機会拡大意識によるところが大きかった」（一〇七頁）と述べている。

渡辺四郎『海外立身の手引』（雲梯舎、一九〇二年三月）、田畑喜三郎『渡米者成功之友』（清水書店、一九〇八年五月）など、「成功」「立身」の名を戴く渡米関連本もめずらしくない。ここでは平井嶺南の『立身成功案内』（文星社、一九〇七年三月）を取り上げてみよう。同書は渡米に限らず、幅広く成功の道を示しているため、当時の「成功」の見取り図をうかがうにはよい資料になるだろう。平井はまず「成功の基礎」となる条件や心構えを論じた後、「有望職業案内」として「政治家」「法律家」「医師」「軍人」「農業家」「機械工業家」など三〇種の職種を挙げ、その次に「海外成功案内」として満洲、韓国、北米、南米の四方面を論じる。この後に四六校（種）の「学校案内」が続き、最後が「自活苦学案内」で「活版職工」「人力車夫」「牛乳配達」「新聞配達」などが紹介され、このなかに「在米の苦学生」という一項が立てられている。渡米ブームは、成功ブームの一部でもあったのである。

苦学

平井の見取り図のなかにも位置を占めていたように、成功ブームの一隅に「苦学」があった。キンモンス（一九九五）は、成功ブームの牽引役ともなった雑誌『成功』を分析し、次のように指摘した。「伝記的人物の学生時代について論じる時には、『成功』はもっぱら学資を稼ぐために働くいわゆる「苦学生」をとりあげた。これは『成功』に限ったことではなかった。『成功』を含め他の雑誌も、苦学生への様々な手引き書の広告を掲載していた」（一六四頁）。

苦学生が成功を目指すバイパス・コースの一つとして、渡米があった。当時の苦学生向け書籍には渡米情報が載り、渡米書の多くにも苦学生向けの記述が存在していた[13]。藤本西洲ほか『海外苦学案内』（博報堂、一九〇四年四月）のようにタイトルにそれをうたうものもあった。雑誌『渡米』創刊号（一九〇七年一一月）に掲載された記事「苦学生の前途」は、次のように苦学生をとりまく状況を嘆きつつ、北米の魅力を力説していた。

数十万円の資金を有する大学にして一文の苦学生に資する者なきは吾人の遺憾とする所なり〔、〕我教育者が学府は資産家の子弟の占有すべき所なりと思意せるとせば吾人は我青年に奮つて渡米せよと絶叫せんと欲す、北米の学校は実に苦学生の為めに最も多くの同情と扶起を払へる所なり、今後の苦学生は大に決心する所なかる可からず　（八頁）

以上、渡米案内書、移民論、成功論、苦学論と概観してきた。あらためて注意したいのは、渡米奨励の言説がたんに渡米のマニュアルだけを示していたのではなかったという点である。もちろん、旅券の申請方法や船中の過ごし方、必要とされる物品や費用、また渡米後における生活の仕方——職の求め方、英会話、マナー、米国の風俗や日本人町のようすなど、具体的な情報が満載されていたことはいうまでもない。だが立川が論じたように、渡米言説は実用的情報に加え、稼げて学べる国、自由の国、民主の国などというアメリカのイメージそのものを創り上げる機能をもっていた（立川 一九八六）。そしてその作業は、反射的に〈日本〉とはいかなる国か、〈大和民族〉のあるべき姿はどのようなものか、という自国・自民族についてのイメージ形成を伴っていたことも忘れてはならない。むろん、すべての移民およびそれを論じる言説が国家主義的、領土的なものばかりであったと主張しているのではない。移民は、経済資本や学歴資本の獲得を目指す個人的な企図でもありえたからである。だが、そうした個人的な営為も含め、人と物と情報とが太平洋上を激しく往来する時代が訪れていた。渡米言説は、個人的欲望を掻き立てる言葉から、国家と民族の未来を論じる言葉にいたるまで、さまざまな言説と節合しながら、日本と米国両者に関する知と想像の形成過程に参与していたのである。

3　渡米物語の想像力

この渡米言説とそれが編成していった渡米についての人々のイメージを利用しながら、想像力により強く訴えかける一群の物語が作りだされた(14)。

そもそもこうした渡米についての文学的テクストは、紙面上でも、渡米推奨の論説や実用情報と隣接していた。たとえば雑誌『渡米』第一巻一号（一九〇七年一一月）、二号（同一二月）、第二巻一号（一九〇八年一月）には「小説」欄があり、原霞外「立志小説 象牙撥」（第一巻一号、二号）、原霞外「立志小説 新世紀」（第二巻一号）が掲載されている。前者は「大陸貿易会社社長降旗毅一」の経歴談の体裁で、門付けの三味線弾きの子に生まれた彼の立身出世譚（未完のまま終了）。後者もやはり、桑港（サンフランシスコ）で一、二を争う邦字紙『新世紀』の社長「僕」の経歴談で、長野の山中に生まれ、東京へ遊学、民声新聞の新刊批評担当の記者になったところで第一回が終了している。両作とも〈立志〉〈出世〉〈実験談〉が鍵となっており、これはそのまま雑誌『渡米』がもっていた性格の一部だと言ってよい。

具体的なテクストの検討に入ろう。一つめは天涯帰客『立志冒険 北米無銭渡航』（大学館、一九〇六年一月、図3）である(15)。出郷して十年、高等官試験の合格を目指して東京で苦学していた「僕」は、金こそが万能であると考えを改め、「寝て居て栄華の出来るだけの金」（六頁）として一万円の貯金を目標とする。それをかなえるために彼が思いついたのが米国への渡航であった。苦心のあげくに三千円の貯金を果たすが、父の危篤の知らせで一旦帰国、再度結末で「米大陸」をめざす。という筋立てである。もちろんこれは、同時代の「成功青年」の戯画である。キンモンス（一九九五、第五章）は、立身出世の概念が政治的成功から経済的成功へと変容したことを指摘するが、「僕」の変節はおそらくそれをなぞって造形されている。

『立志冒険 北米無銭渡航』は米国案内の変異形でもあった。作品は「僕」が渡米を志し、渡航の算段をし、上陸し、働き、失敗し、そして大金を手にするまでのプロセスを描き出す。もちろん娯楽小説であるためこうした過程は省略も多く滑稽めかして書かれているが、渡航以後のアメリカ生活のようすは、明らかに出稼ぎの経験者か、経験者から詳しく体験談を聞いた者でなければ書けないディテールに富んでいる。サンフランシスコの邦人キリスト教団体のようす、桂庵（職業紹介所）における仕事の周旋、スクールボーイ、賭博、カナダでの漁業など、その記述は詳細で読者の想像力を充分にふくらませる。

　そして注目したいのは、この小説のもつ「立志冒険」という角書きである。この言葉は渡米という海外渡航が成功のための一方法であったと同時に、それ自体冒険的な試みだったことを語っている。実際、この本の末尾に

図３　天涯帰客『立志冒険 北米無銭渡航』表紙

図４　久保任天『世界無銭旅行』表紙

は版元である大学館の類書の広告が掲載されているが、(16)『世界武者修行』『魔島の奇跡』『モンゴリア妖怪村』などの海外冒険奇譚もの、そして『冒険小説百難旅行』『無銭修学』『無銭旅行』『乞食旅行』『貧乏旅行』『奇女無銭旅行』などの貧乏旅行ものがずらりとならんでいる。ここからは、渡米の想像力が冒険の想像力と交差していることが見て取れる。

しかも面白いのは、海外冒険もののすぐ横に寄り添うように〈貧乏旅行〉〈無銭旅行〉への想像力が存在していることである。この時代の苦学という実践には〈無銭旅行〉が織り込まれていた。苦学社発行の雑誌『苦学界』はその責務とする事業のなかに「無銭旅行奨励」を数えており、実際「無銭旅行隊」を募って（第九号）、横浜方面へ遠征していた。(17)久保任天に『世界無銭旅行』（成功雑誌社、一九〇七年九月）という小説がある（図4）。その「第三回　渡米熱の昂進」には、主人公が次のような想像をふくらませる一節が描かれていた。「偖《さて》、其後は、渡米、冒険、実業、致富と言ふ様な事が、絶えず、自分の脳中を往来して、人知れず、思を砕きつゝ、あつた。〔…〕亜米利加に押し渡り、商業を営んで巨万の富を造らむと、実際僕は、其通りに決心して居たのである」（一九頁）。こうした娯楽読み物からは、冒険として生産・消費される渡米の姿が明らかに見て取れる。もちろんこれらは空想的だが、その想像力はシリアスな渡米言説と地続きだったのである。

二つめのテクストの検討に進もう。星野徳治『苦学独歩異郷之客』（警醒社、一九〇三年四月、日付は序による）は、一言ではそのジャンルを定めがたい書物である。この本の主要な部分は主人公「予」が仕事を変えながら米国太平洋岸を転々とする物語によって構成されている。ストーリーは、神戸の外国商館に働く「失意の人」であった「予」が奮起し、自営自活で学びうるかぎり学ぼうと渡米、家内労働、ホテル清掃、鉄道工夫の通訳、コック、避暑の随行を遍歴し、最後はスクールボーイとして二年の業を終えるまでを描く。予は語り手であると同時に登場人物として物語内に登場し、会話も『　』でくくり出されて直接示されるなど、文体も一人称小説の体裁に準じている。

ところが、本文部分の版面を見ると、メインとなる遍歴譚の上部に渡米や米国生活についての補足情報やアドバイスを書いた頭注が付いている。しかも、本の末尾には「附録　渡米案内」というページが二〇ページ超にわたって附され、渡米希望者に情報を与えている。(18) そしてタイトルが示すように、同書は苦学論の系譜もひく。序を寄せた松村介石（明治大正期のキリスト教系の著述・教育者）は、巻頭で「今や日本は土壌小にして人多く、蠢々擾々《しゅんしゅんじょうじょう》、到底苦学生の志を為すべき地にあらず、よろしく去て海外に行くべし」と煽っていた。

いったいなぜこのような奇妙なテクストが生み出されたのか。著者の星野徳治はその自序で次のように言っていた。

> 予が此著を為す、二個の動機あり、一は予が在米間の閲歴自ら以て奇とするに足るものありと信ずれば也、他は即ち是に依て我在米同胞の境遇を写して渡米志望者の参考に供せんと欲したれば也、文詞を飾れるは、予に文学の横好《よこずき》あれば也。

米国に住む日本人のようすを伝え、渡米志望者の参考とする。それだけであるならば、その他の実用的な書物と同様に、渡米案内書としてよりわかりやすい体裁が選べたはずである。しかし、著者はそうしなかった。その理由、すなわち「文詞を飾」った理由を、彼は自分に「文学の横好」があったからだと述べる。おそらく、この理由は不十分である。なぜなら、彼が一人称小説の体裁を選び取ったのは、彼のいう動機の一つめが関わっているからである。我ながら「奇とするに足る」経歴を、よりわかりやすくまとまった形で読者に伝えるには、小説の形がもっとも適していると彼は判断したはずなのである。

物語のもつ、情報のパッケージ化機能がここでの問題である。何時どのくらいの頻度でサンフランシスコ行きの船があるのか、米国までの郵便料金はどれくらいか、などという情報ならば、表として示す方がわかりよいだろう。米国に住む日系移民コミュニティに起こった出来事を整理するなら、年表がふさわしいだろう。だが、ある一人の人物が、自ら体験した個人的な経歴を、眼にした光景や受けた言葉や感情や記憶までも織り込みながら、できるだけ面白くかつわかりやすく他者に伝えようとするならば、物語以上の形式はこの時代には存在しない。

人が太古から繰り返してきただろう物語行為、そしてそれを近代的な言語芸術として鍛え上げた小説という言語形態は、たんなる娯楽でも現実から遊離した絵空事でもない。それは、ある種の情報の一群をもっとも効率よく聞き手／読み手に伝えるために選ばれる伝達の手段でもある。それは風景、他者と自己の発話、出来事の契機、その因果、世界の見え方《パースペクティヴ》、社会的事件、内的な省察、記憶などを一連なりの言葉のうちに描出し、世界を再現してみせる。読者は、その言葉の連鎖から、登場する人物たちの見た風景、言葉、出来事、感情、思考などを受け取っていく。しかも、よくできた物語は読者の関心を強く引きつける力をもつ。読み進めながら感情を揺り動かされ、新しい知見を得てゆく喜びが、読者を長い長い言葉の連鎖の最後まで導いていく。そして読了した読者の脳裏には豊かな想像の世界が立ち上がっているだろう――。「文学の横好」の趣味をもっていたという『苦学独歩 異郷之客』の著者は、間違いなく物語の喜びを知っていたはずである。だからこそ、彼は渡米案内を目指すべき書物を小説のような形でまとめたのである。

こうした娯楽小説を、渡米ブームを当て込んだ消閑的商品として黙殺することは簡単である。しかしこれらの小説は、アメリカに渡るという行為に託した人々の想像力の形――空想と現実の混じり合った〈渡米〉のようすを生き生きと描き出している。そしてその想像力は、〈渡米〉にまつわる読者の知識を形成し、読者が移民となるときの計画ビジョン、予断に力を与えてもいたはずである。物語と想像力もまた、移民を創り出す力の一つだったのである。

4　裏面の物語

文学テクストという視座から渡米への想像力を考えると、これまでの移民送出についての研究では見えてこなかった領域がさらに見えてくる。それは、渡米の不安であり、渡米の失敗であり、そしてそもそも渡米しなかった者たちの姿である。

渡米言説に関する先行研究は、基本的に渡米の失敗については触れない。渡米言説は渡米を奨励することを目的としたものであるから、失敗を避けるための注意事項を述べることはあっても、失敗者の具体的な描出は当然行なわない。したがって、それについての研究も、アメリカへ行くことの恐れや、行くことに失敗した者や、断念した者たちを論の射程に入れてはいない。だが、文学テクストという視座から出発すれば、これは変わってくる。

考えてみれば、実際に渡米した数万人の背後には、それに数倍数十倍する渡米希望者、あるいは希望しないまでも少しだけ関心を寄せていた者たちがいたはずである。そして彼らの大半は現実には渡米しなかったりできなかった者たちだ。「渡米熱」は、本来この範囲まで含めて考察されるべきだと私は考える。

移民を計画しながら断念した近代文学史上最も著名な作品は、内田魯庵の「くれの廿八日」[19]だろう。この作品は米国移民ではなくメキシコへの移民事業を目指した起業家の話だが、海外への民族的膨張という国家的野心が、個人の経済的成功および壮士的野心とない交ぜになって渦巻いていた時代の想像力の一端をよく示している。

〔…〕人種の膨張と社会の逼迫とで必要上再燃した殖民の競争が漸く激烈となるは既に数年に差迫つた二十世紀で、我々が未来の太平洋問題に処して平和の鑰《やく》を把持する盟主となるには北緯三十度以南の太平洋一帯の地に雄鎮を築くが第一の準備である。我々はヒユーマニチイを宣伝し、能ふべくんば世界の軍備を撤回するを庶幾《しょき》するが故に歴史上必然避くべからざる人種の衝突を救はんが為め縦令《たとい》卵殻を以て巌石を砕くより難くとも此風雲に際会して平和の福音を伝へんとするので、恰《あたか》もノアが天の未だ霖雨せざるに先だち明命を畏みて方舟《アーク》を建造したと仝《おな》じ心持で、此獣欲的競争の高調に乗じて無人の楽郷に新ユトーピヤを創開《ひら》かんとするのである。即ち此無人の楽郷は……

『墨西哥《メキシコ》……墨西哥、』〔…〕（一二一頁）

世態を描写しつつ諷刺しようとした魯庵の他の〈社会小説〉と同様に、「くれの廿八日」の登場人物もまた少なからず語り手から冷ややかな視線でながめられている。だが、戯画化はその人物や思想の特徴的な部分を巧みに捉え、誇張することによって、批評の俎上に載せる。主人公有川純之助の冒険的な殖民計画は、本章でも確認したような当時の紋切り型的な移民・殖民言説の引用・反復として示されている。作品の冷めた眼差しは、この「壮図」（七九頁）が計画され実行されるようすではなく、挫折を余儀なくされた後の場面から書き起こし、計画は断念されたまま結末を迎える。主人公は金満家の家へ養子に入ったのだが、メキシコ殖民の事業はついにその妻に理解されることはなく、彼はついに「自ら韜晦してお吉〔妻〕の幸福に殉じやうと決心」（九七頁）するのである。[20]

石川啄木「鳥影」[21]には、中学を落第の結果退学し、米国行きを願うもののそれを果たすことのできない青年が登場する。岩手県の渋民村を舞台に展開するこの長篇小説の主筋は複数の男女の恋愛模様だが、その周囲に存在する副次的な登場人物の一人としてこの若者、昌作が配置されている。ほとんど点景的といってよい程度にしか描写されない昌作だが、その造形はなかなか陰影に富んでいる。中学を中途退学した上に、周囲の者たちとなじめない偏向した性格の人物であると同時に、和歌を作り、東京からやってきた青年画家に心酔し芸術への関心も寄せる。ただしそうした趣味も中途半端なものにとどまり、本人もそれに自信もなければ本気になるようすもない。

何よりこの人物が注目に値するのは、中心的人物とはいえない位置づけであったにもかかわらず、この長篇を閉じる最後の場面が彼にまつわるエピソードで締めくくられているという点である。最終場面、昌作はポストに二通の手紙を投函する。彼は「米国に行くことも出来ず、明日発つて十里許りの山奥の或小学校の代用教員に赴任」(二九七頁)することになっていた。手紙は、その挨拶状だった。

勉学も、芸術も、恋愛も、なにごとにつけ中途半端な青年は、作品の最後でもやはりその渡米の夢を果たすことはできず、代用教員として「山奥」へと赴任する。自らも渡米熱に駆られ、しかしその夢を断念した経験を持つ啄木[22]は、この末尾に何を託したのだろうか。

二年後、啄木は「時代閉塞の現状」を書く。この高名な評論で彼は次のように同時代を論難していた。「中途半端の教育は其人の一生を中途半端にする。〔…〕かくて日本には今「遊民」といふ不思議な階級が漸次其数を増しつつある。今やどんな僻村へ行つても三人か五人の中学卒業者がゐる。さうして彼等の事業は、実に、父兄の財産を食い減す事と無駄話をする事だけである。／我々青年を囲繞する空気は、今やもう少しも流動しなくなつた[23]」。昌作の閉塞感は、のちに啄木が明確に言語化する「時代閉塞」へとつながっていると考えてよいだろう。その閉塞感が、一部の青年たちを米国へと向かわせた。だが、実際に渡航できたのは、一握りだった。昌作の結末は、そうした青年たちのたどり着けなかった脱出口の形象化と読むべきだろう。

失敗に終わった米国生活への想像力もまた存在した。川上眉山「大さかづき」(『文芸倶楽部』一八九五年一月)は、船頭だった梅吉が北米へ出稼ぎに行き大金を儲けるが、帰ってみると父は死に、恋人は心を変えていたという物語だ。真山青果の「南小泉村」は仙台近郊の農村を描いた連作小説であるが、そのうちの「馬盗人」は、アメリカ帰りの青年文一を主人公とする[24]。文一は、迎えの者たちを避けるように夜更けに帰郷した。三日ほど後、彼は視点人物である医師「僕」のところへ「ロス・アンゼル市立病院の施療処方箋」を携えて来訪する。彼は相当進行した性病を患い、視力を失いつつあった。

『皆に先方《むかふ》の話を聞かれるのが一番苦しいんです。僕のやうな堕落者は何も云ふ資格はありませんからな。』と薄皮な、血走りやすい顔を染めて恥らひながらも、聞かるれば流石に矜《ほこり》を持つて彼《か》の大陸の話に倦《うま》なかつた。

（六二頁）

地方の旧藩士の家庭に育った青年は、仙台で活動していたらしいキリスト教会の宣教師の伝手《つて》で渡米した。「神学専攻」（六四頁）がその目的だったという。しかし誠実なキリスト者だっただろう青年は南カリフォルニアで身を持ち崩し、性病を抱えて帰郷する。彼はそうした自分を恥じつつも、アメリカまで行ったことを誇りにしているようであり、その思い出を「僕」に語り、今も米国に住む友人と手紙のやりとりをする。しかし彼は、強く生きる意欲を失ってしまっているようでもある。病が進行し、次第に光を失っていく彼を心配し、「僕」が「病院へでも入つて、根治的の治療を受けたら好からう」（六五頁）と勧めても、彼は応じようとしない。

羞恥と失意を抱えて村に帰り、光をも失いつつある文一の姿は、成功や学歴を求めて渡米する青年たちのちょうど裏側に位置するかのようである。自然主義文学の代表的作品の一つとされる「南小泉村」は、厳しい農村の生活を突き放したようなリアリズムで描き、世評を得た。青果のテクストは、その東北の農村の地平に、アメリカの影がひそかに差し込んでいたようすを描きとる。失意の青年の病んだ身体が、そのアメリカを媒介している。「馬盗人」において、〈南小泉村〉というローカルな場は、突如として、キリスト教の国際的布教ネットワークによる海外移民と、米国の黒人女性（文一の買った娼婦である）に対する性的搾取と、独身男性移民たちの売春の慣習と、それによる性病の拡散と、米国式医療の日本への導入、などという「帝国の時代」におけるグローバルおよびローカルな状況が落ち合う「係争の空間」（アパデュライ 二〇〇四、二二頁）へと変貌するのである。

文学の想像力は、時に過激に、時に誇張も交えて、海の向こうの新大陸を目指した人々の姿を描き出す。それは、一見荒唐無稽なフィクションにも見えるが、必ずしもそうではない。文学の虚構は、時代の文化的枠組みと緊密に結びついている。そしてまた、その時代に生きた人々も、現実と想像の間を往還しながら、生きていたはずだからである。

第2章　船の文学

1　船から読む

航空機がなかった時代、アメリカへ渡る方法は船だった。移民たちはみな、大洋を渡る汽船に乗って、新大陸を目指した。本章では、この船に着目しよう。故郷を離れ、出発はしたが、まだ目的地へはたどり着いていない、中途半端な時間と空間。そこは、何かが起こる物語的な境域だ。

＊

永井荷風の『あめりか物語』（博文館、一九〇八年八月）冒頭の作品は「船室夜話《キャビンやわ》」、末尾の作品は「六月の夜の夢」、ともに船の文学である。「船室夜話」は、米国シアトルへ向かう客船の船室を舞台とした三名の渡航者の物語。そして「六月の夜の夢」はニューヨークを出港し、フランスのル・アーブル港へと向かう船中で「自分」が振り返る「第二の故郷」アメリカ、とりわけ少女ロザリンとの思い出の物語。つまり『あめりか物語』とは、船で始まり、船で終わる小説集だった。

後に近代日本を代表する文学者の一人となる永井荷風も、この小説集の刊行以前においては無名に近い一文学青年に過ぎなかった。『あめりか物語』は、その荷風がみずからの滞米の記念とし、かつまた故国の文壇での成功を期して書きあげた短篇集だった。そこに収められた物語の数々が、荷風自らの軌跡をたどるかのように配列されていたことは不思議ではない。荷風は一九〇三年に日本を発ち、一九〇七年にフランスへまわり、翌年帰国している。海外渡航が特別なことであった時代に、自らが移動した航跡を文字に残し、人々の前に示したいと考えるのは自然なことだろう。

振り返ってみれば、近代文学史のなかに船の文学は多い。森鷗外の「舞姫」(一八九〇年)。太田豊太郎が彼の回想を書き起こしたのも、セイゴンに停泊中の船の中であった。有島武郎の「或る女」(一九一九年)も、渡米する葉子が出会う船中での出来事に多くの紙幅を費やす。その他、留学、外遊、出稼ぎや移民の経験をした作家たちはたいていなんらかのかたちでその航跡を文字にしている。夏目漱石「夢十夜」の「第七夜」(一九〇八年)、前田河広一郎「三等船客」(一九二二年)、中島直人の「布哇《ハワイ》生れの感情」(一九二九年)、石川達三「蒼氓《そうぼう》」(一九三五—三九年)、小説ではないが島崎藤村の『海へ』(一九一六—一八年)、翁久允の「祖国に帰る記」(一九二四年)。このあと本章で焦点を当てようとする移民の経験に多少引き寄せて例示したが、こうした系列がたしかに考えられる。

長距離を移動する国際航路の空間は、特別な空間だ。ジェット・エンジンを両翼に付けて太平洋を一〇時間たらずで越える現代のわれわれにはすでに想像がしにくくなっているが、それでも空港、それも出国審査の先の空間には独特の雰囲気がある。そこは〈国〉の外の空間であり、移動という行為がその場を支配する定まりのない場だ。数時間の移動ですらそうであるとすれば、それが数週間、時には一ヶ月を越える船旅になる場合、どれほどの経験になるかは想像を超える。移動する、しかし閉鎖された空間のなかで、ひたすら身体が運ばれるのをしのびつづける。当然、船内にあふれる無為の時間をどう消していくかが、乗客たちの共通の課題となる。

それゆえに船中は語りの空間となり、出会いの空間となり、空想や回想の空間となり、また読書の空間となる。

共通のスケジュールをもって一日を制御され、同じ空間を、同じ顔をつきあわせて過ごす間に、人々は意見を交わし、理解し合い、信頼し、衝突し、ときに恋に落ちる。あるいは人に背を向け、空想にふけり、日記をつけ、持参した書物を耽読する。先に数え上げた船の文学たちがそれぞれの文脈に応じて変奏しているのは、そうした特別な移動の空間の物語だ。

　とりわけここでは、船中が〝途中〟の空間であったことに目を向けたい。ある場所を離れ、だがまだ別の場所にもたどり着かない宙づりの時空間は、さまざまな桎梏から解き放たれる自由の場であると同時に、拠り所や支えを失うあいまいで危うい境域でもある。たとえば漱石の「夢十夜」の「第七夜」は、そうした宙づりの場としての船を劇的に描き出す。「西へ行く日の、果は東か。それは本真《ほんま》か。東出る日の、御里は西か。それも本真か。身は波の上。檝枕《かぢまくら》。流せ〳〵」（夏目 一九〇八、一一九頁）と水夫たちが囃す船の上で、いつどこへ運ばれるのかもわからず、互いに理解が難しい同船者たちに囲まれ孤立感を深めた「自分」は、海へと身を投げる。

> 只大変高く出来てゐた船と見えて、身体《からだ》は船を離れたけれども、足は容易に水に着かない。然し捕まへるものがないから、次第々々に水に近附いて来る。いくら足を縮めても近附いて来る。水の色は黒かつた。
> 　そのうち船は例の通り黒い煙を吐いて、通り過ぎて仕舞つた。自分は何処へ行くんだか判らない船でも、矢つ張り乗つて居る方がよかつたと始めて悟りながら、しかも其の悟りを利用する事が出来ずに、無限の後悔と恐怖とを抱いて黒い波の方へ静かに落ちて行つた。（夏目 一九〇八、一二一頁）

いずこに行くとも知れぬ船から置き去りにされ、身を投げた海原にさえ届くことができず永遠に落ち続ける「自分」の姿は、船旅という移動空間が象徴する、寄る辺なさと不安定さをまさに集約的に表わしている。

　さて、この章で注目する永井荷風の短篇「船室夜話」もまた船の文学だ。先に述べたように、この作品は『あめりか物語』の冒頭に掲げられ、短篇集全体の序幕としての役割を担っている。[1] 三者三様の事情を抱え、希望と不安に惑う渡米者たちの姿は、集中に収められた各篇で描かれるさまざまな在米日本人たちの物語への導入としてまさにふさわしい。

だが、ここで思い起こしておきたいのは、「船室夜話」はそもそも『あめりか物語』の冒頭に置くために書かれたものではなかった、という当たり前といえば当たり前の事実である。この作品はもともとは雑誌『文芸倶楽部』の雑録欄に一九〇四年四月に発表されていた。わたしがここで考えてみたいのは、この初出の「船室夜話」である。[2]

初出には単行本以降で消される異文が含まれているから、ということが理由ではない。わたしはここで、船の文学であるこの三人の物語を、それにふさわしい〝途中〟の物語として読んでみたい。それはつまりこのテクストを、帰国を控えた作者荷風によって整序された〈『あめりか物語』の冒頭作品〉としてではなく、いまだ渡米したばかりの青年在米作家荷風による〈雑誌『文芸倶楽部』の一雑報欄記事〉として再定義する作業である。またそれは、近代文学を代表する〈文豪・永井荷風の初期作品〉という位置づけから、永井壮吉がそのなかに身を置いていた〈人々を渡米に駆り立てる移民送出の言説〉のなかへと置き直す作業にもなるだろう。さらには、〈回想された船旅の記憶〉として読むことから〈洋上を漂う移民たちの浮動性〉を読むことへと転換する作業ともなろう。

がっちりと係留されてしまった地点から、どこへ漂い出すかわからない洋上の航路へとこのテクストを連れ戻したとき、何が見えるか。それはおそらく、ウイスキーを飲みながら窓の外の嵐を鑑賞する三名の登場人物が、その風と雨と波のまっただなかへと突き出されていく光景に違いない。

2　成功ブームと渡米の夢

「船室夜話」の世界を考えるに際し、一つのテクストを補助線として用いよう。前章でも検討した、天涯帰客『立志冒険　北米無銭渡航』（大学館、一九〇六年一月）である。荷風のテクストとはまったく方向の異なる作品だが、しかしこの書物が前提としてもっていたコンテクストを掘り起こすことが、間接的に「船室夜話」のそれをも明らかにするだろう。多少論述が重複するが、簡略にたどり直しておこう。

『立志冒険　北米無銭渡航』は、明治二六年からの一四年間の物語だ。二六歳で渡米した「僕」は、苦心のあげくに三千円の貯金を果たす。父の危篤の知らせで一旦帰国するものの、再度結末で彼は「米大陸」をめざす。

主人公の「僕」は出郷して十年は法学を専攻し、「高等官試験」（二頁）の合格を目指して東京で苦学していた。それが四度にわたって失敗をし、ついに「人間は食ふべく働く」という「一大真理を発見」、「金は万能」という信条をいだくにいたる（五頁）。「寝て居て栄華の出来るだけの金」（六頁）として彼が試算したのが一万円で、それをかなえるために彼が思い至ったのが米国への渡航という方法だった。これはもちろん明治三〇年代に青年間でブームとなった成功論の戯画である。

こうした成功ブームの一隅に、移民たちの物語があり、その立身談があった。明治三〇年代に流行した渡米を奨励する書籍や雑誌につきものなのが、実際に米国で成功を収めた移民たちの経験談であった。『立志冒険　北米無銭渡航』もまた、力点の置き所は異なるものの、主人公が渡米を志し、その渡航の算段をし、上陸し、働き、失敗し、そして大金を手にするまでのプロセスを描き出していた。同作は、移民生活の実態を適度に織り込んだ娯楽作品だったのだ。

さて、荷風の「船室夜話」で柳田と岸本が語るのも、こうした成功ブームのなかで火を着けられた、渡米の夢である。天涯帰客と荷風のテクストがふまえるこの渡米の言説世界をもう少し具体化してみよう。

北米への移民史は、やはり船によって始まる。一八六七年にパシフィック・メイル社がサンフランシスコ～横浜～香港間を結ぶ太平洋航路を開設、「明治の半ばまで、北米へ渡るアジア系移民の多くはこの航路を利用した」（山田廸生 一九九八、二五頁）。一八九六年には日本郵船が欧州便、豪州便とともに、香港～日本～シアトル間の定期航路を開業する。「船室夜話」の船はこの航路である。また同じ年には東洋汽船も誕生し、一八九八年から九年にかけて香港～上海～長崎～神戸～横浜～ホノルル～サンフランシスコを結ぶ四週一回の運航を開始している。(3)

福沢諭吉は国際航路の通うようになった太平洋を「米国往来の大道」と呼び、その重要性を力説した。「日本と亜米利加との交通は毎月五回と為《な》り又六回と為り、人に物に其往来運送の便利なる、東京に居て長崎函館を見るに異ならず。亜米利加の西岸、呼べば答へんと欲す。誰れか雄飛を企てざるものあらんや」(4)。実際、その後の移民地のようすを見れば、「其渡航を試る者多々ます〳〵止むことなく、遂に人口幾千幾万の日本国、亜米利加の地方に創立するに至る」（一七二頁）だろうという福沢の予見は、――移民たちが直面した数々の衝突や辛苦の面を無視すれば――見事に的中したともいえる。

船が通うようになり、政府間の取り決めで移民を送り出す初期の官約移民が企図され、その後、移民会社などを利用しての私約移民が行なわれた。北米への移民数は、政治、経済、外交など複雑な要因が絡まり合って増減しており、限られた字数での概括は難しいが、一八八〇年代には数十人―六〇〇人程度、九〇年代はほぼ一〇〇〇人―二〇〇〇人、一八九九年と一九〇〇年にそれぞれ六六〇六人、一万五〇一人とピークを迎えるが、その後一九〇〇年代の一〇年は二〇〇〇人弱―九五〇〇人超の間を上下する。一八九〇年代の上昇は労働移民が、一九〇〇年代の上昇は学生や商人が支えていた（ウィルソン／ホソカワ 一九八二）。

移民たちが米国を目指した要因は、経済的要因、社会的要因、政治的要因などが考えられるが、本書は前章で論じたように人々を渡米の夢へと誘った言葉の役割に注目する。『立志冒険 北米無銭渡航』も「船室夜話」も、そうした誘いの言説をコンテクストとして想定し、そしてこの二つのテクストそれ自体もまた誘いの言説そのものとしてあったからである。

では、こうした渡米言説のなかから出発した〈船の文学〉は、何を描き出したのか。永井荷風の「船室夜話」の分析に入ろう。

3 永井荷風「船室夜話」を読む

舞台はシアトルへ向かう船中。横浜を発ってからすでに一〇日余り経っており、船はいつ見ても景色の変わらない太平洋のただなかを進んでいる。夜、暇をもてあまし日本から持参した雑誌でも開こうかとしている「私」のところへ、柳田が訪れる。雑談に時間を紛らそうと二人は隣室の岸本にも声をかける。アラスカに近づきつつある窓外は荒れ模様である。三人はウイスキーを飲みながら、柳田、岸本の順に渡航の経緯と決意を語る。初版の『あめりか物語』はここで雑談会が終わって結末となるが、初出には二人の告白を聞いて感慨をえた「私」が、日記に書こうとペンを取る場面が存在する。

作品には二つの対比的な構造が埋め込まれている。「外部《おもて》の暴風雨《あらし》」と船室の中の「愉快」という船外／船中の対比。そして、「僕なんぞは正に焼出された方の組」という柳田および同じ系統に属する岸本と、それを聞く側にまわりまた書きとめようとする「私」、という登場人物の対比である。

船外の嵐について柳田は、「自分の身体が安全だと云ふ事を信じて居ると、外を吹いて居る暴風雨《ストーム》と云ふものは、何となしに趣味のある様に聞えるですな」と言い、岸本も同意し、「私」も「何事に寄らず皆な然うですよ。一方で愉快を感ずるものがあれば、其の為めに一方では屹度苦痛を感ずるものが起るです。火事なんぞは焼かれるものこそ災難だが、外のものには三国一の見物だからね」と答える。

この「暴風雨《ストーム》」と「火事」の比喩が、柳田の「君の比喩に従ふと、僕なんぞは正に焼出された方の組なんだね。焼出されて亜米利加三界へ逃げ出すんだ」という述懐を引き出し、二人の経歴談へとつながっていく。柳田は「或る学校」を卒業したあとに会社員となり、オーストラリアへ赴任する。その在外勤務の経験により帰国後は会社が自分を重く用いると信じたが、「本社詰めの翻訳掛」にしかなれない。その不平を慰めるべく「才色優れた貴族の令嬢をでも妻に為やう」とするが、その令嬢も「彼が最も冷笑する島国の大国〔学〕卒業生」にさらわれる。「日本なんかに居つたら、到底《とても》心の底から快哉を呼ぶ様な事ア有りや為〔せ〕ん」と思った彼は、横浜の生糸商の依頼を受けて視察に行くところだという。

一方の岸本は、やはり会社員だったがなかなか出世の道が開けない。それというのも、彼が「何所の学校をも卒業した事がない、乃ち肩書と云ふものを有《と》つて居ない為め」という。社内改革で解雇された彼は、一念発起し、周囲の強い反対を押し切って、妻の財産を使って「一年なり二年なり、米国へ行つて学問して来たい」という希望を持ってここにいるのである。

両者とも、日本では不遇をかこつ身であったことが共通する。とくに両者がともに学歴に対する強いコンプレックスを抱えていることに注目しよう。柳田は失恋の痛手をこうむっているが、その敵手は「最も冷笑する島国の大国〔学〕卒業生」であったし、岸本は「書生上りの学士さんに先を越されても少しも恥る事は無い」という妻の説得を振り切って「学校の免状」を取りにいく。二人は学歴に由来する（と彼らが考える）失地を一気に回復すべく、アメリカに向かっているのである。よりよい稼ぎ口を求めて、あるいは故国で完遂できなかった高い学歴を求めて渡米した同時代の移民たちと同じように、柳田も岸本も再逆転が可能な立身出世の別ルートとしての米国を目指す。もちろん、二人は一等船室と思われる居室に寝起きする裕福な渡米者だ。荷風の作中人物たちの船旅が、いわば〈高等船客〉たちのものであったことについては第5章で言及するが、それはそのまま彼らの人生が平坦なものだったことを意味するわけではない。

さてでは、残る最後の登場人物「私」とは、どのような者なのだろうか。先に述べたように、テクストは対比的な構造をもって、「焼出された方の組」である柳田・岸本と、火事を「三国一の見物」とする「私」とを配置する。「私」の初出末尾における振舞いなどは、典型的に傍観者のそれである。二人が去った居室で、「私」は二人の身の上話を思い返しつつ空想にふける。

> 一人は己れの才能と経歴を余りに多く思過ぎた為めに、望むが如き愉快を生れ故郷の地に得る事の出来なかつた独身の才子、一人は切なる妻の愛情を振捨てて学問と肩書とを買ひに行く若い夫。…何の事はない私は強く刺撃された感興を以て、二個《ふたつ》の長い小説をば一度に読了した様な心持である。然し、其れは何れも未完のもので有らねば成らぬ。とすれば、彼等が新開の世界に於ける、そして又帰国してからの後篇は如何に成り行くものであらうか。
> 運命の神――不可知の大作者！　願くは此等の活小説の結末をば、軈《やが》て目出度い大団円のもので有らしむる様に……！〔…〕

「私」はここで二人の渡米者の決死の覚悟を「二個の長い小説」「活小説」とみなしている。これは、渡米者のシリアスな苦心を娯楽読み物に仕立て上げ、異境への探検ものや貧乏旅行ものと同列の地平において読者の前に差し出した天涯帰客『立志冒険 北米無銭渡航』と、ほとんど同一の想像力というべきだ。対岸の火事が三国一の見物であるように、他人の身を賭した渡米譚はまたとない好読み物というわけである。

だが、最後に問い直したいのは、「私」は本当に局外の、暴風雨の外にいる存在なのだろうかということである。「私」の造形を、初出形のテクストに密着して再検討したとき、「私」と柳田・岸本を対比しようとする構造は崩れはじめるように思われる。
確認すれば、初出の『文芸倶楽部』においては、このテクストは「雑録」欄――すなわち必ずしも創作でなくともよく、随筆や軽い読み物などが収められるような欄――に掲載されていた。また、署名の「永井荷風」の右肩に「在米」の文字があったことも注意しよう。さらに末尾の擱筆の日付も、「（米国タコマの旅舎にて三十六年十一月稿）」とされていた（単行本では「（三十六年十一月）」）。つまり整理すれば、初出形においては掲載欄の性格と使用された人称、さらに署名と末尾の記述にある「在米」「米国タコマの旅舎」という記述に導かれて、テクストは小説として読むよりもむしろ米国に旅する人物の見聞録としての性格をより強く示していたはずである。このように見たとき、本文冒頭近くにある「私は今や計らずも此の淋しい海の上の旅人になつた」という単行本以降の本文にも残る一節が、より重要な意味をもちはじめるのである。

一見、「私」は日本での逆境を打ち払うべく強い決意をもって渡米した柳田・岸本とは異なる存在にみえる。二人は同じシアトル行きの船の、多くは三等船室に乗っていたであろう渡米者の群と同じ地平におり、「私」はそれを外から眺めるのみ、と。だが、初出形を精読するとき、「私」のその傍観者性は、危ういものとなりはじめる。米国行きの船上にあった彼もまた予期していなかった境遇に「計らずも」身を置いていたのであり、そしていま「米国タコマの旅舎」で旅人としてこの渡米者たちの物語を書きつづっているのだ。

彼は柳田・岸本の「未完の」結末が大団円となるよう祈っているが、もしかしたら二人の身の上話を聞いてしばらくの間「或る興味深き空想に耽らざるを得なかつた」という彼は、その時自らの行く末についてもまた同船者たちと引き比べながら思いやっていたのかもしれない。テクストは彼自身の境涯について多くを語らないが、確実なのは彼もまた「未完の」旅のまさに〝途中〟にあったということである。柳田と岸本の旅はまだ出港一〇日目で、彼らが首尾良く視察を行なえるか免状を取得できるかはもちろん不確かだ。その開かれた終わり方は、ちょうど『立志冒険 北米無銭渡航』の「僕」が最後に「骨を埋むるは決して墳墓の地ではない」（二〇一頁）といい、再び米大陸へと旅立つ結末に似ている。そして「私」も、そうした行方も知れぬ旅の船上にいたのである。

最後に書き留めておくべきなのは、この「船室夜話」という作品それ自体も、やはり海を越えて運ばれていた、ということである。作品は翌一九〇四年四月の日本の国内誌『文芸倶楽部』に掲載され、のち荷風の短篇集『あめりか物語』の巻頭を飾った。この雑誌も『あめりか物語』も、ほぼ間違いなく、間を置かず米国へ輸出されていたと推定できる（第2章参照）。作品それ自体も、めまぐるしく海を越えていたのである。あらためて確認すれば、こうした人と書物の越境のありさまは、アメリカと日本をつないだ渡米本とその著者たちにおいても、同じであったはずだ。

人が海を越え、書物が海を越える時代の見取り図は、さほど楽観的なものではない。横浜を出航した三人も、それぞれに重い過去を、日本という国を引きずっていた。そのくびきからはそうたやすく逃れられるものではない。ただし、彼らの運命が、洋上に漂い出たときから不確定な要素を強めたのは確かだろう。彼らの人生＝小説は「未完」のままだった。

「船室夜話」のオープンエンドの結末は、物語と想像力が「国」や「運命」の境域を越えて漂流しはじめる「帝国の時代」における脱領土化の一コマを描いている、といっては読み過ぎだろうか。

Ⅱ　サンフランシスコ、日本語空間の誕生

第3章　日本語新聞と文学

1　「文学」に必要な環境

「文学」が可能になるためには、いったいどのような環境が必要だろうか?

その答えは、「文学」という言葉の指す内容いかんによるだろうし、時代にもより、地域によっても変わるはずで、簡単に導き出せる種類のものではないだろう。現実的にはさまざまな角度からのあらゆる答えが可能だから、そもそもこうした問いそのものが意味をなさない、というのがあるいは良識的な判断かもしれない。しかし、それでもメディアや出版、読者などこれまでなら必ずしも「文学研究」の範囲内とはみなされなかった領域についての研究が進展しつつあるいま、こうした問いを考えてみたくなる者は多いのではなかろうか。

ただ、「文学」が可能になるためにどのような環境が必要かという問いに、日本の現実の社会を例にして考えるのは困難である。そこでは「文学」にまつわる領域が、時間軸の方向でも、空間軸の方向でも、あまりに深く複雑に広がっているからである。

しかしこの複雑さを、ある程度縮減できる例があったとしたらどうだろう?　たとえば、移民文学。移民とは、人々がみずから生まれた土地を離れて異境に移り住む行為である。集団的継続的に行なわれる移民は、多くの場合母国の文化を強く引きずった小社会＝移民地の形成を伴う。面白いのは、この移民地という空間である。なにもなかった異国の土地に、母国の文化を持ち込み、それを模しつつ小さな社会を作っていく。このゼロから建設される〈小母国〉の姿を観察することは、母国の社会の形成要素が圧倒的に不足した状況から、徐々に構築されていくさまの観察を可能にする。文学の場合でいえば、移民地では人々がゼロから「文学」を作り出そうと試みる、その過程を見ることができる、というわけである。むろんゼロからというのは相当に誇張した比喩であり、実際には、それは故国にあった「文学」という文化を、手に入る在り合わせのものを用いながら異郷の土地に移植するという作業であり、同時にまた法的にも社会的基盤としても、ホスト社会（ここでは米国）の仕組みを利用しながら行なうものであった。母国で享受していたのと同じように新しい土地でも「文学」を楽しみたいと考えたとき、移民たちはそこにいったい何を建設していくだろうか。この視点をもって眺めたとき、〈小母国〉としての移民地空間は、「文学」を可能にする環境を検証するための小さな、しかし限りなく興味深い実験場となる。

本章では移民地に立ち上がる文学空間を考えるためのひとつの足がかりとして、新聞という媒体を取り上げてみたい。具体的には明治期のアメリカ移民たちが発行した日本語新聞――とりわけサンフランシスコで発行された一紙を扱う。後に述べるように、単行図書や雑誌がさほど発展しなかった北米の日本人移民地においては、継続的に刊行され、かつ廉価で手に入った新聞の役割が大きい。日本内地の日刊紙をモデルにして作られた移民新聞は、初期こそささやかなものだったが、次第に、短篇小説の単独掲載、長篇小説の連載、詩歌・小説の投稿、批評や読者の声の反映など、当時ありえたほとんどの文芸欄の形態を備えていく。この新聞とそこに掲載された文学作品の姿を追うことにより、移民地における文学の誕生と維持に、新聞という媒体がどのようにかかわり、いかなる場を提供していたかを考えることができるだろう。

2 日系アメリカ移民と日本語新聞

田村紀雄(一九九一)が強調したように、移民のコミュニティには彼らの母語で書かれた移民新聞《エスニック・プレス》が不可欠である。社会慣習、言語、出身地への関心などさまざまな面で故国の文化を引き継ぐ移民たちは、アイデンティティの保持という積極面、また言語的不自由さという消極面の双方において、彼らの第一言語でコミュニティの情報を伝達し共有する装置がどうしても必要となる。

もちろん、日本人移民たちもこの例に漏れない。『在米日本人史』(在米日本人会 一九四〇)は、移民たちの新聞に接触する割合の高さを指摘しながら、その原因を次のように推定している。

> 即ち在米邦人は米人社会に介在しつゝも、英語力の不十分その他の理由よりその通信界より隔絶された特殊立場にあり、且つ居住地は各地に散在し、新聞を除いては依るべき報道機関甚だ乏しく、また在米同胞は故国の事情を知らんとする念頗る強く、〔…〕生活は概ね余裕あつて新聞購読の如きは介意せざる経済力を持つにも起因している。(五〇六頁)

このまとめは一九四〇年時点のものだが、英語力や居住地域、メディアへの接触状況、望郷の念など、そのほとんどが一九〇〇年代、一九一〇年代にも当てはまるものと考えてよい。

しかも北米における日本語新聞の歴史には、以上のような一般的な移民コミュニティの傾向に加えて、固有の事情があった。北米の邦字紙は、最初期の移民到着とほとんど同時――一八八〇年代に誕生している。最初の新聞『東雲《しののめ》雑誌』の創刊は一八八六年である。これは、そのはじめの移民たちが、明治政府により弾圧され一時的に米国に身を寄せた自由民権運動の活動家たちだったためである。彼らはサンフランシスコに滞在しながら、日本に向けて政治的メッセージを送る目的で新聞を発行した。北米の日本語新聞の出発は、政治的亡命者たちが亡命地より故国へ発した言論機関としてあったのである[1]。

これを第一段階とすれば、日本語新聞の第二段階はこの後に来る商業新聞の時代である。自由民権運動の行き詰まりと、日本人の移民コミュニティの拡大とがあいまって、故国日本へではなく、移民地の住人たちに向けた日本語新聞が創刊される。サンフランシスコでいえば、初期のいくつかの統廃合のあと、メジャー二紙体制として確立した『新世界』と『日米』がそれである。

ここに、一部の政治的結社による指向性の限定された言論空間から、一般の移民たちの生活上に展開されるより幅広い言説空間が誕生した。内地の新聞と規模こそ大きく違え、社説からコミュニティのニュース、故国日本のニュース、国際情勢、彙報、文芸欄、広告などを兼ね備えた、体裁として遜色のない新聞が流通を始める。紙面に載せられた数々の情報は、新しい知らせや日々の読み物を読者に運ぶとともに、同じ言説空間に生きるという一体感をもたらすだろう。コミュニティの拡大が新聞の需要を高め、新聞の提示する言説空間がコミュニティの共通認識と連帯性を醸成していくというサイクルが始まる。

3　移民地の「国内刊行物」

さて、こうした言説空間の誕生にともなって、移民地における文学が本格的にスタートするわけだが、その前に、以降の展開の前提となる事実を補足しておかねばならない。それは、移民地において流通していた新聞は、実のところ移民地で出されていたものだけではなかったということである。移民ジャーナリズムに関する研究は比較的進んでいるが、この面に関してはこれまで不思議と顧みられていない。図5をみてみよう。

図５　「日本全国新聞紙」のリストを示す五車堂広告（『日米』1913年11月12日、2面）

これは五車堂というサンフランシスコの日本書店の広告である。北海道から宮崎、鹿児島さらには朝鮮、旧満洲、台湾の新聞名をずらりと並べたリストを提示しながら、五車堂はそれを無料で顧客の縦覧に供するという。しかもそれだけではない。「猶遠方の顧客や入用の方には三ヶ月以上のご注文ならば御望みの新聞紙取次ぎいたします」。つまりそれを望めば、五車堂の顧客たちは帝国日本の各地域で刊行されていた代表紙を定期購読できたというのである。さらに付け加えるなら、移民地では太平洋を結んで形成された流通網を利用して大量の日本の書籍や雑誌もまた輸送され販売されていた（次章参照）。移民一世の文学を考えるためには、こうした環境を考慮に入れることが非常に重要である。[2] 新聞の例もそうだが、日本語の情報に飢えた移民たちは、雑誌や単行本、はては新聞の切り抜きまで、貪欲に輸入を続けていたのである。

読み耽った雑誌類は、太陽、中央公論、新潮、早稲田文学、文芸倶楽部、文章世界といったようなもので、これは本屋から送ってもらうことにしていた。これら雑誌に現れた日本の思想界は明けてもくれても自然主義の論議であった。長谷川天渓、島村抱月、田山花袋、岩野泡鳴などと言った論客の一字一句が新鮮味をもって味われた。島崎藤村の「春」が読売新聞に出た。竹島君の妻君が一か月分ずつそれを竹島君に送って来たのを借りてきて読むのが何よりの楽しみであった。真山青果という新人の作に驚き、正宗白鳥の「何処へ」とか「泥人形」などを読みつつ祖国のはげしい変遷を思いに浮かべた。

（翁 一九七二、三九頁）

引用は、太平洋岸の移民コミュニティで積極的な文学活動を行ない、帰国後も『週刊朝日』の編集者などとして活躍した翁久允の自伝小説の一節からである。文中に現われる作家名や作品名からもわかるとおり、翁が振り返っているのは明治末のようすである。

ここから読み取ることができるのは、ふたつの事柄である。ひとつは、彼が大量の「日本文学」を取り寄せて読んでいたこと。もうひとつは、「祖国」とその文学に対して抱いていた彼の渇望である。異郷の文学青年たちは、取り寄せた雑誌などの情報をもとに、海の彼方の故国の文壇に思いをはせていた。一世の文学は、隔たりと欠乏とによってかき立てられるふるさとの文化への欲望と、それを癒すべく大量に運び込まれる日本の文物、そして身をもって経験しつつある異国の社会との葛藤とから生まれてくる。

4　移民新聞と日本語文学――『新世界』の場合

本章で言及できる一世の文学には限りがあるため、ここでは新聞掲載作品を中心に分析を限定しておきたい。取り上げるのは『新世界』という邦字紙である。『新世界』は『日米』と並ぶ第二次大戦前のサンフランシスコの有力紙である。創刊は一八九四年、最初の活字新聞であった。以後一時的な廃刊や合併を経ながら、二〇〇九年まで刊行された。サンフランシスコという日系移民社会の中心地のひとつで刊行された邦字紙であり、比較的初期から継続的に原紙が残されているという点から、十分に検討する価値があるといってよいだろう。ただし、サンフランシスコ大震災（一九〇六年）や第二次大戦下の強制収容という厳しい経験を経た結果、やはり欠号も多い。残存している部分でしかも現在調査が終了した範囲（一八九六―一九一〇）という限定的な報告とならざるをえないが、それでも日系一世の文学の出発期のようすのいくぶんかは見えてくるだろう。以下、詩歌と小説に分けて概観する。

詩歌

日本国内の新聞と同様に、『新世界』にも数多くの詩歌が掲載された。編集側からすれば欄の大きさも小さくてすみ、作者たちの側からいっても、小説よりは気軽に作れ、また歌会、句会といった仲間が集まる楽しみとも結びついた詩作は、もっとも身近な文芸だった。これまでの研究においても、一世たちの文学といえば詩作が挙げられることが多い(3)。

ジャンルの交代も近代詩史のそれとほぼ相似形であり、ほとんど初期にのみ掲載がみられる漢文、一九〇〇年代に流行しその後次第に衰えていく新体詩、継続的に欄を確保している和歌、俳句といった構成だ。

そのいちいちについて取り上げていく余裕はないが、移民文学という観点から興味深いと思われるところを数点見ておきたい。まずは、内容的な変遷である。古典的なジャンルであるほど、創作の際、内容面・形式面での制約が大きい。近代の和歌や俳句が、それ以前の伝習や固定化した修辞からいかに離陸するかを課題としていたことは改めて確認するまでもないだろう。移民たちの詩作においてもこの傾向は同様だった。初期の作品は形骸化した紋切り型の表現をそのまま援用した作品が多い。このため、サンフランシスコに身を置きながら、幻想の日本――しかも古典的な――を詠むという事態が発生している（以下『新世界』からの引用は日付のみ記す）。

春雨や曙近う桜ちる　　村井非物（一九〇〇年四月四日）

あけはなつ座敷匂ふや土用干　　葡軒（一九〇〇年九月八日）

むろんサンフランシスコに座敷はない。こうした傾向から徐々に当地詠が増えていく。

テキサスの大平原や稲光り　背味丸

なぞもかく淋しさまさる／かりの宿／カリホルニアの／秋の夕暮れ
桑港　なかむら（以上　一九〇六年一一月三日）

伊藤（一九六九：一九七二）が数多く紹介し、今日一世文学の代表のひとつとして考えられる――普通の生活者であった人々の生の声を伝えるとされる――和歌・俳句は、この変化が起こって以降のものを指している。だがそれよりも前、異郷において日本の風物を、あたかもそれがいまだ眼前にあるかのように詠む数多くの作品が存在していたのである。

詩歌が身軽に反応してみせる時事的な出来事も興味深い。たとえば「天長節の払暁金門公園の苺が岡に登り晴天を遙拝して」の詞書を持つ藤原正之の歌（一八九六年一一月五日）。

大君のましますかたをふし拝み／御世なかゝれと祈る今日かな
うちよりて声かるゝまて君か代を／うたひことふ《ほ》くけふそうれしき

いずれも、大日本帝国国民の重要な祝日であった天長節（天皇誕生日）に四千浬先の天皇の治世を言祝いだ歌である。また公的な歴史には登場しない移民たちの生活の裏面や、感情などが残されているのも面白い。

御主人のひかる頭におされてか／行燈くらき翠月の軒
喰に行く料理はよしやまずくとも／おちさの世辞を菊水の客
排斥をやるなら今のうちですぞ／やがては国を貰ひますから

前の二首は一九〇〇年八月一一日の投書欄に寄せられた「桑港の五料理店」と題する狂歌。署名は珍々亭とある。五首からなり、ここに紹介した二首のようにそれぞれの店名（翠月、菊水など）を読み込んでいる。三首目は松嶺子「狂歌七首　排斥問題」（一九〇八年二月一一日）。太平洋沿岸で徐々に高まりつつあった日本人排斥運動に対する、感情的な反発の歌である。こうした直截的な反応やナショナリズムの表現は、アメリカ社会のなかで協調して生きる道を選択していったこのあとの日系アメリカ人の歴史からは消されがちである。

小説

資料1（次頁）は『新世界』掲載の小説リストである。まず指摘したいことは、サンフランシスコ大地震直後のしばらくをのぞき、現存する号からうかがうかぎり、紙面にはかならず何らかの小説か講談、あるいは落語が掲載されていたという事実である。しかも、掲載された作品の顔ぶれが興味深い。長短篇入り交じり、リストに記号で分けて表示したとおり、作者も日本国内の作家から北米在住の移民まで多岐にわたっている。

移民地の日本語文学空間を構成したこうした複雑なありさまは、これまでの研究では十分に意識されてこなかったと言わねばならない。多くの論者が初期の新聞・雑誌に掲載された小説の存在を指摘はしてきたものの、その具体的なあり方まで取り上げることはなく、一世の移民小説といえば、このあと一九一〇年前後に登場する翁久允らの活動に一足飛びに飛んでしまっていたからである。(4)

その特徴を整理すれば、第一に、日本語新聞に掲載された作品は、実際には（1）日本国内の作品の転載と、（2）一時的に滞在した内地の文学者の作品、および（3）移民によるオリジナル作品の掲載によって構成されていたという事実をまずは挙げておきたい。リストの例でいえば、（1）として江見水蔭、広津柳浪、松居松葉、真山青果、伊原青々園らの名前を見ることができる。（2）としては佐藤迷羊、田村松魚など主に日本で活動し

資料1　『新世界』掲載小説、講談、落語リスト

リストに掲載したのは1896. 11. 4-1910. 5. 24に掲載されてすべての小説、講談、落語。ただし欠号も多く、特にサンフランシスコ大地震（1906. 4. 18）を挟む1900. 12. 29-1906. 5. 6は大きく欠けている。参照したのはカリフォルニア大学ロサンゼルス校図書館および立命館大学図書館所蔵のマイクロフィルム版である。

無印 日本国内で発表された作品の転載、◎ 移民地在住者による作品、▲ 一時的に滞在した内地の文学者による作品、□ 翻訳、？ 不明。

江見水蔭「泥水、清水　泥水之巻」二回分確認、1896. 11. 4-5　(*1)
広津柳浪「非国民」（五）1897. 2. 10　(*2)
？長田蕙香女史「初恋」（三）、1897. 3. 11
◎天外居士「短編小説　去年の今日」全一回1899. 10. 28
思軒居士訳「無名氏」（五）―（九の三）、1899. 10. 28-11. 20　(*3)
◎せつけい生「船長」全二回1899. 11. 1-2
◎エツチ、ユウ生「多作のうらみ」全二回1899. 11. 4, 6
◎浮沈木「教育小説　只つた一文字」全四回1899. 11. 7-11
◎田原豊水「懸賞小説　つり舟」全七回1899. 11. 14-22
松居松葉「山賊芸妓」八四回未完1899. 11. 21-1900. 3. 15　(*4)
◎川島天涯「短篇　色むすめ」全四回1899. 11. 23-27
講談、桃川燕林講談、速記法研究会々員速記「永井義勇伝」全九七回1899. 11. 28-1900. 4. 2
◎幻夢庵「きりひと葉」全二回1899. 12. 6-7
◎浮沈生「鞍馬山騒動　未来の博士」全一回1900. 1. 4
◎尺魔「歌かるた」全一回1900. 1. 4
◎川島天涯「なみだ」全三四回1900. 4. 3-5. 14
無署名「探偵小説　軍人仇討　川上行義」全一〇八回1900. 6. 13-10. 26　(*5)
▲佐藤迷羊「日本士官」全二七回1900. 10. 27-11. 28
◎かふろぎ「をんな下宿」全八回1900. 11. 30-12. 8
▲田村松魚「罪の手」二五回未完1906. 9. 15-10. 8
◎新作小説、霄洋生「有縁無縁」全一回1907. 1. 1
□翻訳小説、トルストイ原作、生重訳「小説　祈禱者」全七回1907. 1. 1-9
▲田村松魚「大成功」全六回1907. 1. 4?（欠号）-9
▲田村松魚「新作　罪の手（後編）」七回未完1907. 1. 14-20
講談、桃川実述「台湾彩票　当り運」1907. 2. 1-2. ?（欠号）
◎石田月下「新作　身の運」全八回1907. 2. ?（欠号）-13
◎ひろ史「変り者」全四回1907. 2. 14-17
□翻訳小説、呑宙生「鸚鵡の一声」全四回1907. 2. 18-21
□翻訳小説、プーシキン、明星訳「エカテリナ皇后とミロノフ将軍の娘」全七回1907. 2. 22-28
◎羅府 沈鷹「追想」全二回1907. 3. 2-3
講談、石川一口講演「侠骨　日本男子」全二三回1907. 3. 6-30
◎明星子「小説　鉄腸」全七回1907. 3. 18-25
講談、島田一郎「梅雨日記」全三〇回1907. 4. ?（欠号）-5. 4
探偵講談、山崎琴書講演「双児美人」全五四回1907. 5. 5-7. 2
落語、橘屋円喬口演「三軒長屋」全一〇回1907. 7. 3-12
落語、橘屋円喬口演「強情」全四回1907. 7. 17-20
◎なこそ「ふみほご」九九回未完1907. 7. 21-11. 26
講談、桃川実講演「水戸光圀　犬の御意見」全六回1907. 9. 30-10. 6
講談、桃川実講演「平賀源内　知恵の袋」全一二回1907. 10. 26-11. 7
▲在紐育 田村松魚「新作小説　出世間」全三〇回1907. 11. 27-12. 26
◎懸賞小説一等賞、一瓢若人「待つ春」全一回1908. 1. 1
◎懸賞小説二等当選、白蘭子「光明」全二回1908. 1. 4-5
◎応募小説 賞外、渡辺渓月「卒業前」全二回1908. 1. 6-7
◎応募小説賞外 在羅府　吉田和水「新年の東京」全二回1908. 1. 8-9
講談、神田伯龍講演「毒婦　野晒お駒」全五五回1908. 1. 10-3. 4
◎萩村「弾下の夢」全二回1908. 3. 5-6
◎天風「片思ひ」全二回1908. 3. 7-9
◎社末象牙庵「みなは」全二回1908. 3. 10-11

講談、喋喃齋嚶鳴講演「曽呂利奇談」全七回 1908. 3. 12-18
落語、禽語楼小さん口演「猫久」全七回 1908. 3. 20-26
講談、神田伯龍講演「檜山実記　伊達三次」全六三回 1908. 3. 27-5. 31
史談、無署名「桶狭間」全二回 1908. 4. 21-22
□翻訳小説、トルストイ、秋田明星訳「アイリヤフ村に於ける参謀会議」全五回 1908. 6. 1-5
◎一瓢若人「変人の行衛」全二七回 1908. 6. 13-7. 9
講談、桃川如燕「侠客　腕の喜三郎」全五三回 1908. 7. 10-8. 31
新講談、渡邊霞亭「悪美人」全四三回 1908. 9. 1-10. 13
講談、柳々舎玉山講演「義士銘々伝」全九一回 1908. 10. 14-1909. 1. 18
講談、三遊亭円朝校閲、司馬龍生口演「義侠の惣七」全四九回 1909. 1. 19-3. 18
□流川訳「軍事小説　万歳」全一〇回 1909. 1. 24-2. 4
新講談、省軒居士「探偵奇談　電信線」全三五回 1909. 3. 24-4. 28
◎早川水歩「恋の神」全三回 1909. 4. 4-6
◎逢嬉楼「短編小説　文雄君」全三回 1909. 4. 15-17
◎早川水歩「鬼あざみ」全二回 1909. 4. 18-19
◎早川水歩「過壇龍草」(ルビ上下：くじゃくそう／ The Maiden Hair) 全三一回 1909. 4. 29-5. 29
◎梅本露花「油谷の月」全一二回 1909. 5. 30-6. 10
◎逢喜楼「小鳶の喜六」全二回 1909. 6. 11-12
塚原澁柿「長篠合戦」1909. 6. 13-9. 4 (*6)
◎帆里「不得要領」全四回 1909. 7. 6-9
◎帆里「自覚」全二回 1909. 7. 14-17
◎胡蝶子「火の車」全一回 1909. 7. 15
◎帆里「波瀾」全二回 1909. 8. 1-2
◎武村九華「写生　稲葉」全六回 1909. 9. 5-10
◎帆里「過去」全四回 1909. 9. 11-14
◎早川水歩「続 夢の女」全二回 1909. 915-16
◎鈴木北川「瞑想家」一七回未完 1909. 9. 16-10. 5
◎鈴木秀峯「野花」全一七回 1909. 10. 8-25
史談、愛山生「四十七士伝」一三回未完 1909. 10. 13-30 (*7)
◎早川水歩「堕落」全二回 1909. 11. 5-6
◎早川水歩「落葉」全一回 1909. 11. 21
◎武村九華「暮秋」全一〇回 1909. 11. 22-12. 11
◎早川水歩「雪代」全二回 1909. 12. 6-7
伊原青々園「新かつら川」1909. 12. 18-1910. 2. 19 (*8a)
◎千雲居士「我が友」全二回 1909. 12. 23-24
◎鈴木北川「誕生日」全一回 1909. 12. 24
◎懸賞小説 第一等当選、梅本露花「日曜日」全一回 1910. 1. 1
◎早川水歩「泡雪」全一回 1910. 1. 1
◎明石帆里「船」全三回 1910. 1. 4-6
◎明石帆里「二人」全三回 1910. 2. 19-21
◎岡蘆丘「並木」全五回 1910. 2. 22-26
◎浅野露葉「離別」全五回 1910. 2. ? (欠号) -3. 1
◎武骨浪人「双蝶」全一〇回 1910. 3. 2-11
◎平井桜川「そのまゝ」全六回 1910. 3. 12-18
真山青果「幕」全二回 1910. 3. 17-18 (*9)
◎明石帆里「お菊」全三回 1910. 3. 21-23
伊原青々園「新桂川」後編 1910. 4. 5-5. 24 (*8b)

判明している日本国内での初出、単行本

(*1)『文芸倶楽部』1896. 4
(*2)『文芸倶楽部』1897. 1
(*3) 初出『国会新聞』1894. 1-8、のち春陽堂 1898. 9
(*4)『万朝報』1899. 10. 10-1900. 2. 2
(*5)『毎日新聞』1900. 6. 6 ごろ連載。のち『川上行義：探偵実話 後編』あをば氏著、東京、金槙堂、1900. 10
(*6) 初出『東京日日新聞』1893. 10. 1-12. 27、のち佐久良書房 1909. 1. 17 (澁柿叢書巻第十)
(*7)『独立評論』1909. 4. 15, 6. 1
(*8a, b)『都新聞』1909. 4. 20-8. 25、のち画報社より刊行、前編 1909. 7. 24、後編 1911. 8. 23
(*9)『大阪毎日新聞』1910. 1. 1

たが米国にも足跡を残した作家たちの名前が登場する。（3）の分類に出てくる名前は、専門家であってもほとんどなじみのない名前ばかりだろう。

第二に、これらの三区分に内容面を加味して考えると、大きくいって、転載される日本の作品は通俗的なものが選ばれ、一時的滞在者とオリジナル作品はやや芸術指向のものが多いという点が指摘できる。『新世界』の一般読者たちに受けがよいのは内地の通俗小説や歴史小説、講談、落語であり、一方、自分たちで小説を書くほどに文学趣味を持っていた移民たちは、より高踏的な志向を保持していたといえよう。実際、「桑港書林通の談によれば、売行最も宜しきは絵画入りの人情小説」[5]だったと言われており、文学空間の構成員たちの質的な異なりに注意を払わねばならない。

この点に関していえば、移民たちの手によるオリジナル作品（小説）の登場時期は一般に考えられていた以上に早く、かつ継続的であるということも第三に指摘しておきたい。リストにあるように、一九〇〇年前後にはすでに天外居士、せつけい生、浮沈木ら複数の作者たちがそれぞれに短篇を寄稿している。三〇回を超える連載も数本存在し、なこそ「ふみほご」などは九九回の連載でなおも未完に終わっている。これまで日系移民による最初の長篇小説は、翁久允の「悪の日影」（『日米』一九一五年六月三日―九月一六日）とされてきたから[6]、この点にも修正を加えねばなるまい[7]。

以上のような特徴を、連載という観点から眺め直してみよう。連載小説の機能は、第一義的には物語のもつ魅力――続きを読みたい、という――を利用し、読者を継続的にその新聞につなぎ止めるところにある。この点においては移民新聞も変わらない。ただ、移民地において問題となるのは、適切な書き手がいないということだ。新聞連載、しかも長篇となればかなりの力量がなければ書き通せない。そこで移民新聞がとった戦略が日本内地の小説の転載――おそらくは無断の[8]――である。判明している初出および単行本の刊行時期をリストに注記したが、いずれもオリジナルの発表から転載までの時間差がほとんどないことにも注目したい。松居松葉の「山賊芸妓」にいたっては、『万朝報《よろずちょうほう》』の連載中にすでに『新世界』で「連載」が始まっている。松葉の原稿が北米まで回付されたことは想定しにくく、輸入された『万朝報』からそのまま転載したと考えるほうが自然だろう。

田村松魚など（2）のタイプの作者や、（3）の移民地の作者の作品が手に入った場合、編集部は積極的にそれを掲載している印象がある。読者の反応があらかじめ読める通俗ものの転載と、より自分たちに身近な作者による身近な題材の作品との双方をそれぞれ評価して用いていたと考えられる。浮沈木が連載した「教育小説 只つた一文字」の冒頭には、「最もサンフランシスコ臭き小説との所望」によるという作者の弁がある（一八九九年一一月七日、三面）。移民地の読者により近い作品をという編集部のねらいは、移民地の作者たちに継続的な発表の〈場〉を提供するという結果をもたらした。北米の移民社会においては単行本や雑誌はさほど発達しなかったため、新聞が移民地の第一のメディアであった。[9] 一世文学の生成と維持に、新聞連載が果たした役割は大きいといわねばなるまい。

担い手たち

文学の担い手たちについても考えておこう。先に移民地の文学空間を占めた作品を三種類に分類したが、これに従えば「書き手」にも三種類があったと言えるだろう。（1）日本国内の作家、（2）主として国内で活動したが移民地での生活体験も持つ作家、（3）移民文士たち、である。このうち、移民地の文学空間を創造し、維持していくための主体となったのは（3）の人々である。読者の側を考えたときにも、次のことが言える。（A）まったく文学になど興味をもたなかった層、（B）読むとしても軽いもの――講談や通俗小説程度だった層、（C）文学に深い関心を寄せていた層があったと想定すれば、最後の層こそが文学空間の核となった層である。そして（3）と（C）とはかなりの程度重なると見ていい。熱心な文学読者たちが、移民地の書き手たちでもあった。そして文学作品の書き手として、また熱心な読者として、批評家として、あるいは新聞雑誌社の編集者として、書店の店員として、彼ら異郷の文学青年たちが核となって移民地文壇を形成していったのである。

当時の青年達は、夢を抱いてアメリカにやってきたが、現実はあまりにもきびしい。〔…〕やはり、精神的なはけ口は文学にむけられた。といっても、誰か大家に師事して本格的に勉強した連中ではない。ヤキマの平原で諸《いも》掘りをしながら、あるいはレストランで皿洗いをしながら、満たされぬまま、日本の文学雑誌をよんで、当時、盛んだった、田山花袋、岩野泡鳴らによって唱道された自然主義文学運動に傾倒して、いわば独学で作品をつくりあげた人人だった。人によっては、与謝野晶子に、人によっては石川啄木に、あるいは吉井勇、若山牧水、北原白秋に傾倒した。だから、文学会といっても、特定のリーダーがいるわけではない。気の合った者同士が集まって、文学を論じ、互いの作品を批評しあった。（伊藤 一九七二、八八頁）

引用はシアトルで一九一〇年前後に「文学会」などを作って活動していた西方長平（更風）の回想である。彼らは留学や徴兵逃れなど理由はさまざまであれ、日本で相応の教育を受け、勉強するべくアメリカへやってきた書生たちだった。この回想を紹介した伊藤（一九七二）には、西方らの回顧にもとづく当時のシアトル文学青年たち二三人のプロフィールが紹介されている（一〇一―一〇三頁）。國學院大学卒、早稲田大学国文科卒、東京美術学校卒、早稲田大学哲学科卒、京都大学哲学科卒といった日本での学歴、渡米以後のスタンフォード大学在学、ミシガン大薬学科卒業などの経歴が並ぶ。同書で富田清万（緑風）が振り返るように、アメリカで働きながら勉強を続けようとしてやってきた中学や高校の中途退学者も多かったようだ（八九頁）。みな当時としてはかなりの高学歴である。

このシアトルの文壇についてもっとも詳しく活写したのは、竹内幸次郎（一九二九）の「第十三編　移民地の文壇」である（図6）。竹内もやはりシアトルに集まった青年たちが他州と比べて高学歴であったと述べながら、二〇世紀初頭の「沙港文壇《シアトル》」のようすを描いた。青年たちはシアトルで刊行されていた雑誌や新聞に拠りながら、俳句の「沙香会」、一般文芸の「文学会」——竹内によれば「会員は四五十名もあつた」(五八九頁)という——、詩歌の「コースト会」などが結成され盛んな活動を繰り広げた。シアトルの文壇は、一九一〇年頃を境に構成員が四散したり、年齢が上がったりしたこともあり、下火になっていった。

さて、文学活動といえばやはりこうしたシアトルの文壇のようすが注目を引き、実際一世の文学の黎明期の活況として言及されることも多いわけだが、本章が明らかにしたのは、移民地の文学空間の構成は、実体としてはより多層的であったということである。読者として考えれば、文学に親しみのない出稼ぎの労働者から、通俗的読み物を好む読者、高いリテラシーをもつ移民文学の中核的支持層が存在した。創作側にも、日本から一時的に訪問する作家、そして作品のみが新聞紙上に現われる日本在住の作家たちがいたのである。一口に移民の文学と言っても、その構成は複層的であったことに留意すべきである。

5　まとめ——移民新聞の役割

こうした種々雑多な構成の作品を載せ、さまざまなレベルの読者の要求を引き受けながら日本語新聞は発行されつづけた。移民地で文学のための〈場〉を創りだし、それを維持した移民新聞の重要性はいくら強調しても足りない。手段の是非はともかく日本国内の小説を転載して移民地に最新の作品を届け、短中篇の掲載から百回近くの長篇連載まで、できうる限り移民地起源の作品も載せ続けた。また個人的な執筆や投稿だけでなく、短歌会や俳句会の成果も頻繁に掲載し、新聞はコミュニティの文学サークルをつなぐ役割を果たしていたことも見逃せない。自分で創作を行なうまでには至らないまでも、掲載される作品に関心をはらっていた読者たちにとっては、投書によるフィードバックの回路としてもあった。

図6　シアトルの文士たち（竹内幸次郎1929所載）

注目したいのは、移民新聞が果たした役割は単なる〈場〉の提供だけではなかったということである。日本語新聞は、「文学」を創出し、循環させていく積極的なアプローチをも行なっていた。たとえば懸賞である。『じゃぱんへらるど』（サンフランシスコ）をはじめ日本語新聞は、かなり早い時期からコミュニティの潜在的な作者に向けて、詩歌や小説などの「懸賞募集」を行なっていた。「夏季懸賞募集」（『じゃぱんへらるど』一八九七年四月一九日、一面）は、「一等賞　写真（キャビネット）一ダース」などを懸け、「狂詩。狂歌。狂句及び川柳桑港町名よみこみ都々逸」を募集している。一八九九年一〇月二八日号の『新世界』も「一等本紙一ヶ年」や当選作の掲載などをうたって「懸賞短篇小説募集」を行なっている。紅野謙介によれば、『読売新聞』が懸賞小説・脚本募集を行なったのが一八九三年一〇月、『万朝報』が「毎週募集」の懸賞小説を募りはじめたのが一八九七年一月というから（紅野謙介 二〇〇三）、移民紙の試みもかなり早いといってよいだろう。

日本の最新作の転載、文学愛好者への〈場〉の提供、創作を促進させる懸賞などさまざまな役割を日本語新聞は果たしていた。新聞社そのものが文士のたまり場でもあった。移民新聞は、移民地において「文学」を可能にした環境の、まさに一つの中核であったといえるだろう。

第4章　移民と日本書店──サンフランシスコを中心に

この章では、北米日系移民たちの創りあげた書物の流通システムに関する考察を試みる。アプローチとしては、そのネットワークの重要な結節点《ハブ》としての役割を果たした「日本書店」──日本語の書籍雑誌を主に商っていた書店を本書ではこう呼ぶこととする──の活動を追跡することによってそれにせまりたい。日本書店関連の資料は、第二次大戦下の強制収容を経て、その多くが失われていると考えられる。ここでは、残された日米双方の資料、関係者の回想などに加え、邦字新聞に掲載された広告を分析の対象として利用し、その実態を再構成するべく試みる。

1　移民地と日本語空間

二〇世紀前半の北米日系移民コミュニティにおいて、日本語で書かれた書物、新聞、雑誌は、どのようなものがどの程度流通していたのだろうか。そうしたさまざまな媒体が広がり、読まれる空間をここでは仮に「日本語空間」と呼ぶ。その全体像をまずは粗描しておこう。

日本語新聞

移民たちにもっとも身近だった母語媒体が、移民地の日本語新聞である。これについては前章で論じたため、ごく簡単に述べるにとどめる。(1) この種の新聞の歴史は、政論紙に始まる。自由民権期(一九世紀末)に、日本政府の弾圧を逃れた人々がサンフランシスコなどで新聞を発行し、日本へ送っていた。代表的な新聞としては『東雲《しののめ》雑誌』『新日本』『第十九世紀』などがある。その後政論紙は衰退し、一八九〇年代からコミュニティ紙が現われはじめる。サンフランシスコの『新世界』『日米』、ロサンゼルスの『羅府新報』、シアトルの『大北日報』『旭新聞』などがあったほか、ユタ、サクラメント、デンバーなど、比較的小規模の都市においても刊行されていた。

このように在米日本人コミュニティにおいて日本語新聞が発達した理由は、日本人移民の階層構成、経済的余裕、母国における新聞の発達の度合い、比較的離散していたという居住の形態、故国の情報への飢え、新聞の廉価さ、広告がとりやすかったこと、英語での情報へのアクセスが難しかったことなど複合的な理由が指摘されている。

日本語雑誌

新聞だけではなく雑誌も刊行された。いずれも長くは続かなかったが、初期から見ていっても、『腮《あご》はず誌』『桑港乃栞』『宇宙』『太平楽』、また文学系の雑誌としても『レモン帖』『マグナ』などがあり、そのほか南カリフォルニア大学、カリフォルニア大学バークレー校の日本人学生たちが刊行した『南加学窓』『麦嶺学窓』なども存在する。第二次大戦下の強制収容所においてさえ、新聞や雑誌が刊行されていた(篠田/山本共編著 一九九八)。

書籍の出版

移民地では図書の出版も比較的早くから行なわれていた。一九〇〇年の記事「在留日本人と出板物」（『新世界』一九〇〇年五月九日）は次のようにいう。

> 堂々たる名前の会社がダウンサラーで恐ろしい名前の商店の間口が一間半で日本人間で日米〇〇社とも云はるゝものが光つて居るものは入口の招牌計〔許〕りであると云ふのであるから在留日本人の出板物がコックブックや労働の間に合せの誤謬だらけの会話篇のみであるのを見ても驚くには足らない〔…〕

批判的な記事ではあるが、むしろこの時期からすでに出版活動があり、かつその貧弱さに批判が出るほどに需要があったことは驚きだろう。サンフランシスコの書店青木大成堂は出版業もかねており、たとえば一九一〇年には『西洋料理法大全』『改正 加州読本独案内』（第一、第二、第三）『実用秘訣 アントレー料理法』『加州案内地図（和英字入）』『二十世紀 英和書文大成』などの書籍を出していたことが、『日米年鑑』（日米新聞社 一九一〇）からわかる。料理本、土地案内、英語参考書などの実用書、米国の教科書の参考書など、需要が高かったジャンルを中心に刊行しているようだ。

一九四〇年までを総体として見渡した場合、移民地における出版はより多彩なおもむきを現わす。表3は『在米日本人史』（在米日本人会 一九四〇、五四三―五五一頁）をもとに作成した、北米の日系人による著述刊行書籍の分類一覧表である。

総刊行点数は三七〇点。むろん、母国日本の状況とは比べるべくもないが、のちに見るように、太平洋をはさんで膨大な量の図書が流入していたことを考えれば、なおその上にこれだけの本を移民地で出す必要と欲求があ

表3　北米日系人著述刊行書籍分類一覧表

種別　＼　年代	～1899	1900～	1910～	1920～	1930～	1940年	不明	合計
史蹟及び発展史	0	2	5	13	11	1	0	32
在米日本人事情	0	7	7	12	2	0	2	30
日米関係諸問題	0	2	3	12	2	0	0	19
米国事情	0	8	10	9	1	0	1	29
米国諸法律	1	2	1	5	1	0	0	10
教科書及び教育関係	0	10	3	5	4	0	0	22
論説及び随筆	0	3	8	16	7	0	0	34
宗教及び宗教関係	0	1	16	17	12	0	3	49
農業及び商業関係	0	3	4	8	3	0	1	19
文芸関係	3	0	8	29	12	1	0	53
旅行記、写真帖、辞典	0	2	4	8	7	0	0	21
伝記、其他人物関係	0	1	3	9	4	0	0	17
その他	1	6	10	12	6	0	0	35
合　計	5	47	82	155	72	2	7	370

ったということだろう。年代別にみれば、刊行点数は一九二〇年代をピークにほぼ山形の曲線を描いており、一九二四年の排日移民法施行による移民禁止措置、およびそれとも連動する日本語中心の一世から英語中心の二世への世代交代が、ここにも影を落としているとみることもできそうだ。種別としては、宗教、文芸が合計五〇点前後と高くなっていることも目につく。

なお、出版の方法について一言しておけば、発行は米国であるものの、印刷は日本で行なうことも少なくなかった。船賃を含めても、その方が安く上がったということだろう。雑誌『太平楽』（太平楽）は「在米同胞唯一の機関」を謳う月刊誌だったにもかかわらず、「二月号は／本月十五日入港／「マンチユリア」号にて着荷す」とあり、日本で印刷されていたらしい（『日米』一九一五年二月一四日。雑誌現物は未見）。米国で発行されたさまざまな日本語書籍の奥付を見てきた私自身の印象を言っても、印刷は日本、発行は米国という例が相当多い。

北米移民地の「国内刊行物」

移民地で流通していた新聞・雑誌は、実は移民地で刊行されていたものだけではない。これまでの研究では、移民が主体となって刊行した出版物のみに注意が払われてきたが、移民地の邦字新聞を別にすれば彼らが眼にしていた出版物の大半は、実は「（日本）国内刊行物」だったと考えられる。国内の新聞の取次については前章でサンフランシスコの書店、五車堂の広告（図5）をもとに考察したが、日米新聞社も同様の取次サービスを行なっていた。「日本の三大新聞／大坂朝日新聞／東京朝日新聞／国民新聞／取次所日米社営業部」という広告が出されている（『日米』一九一五年一月五日）。おそらく自社の配布網をつかって顧客に届けていたものと思われる。なお『日米』一九一五年六月一四日の広告によれば、日米社は書籍の取次販売もしていたようである。

雑誌についても検討してみよう。図7はサクラメントにあったよろづ商店の広告で、「定期刊行雑誌」の取扱一覧である。『太陽』『中央公論』といった総合誌にはじまり、実業雑誌、青年誌、文学雑誌、婦人誌、少年誌、娯楽誌、宗教雑誌と、バラエティ豊かな雑誌が並んでいる。一一七頁には、同様の定期刊行雑誌のリストとして、五車堂のものをあげておいた（図36）。これらのリストは、読者たちの需要に応えるべく考えられているだろうから、この時期の北米移民地の読者層の推定がある程度可能になる。従来の理解では、一九一〇年代初頭の移民地においては、まだまだ出稼ぎにきた若い独身男性の割合が多かった時代と理解されている。労働移民の割合が高かったのはそのとおりであろうが、このリストをみる限り、相当高度なリテラシーをもった読書人口が存在し

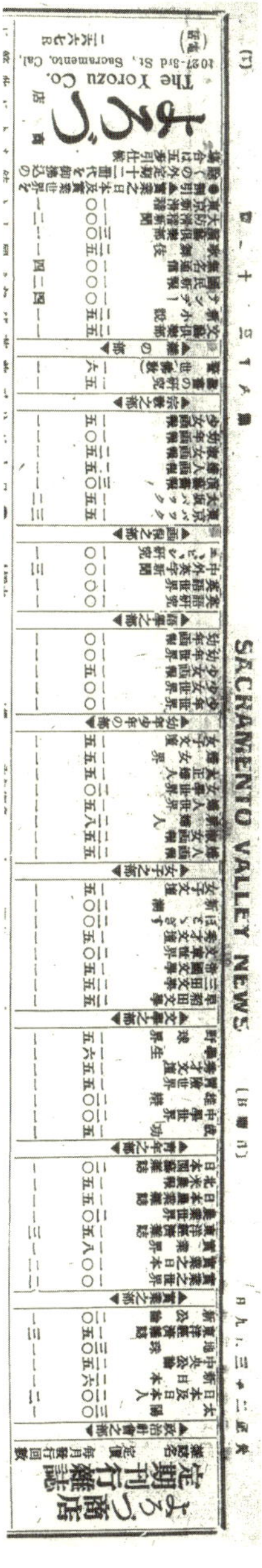

図7　よろづ商店広告「定期刊行雑誌」
（『新世界』1913年3月9日）

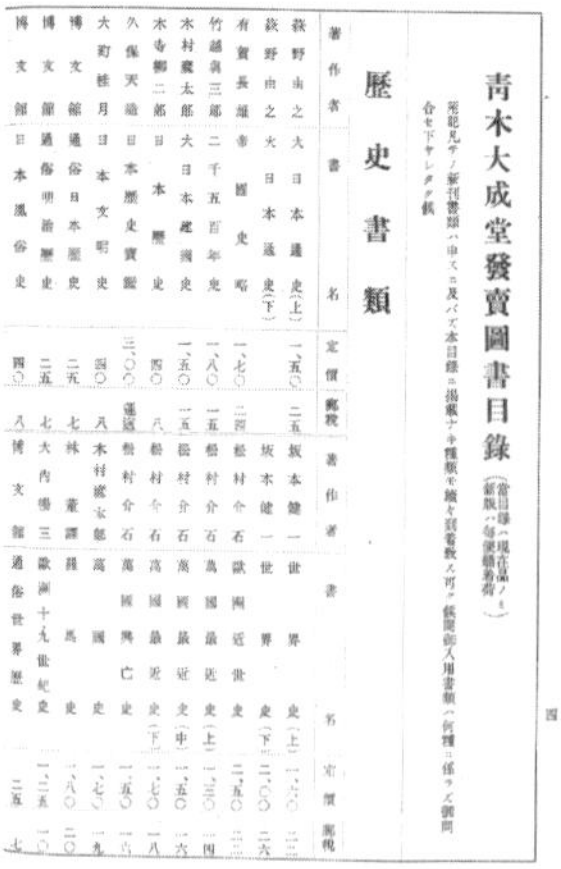

青木大成堂發賣圖書目録（當目録ハ現在品ノミ／新版ハ毎便輸着荷）

弊館見サノ新刊書類ハ申スニ及バズ本目録ニ掲載ナキ種類モ續々到着致ス可ク候間御入用書類ハ何種ニ係ラズ御問合セ下サレタク候

歴史書類

著作者	書名	定價	郵稅
萩野由之	大日本通史（上）	一、五〇	二五
萩野由之	大日本通史（下）		
有賀長雄	帝國史略	一、七〇	二四
竹越與三郎	二千五百年史	一、八〇	一五
木村鷹太郎	大日本建國史	一、五〇	一五
木寺柳二郎	日本歴史	四〇	八
久保天隨	日本歴史寶鑑	三、〇〇	運送
大町桂月	日本文明史	四〇	八
博文館	通俗日本歴史	二九	七
博文館	通俗明治歴史	二五	七
博文館	日本風俗史	四〇	八

著作者	書名	定價	郵稅
坂本健一	世界史（上）	一、六〇	二三
坂本健一	世界史（下）	二、〇〇	二六
松村介石	阿國近世史	二、五〇	二三
松村介石	英國最近史（上）	一、三〇	一四
松村介石	英國最近史（中）	一、五〇	一六
松村介石	英國最近史（下）	一、七〇	一八
松村介石	英國興亡史	一、五〇	一六
木村鷹太郎	英國史	一、七〇	一九
林董譯	馬史	一、八〇	二〇
大内暢三	歐洲十九世紀史	一、二五	一〇
博文館	通俗世界歴史	二五	七

四

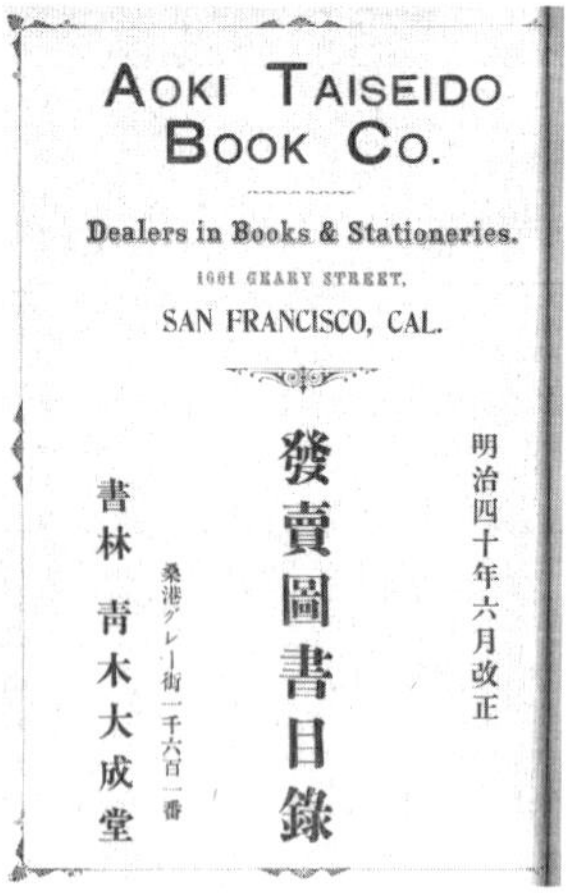

AOKI TAISEIDO BOOK CO.

Dealers in Books & Stationeries.

1661 GEARY STREET,

SAN FRANCISCO, CAL.

明治四十年六月改正

發賣圖書目録

桑港グレー街一千六百一番

書林 青木大成堂

図8、9　青木大成堂「発売図書目録」より 表紙（右）と4頁
（『宇宙』1908年1月）

たと言うべきである。

たとえば文学系の雑誌を見てみよう。二つのリストを見渡してみるに、一九一二―一三年に『文芸倶楽部』『新小説』『文章世界』『新潮』が手に入り、『太陽』『中央公論』の文芸欄を見ることができ、少し小ぶりな『早稲田文学』『帝国文学』『三田文学』『白樺』『青鞜』『スバル』『秀才文壇』『ホト、ギス』を購入でき、相当にマニアックな『ザンボア（朱欒）』『とりで』『女子文壇』をも手に取る可能性がありうるならば、これはその気になればほぼすべての――東京を中心にしたという制約があるが――同時代の文芸誌を集めることができたことを意味する。この状況は日本国内における地方都市の書店の取扱品目を上回っていたと考えてよいと思われる。

もう一つ注意したいのは、取り扱われていた雑誌は、一九一〇年代初頭においてすでに独身の若い男性向けの雑誌だけには限らなかったという点である。『婦人画報』『女学世界』などをそろえた「婦人の部」「女子之部」もあれば、少年少女向けの雑誌も複数リスト化されている。

部数に関していえば、一九〇四年において次のような記録が残っている。「書籍店は純粋なる書肆三軒其他小間物類、雑貨店等にて副業とせるもの多し、桑港市内書店に於て一ヶ月太陽の取次高八百部内外、文芸倶楽部五百部内外、新小説三百部内外なりと云ふ」（日米新聞社 一九〇五、一四七頁）。『太陽』八〇〇部というのは相当な

部数といってよい。

図書に目を転じよう。図8、9は、サンフランシスコの青木大成堂の「発売図書目録」である。実に一〇〇頁を超えるこの目録には、雑誌、歴史、地理、辞典、小説、講談本などに分類されながら、膨大な量の書籍がリスト化されており、しかもそのすべてが在庫品だという。品揃えも、定番の基本書籍から新刊書まで幅広くそろえられている。移民地の「国内刊行物」の厚みを物語る資料である。

2　日本書店小史

米国に存在した日本書店に関する回顧的な記述は早い時期からみられる。『日米』の第二〇〇〇号記念号は「明治三十二年四月と今日との相違を記すれば書籍店は僅か一戸（芙蓉堂）なりしもの今日に於て五戸（其他副業とするものは多し）」（桑港生「日米自第壹号至第貳千号期間の同胞発達概観」一九〇五年七月四日、二七面）と振り返る。これまでのところ最も包括的な記述は在米日本人会（一九四〇、二八五頁）のそれである。

> 日本人が米国で貸本屋を始めたのは一八九二年（明治二十五年）の頃桑港に三遊楽亭といふのが出来た、これは甲州人竹川藤太郎の経営で、当時は本国より新刊書を取寄せて売捌く程の実力もなく、二三十冊の古本を賃貸し、一週間五仙の料金を取つてゐた。次で三友社が起り、一八九五年（明治二十八年）桑港ゼシー街に水藤某貸本店が始めて日本から雑誌を二三種を輸入した。
>
> 書籍店として稍体裁を備へたものは、一八九九年（明治三十三《〔ママ〕》年）愛媛県人青木道嗣（青木大成堂）が桑港デユポンド街で開業したのを書籍商の最初とする。次で一九〇二年（明治三十五年）新潟県人小林与太郎（小林中央堂）がデユポンド街に書籍店を開き、これより日の本商店《〔会〕》、五車堂が起り今日の盛況を呈するに至

り、羅府では佐藤良吉〔佐藤書店〕が、一九〇二年に開業してゐる。

この記述でおおよその流れはわかるものの、間違いも多い。以下、判明しているものについては適宜修正を加えながら増補を試みたい。

まず、簡単に業態の変遷を整理しておこう。サンフランシスコにおける日本書店の歴史は貸本屋から始まったと言われるが、実はほぼ同時期に国内品の輸入商による兼業の書店が発展を始めているようである。図10、11は貸本屋の広告であるが、図11の広田は販売も行なっていたらしい。図12は旅館、貸間の店が、新聞雑誌縦覧所を置いているものだ。図13からが初期の兼業書店（商店）の広告である。兼業書店とは、日本国内から輸入した食品、雑貨、土産物などの商店が、小説本や雑誌も扱ったという形態である。もっとも古い広告はサンフランシスコで出ていた『愛国』紙掲載の井出商店のもので、一八九二年八月五日の日付が確認できる。製茶、白米、勝手道具、玩物、骨董、筆墨などとならび、「小説会話字書」などの書物が挙げられ、「御注文ニ応シ本邦ヨリ取寄」すると謳っている（図13）。同様の業態の水藤も、「本国書籍新聞雑誌取次」を掲げていた（図15）。

歴史的にはこの次に専業の書店が登場する。「書肆業者の最も古きは芙蓉堂にしてステベンソン街に開業せり〔。〕尤も書籍の販売たる雑貨食料商の副業なりしを以て日本書肆の売行きありしは余程古きことなりとす、而し本業を専門として営業するに至りしは爰処二三年の中なり、現在数三軒」（日米新聞社 一九〇六、一八二頁）。ただし、兼業の形態は、専業書店登場後も地方の商店を中心に長く続いたと考えられる。専業書店として私がもっとも早く確認している書店は、先の引用の、一九〇〇年にサンフランシスコのスティーヴンソン街にできた芙蓉堂である。[2] この後、サンフランシスコでは、青木書店、小林中央堂、日の本商会、五車堂と次々に書店が開業していく。図16—19はこれら専業書店の広告、図21—28は外観および店内の写真である。

これらの書店をどのような人物が経営していたのか、詳細は分からないことが多いが、判明しているものをあげれば次のようになる。

青木道嗣君／青木大成堂主人

〔…〕主人姓は青木、名を道嗣と云ふ、愛媛県温泉郡久米村の産、明治三十一年発憤する所あり、妻子を措きて米国に来り、シヤトル、ポートランド間に居ること数年、終に故国より妻子を呼び寄せ、桑港に来り、デユポント街に書肆を開業す、当時桑港に日本の雑誌著述類を取次、販売するの店、中央堂あり、芙蓉堂あり、然れども皆微々として振はず、一例を挙げて当時の事情を説明すれば彼の雑誌『太陽』の如き、中央堂に二十五部乃至三十部着荷するに過ぎざる為め、着荷毎に隣近の人相争ふて之を求め二三日後るれば購読する能はずと云ふ有様なりき、故に青木君が大成堂を起して盛んに新刊物を取次ぎたるは頗る時宜に投じたるものと謂ふ可し。震災後君、衆に先じてパイン街に開店したりしが、顧客潮の如く来りて狭きを感ずるの余、一年ならずしてゲリー街に移転す、今現に桑港の博文館と称せられつゝあり、創業七年祝ひの為め店友名簿を作り景物を添ゆる等、商売に抜目なきこと敬々服々の外なし、店頭装飾する所の新刊見本、金光燦爛として目を奮〔奪〕ふ、真に是れ日本人ストーアの白眉也。

別に常盤商会あり、亦た君の経営する所に係る、主としてカラー、ネキタイ等の装飾品を鬻《ひさ》ぎ、又た東部某会社の代理として洋服の注文に応ず。

〔…〕一昨年雑誌『宇宙』を発行し、文学、宗教〔、〕政治、法律、経済其他社会万般の事を論導するの機関に供し、殊に加州日本人の発展策に付ては、巨資を投じて故国名士の卓説を買ひ、毎号之を掲載す〔…〕

君の出版せる書目には山田嘉吉氏の料理法大全、齋藤修一郎氏の懐旧談等あり、共に広く世に行はる。後進の士益する所甚だ多し。

（金井／伊藤 一九一〇、一七七―一八〇頁）

▼小説貸本

図10　進栄社
（『桑港新報』1893年6月16日）

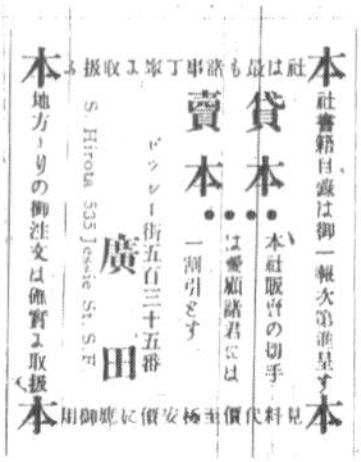

図11　広田
（『新世界』1899年10月28日）

図12　「新聞雑誌縦覧所」増田徳次郎
（『日米』1905年5月22日）

▼古書店

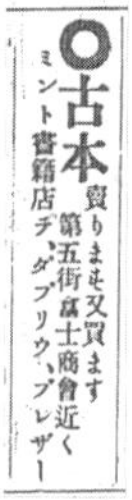

図20　ミント書籍店
（『日米』1905年7月11日）

▼兼業書店

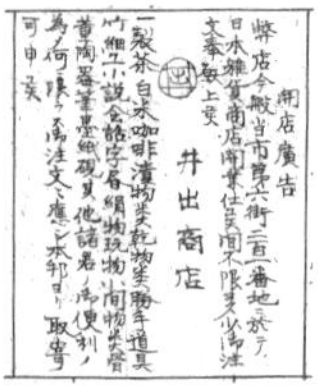

図13　井出商店
（『愛国』1892年8月5日）

図14　富士合資会社、石版印刷 赤坂
（『桑港時事』1895年5月12日）

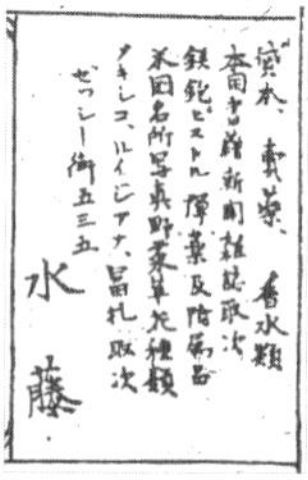

図15　水藤
（『桑港時事』1895年5月12日）

▼専業書店

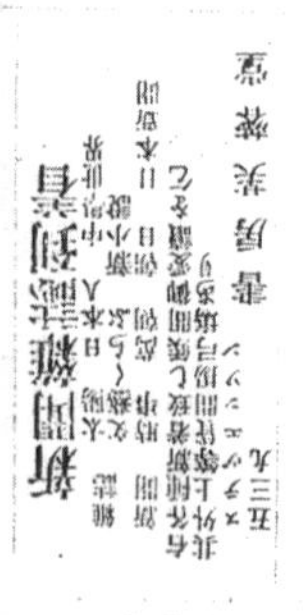

図16　芙蓉堂
（『新世界』1900年1月9日）(2)

図17　青木大成堂
（『日米』1905年5月22日）

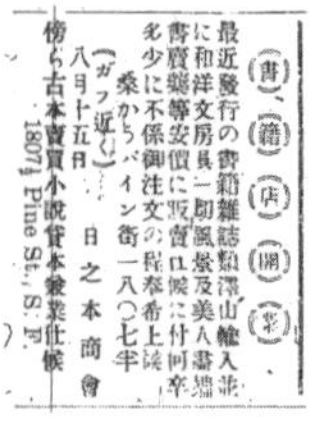

図18　日の本商会
（『新世界』1906年8月13日）

図19　中央堂
（『日米』1905年7月4日）

図21　青木大成堂の内部（『宇宙』1908年1月）

図22　青木大成堂（同前）

図23　扶桑堂（同前）

図24　日の本商会（同前）

図25　文明堂（同前）

図26　小林中央堂（同前）

図27　有富書林（同前）

図28　よろづ商店の書棚（望月1971、11頁）

表4　カリフォルニア州日本書店分布表

	1905	1906	1907	1908	1909	1910	1911	1912	1913	1914	1915
サンフランシスコ	3 (4) *1	3 (5) *1	7	8	8	8	7	6	7	6	3
オークランド市					4	4	2	2	1	3	3
アラメダ市							1				
サンノゼ市、サンタクララ郡			2 *2	3 *3	1	1	1	2	2	2	2
ソラノ郡、ナパ郡								1			
サクラメント市			(1) *1	1		1	1	2	2	2	2
スタクトン市				1	1	1	1	2	2	2	2
フレズノ市				2	1	1	1	2	1	2	3
フレズノ郡				1							
ロサンゼルス市	5 (3) *1	5 (3) *1	5	5	5	7	5	5	4	6	5
サンディエゴ市					1	1	1	1			
リバーサイド郡				2	1	1					
ベンチュラ郡							1				
合計 *4	8 (7)	8	15	20	22	25	21	23	19	23	20
カリフォルニア州全体 *5					22	25	22	21	19	23	20
米国全体 *5								24			

◆書店数は『日米年鑑』（日米新聞社）によった。表示年は刊行年。したがって数字は前年の書店数となる。
◆書籍の販売を主たる商売としている店を数えていると考えられるが、兼業の比率に関しての判断は曖昧であると思われる。
◆年度、地域により担当者が異なるため、判断に揺れがあると考えられる。

*1　（　）内の数字は1908年版による訂正
*2　兼売薬
*3　兼雑貨
*4　日比による単純集計
*5　年鑑の表示軒数

のちに再論するよろづ商店の望月政治は一九〇六年に渡米し、その後日本へ戻って太平洋岸の諸書店の共同仕入れの道を開いた人物。五車堂の小野昇六は一九〇四年の渡米、五車堂の本店は「神田区小川町三四」の五車堂だった（『新世界』一九〇六年一〇月九日）。このほか判明しているサンフランシスコの書店店主を名前だけ挙げれば、小林中央堂の小林与太郎、日の本商会の宮田乙吉と柴田常次郎、扶桑堂の山田佳太郎と古田良吉、文明堂の木庭利器三と須藤和四郎、有富書林の有富成五郎、青木大成堂には先の青木道嗣に加え支配人として星野辰次郎がいた（いずれも『宇宙』一九〇八年一月による）。

　カリフォルニア州の各都市における書店の分布、および数の変遷はどうだったろうか。表4は『日米年鑑』が整理した州内の各都市・地方における日本人商店の種別を利用し、そこから書店を抽出して作成したものである。サンフランシスコ、ロサンゼルスといった日本人の大きなコミュニティがあった大都市を別格とすれば、一九〇七—八年ごろより、それよりやや小さな都市に書店が出来はじめていることがわかる。ただし、在米の日本人移民人口そのものは増え続けるにもかかわらず、書店の数はこの後増えていくことはなく、むしろサンフランシスコ、ロサンゼルスなどでは漸減するようすもうかがえる。母数が少なく、また依拠した資料の刊行年総数が短いため確定的なことはいえないが、どうやら一九一〇年のあたりに、日本書店の数の一つのピークがあったようだ。この理由は定かではないが、現時点では、一九〇八年の紳士協約以後、比較的リテラシーの高い移民層が増加し、それを見こんで書店の開業ラッシュが起こったものの、需要とのバランスを失していたため経営的体力と才覚のない書店から順に撤退していったものと推測している。

また、『日米年鑑』には巻末に住所録が掲載されており、これをもとにサンフランシスコの書店の位置を再構成すると興味深いことがわかる（図29）。一九〇九年の同年鑑には上の書店が掲載されている（日米新聞社 一九〇九）。

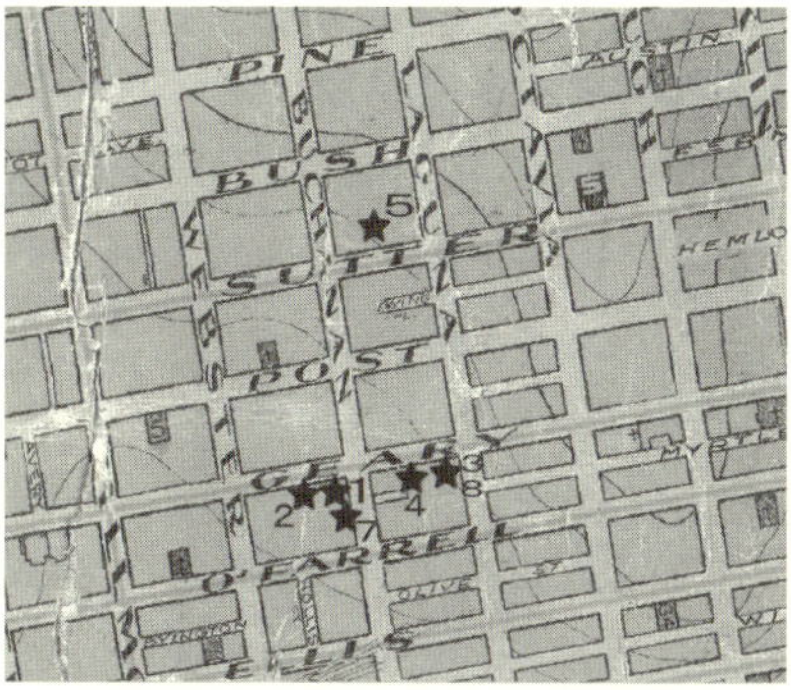

図29　1915年のサンフランシスコ日本人町近辺

青木大盛《〔成〕》堂	1601 Geary St.（★1）
五車堂	1625 Geary St.（★2）
扶桑堂	1509 Geary St.（★3）
日の本商会	1517 Geary St.（★4）
文明堂	1750 Sutter St.（★5）
杉山有富商会	956 Stockton St.（★6）図外
明治堂	1623 Buchanan St.（★7）
万文堂	1509 1/2 Geary St.（★8）

一見して密集しているのがわかる。一九〇六年のサンフランシスコ大地震のあと移転した日本人町では、ゲリー通りとブキャナン通りが交差するあたりに実に六軒もの書店が集まっていたことになる。日米新聞社（一九一〇）によれば、一九〇九年の日本人人口は、カリフォルニア州全体で五万五九〇一人、サンフランシスコで八七四六人（含子供 六二一人）である。ほとんど書店街のよ

うな活況を呈していたであろう一角は、移民たちの読書熱を物語っているかのようだ。ただしさすがにこの配置は密集がすぎたようで、いくつかの書店はこの後中華街の方へ移転している（日米新聞社 一九一四）。

さて、書店史に話を戻せば、専業書店のうち体力のあるものは、事業の多角化に乗り出す。青木大成堂、五車堂、よろづ商店などが代表的である。さきの引用にあったように青木大成堂の青木道嗣は常磐商会という「カラー、ネキタイ等の装飾品を鬻ぎ、又た東部某会社の代理として洋服の注文に応」じていたし、前掲の「発売図書目録」にも巻末に文具と薬がリストアップされていた。五車堂の広告（一一七頁、図37）にも書籍部の他に、売薬部、文房具部、貴金属部、洋服部、食料品部などが謳われている。

各書店はその経営の合理化を図り、また同業者同士の協働をはかるため、組合などの組織づくりも進めたようである。一九一五年三月二〇日の『日米』には桑港日本人町書籍店組合の名が確認でき[3]、『在米日本人史』（在米日本人会 一九四〇、一二八五頁）では次のようにまとめられている。「現在では米国雑誌書籍商組合を組織し全米同業者一致して営業してゐるが、同組合は一九一五年（大正四）組織され、一九三〇年（昭和五）全沿岸書籍商を網羅して、鞏固なる組織となし、支部を東京に置き大日本輸出商組合に加盟した。東京支部は米国向け書籍、雑誌の元締となり、輸出を管理統一し、文化報国を目的として活躍してゐる」。

これらすべての書店たちの歴史と努力は、第二次大戦下で執行された日系移民の強制収容で、いったん烏有に帰すことになる。ただし日本書店という〝特殊事情〟のおかげで、戦後の再出発は比較的早く行なわれた場合もあったらしい。たとえば五車堂の書籍は、戦争後に戻ってみればすべて棚の中にあったという（Shirley Onoから日比への私信による）。無人となった店に、商品がそのまま残っているのは稀有なことのようにも思われるが、この場合はそうでもないだろう。書物は、書かれているその言語が理解できない者にとって、ほとんど無価値だからである。

3　取次

ここからは、本の流通システムに関する面で現在判明しているところを整理してみたい。二十世紀初頭から専業書店が米国各地に誕生するが、この時代には各書店が各々直接取次のルートを開拓して商売を行なっていた。一八九五年の富士合資会社の広告（『新世界』一九〇〇年五月一日）には「博文館に特約致候間続々御購求を乞ふ」とあり、『太陽』『文芸倶楽部』の雑誌名が見える。また小林中央堂の広告（『日米』一九〇五年七月四日、図19）では、「弊店は著名の書肆博文館、春陽堂、嵩山堂、金港堂、冨山房、共益社、内外出版会社、警醒社、民友社、田沼書店等出版の書類、雑誌等を取次販売す」とされている。

また面白いところでは、シアトルの大正堂にまつわる次のような回想も残っている。

> 扱っていたのは、キング、講談倶楽部、文芸春秋、改造、中央公論、主婦之友、婦人公論などの雑誌、朝日、東京日日、読売の各新聞、各種新刊書をならべた。在庫十万冊といっていたから、今日のシアトルでは考えられないような書店であった。私の姉が横浜の移民宿といわれた讃岐屋旅館を経営していた。この姉の協力で書籍は、渡航者の携行荷物として、竹行李につめてシアトルへ陸揚げした。つまり運賃なしで輸入したわけだ。多い時には、数十個が陸揚げされた。(4)

サンフランシスコの五車堂は当初東京神田に本店があった（『新世界』一九〇六年一〇月九日の開業広告）。各書店は、知人や親類などの伝手をたよりに出発しつつ、次第に仕入れ網を広げていったのだろう。

以上は日本から北米へという書物の流通だったが、逆向きの流れもあったことを指摘しておこう。海老名弾正が主筆をつとめた『新人』には、文明堂の広告が載っている。(5) 掲載期間は短くわずかに一九〇八年一一月から翌年九月までだが、「弊店は英語にて発行せられたる一切の英書類を取次販売致します」、「弊店販売の新刊書籍は未だ日本国の市場に於て売買せられざる物にして而も当米国にて月々新刊の数百部中より撰択するのでありますから二三年後には母国にて歓迎謳歌せらる、書籍なる故購読者は必ず優先の新智識が獲られます」(同誌一九〇九年七月)と、情報の早さを謳っている。広告の量は月によってばらつきがあるが、多い回には三ページほどの英書のリストが付されている。同様の例では、大正年間に五車堂が神田に支店を置き、米国からの輸入雑貨を扱って成功している。海老名はこの直前にサンフランシスコを訪問しており、そこでつながりができたのだろう。同様の例では、大正年間に五車堂が神田に支店を置き、米国からの輸入雑貨を扱って成功している。この五車堂の歴史については、次章で詳述する。

日米間の流通だけではなく、米国内の書店同士のネットワークもあった。青木大成堂が刊行していた月刊誌『宇宙』は、サンフランシスコでは小林中央堂、五車堂をはじめとする五書店(六店舗)、オークランドの四書店、ロサンゼルスの四書店、英領ヴァンクーバー一書店、ニューヨーク一書店など、米国内および英領カナダの計三九カ所で発売されていたようである(同誌一九〇八年一月「宇宙雑誌大売捌所」による)。

こうした緩やかな同業者の連携が、米国雑誌書籍商組合という組織の結成へとつながっていく。「同組合は一九一五年(大正四)組織され、一九三〇年(昭和五)全沿岸書籍商を網羅して、鞏固《きょうこ》なる組合となし、支部を東京に置き大日本輸出商組合に加盟した。東京支部は米国向け書籍、雑誌の元締となり、輸出を管理統一」していた(在米日本人会 一九四〇、一八五頁)。書籍の仕入れは、徐々に共同仕入れへと発展し、ピラミッド型に組織された貿易業団体の一部となっていったようである。

北米の日本書店が組織化されていく際に重要な役割を果たしたのが、よろづ商店の望月政治だった。「六十年のあゆみ」編集委員会(二〇〇二)、橋本(一九六四)にしたがって、望月と彼が関わった書物貿易の概略をたどってみよう。望月政治は一九〇六年に渡米し、カリフォルニア州サクラメントで在米日本人相手に食料品や雑貨を扱っていた桜府商会に入社した。同商会は不況を受けて経営に行き詰まっていたが、望月はそれを立て直す。その際に、日本の出版物の卸と小売をはじめたという。「日本から輸入した書籍・雑誌は、独特のメールオーダー・システムより北米のみならず、遠く南米、キューバ、アラスカ方面にまで伸展した」(『六十年のあゆみ』編集委員会二〇〇二、一三頁)。

負債を返済した望月は、一九一八年に帰国し、よろづ商店横浜出張所の業務に携わる。そして在米の得意先の要望をうけ、「日本とアメリカその他諸外国を市場としてつなぐ貿易業」(同頁)をめざして横浜商事株式会社を設立する。一九二〇年のことである。主たる事業は在外邦人向け出版物と雑貨の輸出であり、その後「わが国出版物輸出の約六〇%強を取扱い、出版物輸出業界の王座を占め」(同書、一四頁)るまでにいたる。

しかし、日米開戦へ向かう時代のなか、一九四一年には米国資産凍結令が出され、日本国内でも出版関係企業の統制化が進む。日本国内の出版物の配給を行なう日本出版配給会社(日配)が一九四一年五月に設立されるが、海外輸出の関連企業も同様の措置がとられた。同業の二〇社を統合し、一九四二年一月に日本出版貿易株式会社が創立された。望月は、この初代取締役社長となった。だが米国の資産凍結にともない対米貿易は全面的に休止となり、その後日本出版貿易株式会社も株式が日配に委譲され、日配の経営となる。時局は悪化し、業務らしい業務が行なえず、敗戦を迎える。

4 販売

販売面に目を転じよう。当然、各書店は店舗をかまえているので、そこでの店頭販売がある。その具体的なありさまは写真などから想像するほかないが、巨大な書棚がそびえ立つなかに、天井まで本が積み上がっている写真が残されている(九五頁の図)。店内には雑貨や薬品、絵はがき、文具なども並び、入口のウィンドウには新着の雑誌、書籍のチラシが釣られたり貼り出されたりしていたことだろう。

また、北米の日本書店の売上げの少なからぬ部分を担っていたと考えられるのが、通信販売である。『新世界』や『日米』などの新聞を縦覧していくと、各書店がその時々の新刊書や新着雑誌の広告を紹介付きでしばしば掲げている。それだけではなく、積極的な書店は、通信販売用のカタログを定期刊行していた。ロサンゼルスの博文堂書店もその一つである。「従来弊店新報は専ら新刊書籍の内容を紹介するに努めしが〔、〕本月号より紙面を拡張し所有《あらゆる》出来事を掲載しあれば〔、〕国家多事の折柄見るべきもの亦少からず〔。〕其の他都々逸一口噺お袋様とお母様おべそ嬢の人生観なぞに至りては〔、〕真に抱腹絶倒お臍の宿替へに値す〔。〕御入用の方は御一報次第無料進呈」（『新世界』一九一三年三月六日）。この『博文堂新報』はまだ発見できていないが、同様のものとして前掲した青木大成堂の「発売図書目録」があり、また五車堂も月刊で『五車堂商報』を出していたことが確認できている（『新世界』一九一二年一二月一〇日）。

こうした通信販売の歴史は非常に古い。一八九九年の広田の広告（図11）にはすでに「本社書籍目録は御一報次第進呈す」、「地方よりの御注文は確実に取扱」とある。日本人労働移民の多くは農業や漁業、林業、缶詰工場、鉄道の敷設管理などに従事し遠隔地に居住していたため、通信販売の需要があった。

▲一体アイダホの百性〔姓〕と云ふと馬鹿にする〔。〕百性の御蔭で日々の粥をすゝて居る商人迄が馬鹿にする〔。〕先日ト或るアイダホの百〔姓〕が桑港の六街の井出とか云ふ雑貨店へ八百屋お七てふ小説を送て呉れと云ふたら〔、〕ヘイ品切ですから此れをと鳥追お松と云ふ本を送た〔。〕其れはイーが西洋料理法と云ふに日本料理法の様なのを送たり〔、〕又他の人が先年末頃同店で買物をした追手《ついで》雑誌太陽を送て呉れと云ふたら〔、〕一月分を送るとか云ふて未だ送らない〔。〕先日も催促したら代価丈けは取てあるからいーわとはあんまりでがんせんか〔。〕それとも来年の一月分を送るのですか（アイダホ百性[6]）

この手の方式に付きもののトラブルがさっそく起こっているところが面白い。なお、こうした地方の本好きたちは、「地方の製材所、鉄道のキャンプからシアトルに出てくると、まとめて三十ドル、四十ドルと買っていった」という（伊藤一男 一九七二、三七五頁）。田村松魚（一九〇九b）は、みずからが見聞したキャンプのようすを次のように描写する。「一般に無趣味な無人境の労働に就くものは、何時《いつ》か読書の嗜好を持つて来るものである。で試みにキャンプ参観をして見ると、垢によごれた枕《ピロー》の下にはいろいろの小説、雑誌類、講談物と、それは実に無量雑多で、『我輩は猫』の傍《かたはら》には『岩見重太郎』があり、自然派の作物と重なつて精神修養論と云つたやうなものもあり、随分それは奇観である。そして互に作家評などを戦はしてゐる『書生キャンプ』なども屢々見受けるのである」（二三九頁）。

シアトルの大正堂の回想には値段設定の話題も出ている。「値段は一冊一円のものを一ドルで、時には、同様に雑誌類を扱っていた古屋商店、三輪堂と相談して七掛けの七十セントで売った。大体、一ヶ月に日本円で九千円のものが、九千ドル位になった。当時の為替相場はざっと一ドルが二円だから相当な利潤といえた」（伊藤一九七二、二七五頁）。競合する書店とどうやら価格協定を結んでいたらしい。具体的な値段の設定をあげれば、古い時期に商いをしていた富士合資会社が、『太陽』半年二ドル（郵税込）、『文芸倶楽部』半年一・六五ドル（郵税込）という値段を付けており（『新世界』一九〇〇年六月一三日の広告）、同月の『太陽』で確認すると、国内では一冊二五銭、半年分で一円九〇銭、一年分で二円七〇銭と表示されており（いずれも郵税別）、大正堂のいう一円＝一ドルという相場は、ほぼこの時期から変わっていないようである。

5　書店を経ない流通

さて、書物の流通は書店を経ない形態もあった。ここでは、そのいくつかのパターンを見ておきたい。

書籍や雑誌は、日本の知人などから直接送ってもらうこともあった。「東の都に文学べる友より、異郷客愁のつれづれにもと、人にことよせて送りこせし『ふる郷』を読みて、あはれの節多ければ、〔…〕」とおそらくは東京より送ってもらった田山花袋の作品について述べる文章が残っていたり（山本碧潭「落葉かご　田山花袋の『ふる郷』を読みて」『新世界』一九〇〇年五月二四日）、永井荷風も繰り返し知人に雑誌などを送るよう要請していたことが残された書簡からわかる。(7)

また、移民同士で手持ちの書物を交換することもあった。「▲私は文芸倶楽部を読むでますが、どなたか新小説か何かと毎月取りかえツこにしやうと言ふお方はござんすまいか、お名前と住所を報せてくだすツたら早速お送り申します（目せき笠）」（「投書籠」『新世界』一九〇〇年九月二〇日）。

興味深いところでは、一九〇〇年ごろのサンフランシスコで「日本人図書館」を設立しようという動きがあった。(8)どの程度の規模で実現し、どれくらい存続したのか明らかではないが、書店が十分な規模を備える以前、母語で書物を読みたい、情報をえたいという欲求を満たすべく、互助的な組織が立ち上げられようとしていたらしい。時代はずっと下るが、戦時下の強制収容所にも、図書室があった。これについては第14章で再論する。

なお、書物の流通に関しては、このほかに古書店という重要な存在があるが（図20）、これについてはさらなる調査が必要である。また、地方を巡回して雑貨などを売るワゴンで書物も売られていたという回想も聞く。こうした移動販売の形態も考察の対象に入れていく必要があるだろう。

6　文化の循環・創出の結節点としての日本書店

日本書店を中心として、日系移民たちが築き上げた日本語空間のようすを見てきたが、いくつかの知見を整理し、今後の課題・展望を指摘しつつまとめにかえたい。

まずは、「母語で読《よ》むこと」に対する移民たちの強い欲望に圧倒される。「先日或る書店《みせ》へ一冊の本を注文した所が直に送つて来たは能けれども中を見ると紙のすき片《ぎれ》や破れた所が往々有を見た実にムツトしたがセントバイをして遣ふと思たが小説にカツレテ居たから当度《たうど》我慢して居るが今后何れ送る書も篤と点撿して送らん事を偏《ひと》へに願ふ訳である不注意も程がある（田舎老人）」（「投書籠」『新世界』一九〇〇年三月二八日）。なじみ深い母語の文化から切り離されればされただけ、その言葉で読み、話すことへの欲望は高まるだろう。新聞や雑誌、書籍を自前で出版していた移民たちの歴史はこれまでも指摘されてきたところだが、それに数十倍する「国内出版物」の流通があり、その膨大な蓄積があったことは、彼らの貪欲なまでの読書欲の力強さを物語る。日本書店の歴史とは、その欲望の歴史そのものである。

日本からの輸入雑誌の箇所で少し考察したが、書店の広告や通信販売用の目録からは、その購買者たちの生活やリテラシーまでも透けて見える。新年を迎えれば暦や日記の広告が出、戦争が起これば戦争実記や画報の類が並ぶ。宿六を名乗る寄稿者は、書店の売れ筋商品と購買層の関係を次のように非難めかしつつ茶化している。「◎日之本商会の大阪滑稽新聞が何故に暴風雨《あらし》の如き勢にて売れ行くか〔。〕大成堂の生々しき絵葉書や文明堂の日本直輸入美人葉書や中央堂や扶桑堂の文芸倶楽部の無暗矢鱈に捌けるは何故ぞ。否な五車堂の意匠を凝らせし三美人のトレードマアク〔図30〕が永当々々《〔ママ〕》客を引くの力あるは何故ぞ。／◎徴兵逃れ、一文無し、薄志弱行小生意気、真面目な勉強大嫌ひ、人三化七の酌婦に目の無き淫多羅書生のウヤ〳〵と徘徊するが為めならずして何

図30　五車堂広告の「三美人」
（日米新聞社1908、前付5頁）

ぞ」（「襤褸《ぼろ》書生」『新世界』一九〇八年二月八日）。独身者たちのコミュニティで、セクシャルな商品が売れることに何の不思議もないだろう。今後こうした目録を日本の同時期のそれと突き合わせるなど詳細な分析を行なえば、コミュニティの性格が新たに浮かび上がることも予想される。

移民たちの文化的活動との関連でいえば、書店が彼らの作った団体の拠点として機能していたことも見逃せない。以下はシアトルの三輪堂の例である。「そしてこの〔文学会の〕連中は暇さへあれば、当時ベースメントで十仙ベツドの夜番をしてゐた渡邊雨声のところへ集るか或は三輪堂に集つて議論ばかりやつてゐた」(9)。シアトルのパナマホテルのカフェで展示されていた（二〇〇七年三月一六日）三輪堂の写真では、店内に読書室のような机と椅子をならべた一室が設けられていたのを確認できた。おそらくそうしたスペースが、彼らのたまり場となっていたのだろう。前掲『続・北米百年桜』にも次のような記述がある。「前田袋村　岡山県出身。書店の三輪堂の番頭。穏健な歌人で、文学青年達はよく彼の店へ集まった」（一〇一頁）。「私達が楽しみにしたのは、邦字新聞に掲載される文芸作品だった。私自身、詩作はしなかったが、三輪堂で文学青年達が話に花を咲かせる仲間に加わり、旭新聞や大北日報などへよく首をつっこんだものだ」（八六頁）。書店には本好きが集まる。サンフランシスコの書店については、上のような回想はまだ目にしていないが、その書店の集中ぶりから見て、この区域が移民たちの文化的活動に活力を与えていたことはほぼ間違いなかろう。

それにしても、異郷で本を読むとはどういうことだろうか。次の詩を読むとき、私はあらためてそうした問いに引き戻される。

古本屋を歩く

俺は古本屋を歩く
そして古雑誌や古書籍を購ふ
其度にエキサイトする。

何故に?
俺は知らない。
然し寂しい移民地で――
此の外国で――多くの同胞が
酒や女に其本能の懊悩をいやす様に
古本屋を歩く時の俺のエキサイトは
俺をよろこばせ亦悲しませるのだ。

あゝそれ故に
俺の願は寂しい。
今日も昼飯をそこ〱にして
古本屋を歩いて来た。

（全文。清水夏晨 一九二一、一四―一五頁）

太平洋を越え、移民地の内外をつないだ多種多様な文物の流通は、移民たちのコミュニティを維持し、成長させていった血流そのものだ。それなしには、情報の共有も、新しい知見の獲得も、知識の蓄積も、それぞれの意見の発表も到底成り立たなかった。文学の問題にひきつけていえば、絶え間ない新作・旧作の流入は移民地の文芸の創出の基盤となり、かつ雑種的な性質をもたらす条件ともなっていた。

その一方、驚くほどに分厚い日本語環境は、故国指向や思慕を保持する土台ともなったし、悪くすれば偏狭なナショナリズムの保持・強化など自閉的傾向さえ可能にしたとも言える。保坂帰一（一九一三、二一五頁）には、次のような移民の姿が書き込まれている。

此の日本人は誠に妙な人間である。毎月々々十何冊と云ふ日本の雑誌を買つて来る。中央公論や太陽もあれば、文芸倶楽部、新小説もある。夫れを毎日日課のやうに、夜の一時頃迄読む。而して昼間二時間許り昼寝をする。友人も来なければ外出も滅多には為ない。働いて来ては青い沈鬱な顔をして夜一時頃迄雑誌を読む。唯夫れ丈けである。毎日々々同じ事を繰り返して居る。月の中頃には此の雑誌も読み尽くして仕舞ふ。スルト詰らな相な顔をして何かに誑《つ》かれた様に一方を見詰めて考へて居る事もある。

書物の奔流そのものには、意味は宿らない。それを読み、使うところから、文化が立ち上がる。書物を読み何かを作り出すものもいれば、書物を読み個人的な夢想の世界に耽るものもいる。古本屋をめぐり、「俺をよろこばせ亦悲しませる」といった清水夏晨《かしん》の詩は、こうした移民地における書物の両義性を歌っている。

北米の日本語環境は、移民たちのさまざまな指向に応え、その文化の多様な展開を支える豊かな土壌だった。日本書店はその重要で欠くべからざる結節点《ハブ》であった。

第5章　ある日本書店のミクロストリア——五車堂の場合

前章では米国太平洋岸における日本書店の展開に注目し、日本と米国を結んだ書物のネットワークの形成と広がりを記述した。ここではそれを直接的に引きつぎながら、ある書店の歴史をさらに掘り下げることによって、さらにそのネットワークの細部に迫りたい。書店の名前を五車堂——時期によっては小野五車堂、北米の五車堂——という（図31）。二〇世紀初頭の日系移民の姿を描いた『漫画四人書生』（図32）は、五車堂とそのショウウィンドウを描き、森永英蔵（一九四一）も日本人町を代表する大書店として語った。五車堂はサンフランシスコの日本人町に出入りをする者ならば、知らぬ者はない有名書店の一つだった。

五車堂の歴史から見えてくるのは、太平洋を跨いだ書物を運ぶネットワークが、のっぺりと広がった平板なものではなく、米国・日本それぞれの顧客たちの需要、各書店のさまざまな商売上の創意工夫、経営する一族や関係者、知友の物語が錯綜する、起伏に富んだものであったということだ。

1　五車堂の歴史

五車堂は、一九〇六（明治三九）年一〇月一五日に、サンフランシスコの日本人街内に位置するゲリー街一六二五において開業した。開店に先立つ九日には地元の邦字紙『新世界』に開業広告が掲載され（図33）、新規開

図31　五車堂の店内（Wong 2000、19頁）

図32　ポスト街とブキャナン街の交叉点で待ち合わせた二人。
その角に五車堂があった（木山1931、98頁より）

店の挨拶とともに「本店」として東京の「神田区小川町三十四」の住所が記されていた。一三日掲載の『新世界』の記事においても、「同てんのほんてんは東京神田小川町の五車堂なり」(1)と報じられている。

小川町の五車堂は当時の書籍業者たちの名簿にその名前が確認できる。一九〇七年刊の『全国書籍商名簿』(2)には、「東京市内組合員外」に「神田区小川町三四　五車堂　小野九一」という記述が見える。小野九一は、サンフランシスコの五車堂の設立者、小野昇六の兄弟である(3)。

小野昇六（図34）は一八八二年、山梨県北巨摩郡旭村に生まれた。九人きょうだいの六番目の息子だった。『在米甲州人奮闘五十年史』には次のようにある。「甲府中学校卒業後、東京市神田区今川小路に書肆五車堂を経営中渡米を企て、明治三十七年七月シアトル市に上陸、直ちに桑港に来り同三十九年ゲリー街一六二五番地に五車堂を開」いたという(4)。

五車堂が開店する二年前、一九〇五年時点でサンフランシスコの（専業）日本書店は四軒。それが一九〇七年には七軒、一九〇八年には八軒となり、ピークを迎える（前章表4参照）。日本人町に集まってきた者たちのなかには、日本である程度の高等教育を受けてきたいわゆる「書生」たちが一定の規模で存在していた。この書店数の増加ぶりは、そうした識字層を対象にした商売が十分に成り立つという認識が急速に広がっていたことを示すものといえよう。小野昇六は渡米することを自ら希望していたというから、こうした噂をどこかで耳にしていたのかもしれない。そして昇六は、長兄萬太郎の援助を受け、神田の五車堂の九一と連携を取りながら、太平洋のかなたの街に書店を開業した。

図33　五車堂の開業広告
（『新世界』1906年10月10日、3面）

広瀬（一九三四）の記述を信じれば、昇六は上陸後「直ちに」書店を開いている。書物の取次が未整備だった時代の状況を勘案すれば、何の伝手もない者がサンフランシスコにおいて単独で書店を立ち上げることは難しかっただろう。とすれば、昇六が渡米したときにはすでに書物の仕入れについては目途が立っていたと考える方が自然だろう。その仕入れ先が九一の経営する小川町の五車堂だったのだと考えられる。

小野昇六の足跡が次にわかるのは、一九一八年である。『日米』一月一日の新年号の五車堂広告には、「帰国中に付年賀の礼を欠き申候／在東京／小野昇六」とある（二十面）。さらに一九二七（昭和二）年の『昭和二年七月一日現在　東京電話番号簿』（東京中央電話局、一九二八年二月五日）には「五車堂　小野昇六　神田25-0492　神、通神保、一」と掲載されている。この間、昇六が日本にずっと滞在していたのかどうかはわからない。

図34　小野昇六（Shirley Ono提供）

このあと詳述するが、五車堂はこのころ神田に「支店」をもうけており、昇六は帰日してその経営に携わっていた時期があるようだ。しかし電話番号簿掲載直後の一九二八年六月、昇六はサンフランシスコに戻っている（大洋丸乗船名簿による）。第二次世界大戦中にはまずリヴィングストンに送られ、その後、サンタフェに移されていた。[5] 戦争の終結後、昇六はサンフランシスコに戻り、店を再開した。その後病を得、一九五四年には大甥の小野裕良が渡米して店を任された。昇六は代わりに日本へ戻り、同年に死去した。

大正年間から五車堂の店員に相沢カネミツが加わった。図31に写っている人物である。相沢は一八八五年に、やはり山梨県に生まれ、早稲田大学にも在籍していたことがあるという。彼は一九〇五年に渡米し、一九二二年に妻を迎えるために一時帰国している。没年は一九四六年である。[6]

2　五車堂の商売

では、この五車堂の商売とはどのようなものだったのだろうか。サンフランシスコの日本語新聞に掲載された広告などをもとに、その跡をたどってみよう。

もちろん、本の販売を行なっていたのは当然だ。五車堂の店内は、幸いなことに写真が残っている。広く、天井も高い店内の壁一面を覆った書棚に、びっしりと書籍が並べられている。店内は他に低いガラス製の陳列棚があり、後に述べるように雑貨や文房具なども売られていた。

五車堂の本の販売方法については興味深い資料がある。『五車堂商報』と題された全八頁の冊子である（図35）。英題には SUPPLEMENT OF THE NEW WORLD とあり、これが示すようにサンフランシスコの日本語新聞『新世界』の附録としても配布されていたようだ。商報タイトルの下には「弊店商報は無料にて毎号御進呈可仕候に付き御入用の方はアドレス日英両語にて御申越被下度候」ともある。私が発見したのはカリフォルニア大学ロサンゼルス校（UCLA）図書館が所蔵していた同紙のマイクロフィルムにおいて、一九一二年一二月二日の「日曜週報」の箇所に附されていたものである。当該の『五車堂商報』の日付は同年一二月一〇日だった。今のところ発見できたのはこの日付を持つ『五車堂商報』第六号だけだが、「毎月一回発行」とあり、定期的に刊行されていたと考えられる。前章で述べたように、移民たちが広い地域に散居していた米国では、他の書店もこうした通信販売を行なっていた。『五車堂商報』には日本からの新着の書籍および在庫品が丁寧な紹介文付きで掲載されており、読者は郵便などでそれらを発注することができた。

五車堂は新聞や雑誌の取次販売も行なっていた。七二頁掲載の図5は五車堂が取り扱っていた地方新聞の一覧である。実際にこのうちのどれぐらいが継続的に入手可能であったのか、その頻度はどれくらいだったのかは不明だが、少なくとも一九一三年の時点で五車堂は北海道から鹿児島、そして外地である台湾や韓国の日本語新聞までの名前を広告に謳ってみせていた。図36は前掲の『五車堂商報』に掲載されていた雑誌のリストである。リストを見る限り、東京刊行物を中心とした、という限定は付されるべきだが、一九一二年におけるほとんどの分野の主要雑誌が、サンフランシスコで取次販売されていたことになる。

同じサンフランシスコの大手書店青木大成堂と同じように、五車堂もまたわずかながら出版も行なっていたようである。『新世界』一九一二年一二月二日の日曜週報二面には、『面白い桑港』という書籍の広告が掲載されている。残念ながら、この本の現物はまだ目にしていない。

五車堂は専業の書店として開始したが、商売が軌道に乗るに従って、徐々にさまざまな物品の販売にも手を広げていったようである。『日米年鑑』（日米新聞社一九〇九）に掲載された五車堂の広告（図37）を見ると、売薬部、文房具部、貴金属部など、数多くの販売部門が謳われている。

さて、五車堂が行なっていたのは米国への輸入販売だけではない。五車堂は逆向きの展開、日本への輸出販売も行なっていた。このことは、日米をまたいだこの書店の、もう一つの歴史を明らかにする。

3　もう一つの五車堂の歴史

冒頭で確認したように、サンフランシスコの五車堂には「本店」として、「神田区小川町三十四」の五車堂があった。ところが資料を追いかけていくと、この「本店」「支店」の関係は、一九二〇（大正九）年までには「逆転」しているのである。

次の「五車堂文房具店の発展」という『読売新聞』の記事を見てみよう（一九二〇年九月一日、朝刊、四面）。

◇五車堂文房具店の発展　「北米の五車堂」として桑港に本店を有する小野昇六氏経営の同店は、海外への本邦書籍雑誌諸雑貨の輸出に於いては、当今殆んど斯界の第一位に於かれて居るが、一昨年支店を東都駿河台下角に開設して、堅牢実用向文房具の輸入紹介に努めたる結果、土地柄丈けに異数の発展を来し、該処のみに於ては今や頗る狭隘を告ぐる折から、裏神保町通（東京堂前）の兜屋画堂を譲受けて、今回第二支店と

大正元年十二月十日（一） SUPPLEMENT OF THE NEW WORLD. 第六號（毎月一回發行）

Ono Gosha Do. 1625 Geary Street, San Francisco, Calif 桑港ギーリー街一千六百二十五番

五車堂商報

弊店商報は無料にて毎號御進呈可仕候に付き御入用の方はアドレス日英兩語にて御申越被下度候……（五車堂地方係）

山路愛山著
乃木大將
定價八拾五仙 郵税拾仙（民友社）

（國民新聞批評）乃木大將夫妻の自刄のことに痛く感激したる著者はその子女等の誦に便ならしめんとて直ちに其の筆を執つて大將の事蹟を訓文に綴りしがこれ固より當に一家の中にのみ留め置くべきのみにあらず、即ち其の歌に加ふるに註釋とも稱すべき文章を附して之れを公にす、一代に高きを誇る史眼と名筆とは說く所的確語る所精細忽ち讀む者を魅し去つて三嘆之を久しうせしめずんば止まず、蓋し崇高にして至誠なる大將の一生は遺憾なく其の眞面目と本領とを傳へられたるものと云ふべし。明治、大正の民たるもの須らく此の面影を永久に傳ふべきなり。

九十九峰外史著
乃木大將と其夫人
定價壹弗 郵税拾貳仙

（國民新聞批評）著者年來乃木大將を敬慕して其の事蹟の蒐集を樂しみとしたりしが今回更に乃木家の出でたる出雲及び長州に關する古文書、乃木家系譜、參謀本部編纂征西戰記稿、日淸戰史、日露戰史其他を涉獵し專ら逸話を主として詳細に大將夫妻を傳したるものにして平易通俗一讀卷を掩ふに暇あらざらしむる著者の才筆又見るべし。

遲塚麗水先生編
貞烈 乃木夫人
定價七拾仙 郵税八仙（博報堂）

（東京朝日新聞批評）乃木將軍薨去について將軍の事を書いたものは非常に多かつたが夫人の事を書いた書物はこの一冊である將軍の事はさる事ながら夫人の方が一層悲痛の感に堪へぬ。

河南 増木義敏氏著
悲壯小說 乃《え》木《だ》
定價金四拾仙 郵税六仙

乃木將軍夫妻の壯烈なる殉死は、襲に令息二典の忠烈なる戰死を悼む淚を新にして、著しく全世界の驚嘆哀悼を惹けり、本書は此の最も悲壯なる乃木家の家庭と、彼の屢慘なる南山旅順の血戰とを背景とし著者自ら將軍の心を以て筆を取り、著者自ら泣いて此篇を了る。世に此書を讀んで泣かざる者なく、世に此書を讀んで感奮興起せざる者なし、將軍並に夫人の人格を慕ひ將軍の悲しき家庭に一掬同情の淚を灑ぐ靑年士女は、須く此書に依て大に學び且愍る所あるべし。

博文館發行 當用日記
大形上製 定價金五拾五仙 表裝 (菊判) 五百四十頁（總クロース金字入）
中形特製 定價金五拾仙 表裝 (四六判) 五百四十頁（背革金字入）
小形上製 定價金參拾仙 表裝 (菊半截) 五百四十頁（總クロース金字入）

實業之日本社發行 重要日記
定價金四拾仙 表裝（四六判）約五百八十頁 上製總クロース金文字入

春陽堂發行 新案 當用日記
定價金六拾仙 表裝（四六判）六百頁 總クロース 新案折返し表紙

博文館發行 家庭日記
上製 定價金參拾八仙 表裝（四六判）五百頁（總クロース金文字入）

博文館發行 懷中日記
上製 定價金拾八仙 表裝（縱四寸五分橫三寸）三百餘頁（總クロース金文字入）
並製 定價金拾貳仙 表裝（縱四寸五分橫三寸）三百餘頁（模革金文字入）

博文館發行 ポケット日記
A號（厚形）定價金五拾五仙（總革製）四百四十頁 三方金緣 美本 函入
B號（薄形）定價金四拾五仙（總革製）二百二十頁 三方金緣 美本 函入
C號（薄形）定價金六拾五仙（總革製）（前後期二冊裝）四百四十頁 三方金緣 美本 函入

博文館發行 英文懷中日記
總革製 定價金參拾五仙（三五六判）三方金緣

博文館發行 英文當用日記
四六判總布 定價金五拾仙

圖書出版社發行 新式 ポケット日記
（特製）定價金五拾五仙（總革）三方金緣 美本函入

坂本辰之助謹記
明治天皇 御大喪記
特價壹弗五拾仙 郵税拾五仙

此の書は先帝御不豫御發表後宮中の混雜、二重橋前其の他各地に於ける赤子熱誠の光景殯宮御通夜日記靈柩奉移式の光景御大葬の鹵束桃山御陵等を最も精確に記述す六千萬の同胞が忘れんとして忘れ難き明治と別れて大正となりし絶好の紀念物なり殊に御大葬の御模樣は本書を見れば實地を見ざるんも詳細に其光景に接するを得べし。

図35 『五車堂商報』表紙

小野五車堂販賣雜誌總目錄

雜誌名	定價	毎月發行回數	半ヶ年分前金郵税共	一ヶ年分前金郵税共
▲政治社會之部▼				
太陽	三〇	一回	一・八〇	三・二五
新日本	二五	同	一・五〇	二・七〇
新公論	二〇	同	一・二〇	二・二〇
中央公論	二五	同	一・五〇	二・七〇
日本及日本人	二〇	二回	二・四〇	四・四〇
國民雜誌	一五	同	一・八〇	三・二五
日月	一五	一回	九〇	一・六五
外交時報	二〇	二回	二・四〇	四・四〇
▲商農工業の部▼				
實業之日本	一五	二回	一・八〇	三・二五
實業之世界	一五	同	一・八〇	三・二五
地球	三〇	一回	一・八〇	三・二五
實業界	二〇	同	一・二〇	二・二〇
農業世界	二〇	同	一・二〇	二・二〇
北米農報	一五	同	九〇	一・六五
東洋經濟新報	一五	三回	二・七〇	四・九〇
▲小說講談の部▼				
文藝倶樂部	二五	一回	一・五〇	二・七〇
新小說	二五	同	一・五〇	二・七〇
講談倶樂部	二〇	同	一・二〇	二・二〇
講談世界	二〇	同	一・二〇	二・二〇
笑	二〇	同	一・二〇	二・二〇
▲婦人の部▼				
婦人畫報	二五	一回	一・五〇	二・七〇
淑女畫報	二五	同	一・五〇	二・七〇
新婦人	二五	同	一・五〇	二・七〇
女學世界	二〇	同	一・二〇	二・四〇
婦人の友	二〇	同	一・二〇	二・四〇
婦人世界	一五	同	九〇	一・六五
少女畫報	一五	同	九〇	一・六五
少女世界	一〇	同	六〇	一・一〇
婦人評論	一五	二回	一・八〇	三・二五
▲文學の部▼				
早稻田文學	二五	一回	一・五〇	二・七〇
三田文學	二五	同	一・五〇	二・七〇
ザンボア	二五	同	一・五〇	二・七〇
青鞜	[illegible]	同	一・五〇	二・七〇
文章世界	二〇	同	一・二〇	二・二〇
早稻田講演	二〇	同	一・二〇	二・二〇
とりで	二〇	同	一・二〇	二・二〇
ホトヽギス	二〇	同	一・二〇	二・二〇
スバル	三〇	同	一・八〇	三・二五
白樺	三〇	同	一・八〇	三・二五
新潮	二〇	同	一・二〇	二・二〇
秀才文壇	一五	同	九〇	一・六五
新人	一五	同	九〇	一・六五
聖書之研究	一二	同	七〇	一・三〇
趣味	二〇	同	一・二〇	二・二〇
▲青年の部▼				
學生	一五	一回	九〇	一・六五
雄辯	二〇	同	一・二〇	二・二〇
中學世界	二〇	同	一・二〇	二・二〇
成功	一五	同	九〇	一・六五
冒險世界	一五	同	九〇	一・六五
武俠世界	一五	同	九〇	一・六五
野球界	一五	同	九〇	一・六五
少年世界	一〇	同	六〇	一・一〇
幼年畫報	一〇	同	六〇	一・一〇
開拓者	一二	同	七〇	一・三〇
▲英語の部▼				
英語世界	一〇	一回	六〇	一・一〇
英語研究	六	同	三五	六五
英語之友	五	同	三〇	五五
中外英字新聞	一〇	二回	一・二〇	二・二〇
ジャパンタイムス學生號	一〇	同	一・二〇	二・二〇
ジャパンタイムス少年號	一〇	一回	六〇	一・一〇
▲演藝其他の部▼				
演藝倶樂部	三〇	一回	一・八〇	三・二五
演藝畫報	三〇	同	一・八〇	三・二五
芝居	二五	同	一・五〇	二・七〇
ニコニコ	一〇	同	六〇	一・一〇
大阪滑稽新聞	一〇	二回	一・二〇	二・二〇
大阪パック	一五	同	一・八〇	三・二五
東京パック	一五	三回	二・七〇	四・九〇
サンデー	一〇	四回	二・四〇	四・三五
軍事畫報	一五	一回	九〇	一・六五
寫眞タイムス	二五	同	一・五〇	二・七〇
樂天パック	一〇	二回	一・二〇	二・四〇
家庭パック	一〇	同	一・二〇	二・四〇

図36　小野五車堂販売雑誌総目録（『五車堂商報』８頁）

して拡張し、第一支店同様舶来文房具雑貨の小売を兼ね、将来専ら卸売にも全力を尽すといふ。今同店最近の着荷を聞くに毎回好評の折型ペナント、学生向玩具の五十連発ピストル等にして、日本一手販売のエバーシャープ（万年鉛筆）の如きは、時代の要求品とて毎便共注文に応じ切れざる盛況なりといふ

この記事によれば、「北米の五車堂」は一昨年すなわち一九一八年、「支店を東都駿河台下角に開設」したという。この記述のとおりだとすれば、小川町にあった「本店」はこのときすでになくなっているか、関係が途絶えていた。したがって、小野昇六は「支店」を、駿河台下に新たに「開設」したということになる。駿河台下といえば、書店街神田でも目抜きの一等地の一つである。小野昇六が、相当に資力を蓄えていたことがわかる。

作家の串田孫一はその回想のなかで、駿河台下の五車堂のことに触れている。「私は、一九二〇年（大正九年）の春に、神田駿河台袋町へ移転をした」。「駿河台下から神保町、猿楽町、せいぜいそのあたりが幼年期後半の、ひとりで歩いて行けた行動半径であった。駿河台下の消

防自動車の出動、五車堂の店先に並んでいる品物、錦華小学校近辺の子供達のいたずらの仕方、明治大学の学生の棒高飛など想い浮かんで来る幾つかの光景はあるが、記憶が余り古すぎてあてにならない」（串田 一九九七、二頁）。五車堂の店先は、当時のランドマークの一つだったらしい。

神田に設けられた五車堂の支店は、書店というよりは文具店であった。広告を見れば輸入雑誌も販売していたようだが、米国から輸入したさまざまな雑貨の他、広告（図38）にあるように[7]、エバーシャープという今日のいわゆるシャープペンシルの代理販売を行なって人気があったようである。

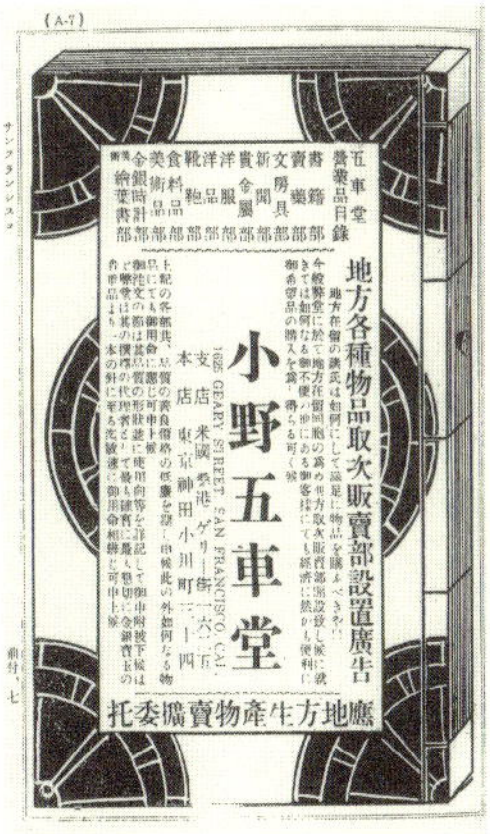

図37　小野五車堂広告

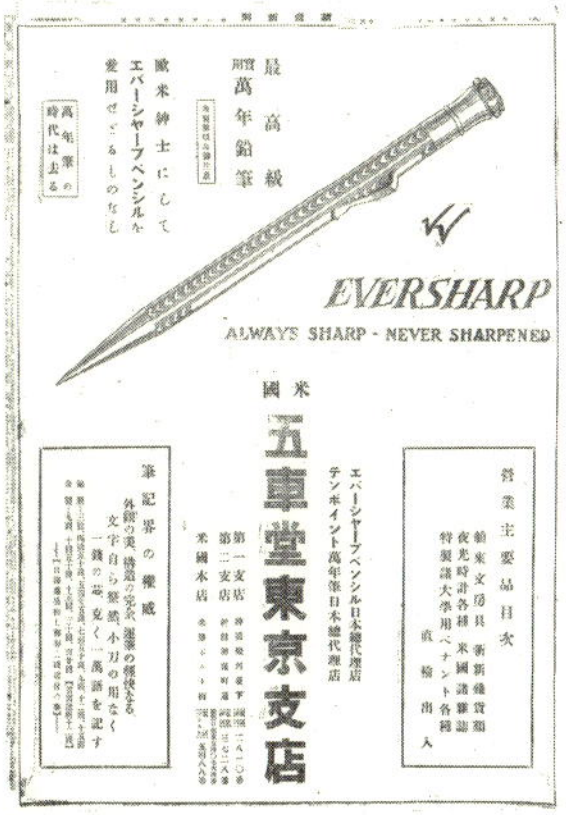

図38　五車堂支店広告

4　駿河台下の五車堂をめぐる挿話

駿河台下の五車堂と北米の五車堂をめぐっては、いくつかの興味深いエピソードがある。主たる登場人物は「書痴」として知られる著述家、書物研究家の斎藤昌三である[8]。

神奈川に生まれた斎藤は、中学校卒業後、いくつかの職を経たのち、横浜の書店有隣堂の主人に推挙されて「在米同胞への輸出出版物を取扱ふ事務」に就くことになった（斎藤昌三 一九八一a、一四〇頁）。斎藤はその事業「漸次発展して、終に神田に米国の五車堂支店を置くまでになり、余は其処のマネジャーとして移って、更に約七年の活動を続けた」（同頁）と語るが、書物輸出の業務を行なうなかで、五車堂の小野昇六など米国太平洋岸の書籍商たちとつながりができたらしい。

斎藤と米国の日本書店主たちとの関係の一端を示す資料として、『明治文芸側面鈔』第二輯の奥付がある。[9]『明治文芸側面鈔』は、斎藤が企画した出版事業で、明治期に発売禁止処分を受けた島崎藤村や永井荷風らの作品を再録・刊行したものである。当然、この再録本も発売禁止処分が予想される（実際にされてもいる）。斎藤は、それを予想して発行者の名前をいくつにも変えている。その一つ第二輯の発行者として、小野昇六と五車堂が登場するのである。図39に示したように、発行所として羅府（ロサンゼルス）の「博文堂書店」と桑港（サンフランシスコ）の「小野五車堂」が掲げられており、印刷所もロサンゼルスの「博文堂書店印刷部」となっている。おそらくは、発行禁止処分を恐れての「名義貸し」ではなかったかと想像されるが、そうしたことが依頼できるほどの関係に斎藤昌三と小野昇六はあったということだろう。この書物の出版は一九一六年。先の『読売新聞』の記事を信じれば神田駿河台下に五車堂の支店が設けられたのが一九一八年だから、その直前の出版ということになる。斎藤昌三は小野昇六との関係を深め、ついに北米の五車堂の日本における業務拡張の手伝いをすることとなり、「マネージャー」として駿河台下の五車堂支店で勤めることになる。このアメリカの雑貨を売る店は、串田孫一の回想にあったように駿河台下の景観を作る一つの名物となっており、文士や美術家もしばしば足を運んでいた。斎藤は交遊記のなかで次のように回想している。

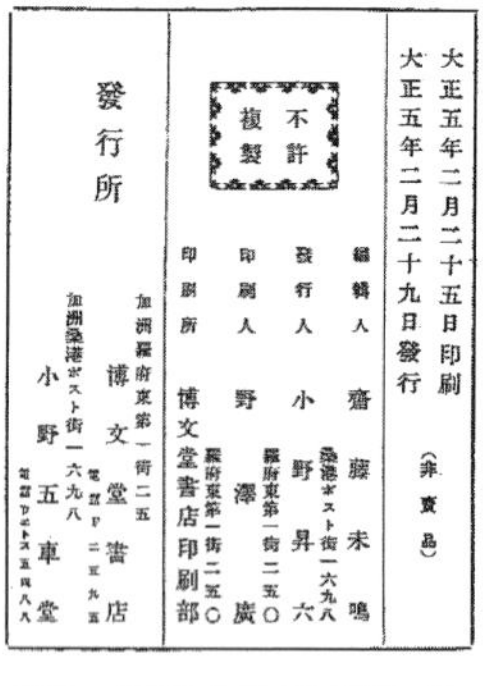
大正五年二月二十五日印刷
大正五年二月二十九日發行
（非賣品）
不許複製
編輯人　齋藤未鳴　桑港ポスト街一六九八
發行人　小野昇六　羅府東第一街二五〇
印刷人　野澤廣　羅府東第一街二五〇
印刷所　博文堂書店印刷部
加洲羅府東第一街二五
博文堂書店　電話Ｆ二三九五
加洲桑港ポスト街一六九八
小野五車堂　電話ウエスト五四八八
發行所

図39　『明治文芸側面鈔』第二輯の奥付（八木2006、22頁）

> 僕が五車堂を経営してゐた時代に米国の雑貨や玩具を、入荷の都度に見に来たのは、〔竹久〕夢二と淡島寒月翁だった。〔…〕
> 大杉栄も伊藤野枝とよく遊びに来た。いつも刑事が魔子のお守役だった。近くの文房堂の令弟萬ちゃんや、

銀座資生堂の福原氏なども、文房具や化粧品の新製品を仕入に来たし、早川雪洲、野口米次郎など米国に関係ある人々は大半訪ねて来た。（斎藤 一九八一b、二四六―二四七頁）

文筆家・収集家の淡島寒月や、大杉栄と伊藤野枝とその娘魔子の名前が現われたり、資生堂の二代目福原信三の名前も見える。俳優の早川雪洲、詩人の野口米次郎など、米国で活躍した人々も訪れていたようだ。竹久夢二と福原信三にも、渡米経験がある。五車堂の店先は、そうした人々に米国の香りを運んでくれる場所だったのだろう。

さて、斎藤の「書痴の自伝」は続けて言う。「前後約七年間も守り育てた貿易店は、米国から小野氏が戻って来たので全部を引き継ぎ、自分はさゝやかながら独立して、独逸万年筆の卸店正鵠商会を開業した。それは大正十二年八月頃で、新事務所へ移って間もなく大震災に遭遇して了った」（斎藤 一九八一a、一四六頁）。斎藤は、彼がこの店にいたのは「前後約七年間」という。一九二三年の関東大震災の直前に独立したといい、五車堂の駿河台下の支店の開設が一九一八年だとすると、その間のほぼ六年ほどが斎藤の五車堂「マネジャー」時代ということになる。小野昇六の側に焦点を当ててこれを考えれば、彼の帰国はおそらく一九二三年八月以前となる。それは関東大震災の直前、彼は帰国直後に、震災に遭遇したということになるだろう。

なお、まったくの余談だが、小野昇六が渡米したのは一九〇四年、シアトルへの上陸だった。前述したように小野はその後すぐサンフランシスコに移動しているらしいから、彼は一九〇六年四月一八日のサンフランシスコ大地震にも遭遇している確率が高い。サンフランシスコの五車堂の設立は地震直後の一九〇六年一〇月。日本人町は、大地震のあと中国人街の横から、現在あるジャパン・タウンの位置へと移転していた。五車堂はその中心地付近に新規開業した。

5　書物のネットワークのなかで

五車堂が当時の日本人町を描いた漫画に登場することは本章の冒頭でも紹介したが、五車堂をうたった詩も存在する。土橋治重の「書店・五車堂略記」という。詩の冒頭から少し紹介しよう。

書店・五車堂略記

このへんな名前の本屋には
沢山のジャパニースがいる
ブキャナン街とポスト街の角
「近松門左衛門はいるかね?」
「イエース」
肥った支配人は
部厚な本をさがしてきた
門左衛門というのは奇妙な名前だ
いったいどういう人なのだろう?
「永井荷風の『あめりか物語』はありますかな?」
「イエッサー」
永井荷風とは日本人の皿洗いの先輩だが

アメリカの何を書いたのだろう?
ミーはなんにも知らない
知らないのはカリホルニア州とネバダ州の境にほおってある山梨県
くらいの広さの土地のようなものだ
人が住まないからすごく自由だ〔…〕

（土橋 一九七八、四二―四三頁）

詩人の土橋治重は、一九二四年から一九三三年までの間、サンフランシスコにいた。彼自身、自分が「日本人の若い移民だった」（土橋 一九七八、三頁）と述べるように、そこで一〇代の後半から二〇代の前半を生きた人物だ。土橋は山梨県の出身、小野昇六も相沢カネミツも山梨の生まれだから、何か県人同士のつながりや、親《ちか》しさがあって、五車堂に足を運んだのかもしれないが、そこまではわからない。

この詩が収められた詩集は、はるか後年に回想的に書かれた作品群で、出版も一九七八年だが、当時の移民の若者の視点をなぞるように描かれている（図40）。「書店・五車堂略記」で詠まれているのは、お客によって呼び出される五車堂に並ぶ本の、著者の数々の名である。「ミー」は、それらのほとんどを知らないといい、知らないことを「自由だ」という。彼は近松門左衛門を知らないといい、永井荷風の『あめりか物語』を知らないといい、竹久夢二と彼が描いた絵が結びつかず、しかしその乖離が自由だという。詩の最後で「ミー」が目撃するのは、本の間からふいに出てきた横光利一と川端康成だった。「ミー」はこの二人の作家の作品は熱心に読んでいて、写真も見ている。詩は次のように結ばれる。

書店を出た二人は
フィルモーア街の方へ肩をならべて歩いて行った

その通りのホテルには
ジャパニースウルカムのレディがいる
二人はそこへ行き
何事かを感覚するだろうと考えるのは
これもすごく自由で
希望的だった。

（土橋 一九七八、四四―四五頁）

詩で詠まれているのは、書店という空間を出入りする、読者であり、著者であり、その著者についての知識や情報であり、その空間を起点にして広がる想像力である。土橋の詩の中で、活字や画の書き手である著者たちは、目の前に実際にいる者であるかのように在不在を尋ねられ、書店の主人と会話を交わし、扉を出て娼婦を買いに――と「ミー」は想像する――町へ出かける。実体化されて描かれる日本の著者たちは、読者であり移民地に生きる若者「ミー」が距離を感じたり、憧れを感じたりする存在だが、五車堂は彼らと「ミー」を出会わせる場としてある。

しかし、「ミー」は彼らの書いたものに縛られることはない。「ミー」は怖じることなく「知らない」と言い放ち、知らないこと、乖離していること、彼らを介して快楽の想像をすることを「自由だ」といい、「希望的だ」とうたう。

第3章から第5章においては、日本語新聞の文芸欄を中心に検討した移民地のメディアのあり方（第3章）、サンフランシスコの日本書店の誕生と展開のさま（第4章）、そして太平洋を跨いで活動した一軒の書店の歴史を考えてきた（第5章）。いずれも、米国太平洋岸という〈飛び地〉において、日本語によって文学作品を創り

記憶によるシスコ日本人町（大正13〜昭和８年）
推定人口子供も含めて4000人うち女性400人

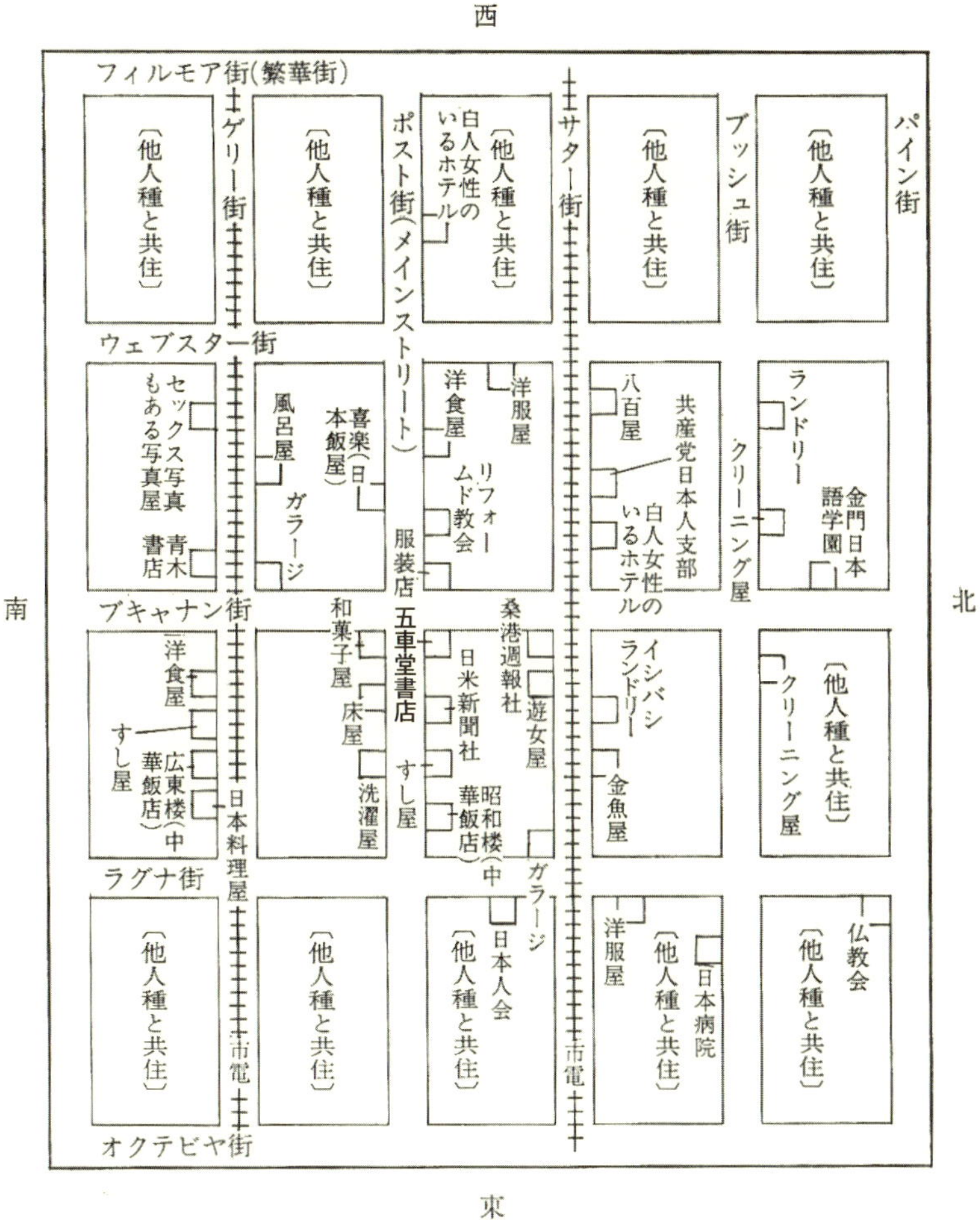

図40　土橋治重によるサンフランシスコの地図（土橋 1978）
「日本人町の略図は記憶によって書いた。ちがうところがずいぶんあるにちがいないが、却ってそのほうがよいのではないかと思ったのである。」（同、99頁）　太字は日比による。

出すためには必要不可欠な諸装置だった。本書ではそれを文化的基盤《インフラストラクチャ》と呼び、移民文学史の考察の一つの柱としている。

こうした文化的基盤は、小規模な移民地新聞のように、ある土地に根ざし、限定的な範囲でのみ展開するものもあれば、東京で刊行される著名雑誌のように、幅広い地域にわたって流通するメディアもある。本書では、とりわけ、後者のような超域的な展開をみせるメディアと、そしてそれを運び、配る流通の仕組みに関心を払った。Ⅱ部では、それを米国の太平洋岸と日本とを結ぶネットワークにおいて検証した。ところで、こうした超域的な――すなわち海を越えて在外の日本語読者たちに届く――書物の流通網は、では米国と日本だけを結んでいたのだろうか？　そんなはずはない。米国の書店の数は、近代日本の海外進出域、たとえば一九三〇年代における朝鮮半島や旧満洲における書店数と比べれば、大した数ではない。そうした地域も含めた書物流通のネットワークは、より大規模であるはずだ。だがその考察は、また別の著作において展開されるべきだろう。

こうした書物のネットワークの上に、サンフランシスコやロサンゼルスやシアトルの日本語読書空間が展開し、若き「ミー」のような読者たちを吸い寄せていった。書物は、知識を運び、情報を運び、感情を運ぶ。自分の背中を追いかけるようにして到来する故国の便りは、おそらく移民たちにとって二律背反的なものだっただろう。なつかしく、しかし帰れない、帰りたくない故国の呼び声。これだけの圧倒的な故国にまつわる情報が二〇世紀の前半から移民地に存在していたとすれば、移民と故国の文化の間の紐帯の太さは強調されてしかるべきだ。

だが一方で、到来する書物を前にして、読者は自由でもあった、ということを最後に確認しておいてもいいかもしれない。知らないこと、読まないこと、勝手に想像すること。「ミー」の言うように、読書は「自由」であり、「希望」であったから。

Ⅲ　異土の文学

第6章　一世、その初期文学の世界

1　移民文学史の空白

アメリカへ渡った初期の日系移民たちといえば、「出稼ぎ」のイメージが強いかもしれない。実際、国内と米国社会の間にあった賃金格差に惹かれて、多くの人々が海を越えて働きに出た。そうした人々の目的は蓄財や故郷への送金であり、アメリカ社会で生きることではなかった。衣錦栄帰が出稼ぎ労働者の目的であるとすれば、移民地での生活は当然一時しのぎのものとなりがちであり、たいした社会的な成熟は望めなかっただろう、と予想されてもおかしくはない。

この章において、だが私はそうした初期の移民観に疑義をはさんでみたい。たしかに初期移民たちは生活に追われ、蓄財、勉学などの目的を達したのちには帰国しようと考えていた者が多かったようだが、その一方で、移民コミュニティには、ほぼその初期段階から高度に洗練された文化的な営みがあったということを明らかにしてみよう。彼らの言語芸術を検討することによって、私はそれを試みる。

米国日系移民一世の日本語文学の起源は、一九一〇年前後、早くても一九〇三、四年に求められることが多い。米国における日系人文学をもっとも幅広く見渡した加藤新一（一九六一）も、「アメリカ沿岸に『日本文学』と名のつくものの発生したのは一九〇七年前後」（同、一三〇頁）といい、あるいは「シアトル文壇とも云うべきものの発生したのは、一九〇三、四年当時から」（同、一六四頁）としている。研究も、翁久允の活動や、俳句・短歌といった韻文を中心に研究が進められてきたといってよい。これに対し、本章が扱うことになる時代は、先行する研究が焦点を当ててきた時代（一九一〇年代以降）よりさらに前、一九〇〇年前後である。米国日系移民コミュニティの最初期であるこの時代については、邦字新聞を中心にメディア史や人物誌の観点から研究の蓄積が見られるものの（第2章参照）、この時期に営まれた文学的営為に関する研究は非常に手薄な状況にある。

もちろん、研究そのものがまったくないというわけではない。初期の邦字メディアに文学作品が掲載されていたことそのものは、たとえば藤沢全《まとし》が「一八八六年（明治一九）、サンフランシスコに日本語新聞「東雲雑誌」（タブロイド判八ページ）が、その翌年、カリフォルニア州オークランドに同じく「新日本」が創刊され、前者に「詞林」と題した文化・文芸欄が設けられ、後者にも適宜の措置がとられていたことからみて、〔…〕ここらあたりをおおよその起点として、一世の文学活動が出発していった」（藤沢全 一九八五、四六頁）と指摘し、また植木照代が「『東雲雑誌』は日系移民社会最古の情報紙と言われているが、わずか二〇部発行されたその新聞に早や文化、学芸に相当する「詞林」が設けられていたということは、如何に移民社会での文芸への希求が強かったかを示しているだろう(1)」と述べるとおりである。

では、これまではこうした「初期」の日系移民文学の内容は、どのようなものとして把握されてきているだろうか。戦前の移民史の記述としては、竹内幸次郎が『米国北西部日本移民史』においてシアトルの状況を記述し、「明治四十〔一九〇七〕年頃までは、主として論文や随筆、漫文と言つたものが幅を利かして、人身攻撃、罵詈讒謗等で百鬼夜行の形であつた。〔…〕まだ、高山樗牛とか大町桂月とか言つた人達の印象が、文筆の士を支配してゐた頃で、小説でも〔尾崎〕紅葉、〔徳冨〕蘆花、〔泉〕鏡花、などの全盛時代だつた」という一節を残している（竹内幸次郎 一九二九、五八六―五八七頁）。竹内はいわゆる創作の類が少なく、また流行していた作家が日本の同時代の――竹内から見れば旧式の――文学者たちであったことを言っている。現代の研究者たちには、この初期時代の文学のあり方を検討した論考はまったく存在しない。先の藤沢全の研究を始め、一世文学の総体について論及するものは存在するため、論の構えとしては初期文学もそのなかに含まれると見てよいわけだが、事実上は初期文学についていては論考がないと判断するべきだろう(3)。

本章では、サンフランシスコとシアトルの邦字メディア文芸欄の動向を概観しながら、初期一世文学の展開をいくつかの作品の分析にもとづいて明らかにする。これにより、これまでには知られていなかった一世の文学活動の初期の様態が明らかになるだけにとどまらず、二〇世紀初頭の北米移民地の生活や思想――より細分化していえば若年知識層のそれ――が浮かび上がってくるだろう。初期の一世文学とはそもそもどのようなものであったのか、日本国内の文学との関係はいかなるものであったのか、どのくらいの分量の作品がどのような媒体に発表されていたか、そしてそれらは何を描いていたのか? 以下、明らかにしていこう。

2　初期文学の配置図

まずは初期の日系移民文学がどのようなものだったのか、その輪郭を描くために、この時期に移民地で刊行されていた日本語新聞、雑誌の文芸欄を概観することにしよう。今回検討したのは、新聞では『東雲雑誌』『愛国』『第十九世紀』『桑港新報』『金門日報』『桑港時事』『じやぱんへらるど』『日本人』『太平新聞』。この時期には他に各種の雑誌も存在したが、いずれも短命で現在ほとんど所在が確認できない。名前だけ列挙すれば、『腮《あご》はづ誌』『桑港評論』『おもしろ誌』『遠征(4)』『ヂヤパニースアメリカンボイス(5)』『桑港文庫(6)』『ジヤパン、トリビン(7)』『玉手箱』(竹内幸次郎 一九二九、五七二頁)などが挙げられる。ここでは『腮はづ誌』『桑港乃栞』(第六編まで確認)を検討することにしよう。各新聞は表5-1〜5-9に文芸関係記事のリストを作成し、『桑港乃栞』につい

表5　初期新聞紙面にみる文芸関連記事

※ 調査は国会図書館、立命館大学、法政大学、UCLAで行った(『東雲雑誌』については『汎』1986年6月を利用)。文芸記事の有無にかかわらず、所蔵されているすべての号を記載してある。各新聞の書誌事項については適宜田村紀雄／白水繁彦編(1986)、田村紀雄(1991)などを参照した。

5-1『東雲雑誌』　サンフランシスコ。1886年創刊。ほぼ旬刊。蒟蒻版。4-8頁。部数20部

刊行年	号	作者	作品名	面	ジャンル・その他
1886. 4. 10	7	柳渚粋史	金門園雑吟之一	不明	「詞林」欄。漢詩
		玄居士	答客碓	不明	「詞林」欄。漢詩
		山川枕流	送詩窓之米洲	不明	「詞林」欄。漢詩
		素月	悼故馬場某	不明	「詞林」欄。短歌
1886. 4. 20	8	団々狂生	新年口合	不明	「詞林」欄。漢詩
		花房松翠	逸題	不明	「詞林」欄。漢詩
		青山鶴仙	送狂簡子帰日本	不明	「詞林」欄。漢詩
		松栢山人	偶成	不明	「詞林」欄。漢詩
1886. 6. 16	13				掲載なし
1886. 7. 3	14				掲載なし
1886. 7. 15	15				掲載なし
1886. 7. 25	16				掲載なし
1886. 9. 3	19				掲載なし

5-2『愛国』　サンフランシスコ。1891年創刊。週刊。孔版。6頁

第41(1892. 8. 5), 42号(1892. 8. 12), 43号(1892. 8. 19), 45号(1892. 9. 9)には文学作品の掲載なし

5-3『第十九世紀新聞』　サンフランシスコ。1893年創刊。週刊か。活版。4頁

刊行年	号	作者	作品名	面	ジャンル・その他
1893. 1. 6	1				掲載なし
1893. 2. 4	2				掲載なし
1893. 2. 15	3	天外仙史 舟橋豊	「〓武冷四氏訃音而有作」	3	「文園」欄。漢詩。〓は一字判読不能

5-4『桑港新報』　サンフランシスコ。1893年創刊。日刊。石版。4頁。部数5, 60部

刊行年	号	作者	作品名	面	ジャンル・その他
1893. 6. 16	19	藪鶯	「慾界」其四	3	小説
1893. 6. 17	20	藪鶯	「慾界」其五	3	小説
			第三期和歌撰	3	和歌8首
1893. 6. 19	21	藪鶯	「慾界」其六	3	小説
1893. 6. 20	22	藪鶯	「慾界」其七	3	小説
1893. 6. 21	23	藪鶯	「慾界」其八	3	小説
1894. 1. 18	83				掲載なし

5-5『金門日報』 サンフランシスコ。1893年創刊。日刊。石版。4頁

刊行年	号	作者	作品名	面	ジャンル・その他
1894.1.17	252		漢詩3首	2	「詞林」欄
		冬村	「冒険」第二十四回	3	「小説」欄
1894.1.30	262	冬村	「冒険」第二十五回	3	「小説」欄

5-6『桑港時事』 サンフランシスコ。1894年創刊。日刊。石版。部数5,60部

刊行年	号	作者	作品名	面	ジャンル・その他
1895.5.12	308	絲瓜男	「女性国手」上(三)	3	小説
1896.11.13	549		(小説か?)	3	小説欄らしき箇所が切り抜きされている
1896.11.14	550		(小説か?)	3	切抜
1896.11.15	551		(小説か?)	3	切抜
1896.11.17	552		(小説か?)	3	切抜
1896.11.19	553		(小説か?)	3	切抜
1896.11.24	557		(小説か?)	3	切抜
1897.1.5	594	梅軒初稿	「丁酉新年作」	3	漢詩3首、和歌7首
		黙囀子	「新年かぞへ歌」	3	
1897.2.17	623				掲載なし
1897.2.18	624		(小説か?)	3	切抜
1897.3.6	637		(小説か?)	3	切抜
1897.3.9	639		(小説か?)	3	切抜
1897.4.15	669				掲載なし
1897.4.22	675				掲載なし
1897.4.23	676				掲載なし
1897.4.30	691				掲載なし

5-7『じやぱんへらるど』 サンフランシスコ。1897年創刊。日刊。石版。4頁

刊行年	号	作者	作品名	面	ジャンル・その他
1897.4.19	5		「社告」「夏季懸賞募集」	1	狂詩、狂歌、狂句、川柳、桑港町名よみこみ都々逸
			漢詩3首、和歌3首、俳句11句	1	「文苑」欄
		ね、り、稿	「小説　恋日記」	3	「小説」欄
			春期懸賞発句	3	俳句10句

5-8『日本人』 シアトル。1901年創刊。週刊。活版。10頁

刊行年	号	作者	作品名	面	ジャンル・その他
1901.2.16	1	シアトル孤客	「他郷歳暮の情」	1	「漫録」欄。新体詩
		文晁 講演	「鬼の仮面」(一)	5	講談。日本国内の講談師一立斎文晁の話の転載か
		シアトル孤客	「うらおもて」	9	小説。時代小説の体の当代批評。なお第1号は一面のみ2月16日の日付。以降の面は23日の日付
(この間欠)					

1901.4.20	5	無署名	「小説　藪入」（中・下）	5	
		文晁 講演	「小判事件」（四）	8	
1901.4.27	6	無署名	「小説　快男子」（一）	5	国内媒体からの転載か？
			「小判事件」（五）	8	
					以下は「日本人附録」（一頁立別頁印刷）中の「文苑」に掲載。以降断続的に出現。和歌、狂歌、狂句等
		錦粧園主人	「読日本人新聞」	−	和歌
		孤月	「述懐」	−	新体詩
		きよ	「悪夢」	−	新体詩
1901.5.4	7		「小説　快男子」（二）	6	
			「一口噺」「謎々」「狂句」	7	「おなぐさみ」欄
			「小判事件」（六）	10	
1901.5.11	8		「小説　快男子」（三）	4	
		文晁 講演	「犬の仇討」（一）	10	
1901.5.18	9		「小説　快男子」（四）	4	
		文晁 講演	「犬の仇討」（二）	9	
			「狂歌」「一口噺し」	6	「おなぐさみ」欄
1901.5.25	10		「小説　快男子」（四）	4	通番の乱れはママ
		文晁 講演	「犬の仇討」（三）	9	
1901.6.1	11		「小説　快男子」（六）	4	
		文晁 講演	「犬の仇討」（四）	9	
1901.6.8	12		「小説　快男子」（七）	4	
		文晁 講演	「犬の仇討」（五）	9	
1901.6.15	13		「小説　快男子」（八）	4	
		文晁 講演	「犬の仇討」（六）	9	
1901.6.22	14		「小説　快男子」（九）		
		文晁 講演	「犬の仇討」（七）	9	
1901.6.29	15		「小説　快男子」（十）		
			「謎々」「一口噺」「語呂合」	7	「おなぐさみ」欄
		文晁 講演	「犬の仇討」（八）	9	
1901.7.6	16				掲載なし
1901.7.13	17				掲載なし
1901.7.20	18		「謎々」「語呂合」「一口噺」	4	「おなぐさみ」欄
1901.7.27	19		「塩湖の鬼女」	3	「読者之領分」欄。謡曲仕立ての風刺文
			「謎々」「語呂合」「一口噺」	5	「おなぐさみ」欄
1901.8.3 （21号欠）	20				掲載なし
1901.8.17	22	禿瓢子	「暑感」	4	随筆と俳句2句、和歌1首
1901.8.24	23	酔狂生	「シアトル美人の見立（一）」	3	「読者之領分」欄
			狂句3句	3	「読者之領分」欄
			俳句2句、和歌4首	4	「文苑」欄
1901.8.31	24		和歌3首、俳句2句	7	「文苑」欄
1901.9.7	25		和歌4首	5	「文苑」欄
			「一口噺」「謎々」「語呂合」	7	「おなぐさみ」欄

1901.9.14	26		「一口噺」「狂歌」「語呂合」「謎々」	5	「おなぐさみ」欄
			都々逸2首、俳句3句	4	「文苑」欄
1901.9.21	27		都々逸2首	7	「文苑」欄
1901.9.28	28		「一口噺」「謎々」「語呂合」	7	欄名なし
1901.10.5	29		「語呂合」「謎々」	7	欄名なし
1901.10.12	30		和歌4首、俳句2句	6	「文苑」欄
1901.10.19	79	無署名	「身あがり」(上)	4	「小説」欄。号数表記に飛びがあるがママ
1901.10.26	80	無署名	「身あがり」(下)	4	「小説」欄
			「謎々」「手放し〔一口噺〕」「駄句〔狂句〕」	7	「おなぐさみ」欄
1901.11.2	81	無署名	「浪花名代　白鼠」(上)	4	「小説」欄
			「一口噺」「謎々」	6	欄名なし
			「十月雑吟」「狂歌」「語呂合」	9	欄名なし
1901.11.9	82	無署名	「浪花名代　白鼠」(下)	4	「小説」欄
			「語呂合」「一口噺」	6	欄名なし
1901.11.16	83	無署名	「鬼一口」(上)	4	「小説」欄
			「一口噺」「語呂合」「謎々」	8	欄名なし
1901.11.23	84		和歌4首	3	「文苑」欄
		無署名	「鬼一口」(下)	4	「小説」欄
(この間欠)					
1901.11.30	85	無署名	「お禁厭」(上)	4	「小説」欄
1901.12.7	86	無署名	「お禁厭」(下)	4	「小説」欄
			漢詩2首、和歌7首	8	「文苑」欄
1901.12.14	87	無署名	「有情無情」(上)	4	「小説」欄
(この間欠)					
1902.1.11	91	無署名	「有情無情」(下)	4	「小説」欄
			「偶感〔狂詩〕」、俳句1句、都々逸5句	8	「文苑」欄

5-9『太平新聞』 サンフランシスコ。1902年創刊か。週刊。8頁。英文頁あり

ヘイト青年会を母体か。副島の『新世界』と対立している。『日米』とも。全体に、小さなコミュニティで出している感があり、噂話や身近な存在に対する論評が多い。また雑誌『桑港文庫』は太平新聞社で印刷していたらしい(42号5面)。青年会が「文学会」(演説会)を開いたらしい(49号5面)。

刊行年	号	作者	作品名	面	ジャンル・その他
1903.7.5	38	小君子	「新作小説　妻」	4	
			懸賞俳句募集	6	太平楽吟社(太平新聞社内)。題夏季
		在羅府　糸子	「風の声　文学会(上)」	7	「非小説」の添え書き。パリでの日本人演説会
1903.7.12	39		第一回募集俳句	1	太平楽吟社選。35句
		小君子	「新作小説　わが妻」(上)	4	
		在羅府　糸子	「風の声　文学会(中)」	7	
1903.7.19	40	綿引糸子	「月と水」	1	「文藻」欄。美文と新体詩
1903.7.26	41		「文壇廓清論」	1	「言論」欄。巻頭論説。

			第二回募集俳句	7	太平楽吟社選。21 句
1903. 8. 2	42	花里女史	「品定草紙」	1	「太平文学」欄。登張竹風『あらひ髪』、雑誌『太陽』第8号の論評。
		藪四朗	「文章詩歌俳諧論」	4	「寄書」欄。俳諧の価値を説く論説
(43 号欠)					
1903. 8. 16	44	華郁隠士	「美行奇談」(下)	4	「実見小説」の添え書き
1903. 8. 23	45		第三回募集俳句	7	太平吟社選。15 句
(46 号欠)					
1903. 9. 3	47	坪田弦月	「勉学と紐育地方」	7	「漫録」の添え書き。報告雑記と俳句 4 句
1903. 9. 10	48				掲載なし
1903. 9. 17	49				掲載なし

ては総目次を巻末の資料1に掲げたのでご参照いただきたい。

これらの表からうかがえるように、文芸関係の欄は一九世紀末の日本語新聞誕生とほぼ同時に出現していたといってよい。文芸は人の「生き残り」のために必須の活動ではない。それは人が生きてゆくために行なう活動からみれば余剰とでもいっていい領域にあるだろう。それゆえ、最初期の移民たちの文学活動について、コミュニティがある程度落ち着き、成熟をはじめてようやくそれらが出発した、というような想定がなされても不思議ではない。だが、本章の調査によって浮かび上がる実態は、そうではない。文芸は、邦字新聞の出発と同時に現われた。文芸欄は、移民地の新聞に欠かせない要素だったらしい。

その構成はどのようなものであったろうか。表5-4の『桑港新報』から表5-7の『じやぱんへらるど』までのリストが示すように、〈小説〉+〈文苑(漢詩・和歌・俳句・その他からなる)〉というセットが基本の構成となっていた。より広い層――より低いリテラシーの層――をターゲットに狙うとき、これに〈講談〉が加わる。表5-8『日本人』がその例だろう。〈講談〉の位置には、時代小説や落語も、こののち入ってくる。この〈小説〉+〈講談〉+〈文苑〉が、以降の時代における日系邦字紙の標準形になっていく。(8) なお、このあと確認するように、この構成は日本の国内紙でも同様である。この標準形から逆に見なおせば、〈創作小説〉+〈文苑〉のみという取り合わせは、その新聞の編集部が比較的高度なリテラシーの読者を想定していたということを意味するだろう。

たとえば表5-9の『太平新聞』を見てみよう。小説の作品名の角書き（メインタイトルの上に付される「新作小説」などという文言）を見ていけば、それが国内作品の転載ではなく、コミュニティ内部の書き手たちによる作品だということがわかる。それだけの力量を備えた書き手が、編集部の内部か、身近にいたというわけである。小説の他にも、国内の有力雑誌『太陽』に対する論評や、文芸評論が掲載され、俳句の募集や俳諧論も掲載されている。相当にハイレベルで高踏的な編集だったといっていいだろう。

こうした文芸欄のあり方は、移民地に独特のものだったのだろうか。あるいは、同時代の日本の文芸欄の形とよく似たものだったのだろうか。この点を検証してみよう。

比較対象の新聞として、ここでは一八九二年創刊の日刊紙『万朝報』を選んでみる。東京を中心に展開していた、当時の有力紙の一つで、少し下方に想定読者層を構えていた[9]。『万朝報』の文芸関係記事は、一八九〇年代前半においてはおおむね、時代小説＋黒岩涙香の翻訳探偵小説＋「魍魎界」（狂詩など[10]）、という構成をとっていた。一九〇〇年前後になると、小説二作（現代小説・涙香作品・時代小説・講談）＋「諷藪」欄（狂詩・狂歌・狂句）となる。この他、いずれの時期も新刊紹介や芝居の案内・批評、他誌の記事の紹介・批評なども掲載されていた。もちろん、掲載される作品の質や情報量の多さ、掲載作品の多彩さなどの点では、移民地のメディアを圧倒している。ただし、ここで注目したいのは質的な上下ではなく、新聞というメディアがその内部に「文芸」を抱え込む際の欄の構成である。それが当時の文学観を一面で物語るはずだからである。

もう一つ、今度は同時期の総合雑誌の誌面の構成から、「文芸」の輪郭を考えてみよう。次に列挙したのは、一八九四年創刊の総合雑誌『太陽』（博文館）創刊号目次の欄構成である。「論説」「史伝」「地理」「小説」「雑録」「文苑」「芸苑」「家庭」「政治」「法律」「文学」「科学」「美術」「商業」「農業」「工業」「社会」「海外思想」「輿論一般」「社交案内」「新刊案内」「海外彙報」「海内彙報」「（英文欄）」「（巻頭写真）」（傍線は日比。以下同）。このうち「文苑」欄には、漢文による発刊を祝う序二編、漢詩六一首、美文一編、新体詩二編、和歌三二首が収載されていた。俳句はなかった（第二号にはあるが、三号にはなし）。

新聞と総合雑誌という、広く一般的な読書階層をターゲットにした媒体における「文芸」のあり方は、やはり〈小説（現代物・時代物・探偵物・講談）〉＋〈文苑〉という構成によって提示されていたということができるだろう（『太陽』ではより専門的な「文学」欄が加わる）。移民地のメディアと、配置はおおよそ同じというわけである。ここから、われわれはなぜ移民地のメディアが当初から文芸関係記事とともにあったのか、ということの理由を推定することができる。雛型となった「新聞」というものの輪郭に、そもそも「文芸」が埋め込まれて存在していたのである。新しく新天地で自分たちのメディアを作ろうとしたとき、彼らは「新聞」には「文芸」が付きものだと発想したことだろう。

もちろん、いやいやながら仕方なく掲載したというわけではないはずだ。当時、文芸の魅力を感じる人は少なからずいた。文芸が人々の関心を引きつつあったということを、懸賞募集という装置から傍証してみよう。当時の新聞と文芸の関係を考える、有力な補助線となるはずだ。

一九〇〇年前後を〈懸賞の時代〉として位置づけたのは紅野謙介（二〇〇三）である。この当時、『万朝報』『読売新聞』など多くのメディアが懸賞募集を掲げ、読者の投稿を呼びかけた。たとえば『万朝報』一九〇〇年四月一二日、一面では懸賞募集として「漢詩（七言絶句）」「俳句」「和歌」「新体詩」が募集されている。記事はいう。「営々たる俗務の間に立つ人も時に興来りて吟咏の意の動くこと有らん、故に詩歌ハ何の世と雖も存せざること無し」、すなわち日常の俗務がいくら忙しいといっても詩を作る興趣が訪れることは、時にはあるだろう、詩歌はどんな世の中にも必ず存在するものなのだ、というわけである。同じく『万朝報』一九〇〇年四月一二日、三面が募集しているのは「当世謎々」「狂句」「一口話」。後日「語呂合」「狂歌」がこれに追加される。募集記事は「今ハ本紙の硬派編輯部に『読者文芸』の募集あれバ軟派に於ても此機を失せず大に読者の才藻を試みんと欲す」という。この硬派と軟派については、あとから再度言及する。

紅野の考察によれば、懸賞募集という装置には記事の獲得、関心の惹起、読み手を書き手へと誘う回路という役割があった。編集部だけの力ではなく、読者の筆力を紙面の作成に生かすこと。当選の名誉を掲げ、賞金をちらつかせ、競争によって読者の関心を作り出すこと。これは、起こったことを伝える受け身の姿勢ではなく、イベントそのものを自らの手で作り出す戦略だということができるだろう。そして懸賞は、読み手の側にいた者を、書き手の側へとリクルートしてくる。懸賞募集は人的な交流、勧誘の装置でもあった。

以上駆け足ではあったが、最初期の日本語メディア上の文芸の配置図が描けただろう。一九〇〇年前後の文芸は、〈小説（現代物・時代物・探偵物・講談）〉+〈文苑（漢詩・和歌・俳句・その他）〉という欄の配置で提示されていた。それは日本の国内メディアの配置を引き継いだものであった。この次に考えなくてはならないのは、では、移民地の日本語メディアは、はたしてそのように国内メディアとの同質性・相似性だけで説明しきれるのか、ということである。より深く、記事の分析を行なうことが必要である。先に言及した硬派と軟派というような、この時期に固有の文芸の形、また読み手と書き手の間の結びつきとそれを支えた関連装置などが、検討の対象となる。

3　初期日系移民文学の特質

一世の初期文学の展開を実際の紙面に即して通覧していけば、どうもそれらは先行研究が大づかみに評価してきたように、混沌とした百鬼夜行でもなさそうであり、また単に日本の模倣とも、その逆の移民地に独自な文芸とも言い難い。また単にアマチュアたちの娯楽でも、あるいは彼らの郷愁からのみ発する素朴な活動でもなさそうである。以下、いくつかの特質を指摘しながら、その展開を考察してみたい。

初期日系移民文学の環境――内輪性と公器性の共存

まずは作品の掲載媒体であった日系邦字新聞の特質を考えてみたい。新聞は一世たちの文芸活動の主要な媒体であり、彼らの文芸を条件づける環境でもあった。この観点から重要なのは、多くの初期日本語新聞が読者たちの属すコミュニティを仮想的に可視化してみせる役割を担っていたということである。たとえば、『日本人』紙には「読者之領分」という欄があった。欄名が示すとおりこれは読者の投稿欄として設けられており、ローカルな話題や噂話が筆名を用いて交わされている。部数が数十部から多くて数百部だっただろうこの時代のメディアの規模を考えればこのような身近な話題や噂話は、まさに読者たちの目と鼻の先で起こっている出来事の活字化という印象だったはずである。移民地の人々は、こうした新聞紙上の噂話の読者となることにより、自分が現実に生きている日本人町を仮想的に再確認することになる。実際に顔を突き合わせる顔見知りから構成される隣近所の世界を越えて、〈在桑港／沙港の日本人社会〉あるいは〈在米日本人社会〉が想像されていく。

「読者之領分」に現われるこうしたローカルな話題のほとんどは「酌婦」など飲食・風俗業の女性たち、および在米同胞の噂話だったわけだが、興味深いのは、そのなかにしばしば文芸趣味が顔を覗かせるということである。いくつか実際に記事を見てみよう。

●塩湖の鬼女　　　シテ　放蕩志郎／ワキ　親　爺

「降るあめりかの〳〵袖にもおけぬ露の玉砕けて散るや吹く風に打寄す波も片男なり　シテ「是は又近頃此のわたりにさわぐ鬼女にて候夜毎にあさる肉食《にくじき》の時もだん〳〵あつく候ふ程に汗かき候おーあつやなあつやなー　ワキ「おーおそろしやなー見得も形もやさしきに人食ふ鬼女と名乗るかや〔…〕

（「読者之領分」『日本人』一九〇一年七月二七日、三面）

謡曲仕立てで洒落めかして書かれた売買春への非難の文である。「塩湖の鬼女」はソルトレイクシティにいた売春婦を指すと考えられる。主人公であるシテ放蕩志郎はもちろん、放蕩しろ、と響かせている。文章は冒頭から雨とあめりか、涙と露など、伝統的な言葉遊び（掛詞。あめりかは「伝統的な」文辞ではないが）を多用し、謡曲の重層的な文体をまねようとしている。鬼女というキャラクターも「黒塚」「道成寺」「葵上」など謡曲でよく登場するものだ。その鬼女が売春婦に重ねられる。男を喰うということであろう。そして男を喰うというその比喩が、「肉食《にくじき》」という言葉を呼び起こし、もちろんこれはアメリカ社会の食習慣と重ねられるというわけである。非常に高度というわけではないが、謡曲の修辞の伝統を充分に咀嚼し、それをいま生きる米国の移民地の文脈のなかにうまく接続させている。文芸的な遊び心に満ちた戯文だと言えよう。明治期に謡曲を嗜んだのは、基本的に知識階級だと言っていい。朗唱そのものは誰でも可能だが、複雑な詞章を読みこなすには、かなりのリテラシーが必要だったからである。(11)

次も同じく『日本人』の読者欄からである。

▲シアトル美人の見立（一）　／（酔狂生）
デーリツク楼のお村は其姿の優しき所小町姫に似たり／　村雨にぬれてしほらし秋海棠
同楼お福は明治初代の今紫の如し／　ぬく風《ふ》にしなよく靡く柳かな
（「読者之領分」『日本人』一九〇一年八月二四日、三面）

やはりこれも酌婦たちの噂話である。ここでは彼女たちは古典の世界の美女や、名高い名妓たちになぞらえられながら、植物に見立ててうたわれていく。五七五の定型で詠まれるが、とりたてて知識が要請されるような修辞的技巧は使われておらず、彼女たちのしおらしいようす、やわらかになびく物腰がわかりやすく秋海棠や柳に喩えられている。誰でも楽しめるレベルの、遊びの文芸である。

かとおもえば、同じ「読者之領分」欄（一九〇一年一二月一四日、八面）には、「おもしろ誌所載のハウプトマンの戯曲と題する文は文学の大家と聞えたる坂上幽花大先生（?）《ママ》の筆になるものゝ由なるが〔…〕若し真に此意義を御存じなら他のくだ〳〵しき形容詞を並べる暇に此解釈をするのは必要ではないか〔…〕」（無名氏）などといった、近刊の雑誌『おもしろ誌』への批評の文が掲載される。この欄に集う文章はかなりの幅があった。

そもそも要請があったわけでもないのにわざわざ自ら筆を執って新聞の読者欄に投書するなどという人物たちは、最初から読み、書くことに親和的な人物たちであり、文芸の世界にも近しい者たちだったはずである。一九〇一年八月三日掲載の「読者之領分」には「◎敬愛なる日本人記者〔渡辺〕星峰君に望む〔。〕貴新聞発行の当時は文苑詞林に類するの欄ありて為めに和歌、新体詩、漢詩等余輩の眼目を楽ませり〔。〕而已ならず紙上に錦上花を添ふるの観ありしも今や心なき暴風一過して花又散り寂寞として此に声なきは余輩実に之を惜む〔。〕望むらくハ更に文苑再興に尽力あらんことを（晩香坡ヂィ、エッチ生）」（三面）という文芸欄の消滅を嘆き、再興を願う声も寄せられていた。

最初期の日本語新聞の部数は数十から多くて数百部だったはずである。石版刷り、すなわち手書き文字で本文が書かれていたものさえあったこの時代、新聞は多くの人々が読むものではなく、文字を読むこと、そして書くことが好きだった人々がわざわざ手にするものだったと考えるべきだろう。版面が活字で形成されるようになって可読性が格段に増し、渡米者の増加にともなって部数が増え始めるのはこのあと直ぐ引き続いて起こる現象だが、本章が対象とする一九〇〇年前後においては、まだまだ読み手と書き手の間が非常に近い状況が引き続いていたことだろう。移民一世の初期文学の世界は、そのような環境のなかで生み出された文学だったのである。

「軟派」の文学——遊戯性、諷刺性

ここからは、作品の内容的な特徴の把握に移ろう。この時代の文芸には、見逃すことのできない特徴がある。それは現代の読者がいわゆる「文学」というものの規範的イメージとして保持している、純文学作品からは遠い特質だ。それをここでは先の『万朝報』の懸賞募集が使っていた「軟派」という言葉を使って表現しよう。純文学作品が芸術性、実験性、真面目さなどによって特徴づけられるとするならば、「軟派」の文学は遊戯性や諷刺をその特徴とする。

実はここまで私は、「文学」という用語と「文芸」という用語を意図的に混在させて使ってきた。その理由は、この「軟派」の存在に関わる。「文学」という用語は、幅広く言語芸術一般を指しうるが、比較的硬い意味内容をもつ言葉である。その意味的中心には芸術指向が存在し、学術的なニュアンスも加わる。それに対し「文芸」はより幅広く、楽しみのための創作や庶民的な言語遊戯に近い領域までも含みうる言葉だ。本書全体における用語の統一のため、基本的には「文学」という言葉を用いているが、一九〇〇年頃の人々が書き残した作品の性格を鑑みたとき、「文芸」という呼称でそれらを呼んだ方がよりふさわしい場面がある。それが私がここで「文学」と「文芸」を併用する理由であり、そのこと自体がこの時代の一世たちの活動の特質を描き出していると考える。

さて、その「軟派」の文芸である。あらためて先に引用した日本の国内紙『万朝報』の懸賞募集の文言を確認すれば、「本紙の硬派編輯部に『読者文芸』の募集あれバ軟派に於ても此機を失せず大に読者の才藻を試みんと欲す」といっていた。「硬派」の募集が想定しているのは、「漢詩（七言絶句）」「俳句」「和歌」「新体詩」であった。これに対し「軟派」が募集していたのは、「当世謎々」「狂句」「一口話」「語呂合」「狂歌」だった。一方、シアトルで刊行されていた『日本人』にも、やはり「おなぐさみ」という欄があって「一口噺」「語呂合」「謎々」「狂歌」が掲載されていた。これらのすべてを「文学」だとは呼びがたいが、いずれも当時の人々が楽しみのために創り出した言語的創作作品である。それは当時の「文芸」の裾野を担う領域だ。

ここでは私が当時の「軟派」文芸の傑作の一つだと考える、一つの狂詩を取り上げて検討しよう。

山田鈍牛「英美詩《エービーシー》九首」

（一）祝聘的再興
貴社益々御繁A
諸君骨折全準B
再興聘的十三号
真之天下好雑C

（二）寄記者及投書家
世上人事無拘D
面白可笑遣如E
泣暮笑過同様事
死後共到一冥F

（三）同
拙者元来乏文G
空虚脳漿難絞H
漸事綴出此戯作
諸君勿笑無他I

（四）日本現今乃状勢
増税々々又増J
細民訴飢苦活K
甚憎奸商汚吏輩
乗此機私巨利L

（五）下手投書家
燈下独座嬌々M
自期必一等賞N
忽驚手片為水□
勇気頓挫心快O

（六）桑港紳士
腹虫促夕飯泣P
其実嚢中常窮Q
槍栗算段僅繋命
気取紳士装金R

（七）洋行帰先生
洋服厳敷腰掛S
切装文明開化T
先生高説問如何
得意捫髪法螺U

（八）生臭坊主
和尚納主均苦V
陽気敲鐘唱網W
試向彼等問心意
由弥陀功徳世X

（九）弥次馬連
路傍人立叫YY
其癖事件小針Z
非矢火又非喧嘩
女乞食捕虱渡&

山田鈍牛（図41）の「英美詩九首」の全文である（詩の現代語訳は注として示した[12]）。この狂詩は一八九四―五年ごろにサンフランシスコで刊行されていた雑誌『腮はず誌』に掲載されたという[13]。

詩の狙うところはタイトルからも明らかだろう。「英美詩」と書いて「ＡＢＣ」と読ませる。七言絶句の形式を取っているとみれば押韻を踏むところだが、おそらくはそのかわりにアルファベットの二六文字と＆を順に従って行末に配置し、そのアルファベットが同音の漢字を示している――たとえば「Ａ」は「栄」というように。遊び心と、機知に満ちた狂詩である。内容も面白い。中絶していたと覚しき『腮はず誌』の復活を祝いながら、その記者と読者の楽天的心構えと創作の苦心を説く。あるいは増税が続く日本の情勢を非難し、返す刀で桑港の「貧乏紳士」や洋行帰りの「先生」を皮肉る。「生臭坊主」「女乞食」といった身近な見聞らしきようすも滑稽めかして語られる。文章、内容ともに、移民地ならではの特質をもった面白い作品である。

修辞的「慣性」と写実性（当地性）との葛藤

もう一つこの時期の文学表現の問題で考えなければならないのは、レトリックの伝統の継続と、その革新との葛藤である。日本の近代文学においても、同様の問題が小説、短歌、俳句などそれぞれの領域においてあったことは文学史が示すところだが、移民地の文学において、修辞の「慣性」とそれに逆らう写実性の問題は、いわば〈当地性〉の問題として現われる。つまり、短歌や俳句といった制約や決まり事の多い短詩形の世界において、作者がいかに目の前にある米国という新しい土地と、そこでの生活、心情を描けるか、描けないかという問題である。歌語や季語などという言葉が示すように、伝統的な短詞形文学の世界では、何を表現の対象とし、それをどのような言葉で表現すべきなのか、という約束事が存在する。対象とまなざし、心情、感受性などほぼすべての領域で作者たちはその約束事の支配下におかれる。新しい環境に移ったからといって、すぐに新しいまなざしを獲得し、新たな表現を生み出せるわけではない。

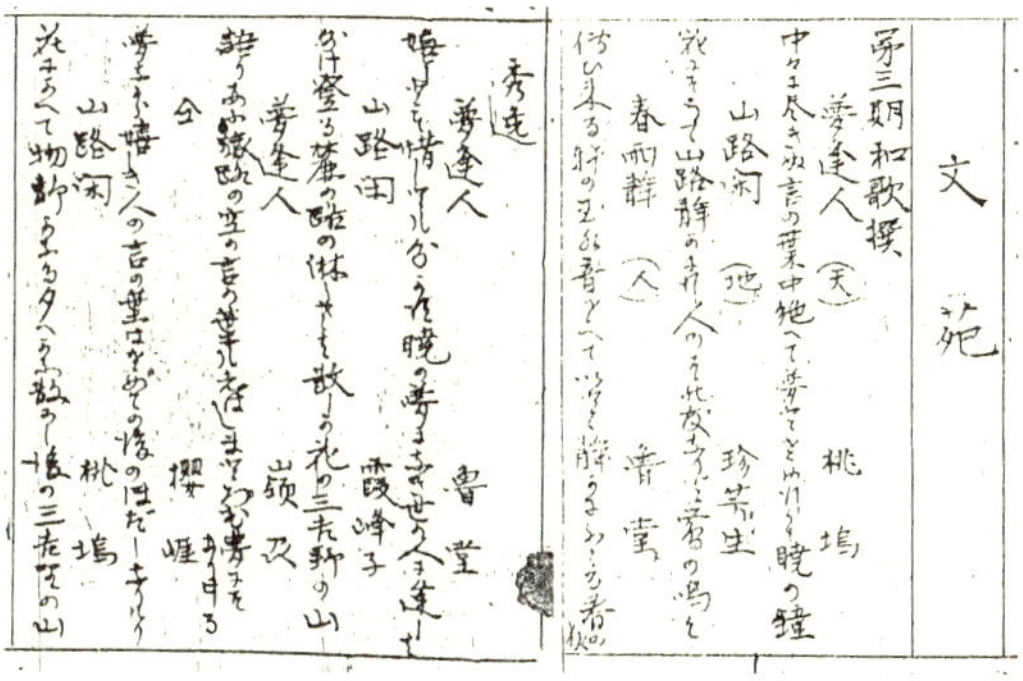

図42 『桑港新報』の短歌欄

図41 山田鈍牛
（竹内幸次郎1929所載）

以下検討する短歌・俳句には、こうした修辞の面における「慣性」と革新との間の緊張関係が見られる。具体的に見てみよう。図42に掲げるのは、『桑港新報』（一八九三年六月一七日、三面）の「文苑」欄に掲載された短歌である。

「暁の鐘」「鶯」「吉野」など、いずれもアメリカの風物を詠んでいるわけではない。歌題となっている「夢逢人」「山路閑」「春雨静」も、アメリカを舞台として作歌できないわけではない題材とはいえ、短歌が切りとりやすい伝統的な発想の題材という方が適当だろう。書き手たちは一九世紀末のサンフランシスコにいた。おそらくは労働の合間をぬって創作しただろうこれらの短歌は、しかし彼らの身近にあった物や人を描きとる方向にまったく向かわない。天賞の歌は「中々に尽きぬ言の葉中絶へて夢とさめけり暁の鐘」（桃塢）、地賞は「花にそうて山路静に行人のその友なりと鶯の鳴く」（珍芳生）。作者たちは、自分の脳裡にある歌材の体系と、記憶の中の日本の風景や情緒とを呼び起こしながら、これらの歌を作り出していたのである。

次は俳句である。いま検討した『桑港新報』の一〇年後に当たる一九〇三年に『太平新聞』（サンフランシスコ）に掲載された懸賞募集俳句の第一回から三回まで（七月一一、二六日、八月二三日）をみてみよう。興味深いのは米国の風物を描く当地詠の展開である。一九〇三年といえば、正岡子規による写生句の提唱がすでになされ、その子規も亡くなった時期である（子規は一九〇二年没）。一〇年という時間の経過から写実性の高まりを想定することもできるだろうし、また俳句という叙景を得意とする文芸の形式が身近な観察を要請したとも見ることができるだろうが、これら三回のうちには当地詠をめぐる投句者たちの揺れが見てとれる。

第一回掲載の三五句中で、明確に米国にいることの〈当地性〉を詠った句は「短夜に夢は故郷を見舞ひけり」「外国に故郷の味の新茶哉」でいずれも山王琴の俳号をもつ作者の句である。そしてこの後者が天賞を受賞し、『太平新聞』一ヶ月分を獲得した。おそらく、これを見てのことだろう。第二回の募集俳句にはカタカナまでも用いる当地詠が大量に登場する。全二一句中、「山道にステージ行くよ雲の峰」（山麓）、「日曜にすしの馳走のキャンプ哉」（恵花）、「米国に我が白百合の匂ぞ高き」（東人）など五句が、使用する語句や風景から明らかに米国での生活に取材したものと判断できる。投句者の顔ぶれも多少は替わっているとはいえ、第一回とは打って変わった傾向である。しかしながら、この第二回の天賞は「涼や附木の桂馬飛んで行く」（気妙庵）という夕涼みの、おそらくは縁台将棋の風景を詠んだ句だった。実は私は、この句は移民地での生活の一コマを詠んだ句ではないかと考えているが――将棋の駒がないために附木（値札）で代用した桂馬が飛んでいく、という情景――、しかし見るからに〈当地詠〉という句ではない。そのために、またまた次の第三回においては、すっかり移民地に取材する句が姿を消す。一五句中、それらしき句は目につかず、あれほど持てはやされたかに見えたカタカナも、まったく影を潜める。

当地詠は、詠もうとすれば可能だった。それを観察する目も、育ちつつあった。だが米国にいるのだから米国の文物を詠まねばならない、という作句上の必然性も生じていなければ、今ここにない日本の情景を詠んではならない、不自然だ、という規制も働いてはいなかった。短詩形の文学が、〈当地性〉を当然のものとして考え始めるのは、文芸思潮としての写生意識の浸透と、移民地の人々の定住指向が明確になるまで待たねばならない。

4　個別の作品から見えるもの——成功、醜業婦、写真結婚

前節では、初期の文芸全般にかかわる特徴や論点についていくつか指摘を行なってきた。ここからは小説を中心に個別の作品の世界に目を転じよう。この時代を代表するような作家や長篇小説が存在するわけではないが、時々の紙面に掲載された掌篇であっても、興味深いテーマを描き出している作品は存在する。以下、二つのトピックについて、短篇小説を精読することから論じてみたい。

一つは、仮想的な未来像から浮かび上がる一世文学の欲望である。とりあげるのは、『新世界』一九〇〇年一月四日（一六面）に掲載された鷲津尺魔[14]の「歌かるた」である。あらすじは、次のようなものだ。サンフランシスコ日本人町の元日、ある一室でかるた会が開かれている。最も勝利を収めたのは松子、最も負けたのは旭輝雄だった。松子はルールに従い、輝雄に好きな命令を下すことができる。彼女は、「モンガモリー街の宝石屋」で指輪を買ってくるよう命じる。これを一つの節目とし、相愛の二人は結婚する。その後、後ろ盾であった叔父の画伯を喪った輝雄は苦労するが、松子の支えもあって「バークレー大学」の文学科を最優等で卒業、妻松子とのことを小説として発表する。小説は英文学界を驚倒し、その後輝雄は「クロニクル新聞文学担任の記者」となる。

この輝雄の未来図が、米国の社会内での地位を上昇させ、かつ日本人であるままで米国人たちに認めてもらいたいという、一世の知識人たちの欲望を映しているように思われる。引用しよう。

> 輝雄は遂に昨年の秋最優等を以て文学科を卒業し、一篇の小説を某雑誌に投じて英文学界を驚倒せり、次でクロニクル新聞文学担任の記者となれり〔…〕輝雄がものしたる短篇は、東洋の婦人が高潔の気象を描写せるものにてあり〔…〕米国の読書界は自国の人情談に飽きて漸く東洋人の品性を知らむことに饑えたり、此

時輝雄の短篇が筆路縦横明透なる日本人の性格を描写して遺憾なかりしは如何に米人の心を奪ひたりしぞ。

作品は、一世の知識人が米国の名門大学を優等で卒業し、文学者として、新聞記者として米国社会で成功することを夢見ている。「バークレー」や「クロニクル」といった大学や新聞の実名は、彼らの欲望を切なく語る。またここでは、東洋人/日本人を理解し、魅惑されてほしい、という希望も託されている。移民地のコミュニティとその〈外〉のホスト社会との断絶の感覚が背後にあり、輝雄の小説という仮想のチャンネルを通じて、「東洋の婦人」や「日本人」の「気象」「品性」「性格」を知らしめたい、その魅力に気づかせたいと望んでいると考えられよう。

このとき、輝雄の小説が松子という女性の描出を通じて、その作業を行なっていることも重要である。つまりここでは、ホスト社会と移民コミュニティとの力関係の不均衡が、ジェンダー的な権力と魅惑の分配図式によって表現されている。文学表現の植民地主義的想像力の常道である、植民者=男、被植民者=女という構図の、バリエーションである。[15] 移民という劣位にある輝雄が、優位である米国人(白人)を魅惑するために自国の女性の表象を差しだす、これが「歌かるた」の構図である。

そしてこの輝雄の未来図が、米国における成功を表わしているものの、必ずしもそれが米国社会への同化によるものであると表現されていない点が興味深い。作品には、日本および日本人を指す批評がしつこいまでに散りばめられている。主人公の男女の名前からして、「旭輝雄」と「松子」だ。彼らを結びつけるのは百人一首すなわち「歌かるた」であり、[16] それが新聞『新世界』の新年号(一月四日)に掲載されていたというのも、日本的な暦の感覚と言っていい。輝雄と松子の恋は百人一首の恋歌「忍ぶれど色に出でにけりわが恋は物や思ふと人の問ふまで」(平兼盛)、「つくばねの峯よりおつるみなの川恋ぞつもりて淵となりぬる」(陽成院)で表現され、そして小説世界の現在時である結婚七年目の元日の風景も、天皇の御代の永続を願う「聖寿の万歳」と、二人の愛の象徴である「歌かるた」の提示によって描き出される。鷲津尺魔の小説が描いていたのは、サンフランシスコに生きる日本人が、その日本人的なあり方を失わないままに、米国人に認められていくという夢だったのである。

次は、伊沢すみれ「雪娘」（『桑港之栞』第二編、一八九八年二月）と桑の浦人「狂乱」（『日米』二〇〇〇号記念号、一九〇五年七月四日、四一面）を用いて、女性表象と移民地のジェンダー機制について検討しよう。

伊沢すみれ「雪娘」のあらすじは次のようなものだ。ポートランド市のモリソン街近くの小屋で女をののしる男の声がする。男は、女に「身を売つてしまえ」と強要しているのであった。女（お君）はアメリカでは大学に入ることもできると男（本多）にそそのかされて横浜を出たが、思うようにはさせてもらえず、いま「醜業」をせよと迫られているのであった。お君は拒否を貫くものの、家を出され雪の中で凍死する。

作品の冒頭には「著者曰く」として、「小説雪娘は繁務中僅かの余暇を得て怱卒是を作る〔。〕一団の空想を描ひて《〔マヽ〕》管城子〔筆のこと〕を走らす」云々とあり、移民地での労働の片手間に行なった創作だったことを述べている。さて、この「空想」のあり方が問題である。米国での生活の夢物語を語って連れだし、その実、売春婦として働かせる——。このような物語への想像力は、どこに由来し、そして何を語ろうとしているのだろうか。

物語の話型の出元は、すぐに見当がつく。いわゆる「海外醜業婦」についての報道や論説である。(17) つまり、伊沢の物語は、こうした日本国内の「海外醜業婦」についての紋切り型の非難を、自分たちのコミュニティ内部のものとして置き換え、書き直した作品ということになる。

ではいったい、物語の「空想」は、何を語りたがっていたのだろうか。素朴に筋書きどおりに作品を読んでいけば、それは騙されて海を越え、異邦の雪空のもとで死ななければならなかった少女への同情ということになる。だが、これは実際の見聞にもとづいた事実として語られているのではなく、作者自らが「空想」だとわざわざ断わって書かれた物語である。売春を強要されながら、「操は女の命」といい、「女徳」を守ろうとして死んでゆく少女を想像し、造形すること。作品は、少女を性的な搾取の対象（＝醜業婦）にギリギリまで接近させて形象化しながら、きわどい一線でその無垢性を永久に——死をもって——守ってみせる。その堕落と純真の振幅のなかに彼女を置くことにより、読み手の欲望を喚起しようとしているのである。圧倒的な男性多数社会という初期移民地で、純真で清廉な少女を幻想すること。そして「海外醜業婦」という日本国内の負のレッテルをそこに重ねながら、彼女の墜落の危機を目撃すること。彼女の死は悲劇的だが、それは雪中の孤独な死であり、彼女を追い出した本多も、その物語を机上で読む男たちも、自身の暖かな安全圏を脅かされることはない。移民地の性的搾取とジェンダー的不均衡が、作品のなかにも外にも働いている。

「桑の浦人」を名乗る作者による短篇「狂乱」も、同じように女性を形象化することによって、コミュニティ内での女性の位置を再規定しようという作品だ。物語は次のような筋立てである。跡見女学校出身の八重子は、継母の奸計により許嫁山脇と別れ、「米国桑港に一大商店を持てりと称する」津野に嫁ぐ。しかし津野は実のところ「デーウオーク屋」（日雇労働者）にすぎない。そんななか元許嫁山脇が渡米、何も知らぬ津野は彼を八重子に引き合わせる。ショックを受けた八重子は病に伏し、「日米新聞二千号の祝会」の日に狂気を発して死ぬ。

米国の日系移民史に関心を持つものであるなら知らぬ者はいないだろう、〈写婚妻〉をめぐる物語である。ただし発表の日付は少し古く、一九〇五年である。写真結婚についての先行研究が明らかにするように、この慣習が盛んになるのは、一九〇八年の日米紳士協約以後のことである(18)から、作品の描く八重子は、かなり早い時期の〈写婚妻〉ということになる。

当初の話と、実際の夫が相当異なった人物であった、ということは笑話ともなり悲話ともなる〈写婚妻〉の定型的挿話だが、気をつけなければならないのはまさにこうした話型が、定型として流通するイメージであって、実態とは多少離れていた可能性があるということである。柳澤幾美（二〇〇九）は実際に写真結婚で渡米した女性たちへのインタビュー資料をもとに、彼女たちがその結婚を自分の意志で選び取っており、また相手の男性もまったく見ず知らずの男性ではなかったことを明らかにしている。同時に柳澤は、「「写真花嫁」たちが到着地の移民局で初めて花婿と会い、落胆する様子がしばしば他者によって語られてきた」（六四頁）ことも指摘している。実際に嫁いだ〈写婚妻〉たちにはさまざまな動機や事情があり、一概に自由意志を強調することも、その反対に彼女たちの受け身性だけを述べ立てることも適当ではないだろう。だが、現実の彼女たちの真横に、表象による〈写婚妻物語〉とでもいうべきものがあったことは確実である。短篇「狂乱」は、その物語の先駆的な一つなのである。

だが「狂乱」が面白いのは、大枠として、定型的な〈写婚妻物語〉のようにみえながら、細部の造形がそこからはみ出す部分が多いということである。八重子の米国での頑張りを動機づけているのは「家名回復」へのこだわりであるし、夫である津野は頼りない人物ではあるが、八重子をいたわる優しい男としての一面も描かれる。何より、八重子が労働を「不愉快極まる」として嫌っており、かつ過剰なまでに暴力性を帯びて造形されている——日記を引き裂く、ピストルを乱射する——ことが特徴的だ。作品は、強い上昇志向、激しい気性、夫への無理解、労働の忌避、そして狂気へといたる暴力性を、八重子の属性として造形する。それは「狂乱」というタイトルの示すとおり、〈写婚妻〉に期待される規範的振舞いからは、はみ出していかざるをえない属性だ。

この〈写婚妻〉としてはあまりに過剰な女性、八重子が結末で狂気にいたって死ぬ物語に、どのようなメッセージが託されていると読むべきだろうか。私はこの作品が、写婚妻の悲劇的な境涯を読者に喚起するとともに、その悲劇の由来がたんに環境のためばかりでもないことを示そうとしていると考える。八重子に付与された属性を分析していけば、テキストが彼女を反面教師としようとしていることが見えてくる。すなわち、「家名」などプライドを引きずらず、目の前の現実（アメリカ／夫）を受け入れよ、と。

5　まとめ――異なる「文学」観

以上概観してきた日系アメリカ移民の初期文学について、まとめておきたい。

まずこの時期の「文学」を論じる際に、そもそも「文学」観そのものが異なっていることに注意を払わねばならない。現代の文学イメージは、日本の近代文学史でいえば日露戦争後の自然主義文学によって成立した、リアリズムをベースにした芸術指向のそれが支配的である。その見方から一九〇〇年前後の文学をみれば、娯楽のための漫文や、アマチュア作家による旧式文学（の模倣）しか見あたらないと映ることになる。しかし、「初期」には「初期」の特質をもった文学があったのである。それを本章では、内輪性／公器性、硬派／軟派、修辞的慣性／写実性などを鍵概念としながら再考した。また、個別の作品にもその時代の移民社会の問題を照らし出す興味深い作品があることも示した。

移民文学史全体を通観して捉えることは重要だが、「旧世代」から「新世代」へという単純な発展的史観に陥ることは避けるべきだと考えている。通時的な連続性に留意しつつも、それぞれの時点における概念およびその配置の異なりや、作品そのものの多様さ、そして概念や作品相互の複雑な交渉のさまを見過ごしてはならない。

第7章　漱石の「猫」の見たアメリカ

1　吾輩は移民する

漱石が描いた愛すべき猫「吾輩」はビールを飲んで水甕で溺死してしまったが、私の知る限りでも、この猫は少なくとも一二〇回以上生き返っている。ある時は「犬」の吾輩として家庭に潜り込み、ある時は「蚕」の吾輩となっていかにして蚕を飼うかを語った。そしてここで私が論じようとしている小説においては、吾輩は死んで遺棄されたあと隅田川で蘇生し、そのまま横浜からサンフランシスコに渡った。吾輩は移民したのである。

夏目漱石の「吾輩は猫である」の追随作、翻案、続編は、膨大な数に上る（日比二〇〇二）。このうち、漱石存命中に書かれた「移民した猫」をめぐる異色の長篇小説が、ここで取り上げる保坂帰一の「吾輩の見たる亜米利加」という作品である。渡米した猫が描き出すのは、アメリカ太平洋岸に生きる日系一世たちの姿である。著者の保坂帰一自身もまた、当時カリフォルニアに住んでいた一世の移民だった。「吾輩の見たる亜米利加」は、それゆえ北米日系移民の日本語文学と、ひとまず呼ぶことができるだろう。

北米日系移民の日本語文学は、今日の文学研究者にさまざまな問題を投げかけずにはいない。たとえば、帰属性の問題がある。一世の文学と日本文学との関係あるいはアメリカ文学との関係は、どのようなものとして考えたらよいのかというものだ。日本語で書いてあれば日本文学で、英語で書いてあればアメリカ文学だろうか。永住した作者の作品はアメリカ文学で、帰国した作者のものは日本文学だろうか。それとも国籍が問題になるのだろうか。だが限られた例外を除き、一世は普通アメリカの市民権を持たなかった。その意味で「アメリカ人」だということは難しいだろう。かといって、彼らが「日本人」だったかといえば、それもまた問題だ。一世の文学はどちらともつかない位置に立たざるをえない。

もちろん私はここで、米国日系移民の日本語文学を、それが「日本文学」であるとか、「日本文学」ではないとか、いや「アジア系アメリカ文学」なのだなどと主張して、いずれかの領域に押し込もうとしているのではない。そうではなく、ここでの課題は、むしろ逆に、移民の文学が引き起こさずにはいない文学および文化の帰属性に関する問いを、増幅させて投げかけ直してみることにある。移民として他国に渡り、ホスト社会の文化に接触しつつも、なお自国の文化を保持し続けた人々。醤油を輸入し、日本の新聞雑誌を定期購読し、「明治」の元号を使い続け、天皇を崇拝し、しかし日本政府からはほぼ見捨てられようとしていた人々。彼らの文化はどこかに帰属するのだろうか。日本だろうか、アメリカもしくはカナダだろうか。あるいはそうした国ごとに分割しようとする思考に異議を申し立てるきっかけとなる何かなのだろうか。あるいは、移民文学とは帰属的な思考とは折り合わない何らかのものだとしたなら、ではこれまで人々が「日本文学」と呼び慣わしてきたものは、それほどその帰属性が自明なものなのだろうか。

そして帰属の問題を考えるなら、当然その安定性を揺るがした〈移動〉と〈定着〉という営為も問題にしなければならないだろう。移民たちは自分たちの故郷を捨て、新しい土地に住み着き、そして新しい社会を形成した。移動し定着するのは人だけではない。移民は、さまざまなものを運ぶ。身の回りの品々から、食糧、商品、土産、そして書物、情報、知識。しかも、そうした移動は継続的に起こり続ける。移民地という文化的な飛び地を維持するためには、ホスト社会と移民地、そして故国を結ぶ、人と物と情報の流通網が必要である。一世の文学・文化を考えるときには、必然的にこうしたネットワークの存在を視野に入れることが要請される。だが、考えてみよう。文化を創出し維持するネットワークとは、はたして移民文化だけに固有の問題だろうか。日本文学にしろ、アメリカ文学にしろ、人や物、情報の流れなくしてはありえないことに変わりないのではないのか。ここで問いは、移民文化に固有の問題から、移民文化を通して考えられる、より広い、文化と〈移動〉〈定着〉をめぐる問題へと開かれる。移民あるいは移民文学を、特殊なものとして切り取り、称揚することにさほど関心はない。自明のものとして見せかける帰属的な思考を問い直し、〈移動〉と〈定着〉が文化の生成にいかに関わるかを考察する入口として、一世の文学を考えてみること、それが本章の課題である。「吾輩の見たる亜米利加」という作品が抱えもつ論点の数々は、そのための恰好の手助けをしてくれるだろう。

2 「吾輩の見たる亜米利加」

「吾輩の見たる亜米利加」は保坂帰一という日系移民一世のジャーナリストによって、一九一三年（上巻）、一四年（下巻）に発表された小説である。出版地は東京で、日本とアメリカ合衆国の双方で販売されている。[1] 保坂帰一（本名・亀三郎）は一八八四年生まれで、父の家は東京である。[2] 一九〇三年五月にシベリア丸でサンフランシスコに到着、乗船名簿の身分は「student」だった。渡米後、貿易会社のマネージャーや、家僕などの職を経たあと、妻を迎えるために帰国する。一九一三年三月一八日の日付をもつ保坂帰一宛の夏目漱石書簡が残されており、そこには「十年振に故国へ帰られたあなたの」という一節が見出せる（夏目 一九九五、五六五頁）。一九一四年には妻タケを伴ってサンフランシスコに戻っているが、一九一五年にはおそらくは妻の出産のために再度帰日し、すぐに今度はカリフォルニア州サンノゼへと戻る。ここで彼は、雑誌『殖民の友』を発行したり、日本語新聞『新世界』のサンノゼ支社の記者をしたりしている。[3] その後一九一八から二〇年ごろには同州フレズノの

Japanese Association（日本人協会）の秘書を務め、三人の子供にも恵まれている。この後、一九二一年に帰国し、日本で少なくとも二冊の本を出版している。[4] 一九三八年には中学校で英語科の教員をするかたわら、民眼協会という出版社を経営し、著述活動を行なっていたらしい。これ以降の彼の足取りは未詳である。

「吾輩の見たる亜米利加」の内容を簡略にまとめると、次のようになる。苦沙弥先生のところで飼われていた猫（漱石「吾輩は猫である」の主人公）が、水甕に落ちたあと蘇生し、横浜港から汽船に潜り込んでサンフランシスコに渡り、当地の日本人移民のようすを見聞する。チャイナタウン、賭博、一九〇六年の大震災、日本人町のようす、一世たちの生活ぶりなどの紹介がある一方、日系学童隔離問題、日米紳士協約、ハワイからの転航禁止問題、大和民族優秀論、日本民族の膨脹と米国殖民、条約改正問題など、ほとんど論説に近い章も含んでいる（次頁の目次参照）。

念のためいえば、この作品は有名であるどころか、現在では知る人はほとんどいない――したがって研究・分析されたことも私の知る限り一度もない――作品である。なぜ、そうしたマイナーな作品をわざわざここで取り上げるのか、その理由を簡単に説明しておく。

一九世紀後半からはじまった北米への日本人移民は、一九一〇年前後を境に、出稼ぎから定住へとその指向が変わっていったと言われている（イチオカ 一九九二、五頁）。私の考えでは、一世の日本語文学がその質を変えはじめるのも、ほぼこの変化と対応している。つまり、定住指向の作者による、定住者のための文学が明確に現われはじめるのが、この一九一〇年以降であるということである。「吾輩の見たる亜米利加」はこの時期に現われ、後に見るように「郷土文学」という評価をえた作品である。

作品の浩瀚さも目を引く。目次の膨大な章の数が示すとおり、作品は上下二冊、合計約九〇〇ページのかなりの長篇となっている。おそらく、米国の日系移民による日本語小説としてもっとも長いものの一つであろう。

しかも、その内容が二〇世紀初頭のサンフランシスコの日系人の生活を、幅広い事象にわたって事細かに描い

「吾輩の見たる亜米利加」目次

ているところに重要さがある。第二次世界大戦以前のアメリカの日系人の資料は、あまり数多く残されていない。一九〇六年のサンフランシスコ大震災と第二次大戦中の強制移住という二つの災禍のために、多くの資料が消滅してしまっているからである（Sakata 1992）。この点で、「吾輩の見たる亜米利加」の描写は当時を物語る貴重な記述であり、しかもそれが外交資料などではない、移民自身の目を通した生き生きとした小説となっているところに大きな価値がある。

最後に、近代日本文学との関連の問題がある。先に述べたように、この小説は夏目漱石の「吾輩は猫である」の続編の体裁をとっている。この形式は、移民地という複数の文化が衝突する場所においては、非常に興味深い事例の一つとなる。「母国」の文化の継承と、「受入国」の文化との出会い、そして新しい社会でのその変容と生成とを図る刺激的な具体例となるからである。

そもそも、なぜ保坂帰一はこのような作品を、わざわざ続編という形式を用いながら書いたのだろうか。彼が語る理由を聞いておこう。

米国に居る総ての人の親も、亦其児の為めに自分の親の様に、心配して居るのであると思ふ時に、出来得るならば私等の日常生活と周囲の模様を、其儘に写して話して上げたいと思ふ事が、幾度だか知れない。是れが此書を公にした一つの理由である。

的確な事実に拠つて拙劣な外交が如何に人民を苦しめたか、発展を阻礙《そがい》したかを記述して、其責《せめ》のある所を明にしたい。而して将来其過を再びしたくない、と思ふのである。

私の二十から三十迄米国に於ける生活の中に、是は日本でも斯くあらせ度いと感じた事が数少くない。又米国に居る日本人即吾々同士の中にも改善し度き事、進歩させ度き事なども時々思ひついた。日本の人は米国の移民と一口に云つて、何だか下等な労働者の集団の様に誤解して居る人が多い。海の内外の日本人が、相互に了解すると云ふ事は、是からの日本の発展には是非共必要な事である。

（上、PREFACE 頁なし）

移民生活の実情を知らせる、日本政府の外交政策を批判する、日本人および日系移民へアドバイスを送る、内地人と移民との融和をはかる、というのがこの書物の目的だというわけである。そして以上の目的を果たすために、保坂は続編という形式を借りることにした。彼は言う。「私が猫をして云はしめた理由は、人間が人間と云ふ者に余りに執着した結果、人間自身が解らなくなつて仕舞つて居るから、敢て猫君の一喝に依頼した訳である」。人間たちは自分自身のことをよく理解できなくなってしまっている。だから猫の目という外部の視線を導入することによって、人間の振舞いを批判する、というのである。実際、この視線の導入は非常に興味深い効果を生んでいる。日系移民の直面した最も大きな問題の一つは、人種差別である。猫の目で見る、ということは、こうした人間同士が行なう差別をその外から見うるということである。この小説の価値の一端は、実はこの点にあると私は考えているのだが、この点についてはもう少し後でより詳しく検討することにしよう。

猫を主人公とした理由については、保坂自身が語ることとは別の面からも考えられる。保坂の語る四点の執筆動機には、かなり硬いものも含まれている。下巻の後半など、外交論や殖民論などが延々と展開され、ほとんど小説ではなく論説に近い体裁になっている。おそらく小説という形式を選ばなかった場合、この作品はかなり堅苦しい内容をもつ、高度に専門化した読者を対象とした書物になっただろう。保坂はそれを望まず、議論の精密化よりも、より開かれた読者対象を目指して小説という体裁を選んだと考えられるのである。

しかも、彼が選んだのは漱石の「猫」であった。「吾輩は猫である」は漱石作品のなかでも有数のベストセラーであり、非常に幅広い読者層を誇った作品だ。別の論文で論じたことがあるため詳細はさけるが、その人気を当て込んで、数多くの追随作や焼き直しが生産された（日比 二〇〇二）。たんに猫を犬にしたり鼠にしたりしただけの作品もあるが、まさに保坂のように、専門知識を易しく説くために「吾輩は猫である」の体裁を借りた作品も少なくない。「猫」の知名度を利用するだけで、ある程度の商売になったのである。保坂の小説は、明らかにこうした焼き直し諸作品群の圏内にあった[5]。

3 移民の文学リテラシーと情報の流通網

こうした続編や焼き直しなどという創作の形態には、前提とされていることがある。それは、文学に関わる読者のリテラシーの存在である。つまり、続編や焼き直しがそれとして機能しうるのは、読者がその「原作」の存在を認知しているからだといえる。当然といえば当然だが、思い起こしておきたいのは、ここで問題になっているのは移民の文学だ、という点である。問われているのは、移民の日本文学に関するリテラシーなのである。

メディア研究などを例外として、移民研究の多くは社会的教育的階層構造におけるトップエリート（官費留学生、著名人など）と下層（労働移民など）に焦点を当てる傾向が強い。移民の文学的リテラシーを考えることにより、こうした関心の偏りに修正を加えることができる。同時代の日本の文学状況を考えてみても、文学の生産／享受の担い手となるもっとも大きな層は中等程度の教育を受けた青年男女である。日系一世の日本語文学の担い手たちも、やはりこうした中間層――ただしこの時期の移民地の傾向として女性は圧倒的に少ない――だった。移民文学の担い手を考えることは、これまでそれほど注目されてこなかった、働きながら学んでいた、あるいは学びたいと願っていた青年たちの生活と文化に光を当てることにつながるのである。

作品から、こうした階層の移民たちのリテラシーのレベルを示す箇所を検討してみよう。

『君、夏目漱石は近来自然主義になつたらしいねー』何処からか誰かゞ云ふ。

『イヤ。ありあ君、自然主義には大反対さ朝日の論壇を見給へ』と外の一人が云ふ。

『でも近来芸妓《げいしや》買をして細君に叱られた相ぢやないか』と前の男が真面目に云つて居ると。側《かたはら》から『イヤ漱石は近来貨殖に汲々たりつて「新潮」と云ふ雑誌に出て居たから、慈善主義ぢや無からう』と横槍を入れる男がある。

『君の云ふ事は少しも分らない。第一君は自然主義と社会主義の区別を知らないぢやないか』と始めの男が猛烈に冷かす。（上、三四八―三四九頁）

人々は『朝日新聞』や『新潮』などの新聞雑誌を読み、そこに掲載された文壇のゴシップを楽しげに話し合っている。場所は、「桂庵」と呼ばれる日本人向けの職業紹介所である。太平洋を隔てた東京の文壇の噂話が、サンフランシスコの日本人求職者たちの時間つぶしの会話にのぼる、といったような関係性を保坂は描き出している。自然主義を慈善主義と聞き違え、さらに社会主義と混同するなど、知識の不確かさが浮き彫りにされるような書き方をされてはいるものの、それでも彼らが文学に一定の関心を払い、興味も知識も持つ存在として描かれていることは確実である。

実際、「吾輩の見たる亜米利加」には近代日本文学――当時の現代文学――の話題が数多く現われる。主人の綺伊地《きいぢ》君は船中ではじめて猫と会った時、漱石の「吾輩は猫である」を読んでいたし、猫が次に再会した時にも、彼らは「吾輩を省みないで、鏡花がどうだとか、自然主義がなんだとか話して居」（上、一一九―一二〇頁）た。さらに主人や猫は小説中で詩を作ったりまでしている。もちろん、これらを安易に現実の移民たちと同一視することはできないが、「吾輩の見たる亜米利加」に描かれるある種の移民たちが、文学を娯楽の一つとして、あるいはそれ以上のものとしてみなしているのは確かである。

ここで注意しておきたいのは、こうした移民たちの近代日本文学への関心が、たんに彼らの個人的な性向や好みの問題として考えてすむものではないということである。思い出したいのは先の引用で、桂庵で時間を潰す労働者たちが『朝日新聞』や『新潮』などの新聞雑誌を読んでいたということである。彼らの知識は、次々にやってくる新しい情報によって更新されていた。つまり、彼らの文学への関心は日本とアメリカとを結ぶ情報の流通システムの存在によって支えられたものだったのである。ここまでの各章でも検討したとおり、二〇世紀初頭にはサンフランシスコやロサンゼルス、シアトルなどの都市部を中心にしてかなり高度な日本語メディア空間が出現していた。

こうした日本語メディアの盛況を支えていたのは、日本人移民の読書欲とその背景となっていた比較的高度な日本語リテラシー、そして英語のリテラシー不足である。作品には、アメリカにいながらこうした日本語の空間に浸り続ける読者の姿が描かれている。

> 此の日本人は誠に妙な人間である。毎月々々十何冊と云ふ日本の雑誌を買つて来る。中央公論や太陽もあれば、文芸倶楽部、新小説もある。夫れを毎日日課のやうに、夜の一時頃迄読む。而《そ》して昼間二時間許り昼寝をする。友人も来なければ外出も滅多には為ない。働いて来ては青い沈鬱な顔をして夜一時頃迄雑誌を読む。唯夫れ丈けである。（上、二一五頁）

彼は裕福な白人の家庭で下働きをする青年であるが、もちろん英語も上手ではなく、のみならず日本人の社会にも溶け込めないでいるようすで、ひたすら日本から届けられる雑誌を読み、日本語の世界に閉じこもっている人間として描かれている。移民地の日本語空間は、こうした孤独な読者の出現を許すほどに高度に発達し、祖国と居留地との密接な交流を実現させていた。日本、アメリカ、移民地を結ぶ流通網の形成と、それをもとに発達した日本語空間の存在こそ、一世たちの文学を支えたシステムだったのだ。

4 移民たちの姿――生活、排日、そしてオリエンタリズム

先に整理したように、「吾輩の見たる亜米利加」という作品の価値の一つは、外交資料でも統計でもないかたちで、移民たちの姿を書き残してくれたことにある。前節で示した文学に関心を寄せる移民たちのようすをはじめ、移民船の三等船室の風景、日本人町のようす、家事労働の実際、また『日米』社主の安孫子久太郎、ポテト・キングと呼ばれた牛島謹爾など実名で登場する人物も少なくない。次にあげたのは、サンフランシスコに住む日系移民たちの天長節（天皇誕生日）の祝い方である。

> 萩原公園と云ふのは萩原と云ふ人が経営して居る日本式の庭園で平生は白人の縦覧に供して日本茶を薦めて居る。天長節は此処を借り切つて領事や日本人団体の主催で、一切の日本人が自由に出入して、種々の余興を見ながら日本服を着た婦人連の接待でビーヤを飲みサンドウイツチを食ふ。〔…〕天長節は日本人に取つて心から楽しい一日である相だ。
>
> （上、二九七頁）

「PREFACE」で保坂が述べていたように、この小説は故国日本に住む人々たちに移民の姿を伝える役割を付与されていた。そのため、作品はこうした細部の描写に富んでいる。この天長節の場面など、式典の模様を写した写真も掲載されており、当時の雰囲気をさらによく伝えている。

さて、ここであらためて注意を喚起しておきたいのは、こうした移民社会の描写が、猫の目という仮構された〈外〉を介してなされていたという点である。冒頭でも引用したように、保坂はこのもくろみを、「人間が人間と云ふ者に余りに執着した結果、人間自身が解らなくなつて仕舞つて居るから」（PREFACE、頁なし）だと説明していた。つまり、保坂は人間を外からながめ、批判するために、猫という外部の存在を必要としたのである。このことは、まさに人間同士の「執着」によってもたらされる搾取と差別の問題を取り扱うとき、重要になる。

一世たちの歴史は、生活のための苦心の歴史であり、排斥運動との戦いの歴史でもある。日本人移民に対するアメリカ社会の反応と、そのなかで生きる一世の姿とを、小説はどのように描いたのか。移民をめぐって生産された表象と表象の葛藤のありさまを検討してみよう。

〈日本〉および〈日本人〉の表象をめぐるこの時期のアメリカの状況を簡単に概観すれば、まず一部で巻き起こっていた〈日本趣味〉のブームが目に入る。フィラデルフィア万国博覧会（一八七六年）やシカゴ万国博覧会（一八九三年）の展示をきっかけとし[6]、一九世紀末から二〇世紀初頭にかけて巻き起こった〈日本モノ〉の流行である。文学に関連するところでみても、J・L・ロングの『マダム・バタフライ』が一八九八年。これは一九〇〇年にロングとD・ベラスコによって舞台化され、こちらの方が有名である。またイギリス人の父と中国人の母を持ち、自らは日本の貴族の娘と名乗って小説を書いたオノト・ワタナ（本名はウィニフレッド・イートン）がおり、*Miss Numè of Japan*（1899）、*A Japanese Nightingale*（1901）などの作品を書いている。一九九九年に復刻された *Miss Numè of Japan* の解説でオオイシは次のように指摘している。イートンの小説は、「日本人の美術家によって挿絵が描かれ、ギフト・ブックとして大々的に販売された。著者は、日本ものが大流行する中、皆におなじみの、中心的な人物となった」（Oishi 1999, xxii）。ただし、こうしたオリエンタリズムと呼ぶほかないアメリカ社会のジャポニスムは、しかし一方では、一世たちにとって好都合な面もあった。〈日本モノ〉の販売は移民たちの有力な商売の一つとなったからである[7]。

さて、「日本」が審美化され、商品化される一方で、日本人移民の増加がアメリカ人労働者たちの職を脅かすものとして注目されはじめる。カリフォルニアなど太平洋岸では、一九〇〇年代初頭から排日運動が起こり始め、一九〇五年には最初のアジア人排斥団体である Asiatic Exclusion Leage が創立されている。こうした社会的な排斥運動と平行して、否定的存在、拒否すべき存在としての日本人の表象化もはじまる。デニス・M・オガワは初期の日系アメリカ人の否定的ステレオタイプが、「高度に非アメリカ人的」で、「劣った市民」であり、「性的にアグレッシヴ」で、「国際的脅威の一部」だなどとされていたと指摘している（Ogawa 1971, 八―一五頁）。

一つの格好の例として挙げられそうなのが、ウォラス・アーウィンによる *Letters of a Japanese schoolboy* である。この作品は、ハシムラ・東郷という日本人スクールボーイがニューヨークの新聞社に宛てて書いた手紙、という設定の短編集である。「有色人種」に対するステレオタイプを利用しながら、面白おかしくアメリカ社会――白人社会も含んでいる――を風刺したものだ。

> 私のおじさんのニチは江戸の大工なんですが、非常に長い滞在のためにサンフランシスコにやってきました。彼はまったくもってお洒落な日本人で、アメリカ流のパンツとベストについて徹底的に無理解です。だから見ていて恥ずかしくなるようなキモノにこだわっています。私は彼にダービーハットをかぶせてやりました〔…〕。日本のキモノに新たにつけ加えられたアメリカのダービーハットは、近代日本を見事に象徴しています。それは実にぞっとするような光景です。（拙訳、一三頁）(8)

親戚を頼って次々にやってくる日本人の移民、日本式と欧米式との奇妙な混合、そしておかしな英語。これが「近代日本」の姿であり、そこからアメリカにやってくる移民たちは、「高度に非アメリカ人的」で「劣った市民」と考えられるのである（図43）。

図43　*Letters of a Japanese Schoolboy*
（Illustrated by Rollin Kirby）

さて、このように表象される日本を一方に置いてみれば、「吾輩の見たる亜米利加」は表象される側から表象し返すテクスト、として見ることもできる。今確認したような、日本人移民をめぐる状況を作品は、いかに描いただろうか。興味深い場面を二つ紹介する。

小説のなかで、日系移民の青年である猫の主人綺伊地《きいぢ》君は一時金持ちの白人家庭で家事を手伝う仕事――スクールボーイをしていた。雇い主は日米貿易に携わる会社の社長と考えられ、アイルランド人の女性と二人の日本人を使用人として使い、六万ドル分の日本美術品を収集する人物として登場する。

まずは第十七章「エコノミー」からである。主人公の友人でハウスワークをしている布知田《ふちだ》君が、誤ってカットグラスを割ってしまい、簡単に割れるそれを「不経済《アンエコノミカル》」だと批判したのに対し、雇い主の主婦は「人はエコノミーのみにて生きるものに非ずですよ」と答え、例として日本美術品のコレクションを示す場面がある。彼女は歌麿、北斎、日本刀などを見せ、「之等の品は余りエコノミカルではないぢやありませんか」と日本美術の非経済的な特徴を指摘しつつ反論する。さらに小さな聖書を示し値段を当てさせる。「一弗位でせう」と答えた布知田君に対し、主婦は「青年《ヤングマン》よ紙《ペーパー》とインキの代《しろ》をのみ計算する勿れ。人はエコノミーのみにて生くるものに非ず」と言う。布知田君はこの経験を回想しつつ、「僕は頭から冷水を浴せられた様に感じたよ。亜米利加は拝金国で其女は虚栄の権化だと思つて居たら、却々《なかなか》偉い処があるぢやあないか」（上、一三八―一三九頁）と綺伊地君に語る。

もう一つは、第十八章「再離」からである。スクールボーイの仕事をやめるにあたって、綺伊地君はその家の主人ミスター・ウィルソン（雇用者）から次のようなアドバイスをもらう。「私の思ふには、日本人は実に尊敬すべき性格を持つて居る人種である。〔…〕併し現在の所では日本人の社会的地位も低いし、夫れに人種的僻見も加はつて、日本人を馬鹿にする白人もあるが、之れは日本人の忍耐力と白人の了解とによつて、時の経つに従つて此んな感情は除去さる、であらう。〔…〕米国に居る日本人は丁度両人種の間にトンネルを掘る役に当つたのである。昔、白人が此土地へ殖民しようした時には同じく非常な苦痛と犠牲とを払つた。米国に居る日本人は其積りで確《しつか》りやらねば行かぬ」（一四七―一四八頁）。それからミスター・ウィルソンは聖書を取り出し、「一粒の麦」の一節を読み上げる。綺伊地君は「僕は耶蘇教徒《クリスチヤン》ぢやないが、主人についてエーメンの声が腹の底から出たよ。而して此のウエブスターの大字書を呉れたよ」（上、一四八―一四九頁）と語る。

二つの場面には、当時一世たちの生活を取り巻いていた重要な問題のいくつかが、集約的に現われている。まず作品は、場面の設定を移民たちの雇用者である白人家庭においた。雇い主は日米貿易にたずさわる会社の社長とされる。スクールボーイの日常を細かに語っていく一方で、作品は日本を審美化し美術品として収集するオリエンタリズムに言及する。美的な収集の対象としての「日本」と、安価な労働力としての日本人の姿が描き出されていく。さらに小説は、登場人物の語りを通して、人種差別・排日へも言及し、キリスト教／ピューリタニズムによる教化の瞬間を捉え、日系移民の英語へ適応していくようすまで描き出していく。「吾輩の見たる亜米利加」のテクストには、二〇世紀初頭のアメリカの日本をめぐる状況が、正確に描き込まれているのである。

ただし実のところ、語りを進める主人公の猫は、こうした事態にさほど批判的ではなく、当の労働者である綺伊地君たちも、むしろ上記の白人家庭に対しては好意的ですらある。主婦の、高価な日本美術品を例にして言うエコノミーのみに非ずの言葉は、実はエコノミー（主人の日米貿易、アイルランド人・日本人の安い労働賃金など）によって支えられているわけであるし、白人のやり方をまねよ、聖書を尊重し、英語を学べ、という雇い主の言葉は、一種の柔らかな同化主義の言説ともなっている。実際、彼によれば「トンネル」を掘らねばならないのは日本人の側なのである。

つまり、ここはオリエンタリズムによる不均衡な収奪と、日系移民がアメリカ的価値観を受け入れる瞬間とを描き出しているると言えるのだが、猫はそうした事態を語るとき、ほとんど文中に顔を出さない。それゆえ作品は、理解のある白人家庭とそこでアメリカ的価値観になじんでいく日本人移民労働者という図式を越えることはない。せっかく用意された〈外部〉である猫の目は、ここでは機能していないのである。「吾輩の見たる亜米利加」は、一世たちをめぐるオリエンタリズムと商品化と排斥、そして同化主義の言説を正確に描き込みながらも、その外部のまなざしを獲得するところまではたどり着いていないようである。

5　殖民論と「郷土小説」と

最後の問題の検討に入りたい。以上のように二〇世紀初頭の一世たちの姿を鋭く描き出していたこの小説が、どのような形で流通していたのか。言い換えれば、どのような読者に向かって書かれ、どのような経路で差し向けられていたのか、考えてみたい。

冒頭の書誌のところで触れたように、この小説は東京で印刷されていた。サンフランシスコの日系新聞に掲載された広告からもわかるように、下巻の場合、日本では東京の有文堂が予約販売の窓口とされ、アメリカ本土およびハワイでは、著者の保坂帰一自身が申込みの窓口となっていた。小説は、故国・日本で読まれることと、移民地で読まれることとを同時に目指していたわけである。この当時すでに日本とアメリカの移民地の間で、物理的にも思想的・文化的にも交流が盛んだった。保坂は、まずこの密接な交流のシステムを前提とし、それを利用するなかで自らのメッセージを小説という形を取りつつその双方に向けて発信しようとしたといえる。

実は、このやり方――すなわち移民地（亡命地）から日本へ政治的メッセージを送るという方法は、自由民権時代の新聞の出し方と同じである。一九世紀末に日本政府に弾圧された政治運動家たちの一部がアメリカに渡り、そこを拠点として主に日本向けに新聞を発行していたことは、すでによく知られている（田村・白水編 一九八六）。

保坂は、政治的メッセージを祖国に届けるという、米国に日系社会が登場した当初からあった形式に従いつつ、さらに移民たち自身にも届ける道を選んだのである。これは一世たちが、出稼ぎから定住の道へと進み始めた時代に、ふさわしい選択だった。

そしてその保坂が届けようとした政治的メッセージの一つが、移民論であり殖民論だった。保坂の基本的な発想は次のようなものである。「移民は自然の法則に悖らず、人道に反せざる人口調節法で、兼て国家の勢力を外に増加する法である」（四一〇―四一一頁）。読解の鍵になるのは「人口調節」と「国家の勢力を外に増加する」という箇所である。この発想を支えていたのが、社会進化論である。

諸君。世界の生物は自然淘汰によつて進化を続けて来た。或時はマンモースや大蜥蜴の全盛の時代も有つた相であるが、今日は人間が其優勝者となつた。人間の中でも種々《いろ〳〵》な人種があつて、始終生存競争を続けて来て適者生存、優勝劣敗の法則によつて今日に至つた。今日存在して居る人間の種族の中でも勢《いきほひ》隆々たるものもあれば衰亡に瀕しつゝある種族もある。〔…〕夫れで現在隆盛を極めつゝあるものが即ち世界列強《ウワールドパワー》なるものを形作つて居るのである。（下、三八一頁）

日本も此頃漸く此の班に入つた。（下、三八二頁）

社会進化論は、帝国主義・植民地主義を正当化し、民族の膨張という欲望を育てる。もちろん、主人公が唱える論は、移民論・植民論として、それほど目新しいものではない。社会進化論的発想に基づいた、いわゆる膨張主義と言われる言説は、明治期の日本では珍しいものではなかったからである。

しかし、ここで興味深いのは、この主張が、当の移民自身の口から出ている、という点である。しかも、その移民は――彼等自身自覚していたところだが――、まさにこのとき、祖国日本から切り捨てられようとしていた存在だった。

大和民族の世界的発展、平和的膨脹は已に吾人によつて先鞭をつけられた。而して其基礎は年一年に出来た。然るに今や一大障碍に出会するの止むを得ざるに立ち至つた。即ち中《うち》には排日の運動が起つて来て、吾人の伸びんとする枝葉を枯らし、外には故国同胞の誤解と故国政策の過誤があつて吾人の根を絶ち幹を枯らさうとして居る。（下、四三一頁）

時代は、排日運動が高まり、ハワイ経由でアメリカ本土に入る移民が禁止され、日本人児童が隔離され、日本人による土地の所有も制限されようかという、一世たちにとっては厳しさが増す時代だった。その上、頼みにしたい祖国日本は、アメリカ政府との関係を保つことを優先する姿勢を示し続けていた。一九〇八年には日米紳士協約をアメリカ政府と結び、労働者の移民を禁止するに至る。引用で主人公が糾弾しているのは、こういう事態である。これを踏まえていえば、移民論としての「吾輩の見たる亜米利加」が訴えようとしていた政治的メッセージは、移民の現状を理解し、その祖国日本に対する貢献の大きさを評価し、われわれに手を差し伸べよ、というように要約できる。

しかし、現在の目から見て問題なのは、そうした移民自身の切実な要求の声が、膨脹主義という帝国主義の言説を借りて主張されてしまったことである。これにより、少数者であり弱者であった移民の声は、受入社会であるアメリカ国内における説得力を持ちえないものとなってしまっただけでなく、社会進化論が不可避的に創り出す「劣った者」――当時の日本人移民の発想では、中国系やアフリカ系の移民や市民たち――への、差別意識までも内包する結果になってしまった。むろんこれは、当の彼らが不利益を被っているアメリカ社会の「人種的階層」構造に、自らを適合させてしまうことにもなる。

一方、アメリカの日本人移民社会に向けて書かれた、というこの作品のもう一つの側面を考えるとき、論説ではなく、小説だったというこの作品の性格は、興味深いものとなる。あらためて振り返れば、この作品のもっとも大きな特徴の一つは、猫の目という〈外〉を導入した点だった。これは小説であればこそ可能なフィクションだった。その〈外〉というフィクションの仕掛けがもたらしたのが、次のような視角だった。

場面は、ある夜猫たちが屋根の上で催した「懇親会《バンクエット》」でのことである。些細なことをきっかけに猫たちの間にトラブルが巻き起こり、吾輩が他の猫たち——それぞれイタリア、アイルランド、ドイツ産とされる——から「ジヤツプ」と呼ばれ排斥を受ける。そこへ祖父母がイギリス生まれという猫が仲裁に入る。引用はその猫、スミス君の言である。

人間は人種上の区別を立て丶他を排斥しようとするが、之れは正義人道の上より云ふも、世界の平和と云ふ上より云ふも甚だしき矛盾である。吾々猫たるものは些々たる毛色の如何に依つて決して毛嫌ひなどを為すべきもので無い。（上、二六五頁）

演説を聴き、満場の猫たちは喝采する。作品は、他にも「黒人の所に飼はれて居るブラツク君」という猫を登場させ、奴隷制廃止にも言及するなど、明らさまに当時のアメリカの人種および民族構成を反映させながら、人間たちが保持する差別の慣習を〈外〉から批判しようとする。猫たちは、人間たちの価値観を超えるような、平等で理性的な知性を持った存在として描かれ、時に人間の頑迷さを見下す言葉すら発するのである。もし、この視点が充分に機能すれば、先ほどのような帝国主義的な言説はおそらく相対化できたであろう。

しかし、実際には、猫の吾輩は、安定した外部にはおらず、頻繁に人間たち——それも日本人の価値観に取りこまれてしまっている。たとえば次の場面、猫は日本の艦隊がサンフランシスコに来るのを見てすっかり感激してしまう。

我輩は声も出ない。嬉しい感が極まつて身振がした。恐らく如何に賢明な読者と云へども外国に居て、自国の軍艦を見た機会に遭遇しない人には其感じは解るまい。〔…〕美しき威厳、光ある平和と云ふ光景は眼前に展開せられた。天晴東洋の盟主たる一国を代表して善隣の誼《よしみ》を厚うすべく訪問した巨人の礼あり威ある美しき容姿は油の如き海を静に滑つて湾の奥へ奥へと行く。

（下、一二二―一二三頁）

今日の目から見た「吾輩の見たる亜米利加」の限界は、明らかである。しかし言い換えれば、一九世紀末から二〇世紀前半の世界を生きた一世たちの立場と思想そのものが、一筋縄ではいかない複雑なものであり、ある場合には矛盾に満ちたものだったといえる。作品はその矛盾をあますところなく記録し、われわれの目の前に残しているのである。

この一世たちの姿を、その矛盾をもふくめて描いたという点こそ――これは逆説的な言い方になるが――、「郷土文学」というにふさわしいのではないか、と私は考えている。サンフランシスコに本社があった日本語新聞『日米』掲載の「吾輩の見たる亜米利加」の広告には、次のような宣伝文句が書かれていた。「母国の文壇を驚かしたる在米日本人の郷土文学(9)」。「郷土」すなわち、「ふるさと」である。ここに読みとれるのは、当初出稼ぎ移民たちの滞在地として出発した移民地が、「ふるさと」と呼ばれうるほどの位置を獲得し始めていたこと、つまり、移民たちの意識が、アメリカに定住し、その土地に根ざした指向を持ち始めていたということである。そして「吾輩の見たる亜米利加」は、そうした移民たち自身の経験と思想から出てきた文学として捉えられていたのである。

6 〈外〉の眼と環太平洋のネットワーク

「吾輩の見たる亜米利加」は二〇世紀初頭の日系移民の姿を現在のわれわれの前に詳細に残す類いまれな文学作品であると評価できる。それは、日本の近代文学と移民地で生まれつつあった日本語文学との密接なつながりを示すとともに、移民地に生きる一世たちの姿を具体的に描き残している。しかも、それを猫の目というフィクションを用いながら、日米紳士協約以後の政治的社会的状況を批判的に〈外〉の視点を確保しながら捉えようとしているところにとりわけ価値があるといえる。

またこの作品は、非常に高度な発展を遂げていた移民地の日本語メディア、書店・出版などの流通網、文学的関心などへの言及を含んでいる。いずれも日本と移民地、そしてホスト社会アメリカを還流する人・物・情報の流れ抜きでは成立しない。一世たちの移民地は、孤絶した特殊な空間としてではなく、そこに出入する非常に多くの流れによって動的に構成される複合的な場所として考え直されなければならないだろう。一世の日本語文学を考えることは、移民地・故国・受入国を結ぶネットワークを考えることであり、〈移動〉と〈定着〉双方の動きから生まれ出る文化生成のありさまを思考することなのである。

第8章　永井荷風『あめりか物語』は「日本文学」か？

1　移動のもたらす混乱

一九〇三（明治三六）年に渡米した永井荷風は、一九〇八年に帰国、その後没するまでの五一年間を日本で過ごした。明治大正昭和と息の長い活動を続けた彼を、日本を代表する近代作家の一人であると述べても、さほど異論は出ないだろう。

本章で私が試みるのは、だが、永井荷風は場合によっては「日本」の文学者とは呼べないかもしれない、と考えてみることである。それは、彼の滞米経験、およびそのあいだに書き継いだ『あめりか物語』の再評価に関わる試みとなるだろう。

問いを、次のような形ではじめてみよう。もし仮に、荷風が帰国しなかったとしたら、在米中に書きついだ彼の小説群『あめりか物語』はいったい「何文学」とされているだろうか？

もちろん現実には荷風は帰国している。だからこれは歴史の「もしも」に関わる無益な作業とみえるかもしれない。だが、なにも単なる思考実験というわけではない。永井壮吉――荷風の本名である――は少なくとも滞米当時、短期滞在ではなく米国で長期生活を行なう在米日本人であった。しかも、状況次第では定住移民になっていた可能性すらある。詳細は後述するが、二〇世紀前半の北米移民においては、出稼ぎ／定住／在留勤務／旅行の区分は現在考えるほど分明なものではなかった。出稼ぎ人が定住したり、旅行者が労働を始めたり、定住者が帰国したり、という変化は日常的に起こっていた。そして荷風の日記などをたどる限り、彼もまたいつ「帰る」とも「居付く」ともわからない移民たちの一人となっていたかもしれない――こう想定してみることは、実は移民史的に見ても、個人史的にみても、さほど荒唐無稽ではないのである。

　こうした可能性を検討していくと、彼の短篇集『あめりか物語』に対する一つの疑念にも立ちいたる。『あめりか物語』は作者がその後日本に居住したから、「日本文学」であるとされているにすぎないのではないのか？執筆時期を見れば気づくように、『あめりか物語』および関連作品――以後、『あめりか物語』作品群と呼称する[1]――は、荷風の滞米中に書かれている。もしも永井壮吉がアメリカに留まることを選んでいたら、それらの物語は現在おそらく〈日系アメリカ移民一世による日本語文学〉として理解されていることだろう。同時代の北米移民たちがわれわれの前に残した、多くの作品のように。『あめりか物語』は、帰国した荷風がいるからこそ、遡及的に「日本文学」と理解されているのに過ぎないのではないのか？

図44　在米時代1904年頃の永井荷風
（永井1992、扉頁）

　こうした眼で『あめりか物語』作品群を見直せば、実は物語に登場する人物の大半が「日本人」たちであったことにも気づかされる。ややもすれば荷風の米国観察の作品として理解されたりもする『あめりか物語』とは、正確には『あめりか〈日本人移民〉物語』とでもいうべき傾向性をもっているのである。

　『あめりか物語』をどう規定するか。あるいは規定しないか。それは「日本文学」なのか、あるいは「日系アメリカ移民の日本語文学」なのか。あるいは複数のアメリカ文化を構成する「アメリカ文学」の一つなのか。この問いは、単に『あめりか物語』一編の問題にとどまらず、移民文学がもたらす一種の「混乱」と向き合うことをも要請するはずである。人・モノ・情報の〈移動〉および〈定着〉と、文化の産出との関係をいかに考察するか。若き荷風の足跡を追いながら、考えてみよう。

2　在米日本人としての永井壮吉

まずはアメリカ滞在中の永井壮吉を〈在米日本人〉として規定しなおすところからはじめよう。

『あめりか物語』に対してこれまでの研究がおこなってきた評価の特徴は、次のようなものだ。一つは、後年の荷風の評価から遡及して論じるという方向。これは大作家永井荷風の成功の源が、若い時代の経験・創作にあるとして考える種類のものだ。また、フランス文学や日清戦争前後の日本文学の影響から説明を試みるものも多い。比較文学的発想からゾラ、ゴンクール、モーパッサンなどとの関係が論じられ、あるいは深刻小説や初期自然主義的傾向の継承が見いだされる。

本書の関心と交差する、在米日本人たちの表象の問題も論じられてきた。本書もそれらに教えられたところは多いが、しかしながらこれまでの先行論の理解は、ある前提を共有していたように思う。「そこに生のアメリカ社会の切断面や在留邦人独特の生活感情や悩みが窺われるかと云えば、疑問なきを得ないのである」（坂上　一九七八、一〇頁）。「荷風は在米日本人社会に背を向けていたし、彼等を客観視できる立場で「在米日本人物」が描かれていると予想できるのである」（板垣　一九九二、三頁）。概括的にいって、荷風の日本人移民たちに対する姿勢を論じた先行研究では、まなざす主体である荷風を、在米日本人のコミュニティから切り離し、一種の観察者の立場において理解する傾向にあるといっていいだろう。

はたして本当にそうだろうか。あらためて整理すれば、ここで私が試みる再評価の出発点は（1）荷風を無名の一在米日本人作家志望者として見てみること、（2）在米日本人・日系移民を単一で均質な人々として考えないこと、にある。

（2）からはじめよう。米国の日系移民史は、大きくいって、〈出稼ぎ〉から〈定住〉へという流れをたどる。帰属意識も日本からアメリカへと徐々に移行し、在米日本人は日系アメリカ人への道をたどっていく。彼らの第一世代は、後には日系アメリカ人の一世と呼ばれるようになる。

先にも少し触れたように、この北米日系移民一世の世代においては、出稼ぎ／定住／在留勤務／旅行の区別は現在考えるほどに明瞭なものではなかったというところが重要である。とりわけ荷風が滞在していた二〇世紀初頭においては、まだ〈定住〉への動きははっきりしておらず、ほとんどすべての「移民」たちが一時滞在者であったのがコミュニティの実状である。しかも、その内実は多様であった。労働をもっぱらの目的としていた出稼ぎ者たちもいれば、苦学生もいる。貿易商もいれば、コミュニティ内部の小売店主もいる。官員、商社駐在員、各種宗教の布教者たち、「酌婦」、彼女らを食い物にする女衒《ぜげん》たち、そして得体の知れない流れ者――。さまざまな人々が日系コミュニティを構成していた。だが、初期の一世社会においては、その大多数の人々は、日本を捨て、アメリカに永住しようと望んでいたわけではないのである。出稼ぎにせよ、勉学にせよ、駐在にせよ、当初の目的や任期を達成すれば、いずれ故国に帰ろうと考えていた者たちがほとんどであった。ということは、これまでの研究が漠然と前提としていたようにみえる、〈一時的旅行者＝荷風〉対〈アメリカ移民（もしくは在米日本人）＝定着した人々〉という二項対立は、実は成り立たないのである。

そのように見えてしまう原因は、『あめりか物語』というテクストの内部にある。登場する語り手兼主人公兼視点人物が、そのまなざしの対象である在米日本人たちと距離をとった姿勢を示し続けていたのがその理由だ。もちろん、これらの人物は、あらためて言うまでもなく作者自身ではない。

二〇世紀初頭のアメリカ社会に生活を送った永井壮吉は、その経歴や日記、書簡などからたどるかぎり、居心地よくというほどでは決してなかったにせよ、ほどほどの程度において日系移民コミュニティに溶け込んでいたらしいことがうかがえる。タコマのハイスクールで英語を学び、カラマズー大学の聴講生となり、ワシントンの日本公使館の臨時雇いとなり、ニューヨークの横浜正金銀行の職員となる。職に困れば、他の多くの日系移民たちと同じように、「JAPANESE general houseworker wants position in small family. Nagai 17 Concord, Brooklyn」という求職広告を米国人向けの英字紙『ニューヨーク・ヘラルド』（一九〇五年七月九日）に掲載したりもした。彼は家事労働をも辞さない姿勢でのぞんでいたのである。

日系コミュニティからも、それほど疎遠だったとは思われない。次に掲げるのは中村春雨や田村松魚らが編集に加わり、ニューヨークを拠点に発行されていた日本語雑誌『大西洋』掲載の記事である。(2)

▲久しくニユヨーク正金に在職中なりし永井荷風氏今回仏国里昂《リヨン》正金支店へ栄転せらるを以て本社の中村春雨、朝井青葉主人役として生稲料理店にて盛なる送別会を開けり出席せられし者は大坂朝日の福富青尊氏、日米週報社の中村嘉寿氏田村松魚氏、紐育時報社の井上文学士に竹内三樹三郎氏なりき
▲正金の永井はんは仏国に、水津はんは布哇にゆきなはるさかいにな、随分をお気をおつけやす〔ママ〕（敷島の男）

短い記事ではあるが、『大西洋』という雑誌の周囲にいた新聞記者や文士たちのサークルのなかに荷風も出入りをしており、「盛なる送別会」を開いてもらえる程度には、仲間たちと交友があったということが指摘できるだろう。

別の方向からもアメリカ社会になじんでいた荷風の姿を確認しておこう。書簡、日記の言葉である。(3)

で、小生は目下の処充分に語学を勉強し、帰国の上（或は米国に永住するにしても）は適当な職業にありつき、文学はゆる〳〵と一生の研究にするつもり、乃ち小説で飯は食はず、生活だけは他の職業によつて此れを支へて行かうと云ふ心組である。

家庭の事情は遂に余の文学者たるべき事を許さゞるに似たり。余は再び家に帰らざるべし。旅館のボーイか然らずば料理屋の給仕人如何なるものにも姿を替へ異郷に放浪の一生を送らんかな。

一つめの今村次七宛書簡は、芸術の道を進むべきかどうかという今村の相談に答えたもので、相談に対する回答が主眼となっているため、少々脚色された感情表現となっている節もある。が、「永住するにしても」の一節は、簡単には見逃せない重みをもつ。二つめの「西遊日誌抄」も、公刊された日記であり、そのまま荷風の内面と信じるわけにいかないのはもちろんだ。しかしながら、父との不和の反動として「旅館のボーイか然らずば料理屋の給仕人如何なるものにも姿を替へ異郷に放浪の一生を送らんかな」という想像をし、また米国を離れることがいったん決まれば、「嗚呼余は到底米国を去る能はず」「米国の風土草木凡てのものは今余の身に取りてあまりに親愛となりたるを」（「西遊日誌抄」一九〇六年八月二日）となげく荷風の脳裏には、帰らない、という選択肢が可能性としてたしかに存在していたはずなのである。

帰らないかもしれないという自分の可能性。そして、周囲に目をやれば、やはり同じように、さまざまな事情により、出稼ぎ／留学／旅行／在留勤務をしていた人々が、思い描いていたコースとは別の道をたどりはじめていく状況が目に入ったはずである。私は、荷風がそうした自分自身の問題をも含めた状況を、想像以上に正確に認識していたと考えている。それを証拠立てるテクストが、他ならぬ荷風自身の『あめりか物語』中にある。

「暁」[4]である。

「暁」に関する詳細な検討は次章にゆずり、ここでは簡単に重要な点のみ指摘しておこう。「暁」は、転落する上層階級子弟の物語だ。視点人物兼語り手の「自分」は、渡米後「二年ばかり」になる日本人の若者で、ニューヨーク近郊の遊戯場の店員に身を投じている。注目したいのは、彼が「玉転し」店の同僚と交わす会話だ。この同僚は日本で相応の学歴を積んだ人物らしいが、学業を達成することがかなわずに渡米。さらに勉強を続ける予定であったが、やはりここでも挫折し、遊戯場の店員にまで身を落としている。

> 僕は、やつとの事で入学した高等学校は退校されて、少し自暴《やけ》になつた上句、アメリカへ送られてからも、矢張りさうだ……折々父の手紙にでも接すると、妙に僕は、あゝ、父はこれほど親切に、自分を励まして呉れるが、果して自分は学術に成功する才能があるのか知ら、と云ふ様な気がして成らない。やつて見れば訳なく出来る事でも、僕は自分のイマジネーションで、何時も駄目だと諦めて了ふ。
>
> 　かう云ふ絶望の最中、まア想像したまへ！　僕はふいと、送金が延引した為めに、云はゞ家との関係が中絶して了つたのであらう。是非にも成功して帰らねばならぬ、故郷へ着て帰るべき錦を造る責任が失《なくな》つた――何と云ふ慰安だらう。〔…〕
>
> 　さうだ。送金は程なく届いた、が、もう時已に晩《おそ》しさ。僕は二週間ばかり奉公して、食堂の後で、皿を洗つて居る中《うち》に、すつかり堕落して了つた。　（一九四頁）

　ここで語られているのは、送金の停止により、労働へと追いやられる留学生の姿である。みずからの労働に依存するにせよ、故郷からの仕送りを頼りにするにせよ、学資の供給が絶たれれば、労働へと向かわざるをえないのは当然だ。しかも、この小説で注目したいのは、主人公の「自分」と引用の書生双方の経歴が、作者である荷風自身の経歴と多くの点において重ねられているという点である。第一高等学校の受験失敗の経験、寄席や吉原で遊んだ経験、父親によってアメリカへ送られるという経験、さらに「欧洲《ヨーロッパ》に渡る旅費を造る」（一八〇頁）云々、いずれも現在知られる荷風の経歴が透けて見える。つまり、「暁」において荷風が行なった作業というのは、みずからの似姿を「自分」と書生という二人の登場人物に重ね、その軌跡と対話のうちに、在米日本人の一人である自分を待ち受けているかもしれない運命――帰国する日はもうこのままやってこないかもしれない――を描き出してみようというものだったのだ。荷風が結局フランスへ行き、日本へ帰ったということは、現在のわれわれだから知りえているのであり、執筆当時の荷風は明日をも知れぬ一在米文士としての日々を送っていたということを忘れてはならない。とすれば「暁」とは、荷風がありうるかもしれない自分の近未来を、怖れを込めてシミュレートしてみた作品だったのだ。

こうした荷風の不安定な立場、つまり一在米日本人としての視座から出発しているからこそ、「暁」という作品はその登場人物の語りのうちに希望を見失った在米日本人書生の悲哀を捉えたし、コニー・アイランドという新しく登場したアメリカの新興社会集団（都市中産階級と比較的余裕のある労働者階級）のための「祝祭と遊戯の町」（キャソン 一九八七、六二頁）の裏面（一アジア系移民としての日本人移民の経験）を描きとどめることができたのである。単なる滞米スケッチとして「暁」を読んでしまっては、作品の結末に訪れる曙光にこめられた、祈りにも似た主人公の安堵の感情がもつ陰影を、われわれは読み逃すことになるだろう。

荷風は在米日本人として、二〇世紀初頭のアメリカを生きていた。その滞在は一時的なものであり、できればフランスを見聞して、日本に帰りたい、そう望んでいたことはたしかだろう。しかしながら、そうはならないかもしれない、フランスへも行けず、もしかしたら帰国すらしないかもしれない、そういう可能性を彼自身は脳裏のうちにたしかに抱いていたらしい。先に引いた「西遊日誌抄」や書簡に現われる「永住」「放浪の一生」「親愛」という言葉の数々、それらから見え隠れするアメリカへの愛着、そして「暁」におけるシミュレート。『あめりか物語』には他にも「岡の上」や「長髪」など、日本での立場から逃げだし、米国にいつまでともなくとどまっている若い男性の姿が書きとどめられている。荷風が、在米日本人として生きる未来を、たとえ可能性としてであれ思い描いていたことは、以上からほぼ確実であると私には思える。であるならば『あめりか物語』読解の出発点は、帰国後の荷風の姿の延長線上にではなく、将来の行く末も定かではない一人のほぼ無名に近い在米文士志望者の、彷徨の軌跡にこそおくべきなのだ。

3　荷風、在米時代の文学活動

では〈在米日本人〉としての荷風の文学活動は、どのような環境のなかで、いかにして行なわれていたか。この節ではこの問題を、周囲の日本人移民たちの文学活動と照らし合わせながら明らかにしていきたい。まずは在米中、荷風は何を読むことができたか、つまりアメリカ移民地における日本語環境の問題を追いかけてみよう。すでにここまでの章で論じたように、大きな日系移民コミュニティのある街――サンフランシスコ、シアトル、ロサンゼルス、ヴァンクーヴァーなど――には、かなり大規模な日本書店が複数存在しており、そうした書店を拠点として、大量の書籍、雑誌が流入していた。新聞も東京大阪の主要紙はもちろん各地の地方紙が継続的に輸入されていた。雑誌も、総合誌、文芸誌、婦人誌、商業誌など、ほとんどの主要誌がカバーされている。新刊書も話題書を中心に盛んに輸入されている。いってみれば、日本の小さな地方都市よりもよほど充実した規模の流通と蓄積が存在したのだ。

荷風の書簡の次のような文面は、そうした移民地の状況を踏まえて読む必要がある。(5)

此の頃は寒いから外出禁止其れ故日本の雑誌新聞なぞは手当り次第に読むのです。

新聞や雑誌で、日本の文、劇、〔ママ〕界の事も大抵は承知して居ます。まだ〳〵木曜会連中の天下と云ふ訳には行かぬ様ですね。

この種の記述は他の書簡にも散見され、荷風が『読売新聞』や『太陽』『新小説』など日本の国内紙誌を読んでいたことが窺える。[6] これらの新聞雑誌はこれまで荷風が依頼して日本の知人・家族から送ってもらっていたように受け取られていた節があるが、必ずしもそれだけではなく、『太陽』をはじめとする主要紙誌については、もちろん一ヶ月弱の遅れはあるにせよ、アメリカにいながら定期的に入手できたはずである。書物の物流の側面から見てみれば、北米の移民地は日本の言説空間と密接な連動性を保持していたのであり、荷風もまたそのなかに生きていたのである。

こうした在米日本人たちの日本語環境が、いわば「文学の生産基盤《インフラストラクチュア》」となり、一世文学が育っていく。荷風のいた時代、太平洋岸を中心に数多くの文士志望者、愛好家が存在し、日本語新聞の文芸欄を主たる発表機関として活発な活動を行ないはじめていた。続々と輸入されてくる日本の新刊を貪欲に消費しながら、それらが運ぶ日本の文化圏の引力と、移民地の新しい環境での経験とのあいだを調停しようとする彼らの文学的格闘が続けられていく。

ところが、永井荷風の文学活動は、こうした典型的な移民地の文学青年たちのふるまいと同じ軌跡を描いてはいないようだ。彼はたしかに創作活動に必須となる日本語環境の面においては同じ空間を生きていた。しかしながら、その発表の手段においては、明確な距離を置いていたようにみえるのである。

表6は『あめりか物語』作品群の成稿年月、初出、掲載欄などを整理した一覧である。注目したいのは初出誌である。そのほとんどが『文芸倶楽部』『太陽』といった日本の雑誌となっている。一方、確認されている『大

西洋』掲載の「一月一日」をのぞいて、荷風は一篇も移民地ベースの媒体に発表していない。これは、日本語新聞の文芸欄という恰好の発表媒体がすぐ傍にあったはずであることを考えれば、明らかな彼の選択を示すものと見るほかない。荷風は移民地文壇とはっきり距離をとっていたのである。

これは、荷風よりやや後の時期に青年文士としてアメリカ太平洋岸に生きた翁久允（一九〇七年渡米—二四年帰国）の場合と比較すると、よりはっきりするだろう。富山中学を中退したあと渡米して苦学生をしていた久允は、東京の文壇での成功を夢見ながらも、それを実現するだけの十分な実績もコネクションももたない。わずかなつてをたどり、『帝国文学』に数篇の短篇を掲載してもらうが、彼の旺盛な筆力のほとんどは、『旭新聞』『大北日報』（以上シアトル）、『日米』（サンフランシスコ）などの日本語新聞に向けられていた。久允ほどの意欲と創作能力のない文士たちでも、状況はほとんど同じで、発表媒体は移民地新聞の文学欄であった。

荷風のとったこの姿勢の理由はいくつか考えられようが、一つには木曜会とのつながりがあるだろう。故国における文学的な成功の野望をもつ青年文士であって、東京の文壇と直接のコネクションがあるならば、当然その成果は移民地のローカルペーパーにではなく『文芸倶楽部』『太陽』といった大雑誌に発表したいだろう。もう一つ、階層差の意識もあったかもしれない。在米日本人と一口にいっても、その内実は先にも述べたとおり多様だ。荷風が『あめりか物語』中の諸篇に繰り返し書き込んだとおり、経済的学歴的に優位にある少数の日本人たちは東海岸に集まり、労働移民や苦学生たちは西海岸に生活するという傾向にあった。いうまでもなく、荷風は前者の階層に入る。その区別——より正確には「差別」と言うべきだろう——の意識がそこには介在していたかもしれない。同じインフラを共有し、日本語への欲望に飢え、中央の文壇での成功を夢見ていた点において、荷風もやはり在米日本人の青年文士の一人だったといえる。だが、彼は出身社会階層とそれにともなう交友範囲という点において、他の文士たちと異なっていたのである。

なお、『あめりか物語』作品群のうちには、いまだ初出の確認されていないものも少なからず残されている。

「一月一日」の場合のように、今後それが明らかになる可能性も十分にある。その場合には以上の記述に若干の修正が必要となってくるかもしれない。

4 『あめりか物語』の描いたもの／描かなかったもの

では、在米日本人作家として荷風を見、在米日本人によるアメリカ表象としてその作品を見た場合、どのようなことが新たに見えてくるだろうか。

まず、『あめりか物語』はいったい何を描いていたのか、そこから確認してみよう。従来『あめりか物語』の内容は、荷風の外国見聞／体験の作品化として概括的に理解されるか、個別の作品ごとに細分化して分析され、全体的にみた題材の偏りについては指摘されてこなかったように思われる。

再度、表6を用いる。下から三段目「主要登場人物」欄では、主たる登場人物が日本人であれば○、アメリカ人もしくは日本人以外の移民であれば■として区分してある。これをみれば、『あめりか物語』作品群中の、ほぼ半数が在米日本人を描いた作品であることが了解されるだろう。しかもこの分類は、主人公であることも多い話者兼視点人物である「私」「自分」を除外しているため、実際の読みとりの印象としてはもっと多くなるだろう。興味深いのは、網野義紘も指摘するように『あめりか物語』初版の目次は、アステリスクによって二つに分割されていた。このアステリスクによる切り分けと、この在米日本人を描くか否かの区分が、おおよそにおいて一致しているという事実である。[7] この目次の切り分けは、小説的作品（アステリスクの前）か、あるいは見聞記的作品（アステリスクの後）かという、形式の区別を反映したものと考えられている。したがって、初版『あめりか物語』は、小説の体裁をとる在米日本人の表象と、見聞記に近い体裁をとるアメリカ（人）の表象と、というように異なった形式による、異なった対象を描いた作品群として捉えなおすことができるだろう。

表6 『あめりか物語』作品群 分類一覧

番号	タイトル	成稿	初出誌・年月（日本国内）	初出誌・年月（移民地）	初出掲載欄	主要登場人物（＊1）	目次区分（＊2）	改題・その他
1	船室夜話	一九〇三・一一	文藝倶楽部 一九〇四・四・一		雑録	○	前	「船房夜話」
2	舎路港の一夜	未詳	文藝倶楽部 一九〇四・五・一		雑録	○	×	（＊3）
3	夜の霧	一九〇三・一一	文藝界 一九〇四・七・一		雑録	○	×	（＊3）
4	岡の上	一九〇四・三	文藝倶楽部 一九〇五・六・一		小説	○	前	
5	酔美人	未詳	太陽 一九〇五・六・一		文藝	■	前	
6	強弱	一九〇五・一	太陽 一九〇六・二・一		文藝	○	前	「牧場の道」
7	市俄古の二日（日記の中より）	一九〇五・三	文藝倶楽部 一九〇五・一二・一		雑録	■	後	
8	夏の海（紐育、七月…日の記）	一九〇五・七	新小説 一九〇六・三・一		雑録	○ ■	後	
9	春と秋	一九〇六・五	太陽 一九〇七・一〇・一		文藝	○	前	
10	長髪	一九〇六・五	文藝倶楽部 一九〇六・一〇・一		雑録	○	前	
11	夜半の酒場	一九〇六・六	太陽 一九〇六・一〇・一		文藝	■	後	
12	雪のやどり	一九〇六・六	文章世界 一九〇七・五・一五		創作	○ ■	前	
13	おち葉	一九〇六・一				■	後	「落葉」
14	林間	一九〇六・一一				■	前	
15	旧恨	一九〇七・一	太陽 一九〇七・五・一		文藝	■	前	
16	寝覚め	一九〇七・四				○	前	
17	夜の女	一九〇七・四				■	後	
18	夜あるき	一九〇七・四				■	後	
19	一月一日	一九〇七・五		大西洋 一九〇七・八・二〇	小説	○	前	
20	暁	一九〇七・五				○	前	
21	悪友	一九〇七・六				○ ■	前	
22	六月の夜の夢	一九〇七・七				■	後	
23	支那街の記	未詳				■	後	「ちゃいなたうんの記」

（＊1）○は日本人、■はアメリカ人もしくは日本人以外の移民。ただし視点人物は除いている。

（＊2）『あめりか物語』初版目次のアスタリスクによる区分を指す。

（＊3）短篇集『あめりか物語』に収録されなかった作品。

『あめりか物語』収録のフランス題材もの「船と車」「ローン河のほとり」「秋のちまた」は割愛した。

しかも、表7によって示したように、『あめりか物語』作品群に描かれた在米日本人たちには、その階層に偏りがあったことも指摘できる。表は、縦軸が経済的観点から見た分布——つまり「お金を持っているか否か」——を、横軸が学歴の高低の分布を示している。網かけ領域の上に配置された数字は、表6の作品の番号に対応している。表からわかるのは、『あめりか物語』に登場する在米日本人たちの多くは、学歴も経済資本も豊富に有している人物たちが多いということである。描かれるのは、そうした人物の経験・交友か、あるいはそうした人物たちによる「下層社会」の見聞・探訪である。ほとんど唯一の例外は、先にも検討した「暁」一篇である。在米日本人の表象と一口にいっても、その内実には以上のような偏りがあるのだ。

では、『あめりか物語』は何を描かなかったのか、を考えてみよう。もちろん、無数の書かれなかったアメリカがある。それは当然だが、ここでは日系移民に関連する点として、労働移民の表象と在米日本人書生の表象の二つに着目して考えてみたい。まずは、「野路のかへり」[8](初出「強弱」)である。

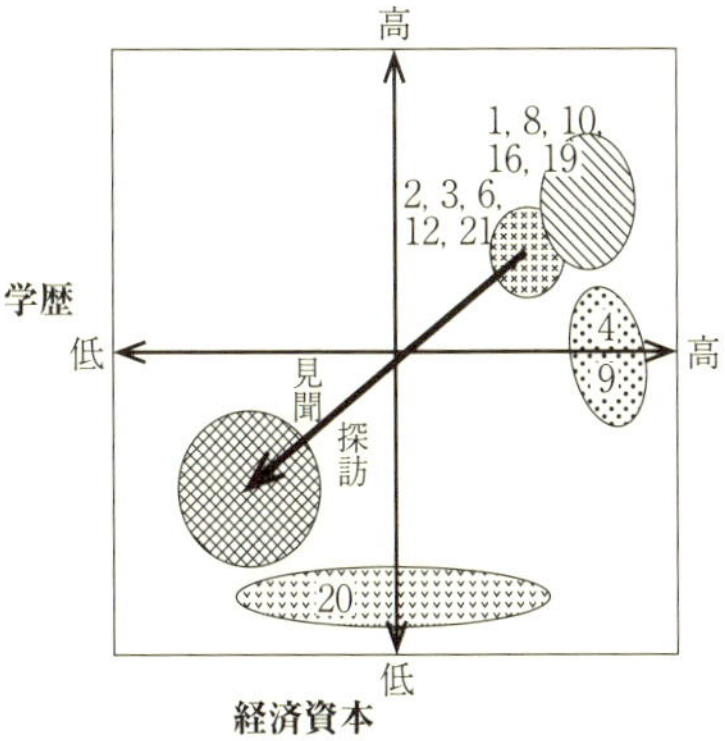

数字は表6(前頁)の作品の番号を示す。

表7 『あめりか物語』作品群中の日本人登場人物分布図

彼等は人としてよりは寧ろ荷物の如くに取扱はれ、狭い、汚い、臭い、穴倉の中に満載せられ、天気の好い折を見計つては、船の底からもく〳〵甲板へ上つて来て、茫々たる空と水とを眺める、と云つて心弱い我等の如く、別に感慨に打る、様子もなく、三人四人、五人六人と一緒になつて、何やら高声に話し合つて居る中、日本から持つて来た煙管で煙草をのみ、吸殻を甲板へ捨て、通り過ぎる船員に叱責せられるかと思ふと、やがて月の夜なぞには、各自《めい〳〵》の生国を知らせる地方の流行唄を歌ひ出す。

描かれるのは「出稼ぎの労働者」たちの船中のようすである。まなざす「私」は晩秋の野に自転車でサイクリングに出かける余裕のある人物で、船中でも「上甲板」から彼等を見下ろす位置に立つ。注目したいのは、三等船室の労働者たちが「荷物」「穴倉」「満載」「もく〳〵」というおよそ非人間的な修辞によって語られ、太平洋の空と海に何らの感慨も抱かない存在として、内面をも奪われて表現されている点である。そうした彼らに対置されるのは「心弱い我等」である。「私」の視線は、船倉へも、労働移民たちの心の中へも、降りていくことは決してない。

別の作家による表象を見てみよう。一つめは赤羽巌穴の「乱雲驚濤」である。赤羽は一九〇二年に渡米し、片山潜らと「サンフランシスコ日本人社会主義協会」を組織した人物だ（一九〇五年帰国）[9]。

> 御承知の如く、亜米利加行外国汽船の三等客は貨物同様の取扱にて候。夫れ故に如何なる英雄豪傑も、ダウンスティアの臭き処に雌伏せねばならぬ次第に御座候。況んや英雄豪傑ならぬ我々に於てをや。〔…〕人格は無きものと御承知被下度候。（三四九頁）

> 太平洋の景色は水天髣髴《ほうふつ》青一髪てふ、山陽の詩を其の儘実顕仕候、而してあらゆる雄大、豪蕩、崇高、魁偉、壮烈、厳粛の妙を極め申候。あゝ此の波濤掀翻《きんほん》怒号して万千の黿《げん》龍を跳らし、洶湧《きょうゆう》旋回して山岳大の黒騎を駛《はせ》らすの時、鉄艦何の処ぞ、帝王何物ぞ、美人何物ぞ、英雄将た何の顔色かある。（三五〇頁）

ここにこれ以上詳細に引用する余裕はないが、赤羽の「乱雲驚濤」は、みずからも客となった三等船室のありさまを丁寧にたどっている。乗船地も下船地も異なる船室の人々は、国籍も階層も多様性に富んでいた。東京法学院（現・中央大学）に学び、のちに社会主義者となる赤羽は、「人格は無きもの」とされる三等の待遇を嘆きつつも、非常に高度な文学リテラシー――たとえばこの前後で頼山陽とバイロンを引用する――を背景に、漢文脈の勇壮な文体で太平洋の船旅を描写する。

二つめは第7章で検討した保坂帰一の「吾輩の見たる亜米利加」。北米の太平洋岸でスクールボーイや『新世界』（サンフランシスコの日本語新聞）の記者などをしていた人物だ。保坂もまた、三等船室の目線からアメリカへの旅程を描いている。船室のようすを「隅から隅迄三尺位の通路を明けて、蚕棚のやうなものが五六十並んでゐる。〔…〕大半は空いてゐるが、其の上には毛布がある、ブリキの金盥がある、やかんがある、手拭がある、空気枕がある、読み掛けた本がふせてある」（保坂 一九一三 上、三三―三四頁）と描写し、三等船客が「仲の良いのが不思議だ、随分時代思想の異つた人間や、境遇の等しからざる人々の寄合で、陸上に居たら、一寸口も利かぬと云ふ連中だが、争論と云ふものが嘗て起らない」（同、三九頁）と観察する。この小説の語り手は、猫である。夏目漱石「吾輩は猫である」の猫が死後に蘇生し、移民船に乗り込んだという設定のこのテクストは、三等船客のさらに下を這う猫の視点で、移民船最下層の人々のようすを詳細に語っていく。「人間」を相対化するための装置としてあった漱石の「吾輩」の目は、ここでは「移民」を観察し、説明するための迂回の仕掛けとして利用され直している。

赤羽のテクストも、保坂のテクストも、荷風のものとの差は歴然だろう。いずれも、視線のレベルは三等船室の水準にあり、船室の内部や、移民たちの感情、交情のようすが丁寧に描かれる。やや時代は下がるものの、同じ系列の作品としてサンフランシスコから日本へ戻る出稼ぎ移民たちを描いた前田河広一郎（一九二一）の「三等船客」を加えることもできるだろう。一方の荷風の描写は、三等船客たちから「感慨に打る丶」可能性を奪いとり、非西洋的振舞いによって叱責さえ受ける恥ずべき同胞として、その姿を冷徹に描き出す。同じ「ダウンスティア」の表象とはいっても、まったく異なったありようを示しているのである。

同様に在米日本人書生の表象も比較してみよう。次にあげるのは、都市部の在米書生たちにとって最もポピュラーだった仕事の一つ、スクールボーイに関するものである。スクールボーイとは、住み込みで調理や給仕、皿洗いなどの家内労働を行ないながら、日中は米国の学校へ行くという労働／勉学の形態だった。荷風は「舎路港の一夜」において、彼等の姿を描いている。


『さア一杯、日本酒の味は忘れられないなア。』

『女の味はどうだい。』

『うつかり為ると最う忘れる時分だ。今の中に復習《おさらひ》が肝腎だ。』

『はゝはゝゝゝ。』と一同大声に笑ひ始めた。

『時にどうだい。君の家は？　相変らず急《いそが》しいのか。』

『お話にならないね。毎日々々毛唐の嬶〔かかあ〕に追使はれて台所仕事のお手伝ひ。スクールボーイも大抵ぢや無いや。』

『まアお互様だから仕方が無いさ。宜しく未来の成功を期すべしだ。』


この後、彼らはシアトルの日本人町近くの売娼街へ繰り出していく。作品は、シアトルに着いてまだ日の浅い、体面を気にする「私」を視点人物兼語り手とし、シアトルの日本人町探訪記の体裁で語られる。彼の目に浮かぶ場末のシアトルは、煤煙と馬糞の臭気が立ちこめ、鉄道の架橋により光さえ遮られる暗黒の街だ。スクールボーイたちはその街の「生蕎麦」屋に現われる。口調からは相当の日本語リテラシーをもった人物たちであることがうかがわれるが、「私」が注目するのは、そうした彼らの今となっては役に立たない素養ではなく、彼らの英語修得の苦労と、性欲である。あくまでも、スクールボーイたちは、「私」にとっては悪場所の住人なのだ。

これと比較してみたいのは象牙庵の署名による詩「ちやーれーの述懐」である。一九〇八年三月二三日に日本語紙『新世界』に掲載された。

ちやーれーの述懐　　　　象牙庵

〔…〕
塵の浮世にちり仕事
ごみよあくたといやしまれ
清和源氏の血すぢさへ
やよチヤーレーと呼ばるゝは
はしたせがみし報ひかや
七日目毎の休みさへ
半は宿にとめられて
あれのこれのと雑仕事
国を出し時や
やがて博士の肩書取りて
家つとにせん気なりしも
今ぢや学問余処になり
覚へしことはたゞ二つ
シガーの味と酒の味
国に帰れば父母と
他に未来の妻あれど
たゞ気づかひが一ツあり
兵隊さんは厭はねど
玉にあたるがいやばかり
いつそ御国につくすなら
一の人とも身をなして
忠と栄花を五分〳〵に
担ふて立つも悪るからじ
とは云へマツシやポテトヲ□
なまでは喰へぬ世の中に
国の料理はつらからふ
まゝよクツクと身をかへて
肉の料理がして見たや

（□は一字不明）

「ちゃーれー」とは、日本人家事労働者の「総称」かつ「固有名」である。斡旋を受けて白人家庭に入った若者たちは、みずからの名を呼ばれることなく「ちゃーれー」として使用されていた。象牙庵の「ちゃーれーの述懐」は、「清和源氏の血すじ」を誇り、家郷の期待を負って博士となるべく渡米した自分が、「ちゃーれー」と呼ばれ、家内の雑用に使いまわされる悲哀を歌っている。詩本文から、語り手は荷風の「舎路港の一夜」の登場人物たちと同じく、勉学を志しつつも家事労働をして世過ぎをせねばならない若者であることがわかる。全般に滑稽めかした調子に貫かれているが、徴兵忌避の心情や、せめて「肉の料理」がしてみたい、と願う結末部など、在米書生の心象に等身大の目線でよりそった詩となっているといえるだろう。

勉学から逃避し性欲へと走る悪場所の住人としてスクールボーイを描いた荷風、冗談と風刺を織り交ぜつつも「ちゃーれー」として生きることの不如意とやりきれなさを同じ目線からうたった象牙庵。三等船客の表象と同じく、在米日本人書生の描き方においてもまた大きなへだたりが存在している。

以上のようなまなざしの異なりを、荷風の階級性に着目しつつ、彼の移民表象に張り付いていた差別性という観点から批評することも可能であり、必要な作業であろう。だが一方で、当時の移民社会が階級社会であったこともまた確かである。ここに比重をおけば、荷風の作品は、上層階級の移民たちの下層階級の移民たちへの視線を記述したテクスト──言い換えれば、日系コミュニティの複層性の記録として評価することもできよう。

荷風の描いた移民を「本物」の移民でないと否定するのは間違いである。在米の日本人移民たちは多様であり、荷風たちの階層もまた北米の日系コミュニティの構成要素だったのであるから。

5　まとめ──学術領域《ディシプリン》の再考へ

『あめりか物語』は、在米日本人による日系移民表象であるという点において、まぎれもなく「日系移民の日本語文学」であり、日系アメリカ人一世とそのコミュニティを描いたテクストだという意味において、「日系アメリカ文学」であり、「日本人」作家が日本の文壇をめがけて日本語で発表したことを重視すれば、「日本文学」である。

だがもちろん、そのいずれでもありうる、ということが『あめりか物語』というテクストのはらむ問題の核心であり、ひいては日系移民の日本語文学が必然的に引き寄せてしまう興味深い混乱の姿なのだ。この移民文学の検討がもちうる射程にふれて、この章を閉じよう。

一九世紀後半、日本から北米へ移動し居住しはじめた人々は、日本人でもあり、出稼ぎ移民でもあり、アメリカ合州国居住者でもあり、日系アメリカ人の一世でもあった。移民文学がもたらす「混乱」の主因は、一つには〈移民〉という行為／人々そのもののありかたに帰せられる。彼らは〈移動〉し、かつ同時に〈定着〉して文化を産み出した。文化の産出に介在したこの二つの局面の分析こそが、移民文学の研究に取り組む興味と課題の中心であると私は考える。もう一つは、論じるわれわれの側の問題だ。本来横断的であるはずの彼らの動態を、単一の国境なり特定の学術領域《ディシプリン》によって囲い込み、切り分けてしまってはいはしないか？　移民文学を考える作業は、ディシプリンの境界の再考へとわれわれを導かずにはいないだろう。

ここにおいて移民文学研究の課題は、ひとり移民文学研究のみの課題ではなくなるはずである。

第9章　転落の恐怖と慰安——永井荷風「暁」を読む

1　滞米時代の荷風、再考

荷風・永井壮吉は一九〇三（明治三六）年に渡米し、一九〇八年に帰国する。通常、この期間は、彼の「外遊時代」（中島国彦 一九九二、三五七頁）などとも称され、表記が示すとおり一時的な外国渡航・滞在として理解されている。その間の経験は、作家荷風の文学的な基礎ともなり、日本社会を外から眺める契機の一つともなったと考えられてきた。もちろん、帰国後の彼の軌跡を評価の基準とした場合、その把握は間違ってはいないわけだが、しかしながら一方で、そうした遡及的な視線は、まさに滞米している時期固有の彼の経験と感性を、見えにくくしてしまってもいる。前章で論じたとおり、いくつかの点において検討し直すと、彼は在米日本人コミュニティの中で生きていたと考えるのが妥当であり、それどころか彼自身は日本に帰らないでおこうか、という選択肢すら思い描いていた節があるのである。

このような見方をする利点には、荷風文学に関する再評価の起点となるということだけにとどまらず、もう一つの重要な意味がある。

アメリカに留まることとは、つまり荷風が当時の言葉でいう在米日本人として生きることを意味した。この意味でいえば、彼が滞米中に書き継いだ作品群『あめりか物語』は、在米日本人による作品だということになる。こう考えてみたとき、『あめりか物語』を、同じ時期にアメリカで生活を送っていた他の在米日本人たち——後の視点からは日系アメリカ移民あるいは日系アメリカ人一世とも呼ばれるようになる人々——の日本語文学と同じ地平で評価する可能性が、われわれの前にひらける。日本近代文学と日系移民の日本語文学との間の入り組んだ交渉関係を考える一つの入口が、そこにはある。

本章ではその足がかりとして、荷風が日本へ帰国することなしに在米日本人として生きるみずからの可能性を自覚していたということを、彼の短篇「暁」を読むことを通じて論証しよう。

2 「暁」を読む

「暁」は、荷風の帰国にあわせるように刊行された短篇集『あめりか物語』（博文館、一九〇八年八月）に収録された小説である。初出誌はまだ確認されていないが、末尾に「四十年五月」の日付をもつ。ストーリーは「自分」の語りによるコニー・アイランド——ニューヨーク、マンハッタン近郊にある巨大な複合遊園地の紹介からはじまる。「浅草の奥山と芝浦を一ツにして其の規模を、驚くほど大きくした様なもの」[1]としてそのようすを概観した「自分」は、そこに「玉転し」の店を出している日本人たちへと語りを進める。日露戦争後から、日本人という物珍しさと、景品を取れるという勝負気とによって、「Japanese Rolling Ball」すなわち「玉転し」は増加の傾向にあった。「自分」は、ヨーロッパへの旅費を稼ぎたいがために、この「玉転し」屋の、とある一軒に身を投じる。物語は、以降、その最初の一夜の観察と、そこで出会った一人の書生の身の上話によって構成される。

視点人物であり、語り手でもある「自分」はアメリカに来て「二年ばかり」になる若い男性で、「何を為たつて構はない、欧洲《ヨーロッパ》に渡る旅費を造ると云ふ目的から、ふいとした出来心で、唯《と》ある玉転しの数取りになつた」

（一八〇頁）という。後に紹介する、身の上話をする書生との会話を見ると、高等学校についてのやりとりを交わしており、やはり相当の学歴を日本で積んだ人物であることがうかがわれる。ある程度の学歴を持ちながらも、ヨーロッパへの渡航費の工面までは自由にならず、自分の身体を資本にして日系移民たちの労働の場に身を投じた若い男性、と整理することができるだろう。

他の登場人物たちの紹介は、次のようになされる。

かう云ふ人気もの〔玉転しを指す〕で、一儲を為やうと云ふ人達の事であれば、其の主人《あるじ》と云ふ日本人は、大概もう、四十から上の年輩。生れ故郷の日本で散々苦労をした上句《あげく》、此のアメリカへ来てからも多年あと有らゆる事を為尽し、今では、那に世の中はどうか成らア、人間は土《どろ》をかぢツて居たつて死にやア為めいと云はぬばかり、其の容貌《かほつき》から、物云ひから、何処となく位が着いて、親方らしく、壮士らしく、破落戸《ごろつき》らしくなつて居る。で、其の下に雇はれて、毎日客が転す玉の数を数へ、景物を渡してやる連中は、まだ失敗と云ふ浮世の修行がつまず、然し軈《やが》ては第二の親方にならふと云ふ程度の無職者、又は無鉄砲に苦学の目的で渡米して来た青年である。（一八〇頁）

「壮士」「破落戸《ごろつき》」などと形容される店の親方。そこで使われる日本人労働者たちは、一種類はその親方の予備軍ともいうべき「無職者」、そしてもう一種類は資本もないまま渡米して来た「苦学生」たちである。

「自分」はこうした人々の世界にはまだあまりなじみがないらしく、彼らをまなざす視線は観察者のそれである。コニー・アイランドの店子たちの風俗に新奇の目を見張り、新たに職場仲間となった人々が夜の繁華街の性的放埒さのなかに身を投じるありさまを見守りながら、「自分」は南京虫だらけの寝床に潜り込むこともできず、軒下でまどろむ。そこへ現われるのが、一人の書生である。

私娼らしき女性たちを追って海岸の方へ行ったあとに戻ってきたらしい彼は、その場になじめないでいるようすの「自分」に気づくと、会話を交わしはじめる。彼は「自分と同じ位な若い書生風の男」で、アメリカは「今年の冬で丁度五年」（一八七頁）になるという。話は、彼の身の上話へと流れていく。

『かう見えても、家へ帰れば若旦那さまの方だ。』と淋しく笑ふ。

成程、其の笑ふ口元、見詰める目元から一帯の容貌《おもざし》は、玄関番、食客、学僕と云ふ様な境遇から、一躍渡米して来た他の青年と違つて、何処か弱い優しい処がある。身体は如何にも丈夫さうで、夏シヤツの袖をまくつた腕は逞しく肥えて居るが、其れも、労働で錬磨《きた》へ上げたのとは異り、金と時間の掛つた遊戯や体育で養生《ようせい》した事が、注意すれば直ぐ分る。幾年か以前には隅田川のチヤンピオンであつたのかも知れぬ。

『日本では、何処の学校だつた。』

『高等学校に居た事がある。』

『「第一」か？』

『東京は二年試験を受けたが駄目だつた。仕方がないから、三年目に金沢へ行つて、やつと這入れた。然し直きに退校されたよ。』

（一八八頁）

二年級の時に病気で落第、翌年数学で落第し、退校になったという彼は、その後「女義太夫を追掛けたり、吉原へ繰込んだり、悪い事は皆な其の間に覚えた」（一八九頁）というようなありさまだった。見かねた父親が、ついに彼をアメリカへ遊学させた、ということらしい。

問題は、この書生がアメリカでの私費留学生の立場から、いかにして滑り落ちたのか、というその筋道である。マサチューセッツの学校に入学して二年目の秋、彼のもとに日本から届くはずの学資が届かなかった。窮した彼は、「ハウス、ウオーク」すなわち、白人家庭での家事労働に雇われて行く。そこで彼が見いだしたのは、意外なことに、慰安だった。彼の父親は「□□学院の校長をして居る」「法律の大学者」。そのため彼には、幼少の頃から将来への過度のプレッシャーがかかっていた。しかし、彼の学業成績は周囲の期待に応えられるものではなかった。

『〔…〕かう云ふ絶望の最中、まア想像したまへ！　僕はふいと、送金が延引した為めに、云はゞ家との関係が中絶して了つたのであらう。是非にも成功して帰らねばならぬ、故郷へ着て帰るべき錦を造る責任が失《なくな》つた――何と云ふ慰安だらう。もう死なうが、生きやうが、僕の勝手次第。死んだ処で、嘆きを掛ける親が無ければ、何と云ふ気楽だらう、と云ふ様な気がしたのさ。』（一九四頁）

期待の重荷を背負わせる故郷との紐帯が切れ、「ハウス、ウオーク」ののんきさ――給仕をし、皿を洗い、食事をし、居眠りをし、仲間の下女をからかう――が、彼に慰安をもたらす。「〔…〕『一方では、以前にも増して、いよ〳〵父に会す顔が無いと、良心の苦痛に堪えない、と同時に、一方では此の動物的な境遇が、ます〳〵気楽に感じられる。〔…〕』」（一九五頁）。聞いていた「自分」の、ではこれからどうするのだ、という問いに対し、彼は苦悶の顔色を浮かべながら答える。「『いや、、、其様《そんな》事を考へない為めに、僕は此様《こんな》馬鹿な真似をして居るんだ。〔…〕あくまで身体を動物的にしやうと勤めて居るんだ。』」（一九六頁）。

彼に大きなプレッシャーを与えていた父親との関係については、いまは問わない。注目したいのは、母国からの送金の停止が、留学生たちを労働へと追いやるというルートを「暁」が書き留めているということだ。もちろん、これは送金だけにとどまることではない。日系移民たちの相対的高学歴層の多くは、私費留学生であり、しかもさしたる資本も持たず働きながら勉学する目的で渡米した苦学生たちだ。金銭的蓄えの払底が、勉学から労働へと彼らを追いやるのは、きわめて当然の道筋だ。そして留学、遊学の目的で来た者が、そのまま職を得、定住移民すなわち日系アメリカ人の「一世」になっていったのは、現実の移民史が語るところだ。「暁」のストーリーが示しているのは、留学生が労働移民へと「転落」し、当初たてた帰国の目的すら失って、アメリカ社会の下層を生きていく姿である。

3 コニー・アイランド

ところで、きわめて興味深いのは、こうした留学生から労働移民へという階層移動の物語を、荷風がコニー・アイランド（図45）という巨大遊園地を舞台に描いているということである。

コニー・アイランドという場所については、すでに末延（二〇〇二；二〇〇五）による詳細な紹介があるが、私がここで着目したいのは、ストーリーがもつ階層移動の物語が、遊園地という社会的文化的装置と巧みに組み合わせたかたちで構成されているという事実である。

コニー・アイランドは、ニューヨーク、ブルックリン地区の南端にあるエリアで、湾に抱えられるかたちで大西洋に臨んでいる。一九世紀初頭からリゾート地として開発が始まり、二〇世紀の世紀転換期には、スティープルチェイス・パーク、ルナ・パーク、ドリームランド・パークといった複数の遊園地に、大小各種のホテル、ビーチ、サーカス、ミュージカル、ダンス・ホール、フリーク・ショー、動物ショー、飲食店などありとあらゆる遊戯施設があつまった複合レジャー地区として、その最盛期を迎えていた。これは、ちょうど荷風が滞在していた時期である。マンハッタン・エリアから遊覧船やフェリーボート、鉄道、路面電車などを利用して、利用機関によれば三〇分強で行けたという立地の良さもあり、ハイシーズンには二〇万人を超える人出で賑わっていたという。

荷風「暁」は、コニー・アイランドのようすを次のように描き出す。

凡そ俗と云つて、これほど俗な雑沓場は、世界中におそらく有るまい。日曜なぞは、幾万の男女が出入をするとやら、新聞紙が報ずる統計を見ても想像せらる。電気や水道を応用して、俗衆の眼を驚かし得る限りの、大仕掛の見世物と云ふ見世物の種類は、幾十種と数へられぬ程で、其の中には、多少歴史や地理の知識を増す有益なものもあり、又は無論、怪し気な舞り場、鄙猥な寄席もある。毎夜、目覚しい花火が上る。河蒸汽で、晴れた夜に、ニューヨークの広い湾頭から眺め渡すと、驚くべき電燈、イルミネーションの光が、曙の如く空一帯を照す中に、海上はるか、幾多の楼閣が、高く低く聳え立つ有様は、まるで、竜宮の城を望むやう。（一七九―一八〇頁）

図45　コニー・アイランドのJapanese Roof Garden（末延2002、289頁より）

こうした絢爛たる遊戯空間の景観は、アメリカ社会において新しい階級が徐々に力をもちはじめたことによって現出した。アメリカ史の研究者で、コニー・アイランドを世紀転換期のアメリカの経験を体現したカルチュラル・シンボルとして分析したジョン・F・キャソンは、膨大な数の人々の遊園地への殺到は、勃興する都市中産階級と比較的余裕のある労働者階級が、新しいタイプの余暇を要請しはじめたためであり、それに気づいたレジャー資本が莫大な資金を投下し、彼らの嗜好にぴったりあうよう集中的にさまざまな遊戯施設を築きはじめたためだと分析している（キャソン 一九八七）。

キャソンの考察でとりわけ興味深いのは、コニー・アイランドという新しい娯楽の場が、都市の新興階級の人々に与えた体験の質の分析である。前世紀までの公園が、その利用者たちの趣味の向上と道徳心の養成を目的として設計されていたのに対し、コニー・アイランドに象徴される新たに登場した遊園地は、利用者たちを日常の規範から解放することを目的として造られていた。ジェット・コースターやウォーター・シュート、水着での海水浴、圧縮空気による着衣へのいたずら、その他さまざまな仕掛けが、日常社会で人々を縛っているマナーや身だしなみ、威厳、体面、そして性的な抑制を吹き飛ばすべく待ちかまえている。

こうした新しい経験をめがけて名付けられた言葉は、興味深いことに〈祝祭〉であったという。「祝祭と遊戯の町としてのコニー・アイランドは、社会を描写するための旧来のカテゴリーに挑戦していた。それは新しい種類の文化制度のように思われ、論者たちはそれを描写するために、類似した現象をさがし求めた。「ほとんど切れ目のない、フランス的なフェート（祭り）」、「中世の路上の市」、「フィエスタ（祝祭）とマルディグラ（カーニバルの最終日）」、「シャリバリ（騒々しいお祝い）」、さらに頻出する「カーニバル」などなど」（キャソン 一九八七、六二頁）。

ミハイル・バフチンのカーニバル論が明らかにしたように、〈祝祭〉の空間は価値転倒の場であり、「広く世を支配している真理と現存社会機構からの一時的解放や、階層秩序・関係、特権、規範、禁止などの一時的破棄を祝うもの」（バフチン 一九七三、一六頁）である。バフチンへの言及はないものの、キャソンのコニー・アイランド論は、近代アメリカ民衆のための新しい〈祝祭〉空間を、バフチンのカーニバル論に非常に近い形で描き出す。

カーニバルやその他の季節ごとの祝祭や祭日、たとえば古代ローマの「農神祭《サトゥルナリア》」や中世フランスの「愚人祭」は、産業化以前の文化において、慣習的な役割が逆転されたり、階級制度が転覆されたり、刑罰が一時停止されたりする機会の働きをしてきた。社会の全構成メンバーがしばしばマスクやコスチュームをつけて、途方もない道化やお祭り騒ぎに参加するのである。コニー・アイランドは、カーニバルの伝統をもたない文化に対して、カーニバルの精神を制度化したように見えたけれども、その祝祭性を時間的に、暦の上の特別な時点としてではなく、空間的に、地図の上の特別な地点として位置づけていた。それ独自のタイプのカーニバルを創造することによって、コニー・アイランドは、慣習化された社会的な役割や価値を吟味し、改変させたのである。

（キャソン 一九八七、六二―六三頁）

コニー・アイランドが、勃興する都市大衆たちにもたらした経験は、日常生活において各々が受けている階級や性における差別や制約から、彼らを一時的にであれ解放するというものであった。

そしてまたこの一時的な解放は、民族的な面においても機能をしていたのだ、とキャソンは論じる。イタリアや東ヨーロッパからの移住者を筆頭にした移民たちは、世紀の変わり目までに「マンハッタンとブルックリンで、成人人口の過半数を構成していた」（キャソン 一九八七、五一頁）というが、そのニューヨーク周辺の民族的構成の変動を、コニー・アイランドの客層は反映していた。コニー・アイランドにおける経験は、この移民たちの文化に影響を与えたという。「コニー・アイランドの遊園地やほかの新しい大衆文化の施設は、移民や労働者階級のグループを、その様式と価値のなかに組み入れさせることに成功した」（キャソン 一九八七、五二頁）。つまり、遊園地の経験は、移民たちが彼らのもつ固有の文化からアメリカの主流文化へと合流する後押しをしたというわけである。

論を荷風のテクストに戻そう。「暁」は、日本からの留学生がふとしたことをきっかけに、労働者へと転落するエピソードを物語内で語っていた。「破落戸《ごろつき》」の親方が経営する玉転しの店で働くという経験は、彼にとって「馬鹿な真似」であり「動物的な境遇」ですらある。しかし彼は故郷のしがらみから逃れるために、そこにあえて身を投じていた。こうした解放の経験は、まさにコニー・アイランドの用意した、日常の規範からの脱出という経験と平行するものであったと捉えることができる。荷風が「暁」の舞台を、このアメリカの世紀転換期を象徴する文化装置のただなかにとったことは、まさにふさわしいものであったと言えそうである。

だが、はたして、この平行性は本当に信じてよいものだろうか。アメリカの新興階級の経験と、ヨーロッパ各地からの移民の経験と、日本人移民の経験は、同じなのだろうか。コニー・アイランドの〈祝祭〉は、彼らの上に等しく到来する種類のものであったのだろうか。

4　魔窟の一夜は明けたか

アメリカ移民史の第二波としてやってきた東ヨーロッパ、南ヨーロッパからの移民の増大につれ、コニー・アイランドの観客層はその変化を反映した。そして「コニー・アイランドの遊園地やほかの新しい大衆文化の施設は、移民や労働者階級のグループを、その様式と価値のなかに組み入れさせることに成功した」（キャソン 一九八七、五二頁）とキャソンはいう。だが、ここでの「移民」にはアジア系移民は含まれていないことに注意しなければならない。ではアジア系の人々は、コニー・アイランドには来なかったのだろうか。そうではない。

この時点において、アジア系の人々とその文化は、ベリーダンスを踊るエジプトの踊り子や中国の芝居小屋やインドの宮廷や日本の庭園といったように、来園者の博覧会的な視線の前に、「展示物」に限りなく近い姿でならべられていたのである。「暁」に登場する「日本の玉転し」も、やはりそのなかの一つに他ならなかった。荷風のテクストは、その遊戯の人気の理由を「第一が日本人と云ふ物珍らしさ」（一八〇頁）というように説明し、正確に観衆たちのもつ好奇のまなざしを書き留めている。コニー・アイランドが仮に一定の文化的同化力を及ぼしていたとしても、それはアジア系の移民の上にはこの時期及んでいなかったというべきだろう。

もう一つ、「暁」の描いたコニー・アイランドは、主として深夜から明け方にかけてのコニー・アイランド、すなわち来園者が立ち去り、あるいはホテルへと帰った後の、閉園後のそれであったということも見逃してはならないだろう。つまりテクストに登場するコニー・アイランドは、電飾と群衆と歓声が支配する表の姿ではなく、落とされた照明と労務から解放された店員、稼ぎ時の娼婦、そして静けさの向こうから届く波の音とが支配する裏の顔だったのである。そこでは「大仕掛の見世物の楼閣は、イルミネーションの光が消え」、「薄暗い影の中に、夢の如く、幻の如く、白粉を塗つた妙な女が、戸を閉めた四辺《あたり》の見世物小屋から、消えつ現れつして居る」（一八三頁）。「玉転し」の日本人店員たちも、めいめい玉台の上に寝床をとり、娼婦を追いかけ、あるいは「行きなれた南京街へ落ちて行」（一八六頁）く。

「暁」が描き出した解放は、コニー・アイランドが都市大衆にもたらした解放とは、まったく質が違ったものだというべきだろう。それは日常の生活からの解放といっても、コニー・アイランドにおける労働からの解放であり、性の解放といっても、コニー・アイランド労働者たちの闇に紛れてはいるがあけすけな買売春である。新興の中間層が都市における労働の日常から逃れ出るのだとすれば、遊興の街の労働者たちは新たに形成されつつあるアメリカの主流娯楽文化を支える労働から逃れ出るのであり、そして荷風によれば日本人移民たちは同時に故国の親族たちが負わせるさまざまな期待の重荷からも逃れ出ている――「太平洋と云ふ大海があるんで、先づお互に、仕合と云ふものだ」（一八六頁）――のである。

主人公「自分」に語りかけた書生の転落は、こうしたコニー・アイランドという解放の〈祝祭〉空間から、さらに逃れ出た場を選び取って、もしくは選び取らざるを得なくなって起こっている。解放というなら、それはあまりにも苦い解放であろう。しかもその苦い経験は、おそらく学歴競争からドロップアウトした書生一人のものだけだったのではなく、出稼ぎのためにアメリカにまでやってきた労働移民や、苦労を覚悟しつつ理想を携えて渡来した苦学生たちにとっても共通のものであったはずなのだ。娼婦を追いかける仲間を見やりつつ、彼らの一人はこういう。「『〔…〕何も乃公達《おら》だつて、初ツ《〔はじめ〕》から恁《〔こ〕》うなるつもりで米国《アメリカ》へ来たのぢや無《ね》えからな。』」（一八六頁）。

書生の語りを聞き終えた「自分」は、夜が明けつつあるのを知る。深更のコニー・アイランドに生きる人々を目の当たりにした彼は、差し込み始めた光を目にし、次のように安堵の感慨を漏らす。

　一閃の朝日が、高い見世物の塔の上に輝き初《そ》めた——あゝ、何たる美しい光であらう。自分は一夜、閉込められた魔窟から救ひ出された様に感じて、覚えず其の光を伏拝んだのである。（一九六頁）

この箇所は短篇「暁」の結末部となっており、ストーリーは、「自分」が朝日によって「救い出されたような気がして」終わっている。「自分」は「魔窟」に染まることなく、そこに生きる人々とは別の感覚、経験を保持したままでいつづけるのだろう——素直に読んだ場合、読者はこのように感じると思われる。

しかしこうした安堵をもらす「自分」とは、いったいどんな存在であったか、あらためて考え直してみよう。彼はたんに見学のためにここにいるのではなく、一週間雇いの契約で店員になっているのであり、この朝日の輝きとともにこの魔窟から出て行ったわけではないのである。つまり、「自分」は「暁」という物語を語っている段階では、「其の頃」（一八〇頁）と自らの体験を対象化できるほどにはなっているが、コニー・アイランドに身を投じた段階では、どれだけその「玉転し」の店にいたのかは不明なのである。

しかも、物語にみる「自分」の属性からうかがうかぎり、彼がコニー・アイランドをまなざす視線は外部者のものだが、その所属する階級は必ずしも彼の新しい仕事仲間たちとまったく別であるとはいえない。彼はみずからこう言っている。「自分も其の頃は其の中の一人、何を為たつて構はない、欧洲《ヨーロッパ》に渡る旅費を造る」（一八〇頁）。日本で相当の教育を受けたようすがあるとはいえ、その当時の彼は「何を為たつて構はない」という気持ちにまでなっている一人の労働者なのだ。

こう見てくると、「自分」を含め、「暁」に登場する在米日本人たちは、そのほとんどが何らかのかたちで当初の目的からは滑り落ちた「転落」を経験しつつある人々として描かれているのが分かるだろう。コニー・アイランドという世紀転換期におけるアメリカのカルチュラル・シンボルをとり込みながら、荷風はその新興階級の解放のための〈祝祭〉空間を、移民たちのほろ苦い転落物語の背景として利用した。

さて、これまであえて言及することを避けてきたわけだが、身の上話を語る書生の経歴と「自分」の経歴は、荷風自身の当時の立場に近い部分を少なからず持っている。第一高等学校の受験に失敗した経験も、ようやく入った学校を退校になった経験も、寄席や吉原で遊んだ経験も、挙げ句父親にアメリカへ送られるという経験も、荷風自身が経てきたものだ。もちろん「自分」がいう「欧洲《ヨーロッパ》に渡る旅費」云々というのも、フランスへ渡ることを熱望していた荷風自身が重なって見えるくだりだろう。末延（二〇〇二）のように、「自分（荷風自身）」（二八八頁）とする論者もいる。

私自身は、書生も「自分」も、荷風と同一視して読む読み方には反対である。そうではなく、「暁」は、荷風がみずからの経験をその登場人物たちに重ねながら、ありえるかもしれない自分の近未来をシミュレートした作品として読まれるべきであろう。「西遊日誌抄」は公刊された荷風の滞米・仏日記であり、そのすべてを事実とみるには慎重であった方がよいが、日記中、荷風は米国にとどまるかもしれない自分を繰り返し書き込んでいる。渡仏に反対する父への反発、その父のいる日本への帰り難さ、恋人イデスへの断ちきれぬ想いがその発露の原因となっているものの、「暁」執筆の九ヶ月ほど前、突如おとずれた正金銀行解雇の危機とそれにともなう帰国の可能性におびえた荷風は、次のような心情をもらしてもいるのだ。

〔…〕余は米国を去りて日本に帰りし後当時を思ひ出で、返らざる追憶の念に泣く事なからんか。〔…〕嗚呼余は到底米国を去る能はず。敢て一女子〔イデス〕の為めと云ふ勿れ。米国の風土草木凡てのものは今余の身に取りてあまりに親愛となりたるを。

（三二八頁）

永井壮吉は、日本に帰らなかったかもしれない。すくなくとも彼は、自分の身の回りの在米の日本人たちが、当初の計画とは異なったかたちで滞米を続ける姿をみており、みずからの眼前にもまた、そうした可能性が開けていることを十分に理解していたと考えるべきだろう。「暁」のほかにも、『あめりか物語』には、同様に日本における立場をなげうって米国にいつまでともなくとどまっている青年男性の姿が書きとどめられている。海外にとどまり快楽の道を進むか、日本へ帰国し妻のもとでの禁欲の道を選ぶか、イリノイの私立学校で行き迷う男の姿を描いた「岡の上」。その主人公渡野は、日本にいたときは大学の文科を出、父親の資産を受け継いで華々しく活躍していた新学士だった。「長髪」においても、放蕩ゆえに米国へと遊学に出された伯爵の長男藤ヶ崎国雄が、その性癖をあらためることなく、不身持ちのために離縁された富豪の元妻の「男妾」としてニューヨークに生きる姿が描かれている。

いずれの作品も、ありえたかもしれないみずからの姿と、現実に日米のはざまで生きる自分自身の現在との間に形象化した一つの思考実験として存在していたのかもしれない。荷風の『あめりか物語』を帰国後に彼がたどった道筋から逆照射することには、慎重であった方がよい。米国滞在中の永井壮吉は、もしかしたら帰らないかもしれない存在、すなわち在米日本人としての自分を仮想しながら、テクストを書き継いでいたのだから。

第10章　絡みあう「並木」――太平洋両岸の自然主義文学

1　オリジナル？　コピー？

文化が伝播するとき、そこには一見、オリジナルとコピーの関係が生まれるように見える。たとえば、西洋の絵画を「洋画」として受容した明治の画家たちの場合、彼らの学んだヨーロッパの絵画が本物でありオリジナルであり、彼らの描いた作品は模倣であり、多くの場合不格好なコピーである、というように。

ただしもちろん、こうした発想は、「オリジナル」というものがそもそも「コピー」という概念を前提として事後的に構築される概念である――つまり「コピー」がなければ「オリジナル」もない――という着想に立てば、「オリジナル」と「コピー」の間に成立しているかに見えた上／下関係や本物／偽物の関係はくずれさる。

「オリジナル」と「コピー」のヒエラルキーは、文化や流行が伝播してゆくさまざまな場面において、幅広く観察される。人々は「オリジナル」への幻想が、実のところ自分たちの身のまわりの粗悪な「コピー」の蔓延という事態を踏み台にして成立しているという事態を省みることなく、「オリジナル」から「コピー」へという伝播の図式を想定し、本物であり正統である「オリジナル」の幻想を消費する。

宗主国／植民地という空間においても、もちろんこの図式は広く成立した。宗主国の美術は本物であり、宗主国の文学は精妙であり、宗主国の思想は深遠であり、そして宗主国の人々こそがそれらの正統な担い手だ。それに対し植民地の美術はその複製品で、植民地の文学はその模造品で、植民地の思想は誤解に満ちた受け売りで、つまるところ植民地人は本国の文化の不完全な追随者にとどまらざるをえない——などというように。

私がここで検討しようとしている日系アメリカ移民たちの世界においても、こうした幻想はたしかに存在していた。移民地で刊行されていた新聞を読めば、内地との落差にもとづいた渇望や落胆の言葉は、探すまでもないほどの紋切り型であることがすぐにわかる。そうした彼らの幻想を、脱構築の論理操作を援用しながら、根拠の不確かな俗説として批判することはあまりにも簡単だ。だが、その批判に、はたして何ほどの意味があるというのか。彼らの幻想は、単に「幻想」と名指して呼びさるにはしのびない、自分たちへの批評意識に根ざした、故国文化への渇望のかたちそのものである。まずはその彼らの置かれていた状況と、そこからもたらされる感情や思考を理解しなければ、論理操作はむなしい机上の空論となるだけだろう。

ただし、かといって理解するという作業が、彼らの言葉、彼らの歴史の後追いになるだけでは、問題はそれ以上に広がらず、議論は好事家的な発掘作業の域を出ていくことはないだろうし、悪くすればそれは既成の歴史を無批判に追認するだけの保守的な作業ともなりかねない。

文化が拡がり伝わるときに何が起こるのか。オリジナル／コピー関係の脱構築でなく、オリジナル幻想の追認もしくは批判でもなく、その構図の成立と社会内における展開の実際を見極め、その構図が要請された文脈を精確に理解する。その上で「オリジナル」と「コピー」——と呼べるとすれば——の間の関係の再考察にむかう。それが現時点で私がとりうる最良の選択肢に思える。

本章では、日本近代文学と日系アメリカ移民の日本語文学の間に生起していた「影響関係」の再考を行なう。取り上げるのは、二つの「並木」——島崎藤村によって書かれた「並木」（一九〇七年）と、サンフランシスコの移民文士、岡蘆丘《ろきゅう》によって書かれた「並木」（一九一〇年）——である。

北米日系アメリカ人一世の日本語文学の歴史は、非常に大雑把にまとめれば、内地の文学の模倣や無断転載、あるいは内地文壇の強い影響下において追随作を産出していた状況から、移民地固有の作品の創作を目指す方向へ向かう道をたどったといえる。この要約そのものは、大筋では間違いないはずである。実際このあと見てゆくように、「並木」発表の同時代には、内地の自然主義文学の理念や創作方法を強く意識した作品が、少なからず制作されている。

だが、それだけで彼らの文学史のすべてを一括して語ってしまうわけにはいかない。模倣・転載・追随作からオリジナルの追求へという概略を提示するとしても、その把握が塗りつぶしてしまう個々の場面の複雑さを見逃したくはない。それは単なる細部へのこだわりの問題だけではない。細部において複雑な振舞いが起こっており、時にそれが全体つまり歴史の大筋に矛盾する動きをするということは、ありえないことではない。部分の総和は、必ずしも全体の姿と等しくはならないし、また部分は全体の縮小された写像でもない。[1]「文学」というシステムの歴史叙述に対してこうした発想を導入すれば、大枠として〈内地〉の文学の影響が強く表われていた時代においても、日系移民の日本語文学は、その細部において「本物／複製」の対立や「影響関係」「伝播」などといったナイーヴな把握では捉えきれない複雑な振舞いをしていたことが見えてくるだろう。

太平洋を挟んで創作された二つの「並木」を平行させて考えながら、「オリジナル」／「コピー」関係の再考を行ない、そこから日系アメリカ移民文学史と日本の近代文学史の絡みあった交差のようすの考察につなげていきたい。

2　自然主義、海を渡る

日本の文壇で自然主義が隆盛を極めたのは、一九〇六（明治三九）―〇九年ごろのことである。もちろん、小杉天外らの初期自然主義を視野に入れ、『白樺』や『スバル』同人たちの登場と平行する『早稲田文学』周辺の文学者たちの活動の継続を考えれば、その期間はもっと前後に伸びる。が、「自然主義」の語がほとんど全文壇に行きわたり、広範な影響力を誇ったのはこの時期、三年ほどのことである。

自然主義は、文学思潮として、見たままの社会の実相を飾らずに描くという理念で文壇の構成員を魅了しただけでなく、ある種の現代思潮として、閉塞感と自意識に苦しんでいた青年たちの心情をも代弁した思想だった。その浸透ぶりはすさまじく、多かれ少なかれ、そして是であれ非であれ、ほとんどすべての文学者が自然主義に対する反応を余儀なくされた。そうした文壇の動向は『早稲田文学』などの文芸雑誌や『文章世界』のような若年層向け投書雑誌にとどまらず、『太陽』『中央公論』といった総合誌、あるいは新聞の文芸欄などを通じて、文学に関心を寄せる全国の読者たちに届けられていった。

この時ならぬ熱狂の波は、海を渡って北米太平洋岸の日系移民たちのもとへも届いた。

ここまでの章ですでに考察しているため重複は避けるが、日本国内で出版された書籍・雑誌を売りさばく販売網は、日本の各地方を網羅しつつあっただけにとどまらず、すでに明治期から各移民地／植民地へもその網の目を拡げつつあった。たとえばサンフランシスコの場合、一九〇九年の時点で、日本語の書籍を売る専門書店だけでも九軒が存在し、内地で出版された新聞・書籍・雑誌の取次販売、通信販売を行なっていた。この時代、太平洋を渡るのに汽船で約三週間。つまりほとんど月遅れにも満たない時差で、移民たちは望めば日本の最新刊を手に入れることができた。

ちょうどこの自然主義の時代、富山から海を渡り、シアトル近辺で缶詰工場や農園での労働、スクールボーイなどをして過ごしていた若き翁久允は、次のように回想している。

読み耽った雑誌類は、太陽、中央公論、新潮、早稲田文学、文芸倶楽部、文章世界といったようなもので、これは本屋から送ってもらうことにしていた。これら雑誌に現われた日本の思想界は明けてもくれても自然主義の論議であった。長谷川天渓、島村抱月、田山花袋、岩野泡鳴などと言った論客の一字一句が新鮮味をもって味われた。島崎藤村の「春」が読売新聞に出た。竹島君の妻君が一か月分ずつそれを竹島君に送って来たのを借りてきて読むのが何よりの楽しみであった。真山青果という新人の作に驚き、正宗白鳥の「何処へ」とか「泥人形」などを読みつつ祖国のはげしい変遷を思いに浮べた。国木田独歩の「欺かざるの記」の簡潔な文章もよかった。そして、紅葉、露伴、芦花、鏡花、漱石といった時代が古色を帯びようとしていることが感じられた。

（翁 一九七二、三九頁）

太平洋をまたいだ流通網によって次々と届けられる新刊の書籍から、翁が貪欲に故国の文壇の流行思想を追いかけていたことがわかる。後年の回想ゆえ、少し差し引いて考える必要はあるだろうが、彼の描き出す文壇の新旧交代の見取り図は、驚くほど正確である。引用は、隔てられたからこそかき立てられるのかもしれない欲望と、自分を埒外に置いたまま激しく変遷する「祖国」への憧憬を雄弁に物語る。

時期としては自然主義の勃興期になるが、永井荷風もまた在米時代、友人に次のような書簡を送っていた。「花袋子は戦地へ行つたさうな。僕は太陽で氏の「露骨なる描写」と云ふものを読んだ。君はどう思ふね」(2)。移民たちは、現代のわれわれが想像する以上に、ほとんどリアルタイムといっていい僅かな時差で内地の動向を察知し、敏感に反応していたのである。

こうした反応は、個人的なレベルに留まることなく、やがて移民地のメディア上にもその姿を見せはじめる。早いものとしては、樋口秀雄「自然主義の文壇」が一九〇八年六月二一日に、サンフランシスコを中心として刊行されていた日本語紙『新世界』に掲載される。これは出歯亀事件が引きあいに出され、「肉欲主義」などとも呼ばれた文壇の自然主義の現状を、樋口の考える理念的な自然主義のあり方と照らしあわせつつ批判したものである。筆者樋口秀雄は、樋口龍峡の筆名で当時日本国内において文壇主流派の自然主義批評家たちに対し批判的な立場に立っていた批評家であり、この記事も国内の新聞に掲載された評論の転載だった。(3) 一九〇八年の時点では『新世界』をみる限り、ほかに主だった反応は見られない。

『新世界』に自然主義の影響下にある評論、小説が目立ちはじめるのは、一九一〇年に入ってからのことである。評論としては大和久生「自然主義を論ず」が上下二回に分けて、一九一〇年五月二二、二三日に発表される。これは転載ではなくオリジナルの評論である。自然主義を五種類に分類しつつ、その特徴と現状をレッシングやテーヌなどに言及しながら美学的に論じたものだ。内地の文壇への言及は行なわれず、テーマの選定として当代的なものを選びつつも、日本の議論の主流とは距離をおいた論旨になっている。

これに対し、むしろ小説の創作がより直接的な言及を見せた。たとえば、梅本露花による「日曜日」という作品がある。これは『新世界』の新年の懸賞小説に一等当選した作品で、一九一〇年一月一日に掲載された短篇である。主人公の「私」はサンフランシスコに住む日本人の若者で、仕事の合間に小説を書く人物として造形されている。友人との対話のなかで、彼は「文学は人生そのものなんだ、美は真だ、人生の事実を真に紙上に写したのが文学なんだ」と自身の文学観を吐露する。これは自然主義文学が掲げた、ありのままの人生の真実を描くという理念を受けたものだといってよいだろう。労働に追われる日々の生活に寂しさを覚えた彼は、休日の夕方、サンフランシスコ湾に面した遊歩地へ出かけ、故郷――島根の「孤島」とされる――に思いをはせ、暗鬱な気分のまま、そこでふと出会った女と自死することを想像する。

また平井桜川「そのまゝ」(『新世界』全六回、一九一〇年三月一二―一六、一八日)は、サンフランシスコ近郊の田舎で家内労働をする日本人の若者が、聞き手の小説家にみずからの経験を語る物語である。冒頭、「僕」は聞き手に対し、「この頃は変な小説許《ばか》り流行するんで僕の様な男までそれに煽動《をだて》られてこの様な事件になつちまつた様な訳だ」、「考へて観ると自然主義なんて碌な主義ぢやないな」(一)と語り起こす。「この様な事件」というのは同じ家で下女として働くフランス人の女性と主人公との間の恋愛を指している。ただしそれは恋愛というよりは、彼女に対して抱き始めた性欲とそれを抑える心的な葛藤と呼ぶべきもので、しかも物語は結末でその性欲が成就するという結構をもつため、テクストは性欲およびその主体たる「僕」の描出を批判的に行なうというスタンスを示さない。性的な欲望の惹起と成就の物語は、主人公「僕」の語りの磊落であっけらかんとした調子と相まって、確信犯的に書かれた、「肉欲主義」の異名に相応しい「自然主義」小説という印象を与える。「そのまゝ」という題名に、ある種の距離感もしくは逃げ道を読み込むにしても、大方のこの評価は変わるまい。

太平洋岸の日本人移民コミュニティに現われた故国の自然主義文学に対するこうした応答は、表面的に一括すれば、「自然主義の影響」の一言ですませられるかもしれない。だが、個々のテクストの抱えもつ細部は、それを手がかりとしつつたぐってゆけば、必ずしも「影響」の一語だけでは片づけられない広がりをもっている。「日曜日」の主人公「私」の心情は、移民地という、内地とは置換不可能な場所において生きる固有の困難さ抜きには分析できないし、「そのまゝ」における性欲の構成も、白人家庭で日本人男性が異人種の女性とペアになって家事労働——当時の内地の感覚からすれば「下女の仕事」である——をするという状況と切り離しては考えられない。次節では、こうした細部において観察される齟齬と複雑さの一例を、より詳細に検証してみたい。扱うのは、『新世界』に一九一〇年一月二一—二六日に全五回にわたって掲載された、岡蘆丘の「並木」というテクストである。

3　ロサンゼルスの自然主義者——岡蘆丘「並木」

岡蘆丘の「並木」は、ロサンゼルスの日本人町に生きる青年たちの一夜を描いた物語である。物語の現在時は明記されていないが、内容から判断するに、同時代の、おそらくは作者の身のまわりを描いた物語であると考えられる。ストーリーは、主人公岡本を中心に、彼と友人たちが下宿や料理屋（「酌婦」が酒を出した）において議論を繰り広げたり、相互にさまざまな洞察や批評を行ないあうようすをつづっていく。

まず注目したいのは、主人公の岡本の人物造形である（引用末の漢数字は連載回を示す）。

> 岡本万次郎は、肥前屋の一号室で、花袋の小説『田舎教師』を、熱心に読んでゐる。彼は久しく、自然派の小説を、愛読してゐる。そして彼の言行は、頗る、自然主義的の、傾向《かたむき》がある。多くの彼の友達の内には、眉を顰めて、彼の主義、主張を、聴く者もある。併しまた、彼の男らしい、自己告白を冷汗の出る様な、懺悔の、寧ろ、大胆さに、驚かされてゐる手合も尠くはない。岡本に、言はせると人間は、多くの場合に、理想とか虚栄とかいふ、仮面を被つて歩いてゐる。この、仮面を被つて歩く事を、岡本自身には、如何《どう》しても敢てする、勇気がないと言つてゐる。而して、彼は、彼の鋭い眼が所謂、理想とか、虚栄とか、いふ仮面を通して、本来の、人間を見ておると言つてゐる。若しも、彼に向つて、理想的、虚栄的に、論戦を、挑もうものなら、それこそ彼は、合手《あいて》の仮面を、引き払つて親から貰つた、そのまゝの裸にして、本来の人間は、こうした者だと、曝出《〔あばきだ〕》すのだ。恁《〔こ〕》ういふ遣り方をするのが、岡本の主義で、同時に快事と思つてゐる。（一）

作品の冒頭である。岡本の手には、田山花袋の『田舎教師』がある。これは佐久良書房から一九〇九年の一〇月、つまり岡の「並木」掲載の四ヶ月ほど前に出たばかりの新刊だ。さらにこの後の描写で、彼の本棚には「モオパサン、ツルゲーネーフ、ユーゴー」の横に「日本自然派諸作家の小説」が並んでいることが語られ、また、「机の上には、新版の雑誌が、四五冊」（一）あるとも記されるなど、故国の出版物――とりわけ自然主義文芸の成果――を積極的に手にし、読みこんでいた人物として造形されていることがわかる。

彼の抱く思想として紹介される内容の原型もまた、完全に自然主義の文学者・批評家たちが唱道していたものといえそうだ。「仮面」や「理想」「虚栄」への攻撃は、たとえば長谷川天渓の「論理的遊戯を排す（所謂自然主義の立脚地を論ず）」（『太陽』一九〇七年一〇月）、「現実暴露の悲哀」（『太陽』一九〇八年一月）などで論じられているものであり、その活動は一九〇八年七月に評論集『自然主義』（博文館）としてまとめられている。「自己告白」もやはり、田山花袋の「蒲団」（『新小説』一九〇七年九月）に対する批評や島村抱月「懐疑と告白」（『早稲田文学』一九〇九年九月）などをメルクマールとし、この時期の自然主義の創作と評論が点火した流行の身ぶりである。

しかも面白いことに、主人公岡本は、そうした書物からえた知識を単に机上のものとしてとどめず、彼自身の思想や言行をそれらに従わせて生を送っている青年として登場する。これは些細なようだが、実は重要な問題をはらむ。自然主義の思想を「文芸上」の問題にとどめるか、「実行上」の問題にまで広げて考えるかは、それをめぐって〈文芸と人生〉論議が起こるほどに、自然主義論壇にとって緊要な課題であった(4)。天渓や花袋、抱月など主要な自然主義の理論的主柱たちは文芸と人生（実行）を切り離す「観照派」に立ち、岩野泡鳴ら一部の文学者と多くの若い世代の自然主義青年たちは、これに対しその一致を説く「実行派」の立場に立った。つまりは〈文芸と人生〉をめぐる対立において、ある種の世代間ギャップが露呈していたのである。そしてすでに明らかなように、ロサンゼルスの自然主義青年である岡本は、その自然主義思想の受容の仕方において、同時代の日本に生きた自然主義青年たちとほとんど完全な相似形をなしていたのである。

こう考えてくると、岡本は日本の自然主義の著名文学者たちの思想を忠実になぞる人物であり、海こそ越えているものの日本の地方在住の青年たちと同じような構図のなかにいた青年だと見えるかもしれない。あたかもオリジナルな思想の発信者たちである天渓や花袋らの模倣をした内地の青年たちの、さらにそのコピーである岡本――。もしこの構図が正しいとすれば、ロサンゼルスの居室で『田舎教師』を読む岡本の姿には、文学に憧れ、友人たちのように上級の学校へ進む希望を持ちながらも果たせず、北関東の片田舎で二一歳の生涯を病で閉じざるをえなかった若き小学校教師、小林清三――『田舎教師』の主人公――の姿を重ねてみることができるのかもしれない。

だがはたして本当にそうだろうか。「並木」には次のような箇所がある。

> 亜米利加に来て居る日本人の内には随分頭脳《あたま》の善い人もゐる〔。〕相当の職業《しごと》を営《や》つて居る人もゐる〔。〕押しなべて言ふと外国の移民に比較《くら》べて教育のある者が多い〔。〕いゝかねそれを知らずに彼等が日本人とさへ言へば皿洗や窓拭と同類にしてしまう〔。〕詰り並木にされてゐるのだ（四）

この「詰り並木にされてゐるのだ」が作品のタイトルになっているのはいうまでもないが、実はこの主人公の発言には、前提として踏まえている文学的な知識がある。島崎藤村による同名の小説、「並木」の存在である。

藤村の「並木」は『文芸倶楽部』に一九〇七年六月に掲載され、のち短編集『藤村集』（博文館）に収められた。この『藤村集』は、一九〇九年一二月の刊行、すなわち岡の「並木」の三ヶ月前であり、こちらの方が入手が容易だったと思われるが、著者の岡がどちらを参照していたのかは不明である。[5]

藤村の「並木」は、壮年の二人の（元）文学者が感じた、若い世代との間のギャップと時の流れの速さなどを描いた作品である。東京で会社勤めをする相川のもとへ、かつての文学活動上の友人、原が八年ぶりに訪ねてくる。金沢から東京へ居を戻そうという彼と旧交を温めながら、相川は時の流れをあらためて感じ、老け込んだと自身でいう原にいらだちをみせる。散歩の途中、二人は知人、青木と布施に会う。自分たちを「先生達が産んで下すつた子供」だという彼らの若々しさは、二人にいっそう時の早さを自覚させる。原と別れた翌日、相川は「腰弁街道」と名付けた官庁街を通りかかる。頭を垂れて歩く人々は、彼に枝葉を切りそろえられた並木を想起させる。「もつと頭を挙げて歩け」。相川は言った。

発表直後の評価をみる限り、藤村の「並木」に対する評価はかなり高かったようである。

右の様な一種の悲観を懐て藤村の「並木」を読んだら、何となく胸を抉られる様な感がした、此作中の人物にモデルがあるとか無いとかいふ穿鑿を措くとしても、「社会の為めに尽さうといふ熱い烈しい希望」を抱いて居たが実行の力が之に添はず、又生活難に圧せられて、煩悶して居る中に時勢は容赦無く移つて、自分等はとり残され、知らぬ間に老ひ込て行くやうな気がする〔。〕社会の為めに枝葉を切られて「並木」になつて仕舞うのではあるまいか、かういふ感を抱く者は相川一人ではあるまい

（「新刊」『帝国文学』一九〇七年七月）

×藤村氏の『並木』の勢力は恐ろしいものだ。生活の苦悩を知り、初めた青年の間には、「並木に成る」と云ふ言葉が流行してゐる、並木と云ふ言葉が、生活の為めに精力を消耗して新思潮の圏外に掃き出され〔た〕人々に定名を下したのである。

（「緩調急調」『新声』一九〇七年八月）

「何となく胸を抉られる様な感がした」といいながら、『帝国文学』の批評者は、藤村の「並木」が登場人物の相川一人だけにとどまらない、多くの人々に当てはまる問題を捉えたことを評価する。『新声』の評者はより進んで、「並木と云ふ言葉が、生活の為めに精力を消耗して新思潮の圏外に掃き出された人々に定名を下した」とまで断案する。しかも面白いことに、「生活の苦悩を知り、初めた青年たちの間には「並木に成る」と云ふ言葉が流行してゐる」ことを報告する。真偽のほどは不明であるにせよ、どちらの評も、藤村のテクストが、同時代のある種の人々の気分を非常によく代弁していたことを評価していると言えるだろう。

主人公に「詰り並木にされてゐるのだ」と怒りの言葉を吐かせ、作品のタイトルに「並木」の一語を選んだ岡

蘆丘もまた、この藤村の提示した「並木」という言葉の批評性に反応した者の一人だった。アメリカに生きる岡もやはり、日本に住む藤村「並木」の読者たちと同じ地平に生きていたのである。

だが、見逃すべきでないのは、同じ「並木」という言葉を用い、双方のテクストが「社会の為めに枝葉を切られて「並木」になつて仕舞う」（前掲『帝国文学』）ことへの嘆きと異議を述べているにしても、そのテクストが参照している「社会」は、かなり違ったものであったということである。かたや日露戦後の東京、かたや排日運動の高まりつつある北米ロサンゼルス――。同じであるはずがないではないか。

4 「並木」の変貌――島崎藤村と岡蘆丘

それを検証するために、藤村の「並木」（初出形）から、ロサンゼルス版「並木」の岡本が踏まえている箇所を確かめておこう。

『相川先生。』と青木は突如《だしぬけ》に新しいことを持出すのが癖で、『此頃から私は並木といふことを考へて居ますが――』

『並木？』と相川は不思議さうに。

『あの御堀端なぞに柳の樹が並んでるのを見ますと、斯う同じやうな高さに揃へられて、枝も何も切られて了つて、各自の特色を出すことも出来ないで居るところは――丁度今の社会に出て働く人のやうでは有ますまいか。個人が特色を出したくても、社会が出させない。皆な同じやうに切られて、風情も何も無い人間に成つて了ふ。実は今朝散歩に出て左様《さう》思ひました、あ、吾儕《われ〳〵》も今に斯の並木のやうに成るのかなあ、と。』

（島崎　一九六七、四九九頁）

相川の知人で、大学に通う青木が自説を展開する場面である。青木が言及しているのは皇居の掘端に並んでいた柳の並木である。彼はこれを当時の「社会に出て働く人」の似姿として提示する。作品の末尾で、相川はこの青木の説を踏まえて次のような感慨を漏らす。

　和田倉橋から一つ橋の方へ、堀を左に見ながら歩いて行くと、日頃相川が『腰弁街道』と名を付けたところへ出た。方々の官省《やくしょ》もひける頃と見えて、風呂敷包を小脇に擁えた連中が、柳の並木の蔭をぞろ〳〵通る。何等の遠い慮《おもんばかり》もなく、何等の準備《したく》もなく、たゞ〳〵身の行末を思ひ煩ふやうな有様をして、今にも地に沈むかと疑はれるばかりの不規則な、力の無い歩みを運び乍〔なが〕ら、あるひは洋服で腕組みしたり、あるひは頭を垂れたり、あるい〔ママ〕は薄荷パイプを啣《くは》へたりして、熱い砂を踏んで行く人の群を眺めると、恰も長い戦争に疲れて了つて、肩で息をし乍ら歩いて行く兵卒を見るやうな気がする。『あゝ、並木だ。』と相川は大学生の青木が言つたことを胸に浮べた。原も、高瀬も、それから又た自分も、すべてこの堀端の並木のやうに、片輪の人に成つて行くやうな心地がしたのである。
　暗い、悲しい思想が、憤慨の情に交つて、相川の胸を衝くばかりに湧き上つた。彼は廃兵を叱咤《しつた》する若い士官のやうに、塵埃《ほこり》だらけに成つた腰弁の群を眺め乍ら、
『もつと頭を挙げて歩け。』
　斯う言つた。冷い涙は彼の頬を伝つて流れた。

（島崎　一九六七、五〇二頁）

藤村の「並木」が描き出しているのは、日露戦争後の東京に生きる人々が抱えていたある種の閉塞感だろう。

それは「今の社会に出て働く人」が、「個人が特色を出したくても、社会が出させない。皆な同じやうに切られて、風情も何も無い人間に成つて了ふ」というように表現される。個人のもつ固有性を活かせず、社会に適応していくためには画一化されて生きていかざるをえない、という感覚を一部の人は抱いていたようだ。藤村はこの同時代感覚を、皇居の堀の横、丸の内・大手町あたりの道筋を夕刻に退社・退庁していく「腰弁」――すなわちサラリーマンたちの姿に対する相川の感懐を通じて描出する。相川は彼らの姿の上に、「長い戦争に疲れて了つた「兵卒」という、まさに日露戦争後らしい想像力を重ねてみせる。

「並木」という比喩は、ここでは掘端の刈り揃えられた柳の並木が、「頭を垂れ」、「身の行末を思ひ煩ふやうな有様をして、今にも地に沈むかと疑はれるばかりの」ありさまで歩く「腰弁」の姿に投射されることで機能している。友人の原や高瀬、そして自分もこうした疲れ切った兵士たちのように、刈り揃えられ、自己の本来的なあり方を失っていくのかもしれない――。藤村のテクストは、後に石川啄木が「時代閉塞の現状」（一九一〇年八月稿）によって深化させて分析した二〇世紀初頭の日本社会の状況の一部を、時の流れのなかでもがく相川の怯えと悲憤を通じて描きだしていたといえるかもしれない。

一方、岡蘆丘の「並木」はどうだろうか。再度引用すれば、主人公岡本の憤りとは、次のようなものであった。

> 「亜米利加に来て居る日本人の内には随分頭脳《あたま》の善い人もゐる〔。〕相当の職業《しごと》を営《や》つて居る人もゐる〔。〕押しなべて言ふと外国の移民に比較《〔くら〕》べて教育のある者が多い〔。〕い、かねそれを知らずに彼等が日本人とさへ言へば皿洗や窓拭と同類にしてしまう〔。〕詰り並木にされてゐるのだ〔。〕今少し平たく言ふと松の樹は、松の樹、杉の樹は、杉の樹〔、〕ガムツリーはガムツリーに見ないで同じ松の樹にしてしまう」（四）

ここで岡本が批判しているのは、十把一絡げに「日本人とさへ言へば皿洗や窓拭と同類に」してしまうというアメリカ社会の状況である。岡本が言うように、実際には日系アメリカ移民といっても、その内実は多様であった。主にもっぱら労働に専念する出稼ぎ労働者もいれば、働きながらアメリカでの修学をめざすスクールボーイたちもいる。商店主やジャーナリスト、会社員、あるいは宣教師、医師、教師などさまざまな専門職。経済事情も故国で受けた教育も、実に多様な構成員が、日系社会を形作っていた。そうした多様性を、アメリカ社会の住人はまったく視界に入れない、というわけである。

つまり、岡のテクストにおいて「並木」の比喩は、現実にはさまざまな階層や個性によってなりたっている日系移民が、アメリカ社会に存在した民族的なステレオタイプによってその個々の固有性が塗りつぶされ、「同類」にされてしまう状況を指すべく使われている。

同じ「並木」の比喩を援用しながら、岡は藤村の行なった社会批評を、二〇世紀初頭のアメリカ社会で日系移民が直面する困難への怒りとして奪用した。時期やアイデアの出自の側面を重視すれば、たしかに岡蘆丘の「並木」は島崎藤村の「並木」の発表後に、その「影響」を受けて構想され、発表されたものである。その意味で岡のテクストは藤村のテクストの追随作であり、藤村作品をオリジナルとすれば、その想像力の圏域のなかで創作されたコピーもしくは異本《バージョン》・翻案だと言えるかもしれない。だが、そうした「伝播」や「影響」の枠組みを外して考えてみれば、その種の把握は、事態の一面のみをとらえたものに過ぎないことがすぐに判明するだろう。

藤村のテクストは、「破戒」（一九〇六年）発表後にその盛名を確立した自然主義の代表作家が、『文芸倶楽部』という当時の著名雑誌の臨時増刊号に発表した作品だ。増刊号の特集名は「ふた昔」、藤村版「並木」の読者たちは、『若菜集』などの抒情詩人として出発した著者が自然主義の小説家として転身するその姿を、作中に登場する高瀬――藤村がモデルである――に重ねて読んだことだろう。しかも注（4）の別考においても少し触れたように、この作品はモデル問題という思わぬ余波を文壇に引き起こし、自然主義のリアリズムと創作活動の倫理性の問題の渦中へと投げ込まれていく。

一方の岡のテクストは、『新世界』というサンフランシスコを拠点として周辺の日系コミュニティに販売されていた日本語新聞に掲載された。残されている資料から見るかぎり、この作品がなんらかの反響を引き起こしたという事実は確認できない。実際、句読点もたどたどしいアマチュア作家の短篇が、どれだけの注目をえることができたか怪しいだろう。編集の方針としても、紙面上では岡の「並木」の本文途中に伊原青々園「新桂川」の後篇の予告が差し挟まれているように、内地の職業作家によるやや大衆向けの長篇小説の方に、より商品価値が見いだされていたらしい。

とはいえ、岡の「並木」が、移民たちにとってわれわれの声とでもいうべきものを発していたことは間違いないはずだ。遠く東京のことではなく、自分たちの街――自分たちが働き、食べ、飲み、生きる街で、自分たちの等身大の人物が唄い、苦しみ、憤る小説を、共感をもって読んだ読者たちは必ずいただろう。サンフランシスコで日本人学童が公立学校から閉め出され、その地位回復の交換条件として結ばれた日米紳士協約が、日本政府の労働移民への旅券発給を停止させる。一九〇八（明治四一）年のことである。アメリカ太平洋岸諸都市での日本人排斥の機運は、この後も徐々にエスカレートしていく。岡の「並木」は、こうした状況のなかで発せられた一人の移民の声を、その短いテクストのなかに確かに織りこんでいるのである。

ただ、本章を閉じるにあたり指摘しておきたいのは、現在のわれわれは、岡のテクストをポジティヴにのみ評価してすませることはできないということである。岡本はアメリカ社会の日本人差別への抗議を述べるに際し、こう言っている。

「君も知る様に彼等は文明国民と威張て居る〔。〕文明国民と意張《ママ》つてるなら何故文明国民的の態度を吾々に取らんのだ〔。〕吾々日本人は顔こそ黄色だが頑迷な伊太利人やメキシカンとは其間に甚だしひ《ママ》径庭があるからね」（四）

岡本の怒りは、民族的ステレオタイプにもとづいた差別そのものに対して向けられたものではなかった。彼の論理は、ここへ至って突如矛盾の色を見せはじめる。アメリカ人により十把一絡げに「並木」にされて憤る彼は、まったく同じことを「伊太利人やメキシカン」に対して自身が行なっていることに、完全に無自覚である。自分たちが受ける処遇によって自覚されたはずの民族差別の現状は、そのシステムの構造そのものへの批判の契機として生かされることはなく、むしろ岡本自身の内部にすらその差別の構造が内面化されてしまっていることが明らかになってしまうのである。

日本の近代文学に関する深い関心と最新の知識。岡はその自然主義文学に関する知識に基づいて、「並木」という発想をアメリカ社会にもあてはめて用いた。その際「並木」という発想の枠組みは変容をこうむり、新しい射程をもって移民のコミュニティのなかに放たれた。二つのテクストの比較分析からは、オリジナル／コピーの枠組みでは捉えきれない、現実のなかに差し出され受けとめられたテクストが遂行的に振る舞う複雑な様相がみえてくる。藤村の追随作であるかのようにみえた岡の作品には、当時のアメリカの日本人移民たちが苦しんでいた人種的偏見とそれに対する怒り、そして差別に反発しつつもその〈偏見のヒエラルキー〉を身につけてしまっていた日本人移民たちの姿が刻み込まれていた。交差し、絡みあう「並木」の変貌ぶりを記述するためには、単なる伝播や移し替えの比喩では足りない。移植後の、根を張り、繁茂するテクストの入り組んだ展開こそが、単純な理解の枠取りを食い破っていくだろう。

Ⅳ　移動の時代に

第11章　洋上の渡米花嫁——有島武郎「或る女のグリンプス」と女の移民史

1　〈男の移民史〉のオルタナティヴ

歴史はしばしばそう名乗ることのないまま、男の歴史である。かつて日本から米国へと渡った人々の移民史もまた、そのような男の歴史として描き出された。

本章で私が試みるのは二つの作業である。一つは、有島武郎の「或る女のグリンプス」（『白樺』一九一一年一月〜一九一三年三月）という作品をその歴史的なコンテクストに置き直して再考察すること。もう一つは、〈男の移民史〉を、そうではない視点を対置することによって相対化しようとすることである。

これまでの「或る女のグリンプス」に関する論考は、「或る女」前編（一九一九年）への改稿／発展という作家の作品史を考える方向性か[1]、主人公田鶴子の造形、とりわけその早すぎた〈新しい女〉としてのあり方や[2]、有島の女性観の源を考察する方向性[3]などからなされてきた。だが田鶴子の特徴や個別性を掘り下げることとは別に、彼女の時代的な類型性もまた考えてみる必要性はないだろうか。これが本章のめざす一つめの課題である。具体的には米国へ出稼ぎに行っている男たちに嫁ぐため、太平洋を越えていった渡米花嫁たちの群。それを田鶴子の背後にあった時代のコンテクストとして考えてみる。この角度から「或る女のグリンプス」、そして「或る女」

を論じた先行研究は存在しない。
一九世紀の末から始まった米国への日本人の渡航は、その初期時代においては大半が男性によってなされた。渡米の目的が出稼ぎや修学であり、永住ではなく一時的な滞在を前提とするものであったため、また太平洋を渡っての異国行には多くの危険が伴うというイメージが強かったため、渡航者のほとんどが男性となった。自然、日本人の集住地は男性コミュニティとなり、そこから徐々に育っていった移民地の文芸も、男性の文学となった[4]。コミュニティが永住指向となり、女性の渡米が増加するようになって以降、和歌や俳句を中心に女性の作者たちも増加する。だが、その評価はいまだ十分とは言えず、しかも本章が検討の対象とする二〇世紀初頭においては、男の移民文学史を照らし直す試みはほとんど存在しない[5]。

図46　花嫁と思われる船上の女性たち（1910年ごろ）
（Courtesy of Japanese Canadian Cultural Centre）

ここに私が有島武郎の「或る女のグリンプス」を取り上げる理由がある。早月田鶴子という強い個性をもつ女性を主人公に据えたこの作品は、一九〇〇—一九一〇年代という日系アメリカ移民の歴史としても初期にあたる時期を作中の時間設定、および発表年としており、男の領域としての移民史・移民文学史に別の視座をもたらす可能性のある作品だと私は考えている[6]。と同時に、そのことを明らかにすることは、有島武郎という在米経験を持つ作家のまなざしが、同時代の渡米者の何を見ていたのかを明らかにすることにもつながるはずである。
焦点になるのは、二〇世紀の初頭に太平洋を越えていった女の表象である。「或る女のグリンプス」の冒頭近くに次のような一節がある。

居残つた十四五人の停車場付きの車夫が、待合の前にかたまりながら、やつれて見える田鶴子を目送して噂し合ふのが二人に聞えた。「むすめ」「らしやめん」と云ふ様な言葉さへ打交つた。開港場の低い調子は此土地に足を踏み入れる人を直ぐ取巻いた。（四、一二頁）[7]

外国船航路の発着場である「開港場」。そこは国内のよく知った世界と、異国のなじみのない世界とが接触し、まざりあう場である。そこを起点にし、あるいは経由して出入りする者たちは、それだけで日本国内の普通の者たちとは異なる。そのような場においては、若く、美しく装った女性も、たんに若く美しい女性とは見られない。好奇の目で見送られ、外国人の妾を意味する蔑称までもが、その身の上に投げかけられる。まだ物語が本格的な筋の進行を見せないうちに示されるこの場面は、これから許婚の待つ米国へ向けて海を越えようという女、早月田鶴子が、どのようなまなざしにさらされ、いかなる言葉の布置のもとに置かれるのかを予告して余りある。

太平洋を渡る花嫁、早月田鶴子の物語は、何を語ろうとしているのか。有島武郎による海を渡る女の表象は、同時代の言説の配置のなかに、どのような位置を占めているのだろうか。境界／国境の管理《ボーダー・コントロール》の場における田鶴子の振舞いとまなざしがその考察の鍵となるだろう。

2　渡米花嫁の移民史

先に米国へ行き、事業で成功しようと苦労している婚約者のもとへと嫁いでいく女。それが早月田鶴子という主人公に割り当てられた役割だが、先行する研究はこの設定自体の背景を考えてこなかった。「或る女のグリンプス」の考察は、まずはこの歴史的文脈を明らかにすることから始めなければならない。

明治半ばから後半にかけて、米国はもっとも魅力的な出稼ぎ、苦学の「新天地」として人々を惹きつけつづけた。渡米熱に煽られて、最盛期には一年間に数千人から一万人が海を渡った[8]。そのほとんどが男たちだった。一九一〇年前後から、短期滞在のつもりだった在米者たちは定住へと舵を切り、家族を求めはじめる。労働移民を禁止した一九〇八（明治四一）年の紳士協約以降、この傾向は顕著になる。写真や身上情報を故国の知人や親戚などに送り、適当な相手の紹介を求める。こうして渡米した女性たちを「写婚妻《しゃこんさい》」「写真花嫁」といった。これは日本では一般的だった結婚のあり方だったが、当人同士が時には直接会ったことさえない状態での婚姻は米国では理解されず、日本人移民を排除しようとする排日主義者の口実ともなった。「1910年代にアメリカ本土に上陸した写真花嫁はおよそ8千から9千人」と推測されるという(9)（表8参照）。

表8　「写真花嫁」の上陸人数(10)

年	サンフランシスコ	シアトル	合計
1912	879		879
1913	625		625
1914	768		768
1915	823	150	973
1916	486	144	630
1917	504	206	710
1918	520	281	801
1919	668	267	935
1920	697		697
合計	5,970	1,048	7,018

こうした女性たちに対しては、その夫からの個人的な期待があっただけではなく、社会的な意義も付与されていた。明治中期の渡米指南書の著者である吉村大次郎は「婦人の渡米」（『渡米成業の手引』岡島書店、一九〇三年二月）と題して次のように主張していた。

在米日本人の社会的眼光から之を言ふならば、正当なる日本婦人の渡航は、政府も民間も共に大に奨励せねばならぬ大理由がある、数年前までの如く、渡米の日本人が皆な二三年滞在の出稼ぎ時代ならばまだしもだが現今の如く已に彼等が着々と土に着いて、永住の図《はかりごと》を為し、漸次に、一社会を形成するまでに進歩して来た時に方《あた》て、其社会の半部面たり、結織力たり又た調和者たる可き婦人を、之に向て供給するの政策を取らぬならば、憐れ在米の日本人は何時までも身と心が定まらず、家を成さんと欲するも之を成すに由なくして、所詮永久の発達は期せられず、折角に勃興せんとする在米日本人の勢力も、十数年の後には、再び萎靡退縮して、僅かに得かけた此の富饒なる新天地も、再び之を喪失し了する

ことは、鏡に掛けて見るが如しである。（一四二―一四三頁）

吉村は、永住を指向し発展しつつある「在米日本人の勢力」を助け、「得かけた此の富饒なる新天地」を確かなものとするために、「正当なる日本婦人の渡航」がぜひとも必要だと力説する。吉村の主張からうかがえるのは、「在米日本人」である男の妻となるべく渡米する女たちには、日本帝国の海外発展の扶助者であり、耕作や漁労などといった移民地労働の分担者であることが期待されていたということだ。むろん加えて、彼女たちには家庭の妻・母として家事労働の担い手の役割も当然のように割り振られた。宮本なつきの端的な表現を借りれば「女性の渡米奨励論は、常に男性中心の文脈で語られていた」といえるだろう。(11)

実際、北米での一世女性たちの多くは激しい労働の日々に追われた。「〔…〕ブラッシ山を五年間リースして開墾、苺を植えた。私もなれないながらハードな仕事を手伝い、あまり無理をして身体をこわしたこともあり、本当に地獄にきたと思ったことも一度や二度ではなかった。こんな仕事は日本では女はしないのに、カナダにきたばかりに男の働きをすると思った。〔…〕私は四歳と三歳の子供を連れ、生後一ヶ月のベビーを家において、一日十時間働いた。その後、三十分間だけベビーに乳を飲ませに帰り、夕方は三十分長く働いて帰った。私のもらった賃金は男なみで時給二十セントだった。／いったん、日本に帰った私は、またハモンドに戻り、土地の開墾をしていると、通りがかった白人の男が、私の主人に「お前のワイフは死んでしまう」と言った」（ヴァンクーヴァー・川本コト）(12)。一九〇七年にカナダのビクトリアから上陸した女性の回想である。

さて、この議論において吉村は、「正当なる日本婦人の渡航」が必要だとわざわざ述べていた。「正当なる」という言い回しの背後には、何があったのだろうか。

いわゆる「醜業婦」の渡航問題――、男性独身者の社会であった移民地において生まれた性的な需要を満たすべく渡航した／させられた酌婦や売春婦たちをめぐる問題である。それが渡米花嫁の真横に、張り付いていた。

そのことは吉村自身が「海外に日本の醜業婦が行て、国の体面を傷けて居ることは事実」（同書、一四一頁）だと認めていた。呉佩珍《ごはいちん》は北米への写真結婚が盛んになる以前から、「婦女の海外渡航は、売春業者に悪用され、そこには誘拐や人身売買という問題が常につきまとっていた」と述べ、「1891年の「外国ニ於ケル日本婦女保護法案」と1893年の「醜業婦の渡航を禁止する外務省訓令」が発布されたのち、婦人の海外渡航は厳重に制限され」（呉二〇〇四、第四章）ていたことを指摘する。だが、こうした公的な措置にもかかわらず、明治期の新聞報道をたどるかぎり、「醜業婦」の渡航問題は後を絶っていない。

実際に「花嫁」として海を渡った女性たちがどれくらいおり、「醜業婦」として海を渡った者たちがどれくらいいたのかはここでは問わない。考えたいのは、海を渡る女にはある危うさのイメージがつきまとっており、そして彼女たちをめぐって生成する想像力のもとにおいては、花嫁と「醜業婦」の境界はときにあいまいにされたということである。彼女たちを、「実態」の問題として考えるのではなく、「実態」に不可分にまつわりつき、広く拡散する表象と想像力の問題として考えることがここでの課題だ。

3　海を渡る女への想像力

明治期の新聞記事をさかのぼっていくと、早くも一八九〇年代から「醜業婦」についての報道がはじまり、多寡のばらつきはあるが継続して日本人の渡米に付随する問題の一部として提示されていることがわかる。たとえば一八九三年六月一一日の『読売新聞』三面では、「米国に於ける日本醜業婦」と見出しを掲げて「近来日本醜業婦の米国に渡航するもの多く」と報じている。『東京朝日新聞』一九〇九年七月二五日五面の記事「誘拐されたる二女送還」は、ある男が「数年前より日本桑港間を往復し常に甘言を以て妙齢の子女を欺き米国に連れ行き醜業婦に売り飛ばし旨き汁を啜り居た」と、日本とサンフランシスコの間には若い女性を欺し「醜業婦」として売り飛ばすような者がいることを伝えている。記事は、日本から「醜業婦」として米国へ出て行く者たちがいること、そして日米をつなぐ太平洋の間には、渡米に関心を持つ若い女性を甘言をもって欺し、売り飛ばそうとする危険な者たちが潜んでいるというイメージを形成する。

性を売り物にする女性は受け入れ国である米国からも歓迎されなかった。『読売新聞』一九〇九年一二月一三日は、米国からの通信として「移民官売春婦渡米を防止せんと揚言す至極結構唯之が為他に累する勿れ」（二面）と、米国の移民官が日本からの「売春婦」の入国を防止しようとしていると伝えている（その一方それ以外の女性の入国を妨害しないよう警告している）。

「醜業婦」たち自身がどのような人物であったのかを描き出す記事もある。「二醜業婦の豪遊」という一九〇三年の記事は、米国帰りの「醜業婦」二人が貯金を手に帰国、横浜の貸座敷で「娼妓十二人を総揚げにし芸者数名を招き底抜騒ぎを為し」、総額八十九円を濫費したことを面白おかしく報道する。しかも、彼女たちの懐にはなお「両人共五百余円の正金を所持し居るのみならず正金銀行に千円余の預金を有し居る次第」という[13]。当時、米国と日本の経済格差は大きく、それが人々を米国へと誘っていた。米国にいた「醜業婦」たちの稼ぎもこれほどまでに大きい、と記事は伝え、同時にそうした商売に就く女性たちがいかに一般的な日本の規範を逸脱しているかを語っていく。

類似した話型として紹介する次の記事では、「醜（賤）業婦」と「洋妾《ラシヤメン》」とが隣接して捉えられている。「洋妾《ラシヤメン》錦衣を着て故郷に帰る」（『東京朝日新聞』一八九八年一二月二九日、四面）と題された記事である。横浜で料理屋の女中をしていた女性が米国人に寵愛されて「洋妾《ラシヤメン》に成澄」まし、その後米国へ同道する。たびたび米国から多額の送金を受けた彼女の故郷では「賤業婦をなし居たるにあらずや」という噂があったが、実は彼女は米国で言葉を覚え「雑貨店の女番頭」として稼いでいたのであり、今回所持金をもって帰郷したのだった。「或る女のグリンプス」の冒頭近く、田鶴子が「らしやめん」という言葉を投げかけられていたことを思い起こそう。外国人の姿となる「洋妾《ラシャメン》」と、海外で性を売る「醜業婦」とは、時に連続的な想像力のなかで捉えられていたらしい。「醜業婦」たちは現実に身体的に搾取され、同時にイメージの上でも消費されていたといっていいのかもしれない。彼女たちの悲劇は悲報として伝えられるが、しかしそれは同時に物語的な商品でもあった。「少女の血涙」は『読売新聞』一八九九年六月二四日四面に掲載された紙面二段にわたる長文記事である。日本の某港を出航した鯨漁船が大きな鯨を捕らえ腹を解剖したところ、柳行李が一つ現われた。なかには新聞の切抜の他に「熱田大明神在外少女〇〇〇〇奉訴」の日本文字を記した文（一八九九年三月、桑港にてと記載）が入っていた。尾張生まれという筆者の女性は今年二五歳、去る明治二六（一八九三）年に人に欺かれて他六名の少女とともに米国にきた。ピストルで脅され「女郎になれよ」「白人相手の保養も面白からずや」と言われ、「泣き暮し泣き明かして終にハ心ならずも醜業に陥り」、「一同生きながらの地獄に苦しめられ、同行の少女も哀れや梅毒性の子宮病にかゝりてはや二人までも死去したり」という。最後には「海外に不測《ふしぎ》の耻を暴して恨みを呑んで只今入水致す」云々とあった。

到底信じられないようなストーリーに乗せて伝えられる少女たちの悲劇。それは悲惨な境遇に追い込まれた彼女たちへの同情も喚起しただろうが、一方でこの記事に興味本位の脚色が働いていることも否定できない。注目したいのは、記事の文言には、少女が「手込め」にあったことよりもむしろ「いと恥かしきわざに本国をも汚がす事かと心づ」くという箇所があることである。「醜業婦」とは個人的な恥であるにとどまらず、国家の体面を汚す恥辱であるとされているのである。

渡米する女の一類型として「醜業婦」があった。そして彼女たちの表象には、悲惨な境遇、詐欺や誘拐などによる人身売買と売春の強要、彼女たち自身の逸脱的な振舞い、などといった事実と想像がない交ぜになったイメージが付与されており、同時にその表象は、近代国家としての日本帝国の「恥《はじ》」を喚起させる装置としても機能していたのである。

4　表象とボーダー・コントロール

海を渡る女の身の上には、危うさの想像力がつきまとっていた。そしてそのことは、「花嫁」として夫の待ち受ける米国へ嫁ごうとする女たちにも無関係ではなかった。明治中期に人々の米国渡航を指南していた渡米協会の一会員の談として、「▲労働者の渡米《ママ》は今の処全然許されざれば最も注意す可く殊に女子などは往々にして醜業者と誤らるゝことあれば深く注意す可し」ということが言われたり[14]、同じく積極的な渡米支援をしていた力行会の島貫兵太夫も、「▲弱味に附込む《ママ》〔…〕男の方は実物を見て貰ひ損なつたと思ふと所謂結婚の式を挙げない、女は帰るにも帰られず〔…〕双方の弱味に乗じて仲裁者が色々な誘惑を持込んで遂に女を醜業婦に落すやうな事が出て来るのである」と注意喚起していた[15]。

女性たちの身の上に降りかかる（かもしれない）危険として訴えられていたのは、「醜業婦」に関わるものだけではなかった。少し時代は下る資料だが、一九一九年に出された「渡米婦人」に向けたパンフレットでは、船中での男女関係も危険の一つとして数えられている。「渡米婦人中殊に呼び寄せ婦人多くは写真結婚の婦人であるが単独で渡航するものが多い、乗船地に於いて或は公開《航海》中船内において兎や角と種々の評判を立てる事を屢々耳にすることがあるが主に男女間の関係が原因となっている、罪は無論多くの場合男子の方にある事ならんも同時に婦人の不注意にも帰せねばならぬ[16]」。

前掲の呉佩珍も指摘するように、渡米花嫁と「醜業婦」の境界は時に曖昧化された[17]。日本と外国の接触領域である開港地／洋上／移民地という場、そしてそこで受け渡される女の身柄。移動していく女の不安定さが、人々の――とりわけ男たちの――想像力を刺激する。第3章で考察したため重複を避けるが、同時代の小説の表現においても、不安定な境遇におかれた移動する女たちの造形は提示されていた。たとえばサンフランシスコで刊行されていた雑誌『桑港之栞』に掲載された伊沢すみれの短篇小説「雪娘」（一八九八年二月）には、アメリカでは大学に入ることもできるとそそのかされて横浜を出た女性が、「醜業」をせよと迫られ、拒否を貫いて死ぬ物語が描かれている（第3章参照）。

いくらでも強調しておかなければならないが、もちろん、現実に太平洋を渡って嫁いでいった日系一世の女性たちにとって、ときに「醜業婦」と渡米花嫁が混同されたということは心外であり、腹立たしいことだったに違いない[18]。一世の女性たちの来歴はさまざまだが、比較的高い学歴を持ち、女性が自由に力を発揮できるはずの米国という新天地へ希望をもって渡った人々も多かったと指摘されている（宮本 二〇〇五）。そして、実際に移民地において性産業に従事しなければならなかった女性たちにとっても、このことは同じく本意ではなかっただろう。多様だったはずの一世の女性たちのあり方にもかかわらず、二〇世紀初頭の海を渡る女たちをめぐる言説の布置は、猜疑心と好奇心に満ちたものだった。

整理すれば、渡米する花嫁には、海外で働く夫を扶助することが期待されていた。それは家父長制的なジェンダー規範に従って働けという、家庭内の役割分業に関する要請であった。と同時に、海外に進出しつつある日本民族のさらなる発展のため、「在外日本人」の一員として移民地での労働を扶助せよという指令でもあった。一方、花嫁が嫁いだ同じ航路には早くから「醜業婦」の問題が存在していた。米国の入国管理と排日運動の焦点の一つであった「醜業婦」および彼女らを買う男性は、日米の外交問題でありかつ近代国家としての日本の体面の問題であった。「醜業婦」――そして時に「らしやめん」――をめぐる種々の事件とその表象は、海を越える女性たちのイメージそのものに影を落としていた。女たちの危うさにまつわりつく想像力は、性、家父長制、帝国主義的海外発展など多重の意味において、女の意思と身体を自らの支配下におきコントロールしようという、（男性的な）領土化の欲望によって支えられていたのである。

この点で示唆に富むのは、渡米花嫁の写真の検討から「移民の可視化と移民政策の実行」を論じた田中景（二〇〇六）の研究である。[19] 田中は米国の入国管理局および排日主義勢力が、売春婦の不法な入国、あるいは日本人移民の入国そのものを制限しようという目的のもとに、写真による移民、とりわけ写真花嫁の可視化を行ない、入国後の追跡やメディア上でのイメージ操作に利用していたことを指摘する。また同様の視覚イメージの操作は日系移民の側でも利用しており、彼らがセルフ・ポートレートとして撮影したり、また米国への入国の際に実際に身にまとった洋装の姿は、米国の中産階級的な価値観に自らを装って示す「自己のイメージの管理」（田中 二〇〇六、二六四頁）に他ならなかった、と田中は分析する。

田中の研究もまた、「現実の」移民の管理と表象の問題とがからみあっていたことを明らかにする。入国を制御しようとする米国側にとっても、入国を達成しようとする日本人渡航者・在米者の側にとっても、移民の表象はボーダーのコントロールの成否をにぎる重要な要素となっていた。境界領域における女性の表象は、それを取り巻く諸力の結節点となるのである。海を渡る女の表象をめぐって織りなされる葛藤とは、ボーダー・コントロールの場における権力と言説と象徴の、輻輳と衝突そのものである。

「或る女のグリンプス」の主人公早月田鶴子が旅立ったのは、このような表象と想像力の配置が張り巡らされた、横浜からだった。

5　田鶴子、再考

すでに明らかなように、「或る女のグリンプス」を《米国の許婚のもとへ嫁ごうとする女が船中で恋愛事件を起こし、その結婚が破綻する物語》だと要約するならば、まさにそれは二〇世紀の初頭から一九二四年の排日移民法――日本人移民の米国への入国を全面的に禁止した――施行までの間に太平洋を渡った、数多くの渡米花嫁たちの物語の一つだといってよい。しかも夫の待つ米国へ単身渡米する花嫁という大枠だけでなく、キリスト教団体の縁で渡米することといい[20]、米国社会を女性が活躍できる社会だと見なしている点といい（宮本 二〇〇五）、田鶴子の造形は当時の渡米花嫁のあり方と通じるところが相当に多い。

それゆえに、私は「或る女のグリンプス」の早月田鶴子という女性の表象を考える際に、彼女自身がその一部であった同時代の海を渡る女たちの表象の布置のなかにおいて考察せねばならないと考える。それは、性欲と性規範、家父長的ジェンダー機制、帝国日本の植民地主義的拡張主義の領土的欲望が重層的に折り重なる場としての女の表象の体系のなかに小説の言葉を埋め戻し、周囲の言説の布置と対峙させることによって作品の意味をはかろうとする作業である。すでに確認してきたように、国内的《ドメスティック》／家内的な規範の外へ移動していく彼女たちの身の上には、男たちの期待と不安に縁取られた種々の言説が投げかけられていた。花嫁と「醜業婦」と「らしやめん」の間に線を引こうとし、そして時に線を引くことに失敗する幾多の女の表象は、「開港場」／洋上／移民地という〈境域〉に身を置く女の不安定さを表わし、そしてその不安定さに向かって男たちの好奇心と不安とがくり返し掻き立てられた。

これまでに検討した記事でも、娼妓を総揚げにして豪遊する「醜業婦」があり、錦衣帰郷する「洋妾《ラシヤメン》」の姿があった。サンフランシスコの日刊新聞『日米』には日記を引き裂き、ピストルを乱射して狂死する渡米花嫁の姿がある。没落した家の娘が「米国桑港に一大商店を持てりと称する」が実のところ「デーウオーク屋」（日雇の労働者）にすぎない男に嫁ぎ、後を追ってきた元の許婚にも失望し、病に伏したのち、狂気を発する物語である[21]。また「恋を弄ぶ女」と題したヴァンクーヴァーの邦字紙『大陸日報』には「渡米中に情夫を作り送還される途中にもまた恋をする」渡米花嫁の物語が掲載されていた[22]。

強烈な自我を持ち、「らしやめん」と呼ばれ、宿の者からもあやしまれる田鶴子。彼女の表象もまた、種々の規範が重層する場としての女の表象であり、かつ同時に不安定さと逸脱性を激しく体現したものだといえよう。たとえば、かつての恩人の細君に対して言い放った、「田鶴子は堕落するかも知れませんつて仰つて下さいまし」

（七、七頁）という彼女の言葉は、たんなる捨て台詞ではない。これから渡米しようとする女の口にする「堕落」は、具体的な事態を指していた。それはあるべき家庭の妻として、また帝国の臣民として果たすべき職分を逸脱し、「醜業」へと転落することを意味している。それは彼女をコントロールしようとする性的、ジェンダー的、帝国主義的規範の軛《くびき》への反駁の言葉でなくて何であろうか。

田鶴子は、たしかに時代の女だった。だが、彼女の造形の時代的類型性だけを指摘して考察が終えられるわけではない。「男は好うござんすのね、我儘が通るんですもの。女の我儘は通すより仕方がないんですから」（七、六頁）と同時代の性規範に対して自覚的かつ批評的な言葉さえ述べる田鶴子の造形は、たんに歴史的コンテクストとの接続のあり方だけから考察したのでは不十分だろう。より深く作品の表現に即して分析を進めねばならない。

6 「或る女のグリンプス」は何を描いたか？

「或る女のグリンプス」が、太平洋とその両岸で交錯した表象と想像力のただなかに現われたテクストだとするならば、〈グリンプス＝一瞥〉というまなざしに深く関わった名をもち、その視線の主体として強く激しい女性を描き出したこの小説は、いったい何を語ろうとしていたのだろうか。本章のこれまでの論理を延長すれば、「女の我儘は通すより仕方がない」と田鶴子に語らせるテクストは、海を渡る女がまさにボーダー・コントロールの場において「我儘を通」そうとする物語として読めるはずである。テクストは、その物語を〈女のまなざし〉を前景化することによって描く。だとすれば小説が〈（木田への）グリンプス＝一瞥〉にはじまり、〈（木村への）想像的窃視〉で終わることの意味は、どのように考えられるだろうか。

「或る女のグリンプス」冒頭の一～二、すなわち雑誌『白樺』に掲載された連載第一回では、激しい視線の応酬そのものが物語の主調となっている。横浜へ向かう汽車のまさに発車間際に到着した田鶴子は、周囲の注視を一身に浴びながら、車夫に指示を出し、改札にほほえみ、駅員と見送りの人々と乗客の注目のさなか、しずしずと車両に乗り込む。あでやかで表情に富んだ田鶴子と質朴な書生風の古藤との対照は、向かい席の商人体の男だけでなく幼い少女の注意すら引き、「乗客一同の視線は綾をなして二人の身辺に乱れ飛」(一、五一頁)んだ。そして車内には彼女の元の夫である木田が偶然乗り合わせ、そのしつこいまでの凝視が彼女にまとわりつく。或る女、早月田鶴子をめぐる視線の物語が、小説の第一回の主旋律なのである。

この回における視線の物語は、衆人の注目を当然のように集めて動じなかった田鶴子が、木田に出逢って動揺し、その視線によって心の平衡を損ね、しかしその後「見も知りもせぬ路傍の人に与へる様な、冷酷な惰慢な光を其眸から射出」(三、六四頁)して彼を見返すことによって主体性を回復するという展開を持つ。まなざしで射返すことによって自らを取り戻した田鶴子は、「又遇ふ事があるだらうか」と考えながら、去っていく木田を見送る。

「或る女のグリンプス」は、こうした視線の往復と、それにともなう見ること――それは支配し、所有することである――をめぐる主体性の綱引きを反復的に描き出しながらストーリーを進行させる。美しく、機知に富み、物怖じすることのない彼女は、乗船後も船中の人々の注目を集めずにはいない。彼女はその注視を受けとめながら、彼女自身の強いまなざしで目の前の相手を射返していくのである。

渡米に際して田鶴子が抱いたもくろみは、「米国の社界に現はれ出て、自分がふと見付け出した自己と云ふものを自分のものにして見」(十六、七八―七九頁)るということであった。父を失い、母を失い、残された財産も自由にできなくなった彼女は、新しい再出発の道を、米国という新世界に求めた。「米国の習俗をも乗り越え、日本の習慣にも捕へられない思い切つた生活を、生命の若い間に仕遂げて見やう」(同、七九頁)。しかもこの彼女の強さと新しさは、テクストによって個人を超えた意味を担わされている。語り手は、「日清戦争の起つた頃を界にして、日本の女が感じ出した幻滅の悲しみと力とが、恰奸〔好〕の使徒として田鶴子を捕へ」（同、七九頁）たと語る。彼女のまなざしの力は、自立的で革新的な「自己」と「生活」を求める女の要求に由来する。

　それゆえ同時代の渡米花嫁たちをめぐる言説布置のなかに置いたとき、「自分の覚醒」（同、七九頁）を語る彼女の言葉に一定の批評性があるのは確実である。しかも、彼女には強い状況の支配力が与えられており、横浜の宿や船中、到着地において、周囲をほとんど思いのままに操ってみせる。入港の検査官である検疫医をまんまと丸め込み、夫たる木村さえ意のままに右往左往させる田鶴子はボーダー・コントロールの舵を握った存在にも見える。

　だが作品は田鶴子に完全な力を与えなかった。船の事務長の倉地に精神的、肉体的に組み伏せられ、「捕虜の受くる蜜より甘い屈辱」（十六、八四頁）のなかで眠りながら日本へ帰る道を選んだ田鶴子には、状況を最後まで制御し通す力はなかった。その彼女の可能性の一端と限界を示すのが作品末尾の〈想像的窃視〉の場面だと私は考える。まなざしの交錯の物語として語りおこし、やはりまなざしをめぐる明視と盲目の描写で閉じられる「或る女のグリンプス」の分析を、この最後の場面の考察で終えることにしよう。

　倉地とその仲間である船医と示し合わせ、田鶴子はシアトルに上陸することなく、病気を理由に横浜へ帰ることにする。夫になるはずだった木村は、その望みが絶たれていることも知らず、なんとか事をうまく運ぼうと船中の彼女のもとへと足を運ぶ。結局、木村が倉地に一切を頼み、田鶴子が横浜へと帰ることに決まった夜、彼女は許婚だった男、彼女が裏切った木村の、身の上に思いをはせる。テクストの言葉は、明らかに彼女の想像でありながら、地の文とまがう文体でその夜の木村の孤独な室内を描き出し、彼の祈りの声さえも田鶴子の耳に届ける。

　あ、どう考へて見ればい、のか解らん――木村は又立ち上つてカバンから聖書を取り出して読んで見やうとした。聖書の字は一つ〳〵眺〔跳?〕りはねて意味のある句は一つも男の頭に沁みこまなかつた。木村は失望して本を伏せたまゝ又考へて居る。涙は続けざまに流れる。たまらなくなつて椅子から辷り落ちるやうに跪いた。祈つて居るのだな。

田鶴子は倉地から眼をはを〔な〕して上眼をつかひながら木村の祈の声に耳を聳てた。途切れ〳〵な切ない祈りの声が涙にしめつてたしかに……たしかに聞こえて来る。

木村は少し心が寛ろいて〔で〕又椅子に腰かけた。而して今度は田鶴子の上を思ひ初めた。木村は座つて居たゝまれずに室の中を滅多に歩きまわりながら考へた。其顔には熱愛と憐憫と嫉妬との影が離れたり合つたりして絶えず現はれて居たが、男がはつきり田鶴子をどう思つて居るかは少しも想像がつかなかつた。

（二十一、九一―九二頁）

移民地の独身男性の居室を想像のうちに覗き込み、彼の苦しみと祈りを精細に描き出してみせる彼女のまなざしは、しかし木村が自分をどう思うかと考えようとした途端に盲目となる。「田鶴子は眉を寄せて注意を集注しながら、木村の田鶴子に対する心の態度を見極めやうとしたが、どうしても思ひ浮べる事が出来なかつた」（同、九二頁）。彼女は、他者を介した自己像を描き出すことができない。このエピソードは、田鶴子という女性の自己のあり方を明確に語るだろう。他人の注意を思うがままに惹くことができ、そのなかで相当な支配力を発揮することさえできる彼女は、しかし他者の眼に自身がどのように映っているのかをうまく想像することができない。それは彼女が他者と関係を結ぶ上で必要となる、大切な能力の一部を欠いていることを示し、もしかしたらありえたかもしれない彼女の「覚醒」の実現にも暗い影を投げかけずにはいないだろう。

他者を介した自己像を描けない田鶴子は、「小説に読み耽つて居た人が、ほつと溜息をしてばたんと本をふせるやうに」して、その想像を終えて現実へと戻ってくる。こうして、彼女が向き合うべきだった本物の他者は、小説の登場人物として仮想の世界に押しやられ、通路は閉じられる。[23] 木村の孤独を想像しようと努力した田鶴子の試みは、彼女の変化への可能性を感じさせなくはなかった。しかし、小説は閉じられた。ジェンダー・バランスの公平を期し、登場人物の自立性・主体性の十全さを尺度とするならば、たしかに倉地の支配力に屈し、想像のまなざしを閉ざす結果は、田鶴子の限界、ひいては「或る女のグリンプス」の限界だったということが可能だろう。

*

ただ、あらためて考えるならば、それと名指されないままに男の移民史、男の移民文学史として描かれがちである二〇世紀の初頭という時代に、「或る女のグリンプス」が現われたということの意味はやはり大きいと私は考える。海を渡る女をめぐる表象は大量に産出され、境界を越えていこうとする彼女たちをコントロールしようとする言葉も試みも数多く存在したわけだが、そうした表象や制御やまなざしを、女性の側の視点から見返そうという史資料――あるいは女性のまなざしを再構成できる史資料――は多くない。[24]「或る女のグリンプス」は有島武郎という男性の作家によって描かれた作品であるが、太平洋を越えて嫁いでいく女の激しく、果敢な挑戦と挫折を長編小説の形で描き出した。われわれはその言葉を追いかけていくことにより、男の言葉、男の想像が支配的である言説の配置のなかに、たしかにそれを射返した女の一瞥《グリンプス》を読み取ることができる。それはフィクションであり、そして不十分で偏ったものであったかもしれないが、百年後のいまも読み直され、新たな批評的なまなざしが掘り起こされる可能性を持つ。それが、小説の力だろう。

本章における再評価は、有島武郎という作家が何を見、何を描いたかということについても新しい知見をもたらすに違いない。もともと、「或る女」の作家としての有島は、フェミニズム批評、ジェンダー批評からも注目度は高かった。[25] また有島武郎のアメリカ滞在経験が持つ意味も考えられてはきた。[26] だが、その両者のちょうど結び目にあたる〈渡米〉という営為を、そしてその渦中にある人々を彼がどう見たのかは、考えられてこなかった。本書では女性の表象に焦点を絞ったが、モデルとなった有島の友人森廣と比較し木村の造形が資力もなく一人で苦闘する若い移民の姿へと変えられている点、あるいは直接の取材源となったとされる新聞記事「鎌倉丸の艶聞」(27)と比べ小説では船中の人々のヒエラルキーへの目配りが届いている点など、もっと注目されてよいはずだ。

さまざまな事情を背景に抱えながらも渡米熱に煽られて太平洋の彼岸を目指した男女の群れ——、それを一人の駆け出しの作家がどのように目撃し、どのように描いたのか。本章の成果が今後の考察の足がかりとなればと願う。

第12章　移植樹のダンス——翁久允と「移民地文芸」論

北米日系移民の日本語文学は、一九世紀末の日本語新聞諸紙の誕生とほとんど同時期にその出発を迎えた。移民地作家による作品、日本の既発表作品の無断転載、翻訳などの入り混じった複雑な構成を持ちつつも、それは基本的には日本の近代文学の輪郭を大幅にはみ出ることなく展開した。それが変化を見せ始めたのは、移民およびそのコミュニティのアイデンティティが定住に向けて変化をはじめたときであった。

この変化の境目を生き、興味深い足跡を残したのが翁久允《おきなきゅういん》である（図47）。翁とその周囲の仲間のあいだから巻き起こった「移民地文芸」論は、日本近代文学から距離を置き、移民地独自の文芸を指向したものとして、これまでにも研究者たちの注目を集めてきた。

ただしこうした移民地の文学者たちの動向は、実はそれほど簡単に「出稼ぎ」から「定住」へという、日系移民史上の大きな転換の反映として説明できるものではない。移民の生活史、社会史、思想史と、文学の歴史とは交渉を持ちつつも別の流れを持っていたと考えなければならないし、翁たちが紡ぎ出した言葉の使用法や出自について詳細に検討されねばならない。翁の作品は何を描き、評論は何を訴えたのか。彼の周囲の移民地文士たちとの関係、そして彼が身をおいた邦字新聞『日米』——定住をオピニオンとして掲げた——の傾向との関係は、いかなるものだったのか。故国から継続的に到来するさまざまな情報（当然文学作品も含む）は、「移民地文芸」論にどのような影を投げかけていたのか。そこにはいかなる近代日本文学の知識が介在し、それはどう活用されたのか。自立への指向と、移民地という空間の混淆性とは、どのような入り組み方をみせているのか。そして最後に、「移民地文芸」はどこへ向かおうとし、どのように引き継がれて（あるいは引き継がれずに）いったのだろうか。

一九一〇年代半ばの米国太平洋岸で立ち上がろうとした「移民地文芸」論の動態を、翁久允およびその周囲の移民地文士たちのテクストを検討しながら考察してみたい。

1　翁久允の文学活動

翁久允に、次のような言葉がある。

> 吾らは新しい文芸の創造者であると云ふ自負心の下に吾らの決心をもつ。吾らは日本歴史を背景として米大陸の舞台で踊るダンサーである。

図47 「悪の日影」執筆当時（1915年頃）の翁久允
（逸見2002、扉頁による）

これは「移民地文芸の宣言」と題された全一三条からなる宣言文中の言葉で、サンフランシスコで刊行されていた日本語日刊紙『日米』の一九一九年九月二九日号に掲載されたものである。ここには、三つの要素――「新しい文芸」「日本」、そして「米大陸」がみえる。三つの要素の関係は、「新しい」「背景」「舞台」という言葉と連接されているように、それぞれに性格を付与されており、単純な照応関係や因果関係にはなっていない。しかも彼は「ダンサー」という言葉を使っている。なぜ、

「ダンサー」なのだろうか。移民地固有の文芸を宣言する翁の文章には、さまざまな屈曲が織り込まれているようだ。

翁久允は、一八八八年に富山で生まれた文学者・ジャーナリストで、渡米は一九〇七（明治四〇）年の五月である。スクールボーイ（家事労働をしながら学校へ通う就労就学形態）などをしながら、最初はシアトル近辺で創作活動を始めた。貿易会社の古屋商会で一時働いたこともあったが、その後はサンフランシスコの『日米』などの日本語新聞の記者として勤めつつ、数多くの小説や評論を書いた。のちに詳しく見るように、シアトル時代に「文学会」の設立を唱えたり、『日米』時代には「移民地文芸」論に積極的に参画するなど、シアトル、サンフランシスコなどで巻き起こった文学活動の中心人物だったといえるだろう。彼の創作、長篇「悪の日影」（一九一五年）、「紅き日の跡」（一九一六年）、あるいは移民地初の日本語短篇集『移植樹』（一九二三年）などは、北米太平洋岸の日系移民たちの姿をその社会の内部から描くもので、現代の研究者が北米における日本語での文学活動を考察する際には、まず指を折らねばならない人物となっている。一九二四年に帰国、戦後は富山を拠点に雑誌『高志人《こしびと》』を発行するなど、文化的活動に長く携わった。没年は一九七三年である。

研究も、いわゆる移民地でその主たる活動を行なった文学者としては唯一全集が刊行されていることもあり、かなりの蓄積がある。(1) 研究の方向は、近年の水野（二〇一三）、バシル（二〇〇六）、Vassil (2011) など二、三の例外を除き、おおよそ「出稼ぎ」から「定住」へという流れのなかに翁をおき、その作品および文芸論を移民地独自の文学を創出しようとしたものとして評価する方向にあるといってよい。

もちろん、こうした把握には一定の妥当性はある。たとえば、次の翁の論説を見てみよう。翁が最初に生活を行なっていたシアトル近辺では、「鏡花会」「沙港会」などの文学関係のサークルがあり、翁もこれに関係していたようだが、それにあきたらなかった彼は、一九〇九年に当地の文学好きの仲間たちにむけて「文学会」の設立を呼びかけている。(2) 引用は、翁が『北米時事』（一九〇九年）に発表した論説「異郷の慰安──必然の要求たる文学会」からである。[3]

営々たる現実の生活に勤労したるとき、意を慰め心を安むる趣味なかる可らず。〔…〕慰安を与ふ趣味とは何ぞ。吾人は文学を以て最高至上の趣味と信じて止まざるもの也。

〔移民地の不健全な社会を嘆いた上で〕斯る時代の革命武器は〔…〕哲人一巻の書籍にあり。然して静夜黙考各自の反省にあり、覚醒にあり、自覚にあり、人生の意義研究にあり、真理の探究にある也。〔…〕吾人は人生問題研究としての文学を味はざる可らず、真理の解決を追ふて進まざる可らず。

明治中期の評論によく見られる漢文訓読由来の硬い言葉遣いで翁が説いていたのは、慰安を与えるものとしての文学の機能であり、同時に人生問題を考える探求の道具としての文学である。いずれも、基本的には明治三〇年代から四〇年代にかけての日本の文芸評論が説いた理念を参照したものといっていい。「出稼ぎ」時代の移民たちが、故国の文学の語彙を生硬なまま移民地に持ち込んだ例として、ひとまずは理解しておいてよいだろう。移民のコミュニティは、このあと定住の方向へと舵を切っていき、翁の論理もまたこの時代の流れにしたがって移り変わり、先にも引用した「新しい文芸の創造者」という言葉も出てくる――というわけである。だがコミュニティの変化と「移民地文芸」論の登場の軌跡とははたしてぴったりと一致するのか否か、追いかけてみる必要があるだろう。

2 「移民地文芸」論の展開

山本岩夫(一九九四b)と中郷(一九九二:一九九三)、水野(二〇一三)の諸論文が詳細に論じているところだが、一九一五年からサンフランシスコで「移民地文芸」論が巻き起こる。シアトルから南下してきていた翁は、長篇「悪の日影」を『日米』に発表する一方、論説として盛んにこれを唱えていく。

私は祖国をあとに四千哩外の天地に廿万の大和民族がその勇敢なる奮闘的生活の足痕を残し、五十年のタイムを経て今日の朦朧ながらも米国の一角に人種的色彩をもつて生活してる我が日本人の間から、その土地に相応はしいある種の花が匂ひ咲かなければならぬと思ふ〔。〕もう十数年の間に植えては枯れ枯れては芽出した文芸の花が、雨も降り土も固《かたま》らんとする今日の社会に養育されねばならぬと思ふ。

その花の匂が在米同胞の現実を語り生活を示すものでなくてはならぬ。然り植民地文芸は植民地社会の表現でなくてはならぬ。

(翁 一九一五、一三四―一三五頁)

シアトルの文学会時代と比べ、五年後のこの翁の評論は、移民地という彼の生きる空間に、より密着したものとしての文学を望んでいる。米国への移民がはじまって五〇年という年月を数えながら、翁は「在米同胞の現実を語り生活を示すもの」である「植民地文芸」の興隆を訴える。それは「米国の一角に人種的色彩をもつて生活してる我が日本人」としての、新しいアイデンティティの表現である。

翁のいう「植民地文芸」論——のち「移民地文芸」論——は、翁をその中心的人物とするものの、『日米』に集う他の文学仲間たちの積極的な応答があって生成していったものだ。『日米』で文芸欄を担当していた伊藤七司による「在米同胞生活と殖民地文学——邦人特殊の文学未だ生れず」をはじめ、その他の寄稿家たちによる、南国太郎「生れ来らんと為つゝある植民地文学のために」、長沼重隆「植民地文学の新意義」、中西さく子「植民地文芸に就て」、没羽箭「編集上より見た所謂移民地文芸」などの記事が、間をおきつつも断続的に一九一〇年代半ばの紙面上に登場してくる。[4]

議論がこれほどに盛り上がったのは、翁による小説の実作があったことも大きい。翁は「悪の日影」を『日米』に一九一五年六月三日から九月一六日まで断続連載している。全九九回の力作長篇である「悪の日影」は、戸村を中心的な登場人物とし、シアトルやタコマ近辺の日本語新聞に関係する若い文士たちの生活と心情を描く作品だった。物語は主として料理屋の「酌婦」たち——みな人妻である——との恋愛関係を中心に展開する。作品では、戸村が酌婦のお文に魅かれていき、苦悩する様子がつづられている。商売として愛想を売り、しかも夫がある女性だと知りながら、戸村は自分の気持ちを抑えられない。圧倒的に女性が少なかった移民地の状況を歴史的背景としながら、作品は青年たちの性的欲望、自制心、猜疑心などを執拗に描出した。

翁のこの長篇は、文学好きの読者たちから高い評価を受けることになる。いくつかその反応を追ってみよう。のちに『詩歌集　永遠と無窮』（自費出版、一九二一年）も出した清水夏晨《かしん》は、「『悪の日影』読了後の感想断片」（『日米』一九一五年九月二九日）で、「最も優秀な移民地文学の暁星と云はるゝ『悪の日影』」とその評判に言及しながら、「この移民地文学史が書かれ、移民地文学に花の咲く時、金色夜叉の如き地位に立つて、賞賛されるであらう！」と高い評価を与える。真堂生も「悪の日影を読みて」（『日米』一九一五年九月三〇日）において「一体私は移植民地殊に我が在米同胞の間には恋愛とかローマンスとかいふ美しき空気はあり得べからざるものと信じて居つた」が、読了後に「移民地には移民地としての特殊の色彩を持つた文芸が建設せらるべきものであるとの念を起した」という。

作品の高評価をもたらしたのは、翁による移民地の描写が移民たちの見ていた風景に近かったことが最大の原因だったと考えられる。小代生は「小説『悪の日影』に就て」（『日米』一九一五年一〇月二日）で、「異彩ある移民地状態の一部」が「赤裸々に現わされた」ことを評価し、「小説中に活躍する人物は現在の僕等に髣髴するものも見受けた」という。田中紫峰「悪の日影を読みて」（『日米』一九一五年一〇月二日）も、この作ほど「同胞社会の真相を赤裸々に描写した作を大胆に発表したのに未だ曾て会うたことがない」と驚きをみせた。

以上の反応をざっとながめていくかぎり、「悪の日影」および「移民地文芸」論はまさに「在米同胞の現実を語り生活を示」（翁 一九一五、一三五頁）した文芸としてとらえられそうである。だが、小説テクストの表現や、評論に忍び込んだ語彙を詳細に検討していくと、実はこうした独自性の評価はゆるがざるをえない。このあとこの問題は詳論するが、その前に「移民地文芸」論のもっていた傾向と、移民たちの定住指向との関係について簡単に整理しておくべきだろう。

3　出稼ぎから定住へ

日本人移民の数が増大していくにつれ、米国の太平洋岸を中心に排日運動が烈しさを増していく。これにともない、一九〇八（明治四一）年の日米紳士協約、一九一三年のカリフォルニア州外国人土地法制定、一九二〇年の写真花嫁への旅券下布停止措置、一九二〇年のカリフォルニア州外国人土地法修正法案可決というように、日米間の移民の移動を制限する法的な措置が両国の政府によって次々と打ち出されていく。移民たちの一部は、米国での生活の将来に見切りをつけ、帰国をはじめる。こうした状況のなか、米国に残るという決断をした者たちは、これまでのような出稼ぎ的、一時滞在的なあり方、つまり「日本人」として米国に住むあり方がもはや通用しないことを感じ取り、新しい道を模索しはじめる。米国の価値観との衝突を減らし、米国社会の一員となる道を探りだすのである。むろん、こうした動向には、妻を得、子どもを育てていく家庭がコミュニティに増加したという質的な変化も影響している。

移民たちの定住指向を牽引したのが、邦字日刊紙『日米』とその社主・安孫子久太郎である。安孫子は『日米』の刊行を通じて、定住についての理念的な説得はもちろん、持続的に農業に従事すること、妻を迎えること、二世たちの問題、土地所有に関わる問題など、あらゆる局面で移民たちを手助けしつつ、彼らを永住へと促していった[5]。たとえば『日米』に全六回で掲載された川上吐評「時代思潮の変遷（帝国主義より同化主義に進歩す）」（一九一二年九月一八—二六日）は、「我移民事業の発展史は、三十九年に於ける震災（一九〇六年のサンフランシスコ大震災）を一期として、新機運に向つて来た。即ち創業時代は去つて、守成時代となつて来たのである」といい、「外部事情に適合する方針を取らずんば、以て吾人の福利を増進し、民族の発展を期すべからず、此認識は即ち守成主義の新思想として現れて来た同化主義なのである」（第四回）と説く。

先に述べたように、翁は『日米』に籍をおいていた時期があり、こうした動向のなかで「在米日本人主義」（翁 一九七一、五巻）のような論説を発表していく。翁は、「一体お前達は今まで母国を頼ってきたのが間違っているのだ」という総領事・埴原正直の「警告的演説」を引用しつつ、次のようにいう。

> 私はこの意味を解釈する上に冷淡な故国官民を呪うのをやめにして「可愛い子に旅」の教訓から、いわゆる在米日本人の奮起心を鼓吹したいのである。つき放され、捨てられた在米日本人。日本へ帰ったッてろくなこともできない。「移民」という種族の中へ封ぜられて調和のない生活の悲哀を嘗めねばならぬのだ。それよりは、いっそのこと、この地で、もうどっしり尻を落ちつけて我々の問題を我々が解決するために今少し慎重な態度をもって万事に当たろうではないか。
>
> （一六六頁）

翁は悲哀をこめて、故国から「つき放され、捨てられた在米日本人」の立場を確認し、それを嘆くよりも「いっそのこと、この地で、もうどっしり尻を落ち着け」ようではないかと語りかける。激化するアメリカの排日運動が、日米政府間で政治問題化する。このとき日本政府は、移民の側でなく、アメリカ政府との関係の維持を選んだ。移民たちからすれば、それは棄民政策と映った。安孫子らをオピニオン・リーダーとし、移民たちの間に、定住への指向が芽生えてゆく。日系アメリカ移民の日本語文学は、そうした社会的変動に敏感に反応し、日本人でもなく、アメリカ人でもない自分たちの位置を表現すべく、模索をはじめる。日本の近代文学から意識的に身を引き離す、「移民地文芸」が離陸するのである。

4 自立と混成と

こうした把握は、たしかにわかりやすく、また北米における日系移民史の大きな流れと一致することから「移民地文芸」の姿の把握として一見正しくもみえる。だが、本当にこの理解は正確に「移民地文芸」の姿をとらえているのだろうか。たとえば、次の引用を見てみよう。翁は、旧式な発想をし文芸の価値を認めない移民地の「古帽の連中」を批判しながら次のようにいう。

> 彼らは依然として古帽を脱ぎもせずに、そんな熱を吐いてる中に現実暴露の悲哀に泣き生の無価値を懐疑し、超人を求め理想に帰り〔…〕
> （翁 一九一五）

「現実暴露の悲哀」という語は、日本の自然主義文壇における代表的評論家、長谷川天渓の同名の評論（『太陽』一九〇八年一月）に明らかに由来する。「超人」もおそらくは明治中期に活躍した評論家、高山樗牛の用語——むろんニーチェに由来する——から借りたものだろう。翁の論説には、近代日本の文芸批評が練り上げた術語が混入しているのである。もう一つ、翁の文学上の友人渡邊雨声による「悪の日影」評を読んでみよう。過去を語るぐらいばかげていて、しかも面白いことはない、その意味で「悪の日影」は面白い、といいながら、雨声は「いまから四、五年前のことだ。若い文学青年の一団およびその周囲が非常に複雑に描かれている」、「私はこの作品を恰も藤村の「春」を読むような心で読んでいる」[6]と述懐する。島崎藤村の「春」(『朝日新聞』一九〇八年に連載)は、北村透谷ら雑誌『文学界』同人との交友関係を回顧的に描いた長篇小説である。雨声は、作中の移民地の若者たちの姿に、故国の文学に描かれた明治二〇年代の青年たちの姿を重ねて読んでいたことになる。

さらに続けるならば、先に引用しつつ確認した「悪の日影」に対する読者の反応に頻出した「赤裸々」という語も、社会や人々の姿を飾ることなく描くという理念を掲げた自然主義文学についての論議のなかで頻出した語彙だったのである。移民地文芸を語る議論は、主として自然主義文学のなかで飛び交った用語を「引用」しながら展開していた。移民地の独自性をいう論理そのもののなかに、その純粋性を損なう要素が混入していたのである。

そしてこうした事態は、評論に限ったことではなかった。翁は自伝的小説「わが一生　海のかなた」(翁　一九七二)において、「私も彼ら(島崎藤村、永井荷風、谷崎潤一郎)の作品にひかれていたが、しかし鈴木三重吉のものがその頃の私の気もちに溶け込んで来た。彼のガジガジする頭や、いらいらする気分、そうして心が黒焦げしてゆくような女への情緒などはお秀への思慕にあてはめるにふさわしかった」(二五六頁)、あるいは「その頃私は、多分鈴木三重吉の小説から受けた影響だったと思うが、自分に与えられた女は世界のどこかにただ一人いる。それは創造の神が私のために作ってくれたものである。人生はその永遠の女を求めるための旅だと言ったようなことを考えていた」(二六八頁)というように、鈴木三重吉の影響について語っている。たとえばこれは次のような表現として実現されている。

が、こう沈みゆく外気に、心もしっとり濡れてゆくと、話の緒口も出なくなり、妙な沈黙が、苛々しい二人の心を削りつけるように、内部をがじがじさした。(7)

「俺にはきまった女が必ずどこかにいるはずだ。その与えられた女がどこにいるかわからない為めに」

(「悪の日影」、一三九頁)(8)

「小説中に活躍する人物は現在の僕等に髣髴するものも見受けた」(田中紫峰、前掲評)といわれた「悪の日影」の表現は、実のところ同時期あるいは少し前に故国日本で流行していた小説表現のフレーズや発想を移民地へと移植したものだったといえるだろう。

それだけでなく、「悪の日影」には「高橋お伝」(三二頁)、『実業之日本』『中央公論』(三三頁)、泉鏡花、国木田独歩(七三頁)、菊池幽芳の『己が罪』、徳富蘆花の『不如帰』(七九頁)、〈新しい女〉(一二一頁)など、数多くの日本の文学者名、作品名、雑誌名、キーワードが登場する。通俗的なものから高踏的なものまでを含むこれらの言葉は、当時の文学好きの移民たちの語彙がどのようなものだったのかを示しているだろう。

それにしてもなぜこうした事態が、定住を目指した時代においてすら、頻繁に起こるのだろうか。その理由は、彼らのおかれていた日本語環境のあり方に求めるべきだろう。すでに本書のこれまでの考察で繰り返し述べてきたが、日本語が主たる使用言語であった一世の世代たちは、その母語で読むことへの欲望を満たすために、活発で広範な日本語環境を形成した。移民地の日本語刊行物といえば、すぐさま現地の邦字紙が頭に浮かぶが、書籍や雑誌まで含めて考えれば、彼らが読む日本語の活字のかなりの部分が、故国の出版物だった。翁たちは、遠く北米の地で、太平洋を越えて到来する故国の文学的音信に注意深く耳を澄ませていた。そうした環境のなかで育っていった移民地文士たちの表現が、近代日本文学のそれをある部分でなぞるものだったことは当然すぎるほど当然のことだというべきだろう。

さらにいえば、移民地の生活から新しい文芸が育つという図式ではなく、文芸の表象が移民地の生活を発見するという転倒が起こっていたことにも注意を向けておかねばならない。

「悪の日影」通読の感想を一言に述ぶれば自分自身と自分の周囲とがそのますすっぱ抜かれたという感じである。〔…〕しかも常に意識しまた感じおりながらそれを具体的に明瞭に言い表わしのできかねてることや、また的確に文字に表わし得なかったことを明瞭に教示してもらい、判断がついたような感がした。（鈴木生「素っぱ抜かれた感」(9)）

文学の言葉が、移民地の生活を言い表わす。このこと自体は、さほど特異なことではない。移民地を舞台にし、同じような境遇におかれた青年たちの描写が、読者たちの共感を誘ったとしても、それは当然だろう。そしてこのことが、「移民地文芸」の必須要素であったことも、あえて小さく見積もるつもりはない。ただ、その文学の表現が、移民地に独自のものでは必ずしもなかったということは指摘しておかねばならない。移民を語る、移民地を語る文学の言葉は、雑種的性質のものだった。移民の読者たちが共感し、「判断がついた」ように感じた言葉は、その起源のいくらかを日本にもつものだったからである。

充分に展開する紙幅はないが、この意味で日本の自然主義文学が理念として掲げたものの一つに、「ローカル・カラー」をめぐる議論があったことは注意しておいた方がよいだろう。自然主義文芸の実作者でありまた理論的主柱の一人でもあった田山花袋は、その『小説作法』（一九〇九年(10)）において、「ローカル、カラー」という一章を立てている。花袋は「真に迫るといふ立場から言ふと、ローカル、カラーは実に重要」（二七四頁）と述べ、「ロオカルを出すといふことは人物と社会とを書くことである」（二七五頁）、「注意して見るといふこと、注意してスケッチをするといふこと、地理上の関係を考へて見ること、地方語、風俗、習慣などを詳しく知ること、始めて触れた感じを忘れずにゐることなど最も必要」（二七七頁）と説いた。ローカル・カラーは、雑誌『新声』や、花袋も編集にたずさわった『文章世界』において、それぞれ一九〇九年一月号、一九〇九年五月一日号で特集されていたりもする。こうしたその土地々々の特色や風俗を作中に取り入れようとする動向は、おそらく移民地文士たちが太平洋岸での経験を文学化しようというときに、その指針の一つとなったのではないかと考えられる(11)。

翁たちの論じた移民地文芸論は、たしかに彼らの米国での生活のなかから生み出され、その経験なしでは成り立たない議論であり、作品だった。この意味で移民たちのコミュニティの変化が、彼らの文学的な指向に影響を与えていたのは間違いない。だが、新聞の論説が指し示す方向性や、移民たちのメンタリティの変化や、日米間の政治的情勢の変化が、そのまま直接的に文学という領域で起こる変容に影を落とすと考えるのは早計である。移民地文芸論を構成した要素は、単純に政治史や外交史、社会史を構成する要素からの写像で説明できないことは、翁たちの使用した術語の錯綜ぶりを考慮に入れれば明らかだろう。移民地文芸論は、その用語の起源も発想の枠組みも、多くの部分を自然主義文学を中心とした故国の文学に負っていた。さらにいえば、彼らの生活そのものが、文学によって「発見」されるという転倒すら、起こっていた。移民地の経験から生まれる文学という把握、そしてその固有性についての議論は、ともにいったん疑問に付されねばならないのである。

5　二重性を生きる

こうした固有性／混淆性の間の矛盾を、どう考えればいいのだろう。移民たちの生きた世界、そしてその世界に対する認識のあり方に、この問題を解く鍵があるかもしれない。翁は次のように述べている。

私は日本人でありながら日本という国家的生活をした日がごく短い。その人間の盛花時代の過半は米国で過ごした。しかも米国化した日本人としてその青春時代を葬ったのでない。日本を知らぬ日本人として根本的に融合のできない米国でその生活を消耗しただけである。——そうして私のそうした生活そのものが在米同胞の生活でもあるのである。(12)

日本で生まれた日本人であるということ。しかし、その経験はその土地でずっと生きている「日本人」に比べて短く、不完全であるという意識。一方、移り住んだ米国という国においても、翁はもちろん違和の感覚を抱かずにはいられなかった。そこに起源があると感じながらも、完全に同一化することはできない。そこは自分の場所でないと感じながらも、そこに住まわざるをえない。そうした引き裂かれたあり方が、翁のいう「日本を知らぬ日本人として根本的に融合のできない米国でその生活を消耗した」という言葉の意味であると私は考える。そして翁は、そうしたあり方こそが「在米同胞の生活でもある」と述べる。彼によれば、「移民地文芸の目的」とは、こうした移民の経験を「記述し表現する」ことにあるという。

彼らは移民であった、そうして日本人であった。——日本人と移民、これはどうしても調和しそうなものでなかった。そのしそうでなかったものが四半世紀後の今日、不完全ながらも各部落的社会を形成しつつ今では子孫のためにその安定を考えるようになってきた。調和しそうもなかった移民が、今日に到るまで経過してきた生活は、日本人としては有史以来の出来事であった。その出来事の真相を記述し表現するのが移民地文芸の目的なのである。(13)

移民であることと、日本人であること。この二つは重なり調和することがない、と翁はいう。しかし、移民たちは、その調和しないあり方のなかで生き、社会を構成し、次の世代を生み育てるようになった。矛盾を抱えたまま生きること、生活すること、そしてそれを書き記すこと。それが翁のいう「移民地文芸」なのである。

この矛盾、二重性、違和は、高らかに謳い上げられた翁の文学的宣言のなかにも、痛々しいほどに響きわたっている。

（三）吾々は民族として米大陸に出現したるアダム、イブである〔。〕吾々の民族は永久にこの米大陸に不滅である。吾々はその祖先の一人としてその子孫の為めに不滅の文芸品を遺伝する事を宣言する。〔…〕

（五）吾らの力足らざれば吾らの文芸は亡びる。吾らの文芸の滅亡は民族的精華がこの米大陸で亡びる事である。だから吾らはこの民族的紀念碑を吾らの文字と吾らの思想と吾らの生活で表現する。

（六）吾らは新しい文芸の創造者であると云ふ自負心の下に吾らの決心をもつ。吾らは日本歴史を背景として米大陸の舞台で踊るダンサーである。

（七）吾ら労働を歌ふ、漂浪を描く〔、〕腐らんとする民族的血液に化学的作用を施して（日本人）なるものゝ自覚を甦《よみかへ》す〔ママ〕。〔…〕

（八）〔九〕吾らには過去がない。過去は太平洋の遙か向ふである。吾らには現在より外に何物もない〔。〕そして吾らの未来はこの厳然とした現在の連続である。吾らの〔ママ〕この『現在』の嶇上に立つて不可能と言ふ文字を排斥する。〔…〕

（翁 一九二〇）

翁は、「吾々は民族として米大陸に出現したるアダム、イブである」（傍点引用者）と述べる。この「民族」の語は宣言のなかで繰り返され、日系移民たちをその祖国の人々との差異を強調しながら指し示すキーワードとなっている。それゆえ、移民地文芸の担い手たちは、「民族的紀念碑を吾らの文字と吾らの思想と吾らの生活で表現する」とされる。

しかしながらその一方で、翁は「腐らんとする民族的血液に化学的作用を施して（日本人）なるもの、自覚を甦《よみかへ》す」とも述べている。山本岩夫（一九九四b）も「自己の中に保持してきた日本的なものをどのように整理し再構成したのか、あるいは再構成〔し〕ようとしているのかということがよく見えない」（二七頁）と述べたように、この括弧を付された「（日本人）」は据わりの悪い言葉としてこの宣言全体のトーンと論理を乱している。「民族」が新しい日系移民を指し示す言葉なのだとしたら、なぜその血液は「腐らんとする」のか？　移民たちが祖国の人々とは異なる存在になりつつあるのだとしたら、なぜ「（日本人）なるもの、自覚」はわざわざ「甦《よみかへ》らせられるのだろうか？

過去を太平洋の向こう岸に切り捨て、現在の「崕上」に立ち、その連続の上に生きるのだ。新しい思想を、言葉を創るのだ。そしてそれらを文芸の形式をもって表現するのだ、という翁の言葉は、まさに「移民地文芸の宣言」というタイトルに相応しい力強さを備えている。しかしながら、それを支える論理は、やはり「移民」であることと「日本人」であることの矛盾と二重性の間で、引き裂かれ揺れ動かずにはいない。

6　移植樹のダンス

翁らの築こうとした移民地文芸の特質を、その二重性に見てもひとまずはよいだろう。彼らの作品も、評論も、移民地独自の表現を模索し、たしかに米国日系移民固有の経験を描き出すことに一定程度成功はしたものの、同時にそれらは故国の術語や文学的発想の浸食を受けずにはいられなかった。なにより彼らの生活そのものが移民であり日本人であるという二重性を生きるものであり、彼らの知的営みは移民地と故国を結んでいた知のネットワークとしての日本語環境が支えていたのだから、それは不思議というよりも当然の結果だというべきなのだろう。

翁たちが米国の地に打ち立てようとしたものとしての「移民地文芸」論の特質は、右のとおりだ。だがこれは、「移民地文芸」論の半面にすぎない。打ち立てた「移民地文芸」を、どう受け渡すかという問題を、翁は考えていたからである。日系移民たちの歴史の変容と継承の問題を、「移民地文芸」論を切り口としながら考察し、この章を閉じることにしよう。

翁が移民地における文学に期待した役割は、時代によって変遷している。これは移民たちのコミュニティの性格が変容し、翁自身の経験（結婚し子どもを得た）が蓄積していったことが影を落としているだろう。当初、郷愁や慰安に文学の役割を見ていた翁は、その後、文学のもつ社会批評やそれによる指導（移民たちの自立をめざす）の機能に着目し、文士たちの参与をうながすようになる。そして次に翁の視野に入ってきたのが、「遺伝」という文芸の役割だった。

ふたたび「移民地文芸の宣言」を引用すれば、彼は次のように言っていた。「（三）吾々は民族として米大陸に出現したるアダム、イブである〔。〕吾々の民族は永久にこの米大陸に不滅である。吾々はその祖先の一人としてその子孫の為めに不滅の文芸品を遺伝する事を宣言する」。また翁は、移民地文芸の意味について、次のようにも述べていた。「他日、われらの子孫がこの米国にその自然的発達を遂げる時代に彼らの祖先が如何なる奮闘をしたか、また如何なる生活即思想を営んでいたかを知らさねばならぬために深い意味を蔵しているのである(14)」。

この思想の背景には、漫然と「米主日従」あるいは「日主米従」となっている二世の児童たちのために何ができるか、という翁の問題意識があった。翁たちより上の世代の苦闘の記憶をいかに次の世代へと継承するか。彼が導いた答えは、「歴史」だった。

「一種特有」な生活に置かれた在米児童をして彼らの運命を自覚させたいのである。

この意味においてわれらは、まず日本歴史を背景とした移民史、米国の現在を舞台とした移民史を作る必要があると思うのだ。(15)

二重性のなかで生きる。積み上げてきた歴史を文芸のかたちで残す。子どもたちの世代へと渡すために——。こう論じる翁の議論は「日系移民の文学」と呼ぶよりも、「一世の文学」としてとらえた方が適切となろう。そこには、この後の日系移民のコミュニティの大きな課題となる、ジェネレーション・ギャップの問題が立ち現われている。

では翁の考えたように、二重性を生きた苦難の一世の歴史は、二世世代へと滞りなく引き渡されるだろうか。翁の論説は、そのことの困難さをすでに触知しながら進んでいるようだ。

今日一般の児童がその長ずるに及んで父兄を軽んじ、甚だしきは自分たちと「移民時代」の日本人とは人種が違うかのごとき錯覚を有しているのは、彼らに移民生活とその起因がわかっていないからだ。ただ漫然として自分たちが「ジャップの子」であると一種の羞恥を抱く彼らに、彼らがこの世界へ生まれてきた動機や、生まれてきたからには将来なさねばならぬ使命を、適切に脳裏へ植えつける必要があるのである。(16)

苦難の歴史を引き渡したいという一世世代の願いは、「人種が違うかのごとき錯覚を有」する二世世代との感覚のずれを前にたじろがざるをえない。「「非土の悲哀」を説くのをやめて「第二の故郷」を創造し、子孫繁栄の基礎を築くべき時代に来たのだ」(「同胞移民史を作れ」一六九頁)と、在米主義へと舵を切り、次なる世代への望みをつないだ移民地の文学は、その未来を託すべき次世代との間の懸隔に直面せねばならなくなる。

翁が一九二四年の帰国の前に出版した短篇集を、『移植樹』（移植樹社、一九二三年七月）という。この「移植樹」という言葉は、世代間の隔絶の問題を考えたときに、複雑な響きをもたずにはいない。

翁の評論には、「植民」、「「一粒の樫の木の実には未来の大森林がある」とダウインが言った」[17]、「我が日本人の間から、その土地に相応はしいある種の花が匂ひ咲かなければならぬ」（翁 一九一五）など、植物のメタファーが頻出する。植えられ、芽を出し、花をつけ、実る――という植物の生は、異土に移り住んで生活を築き上げる移民の隠喩として用いられている。「移植樹」は、こうしたメタファー群のなかでも、まさにその中心的な位置を占める語だ。

この言葉は、別の場所へ植えつけられそこで生きていくという積極的な意味をもつ一方、その土地のものではないという違和の感覚／刻印をいつまでも手放せないでいるというニュアンスを響かせる。この矛盾と困難に満ちた語を、翁が選んだ意味は深い。

二世たちは翁の言葉を聞くだろうか。米国の価値観を身につけて育つ合州国生まれの二世たちは、翁のいう意味を十全には理解しないだろう。「呼び寄せ」の二世たち――日本で生まれ育ち、のちに米国へ呼ばれてやってきた子ども世代――は、一世世代と同じような経験をするだろうが、それだけに引き渡される子どもの世代として翁の言葉を聞くことはない。「帰米二世」たち――米国で生まれ、日本で教育を受け、また米国へ戻った子ども世代――も、別種のアイデンティティの難問を抱えている。どの二世たちも、二重性の困難を生きざるをえなかった。ただしその困難は等質ではありえない。そうした彼らの一世との間の懸隔については、あらためて強調するまでもない。

誰が翁の言葉を聞くのだろう。彼の言葉は、移民一世の文芸は、どこへも届かないのだろうか。移植樹は、一代のみで枯れゆくのだろうか。

ふたたび、翁のいう「歴史」に戻ってみよう。彼はこう言っていた。

歴史はすべてのものの鏡である。善悪是非を批判する批評家である。一国の歴史はその国民生活の年表である。われらは郷土の歴史を愛する。そこには直接な人達の形見がわれらに骨肉的温情をもって迫るからである。われらは日本史を繙いて国民的感激を得るよりも、郷土の童話に一層より強き感激を得るのは、大なる歴史よりも小なる歴史が自分たちに直接するところが多いからである。(18)

翁の論説はまたもや矛盾を抱えている。「国」と「郷土」は重なるようにも、異なるようにも語られる。「われら」は「国民」であるのか。「われら」は「日本史」から何かを得るのか、得ないのか。問いつめても、おそらく答えは出まい。しかしこの矛盾のなかから、翁は「小なる歴史」＝「郷土の童話」の力を語りだす。この「小なる歴史」には「大なる歴史」＝「日本史」が対比されていることに注意せねばならない。翁の歴史を書け、という呼びかけに対し、「丁度参謀本部で編纂した日露戦史のようなものにしたい」と賛成した移民も存在するが(19)、これはもとの文脈の対比関係を考慮すれば的外れな反応といわねばならない。翁が可能性を見いだしたのは、公的な歴史――開戦から講和にいたる出来事を全一〇巻、附図一〇巻を費やして陸軍が網羅的に記録した参謀本部編『明治卅七八年日露戦史』のような――ではなく、「郷土の童話」である。翁は、この童話を直接的には「移民地文芸」と関連づけて論じてはいない。だが、次の世代へ語りかけようとする翁の願い、移民地という土地に根ざした文芸をという彼の訴えを検討してきたいま、翁をはじめ、一世たちが書き残した数々のテクストを指して「童話」と呼んでもかまわないはずだ。

翁は、「吾らは日本歴史を背景として米大陸の舞台で踊るダンサーである」といった。「ダンサー」とは、矛盾を抱えて揺れ動き続ける一世たちの姿の形象である。そしてそのダンスが、一世の文学だ。ダンスは、大きな歴史を演じない。それは、もっと身近に「骨肉的温情をもって迫る」べく上演される。舞踏は一回性のパフォーマンスとしての存在で、完全な継承も再現も不可能だ。これを比喩的に敷衍しながらいえば、一世たちの経験の固有性もまた、一回的なものたらざるをえないものだった。

しかし、翁たちのダンスは文学として残された。「童話」として次の世代の子らへと語られていくべく。「移民地文芸」こそが「小なる歴史」にふさわしい。たとえその直接的な継承は困難だとしても、それが文字のなかに受け継がれていくならば、後世の読者たちはいつかそこに「直接な人達の形見」を見いだし、彼らの歴史を語る声を甦らせるだろうから。

第13章　望郷のハワイ――二世作家中島直人の軌跡

1　中島直人の面白さ

日系アメリカ人のコミュニティが成熟していくなかで、新しい世代が登場する。アメリカで生まれ、アメリカの市民権を持ち、一世とはまた異なった価値観を保持するようになる、二世たちである。彼らの登場は、コミュニティそのものの大きな転換点であり、ナショナリティやアイデンティティ、文化継承の問題など、移民研究全体の大きな考察課題となっている。ただ文学研究に関していえば、日系アメリカ文学研究は、実はこの二世以降の方が手厚いという状況がある。アメリカでのアジア系アメリカ文学研究は、やはり英語作品・英語文献が中心になるし、その影響を受けた日本における日系文学研究も、英米文学系の研究者が牽引してきた面があるからである。

このような観点からすれば、私がここでとりあげることを選んだ作家は、二世ではあるが少々毛色の変わった作家である。彼は、ハワイで生まれ、主に日本で文学者としての業績を残した。彼、中島直人を論じる面白さは、ハワイ生まれの日本文学者というプロフィールそのものにもあるが、日本でも、米国でも、またハワイでもない場所に、自らを見いださざるをえなかった中島の、だからこそ獲得できたパースペクティヴにこそある。彼の移動の軌跡と、それによって抱えこんだ〈二重意識〉は、日本の近代文学と日系移民文学との垣根や、日本／ハワイ／米国、内地／外地（移民地）などといった境界を線引きして理解しようとする枠組みに、再考を迫るだろう。

2　〈昭和文壇側面史〉ではなく

現在の近代日本文学史のなかで中島直人の名が現われるのは、ほぼ砂子屋書房の業績をたどる際においてのみであるといっていい。砂子屋書房は尾崎一雄の『暢気眼鏡』や太宰治『晩年』を刊行した書肆として著名で、紅野敏郎（一九八五）の表現を借りれば、「昭和文学とのかかわりの濃さは、超特別」（九二頁）とも評される出版社である。営業したのは一九三五年から四五年、その初期の刊行物のなかに、中島の唯一の単行図書『ハワイ物語』の名が現われるのだが、その取り上げられ方は概して寂しい。紅野の論においては中島および『ハワイ物語』は、ただ名前が触れられるだけであるし、大家（一九八八）などは、「中島直人の『ハワイ物語』は著名な事情（今は述べない）のある、一種の私家版であって、公刊本ではない」（二八頁）としてまったく評価の対象から外しているほどである。

もちろん、この大家のような評価は理由のないものではない。それは彼のいう「著名な事情」云々とかかわっている。尾崎一雄の回想は、その事情を次のようにまとめている。

〔一九三六年〕十二月に、中島直人の第一短篇集『ハワイ物語』を出したが、これは名前を貸しただけで、実際は中島の自費出版である。小林倉三郎の奔走によつて金主が見つかり、富沢有為男が装幀し、川端康成が序文を書き、砂子屋は印刷と製本を引受けただけだ。小林倉三郎なる人物は、佐藤春夫夫人や古木鉄太郎夫人の兄に当る群馬県人で、当時文士から注文をとつて、原稿紙を直接売る商売をしてゐた。その気質には、義に勇むといつた一面もあつて、中島直人がハワイへの望郷の切なさあはれさに動かされ、自費出版資金を捜してやつたのだ。商人だから、勿論計算した上でのことだが。（尾崎 一九八五、四二九頁）

故郷ハワイを訪問するという願いを方々で漏らしつつも、三等の渡航費すら工面できない貧困のうちにあった当時の中島を、なんとかしてやろうとした周囲の運動の賜物が、どうやら『ハワイ物語』の出版事業ということらしい。尾崎の回想に加え、浅見淵「「ハワイ物語」の作者」（浅見 一九六八 所収）の話も総合するに、著書を出版し、ハワイを訪れたい、金はないが著書さえ出ればハワイにおけるその売上げで容易にそれは返済できる、というやや虫のいい計画を立てていた中島に、小林倉三郎が乗ったということらしい。ハワイとのコネクションを示す書簡の数々、詳細な収支計算表、さらには川端康成による「推奨文」まで揃えて案を示した中島に、「彼が日本に住むハワイ出身の唯一の作家であることが、遠く故郷を偲び懐しむと聞くハワイ在住の邦人に対して、甚だ憧れのあるものだと考へた」小林は、いくつかの書肆をまわった後、結局自らがその事業に乗り出す決意をした（小林 一九三七、七八頁）。この計画は中島・小林共通の友人浅見淵にもちこまれ、浅見は中島も所属していた『文学生活』同人を中心に「中島直人君渡布後援会」を立ち上げた。「会費は一と口二円で、一口以上の申込みを待つ。申込者には定価二円の『ハワイ物語』を一口につき一冊づつ渡す」（尾崎 一九八五、四三二頁）という、要するに資金拠出のための援助組織であった。『ハワイ物語』の奥付にある定価は、円ではなく、ドルで表記されている。これはこうした事情を物語ったものなのである。ちなみに、この小林の見込みは結局はかなくも破れ去ったようだ。後日、「ときに、ハワイの中島君からその後便り有りましたか」と尋ねた尾崎に、自称「ハワイ物語販売株式会社」総支配人は、急に厭な顔をして、「いや、あの件は忘れようとしてゐるんです」と手を振ったという（尾崎 一九八五、四二七頁）。当然、砂子屋書房の業績を評価しようという立場からは、こうした友情と商魂から生み出された「自費出版」本がまともな批評の対象とされることはありえない。

少々、砂子屋書房と『ハワイ物語』の出版経緯の問題に深入りしすぎたが、つまるところ、中島直人とは、昭和戦前期を振り返る回想の類いや井伏鱒二のエッセイ（井伏 一九二九：一九三七ａ 一九三七ｂ）などに名前は現われるものの、現在では研究者ですら名前を覚えている者は少なく、ましてその残された作品を読んだことのある者などいまやほとんどいないという程度の作家である。

中島の作品の同時代的な評価も、概して高いとはいえない。彼の作品はその多くが『新科学的文芸』や『木靴』『文学生活』といった同人雑誌に発表されており、評価の高い著名な雑誌に発表されたことは数えるほどしかない（巻末の資料2「中島直人著作目録稿」参照）。同時代における認知度を測る一つのバロメーターになるであろう『文芸年鑑』（第一書房）の「文筆家総覧」でも、一九三六年度版に初めて登場し「中島直人　東京市中野区宮園通四ノ一〇　塙寮／明治三七年四月米領ハワイ、オアフ島ワイパフに生る。オアフ島ポールシチー本願寺学園（日本語）ポールシチー、公立学校（英語）ホノルル、カイウラニ・スクール及び早稲田大学に学んだ。小説あり[1]」と紹介されるものの、同書一九三七年版「文筆家総覧」では「中島直人　淀橋区戸塚町二ノ一四二錦志館／明三七生、米領ハワイ、早大修、小説」と短くなり、三八年度版以降においては名前すら消えてゆく。自然、現代における評価も低い。個別の論考は一篇も存在せず、もっとも詳しい言及が東郷克美による『日本近代文学大事典』（東郷 一九七七）の記述というありさまである。

よってその評価も、彼のハワイ生まれというプロフィールから単純に演繹されるかたちでなされてきた。知人たちも「彼は東京に生活してゐてハワイの追憶ばかり書いてゐたやうであるが、それは作家としてはゐ〔あ〕まり健康な道ではなかつた」（十和田 一九三七、七〇頁）、「同君のハワイの方を何時も向いて立つてゐた生き姿は一抹の哀愁なきにしもあらずの感はあつたが、ばらばらなその日その日をひきずつてゐる私どもには羨しい限りでもあつた。／「ハワイ物語」一巻は何よりも一箇の人間の魂が卒直に流露してゐる書であると思ふ。こんなに清純な、豊穣な瑞々しさをたたえた書は今時滅多にあらうとは思はれない」（川崎 一九三七、七一頁）。いずれも、ハワイ生まれという珍しい彼の経歴を前提とし、そこから彼の故郷への憧れとそれにもとづいた作品世界を評価する。その際、中島は日本生まれである〈普通の我々〉とは切り離された存在として他者化され審美化される。

この評価の方向をより一層明確にあらわしているのが、『ハワイ物語』の冒頭に掲げられた川端康成による序文「「ハワイ物語」に序し、渡航を送る」である。

初め中島君の作品は、海風薫り緑濃き常夏の楽土に嬉遊する少年に似て、自由鮮麗、日本離れした明るさであつたが、やがてあのハワイ音楽のやうに、甘美な哀愁を奏で、また移民の果無い現実の悲歎が深まり、遂には流人の虚無頽廃が歌はれ、熟達のみごとさは底冷い凄気さへ漂はすに到つた。しかも終始一貫するものは、ハワイの郷土色であり、ハワイへの思慕であり、少年の日の追懐である。少年の心の印象は、なによりも真実純潔であつて、新鮮な詩情の源をなし、また痛烈に現実を貫くものであるといふ、文学の尊い一例をここに見る。（川端 一九三六、頁なし）

一見、「移民の果無い現実の悲歎が深まり、遂には流人の虚無頽廃が歌はれ」というように移民たちの境遇への理解を示しているようにも見えるが、「果無い現実」というようにその理解は抽象的であり、また「流人」という何を指すのか不確かな言葉が「虚無頽廃」と安易に結びつけられて、総じてイメージが先行した上滑りするものにしかなっていない。むしろ川端の着目するポイントは、「楽土」「日本離れした」「少年の日」などいう用語法からも明らかなように、今ここにある「日本」の現実から隔たった彼岸にあるものとして、中島の文学を美化し、その複雑な風貌を塗りつぶす。

こうした視点からみた中島は〈昭和文壇側面史〉の一点景として忘れ去られるか、そうでないにしてもハワイを背に負う特異な文学者として隔離されるにとどまるだろう。中島の文学の今日的な面白さは、こうした評価軸からは絶対に現われてこない。評価のパースペクティヴそのものを動かすことが必要だ。

3　ハワイと日本のはざまに

中島の文学を論じる際のキーワードは、「郷愁」や「追懐」「望郷」といった、失われたもの、隔たったものへの慕情を指す言葉たちである。東郷克美が「少年時代のハワイ生活への郷愁を抒情的に描いたものが多い」(東郷 一九七七、五〇〇頁)とまとめるように、彼のほとんどの作品の傾向を概括する言葉を探すとすれば、こうしたものが浮かび上がってくるのは間違いないところだ。実際、中島自身も『ハワイ物語』の「後記」において、次のように述べている。

> ただただ人間の持つ夢といふものが如何に根強くてどうにもならぬものであることを知つた。私の過去数年間はさういふことで常に引き摺り廻されたと云つてもいい。その間にぽつぽつと私の作品は生れたが、この望郷の念は作品を書くことによつて決して削られることはなかつた。常に同じ線に沿つて深まつてゐた。
>
> ハワイは作者にとつて唯一の故里である。
>
> その故里へ一度帰りたいのが作者のすべてであつたと云つてもいい。〔…〕
>
> 「ハワイ物語」は、私の肉親を始め、周囲の者へのせめてものたむけであると同時に、長い間、無形に有形に私のことを気に掛けてくれたハワイの人達への唯一つの土産である。
>
> (中島 一九三六c、三四七—三四八頁)

故郷ハワイへの望郷の思いを繰り返し繰り返し語るのが、中島直人の文学であるとひとまずわれわれはいうことができる。

だがしかし、それは彼の文学の一面を物語るに過ぎない。彼の「郷愁」は、その隣りにあったいくつかの込み入った要素の一群と連関しつつ存在していた。それらの要素を総合してはじめて、われわれは彼が「郷愁」という言葉に込めたより複雑な響きを聞き取ることができるし、また彼の文学のもつ現代性《アクチュアリティ》に気づくことができるだろう。ここではそれらを、〈人の移動、文学の越境〉、〈同時代文学の知的枠組みとの関係〉、そして〈二重意識〉の三つに整理してあきらかにしてみたい。

人の移動、文学の越境

まずは彼の移動の軌跡を追う作業からはじめよう。

中島直人は、一九〇四（明治三七）年四月二〇日、ハワイ、オアフ島ワイパフ（Waipahu）に熊本県からハワイに移民した父母の子として生まれた。いわゆる二世である（図48）。

図48　32歳の中島直人
（『日布時事』1936年12月26日）

日本からハワイへの移民は、一八六八（慶応四）年五月に日本を発った出稼ぎ人たち（元年者と呼ばれる）に始まる。ハワイ王国との公的な取決めに従う官約移民時代、民間主体の私約移民時代、そしてハワイ併合を経て米国の移民法に従う自由移民時代、呼び寄せ移民時代、というようにその姿は変わりつつも、ハワイに住む日系移民の人口は増加の一途をたどった。中島が生まれてまもない一九一〇年には日本人の人口は八万人に迫り、商店・寺院・新聞社・医院など日本人コミュニティは着実にその形を整え、生まれて育つ子どもたちを教育するべく日本語学校の設立も相次いでいた。この種の学校は「１９００年までに10校の日本語学校ができ、生徒数は約1500、その後10年間に140校に増加、生徒数も7000人と急増」（濱野 一九九九、一八八頁）していたという。

パールハーバー近郊の集落で生まれた中島も、米国の小学校であるパールシティ公立学校へ通う一方、日本語による補習学校ポールシチー本願寺学園に通い、卒業している。彼はその後ホノルルのカイウラニ・スクールへ進んだが、その直後に日本から呼び寄せた兄がハワイに不適応を起こして死去するという出来事が起こる。これを機に一家は父を残して帰国、中島が数えで一四歳の時（一九一九年）だった。その後、早稲田大学英文科に進むも中退。一九二八年、同人誌『一九二八』に「すゐぎゆう」を発表以来、ハワイ時代の追憶と回想を中心とする作品を書き、一定の知名度をえていく。一九三六年一二月、念願のハワイ帰郷を果たすべく、短篇を集めて創作集『ハワイ物語』（砂子屋書房）を刊行し、渡航費とした。同年一二月ハワイにもどり、一時、布哇《ハワイ》中学校で教鞭をとっていた。ハワイの日系三世の女性と結婚、さらに米国本土へ渡り、一九三九年九月サンフランシスコより一〇〇キロメートルほど南下した町ギルロイ（Gilroy）の日本人学校ギルロイ学園の校長となったが、一九四〇年一二月一三日、交通事故でうけた脳の損傷のために死去した。享年三六歳である(2)。

以上が、現在判明している中島の生涯である。その一生は、移動の連続といっていいだろう。熊本生まれでハワイ在住の両親のもとに生を受け、熊本へ帰り、東京へ上京し、その後再びハワイ、そしてカリフォルニアへ。彼の短い三六年間は、まさに移転につぐ移転の歳月だった。

しかしながら、私はここで中島直人の激しい移動の軌跡を、彼固有のものとして言挙げしようとしているわけではない。彼の文学が、こうした移動のもたらすパースペクティヴによって成り立っているのは間違いなく、それは見過ごすことのできない重要な要素ではあるのだが、移動は彼だけの属性ではない。むしろ、日本国内にとどまらず、太平洋を越えて活発に行き来する人々の活動のなかに、中島がいたというべきなのであり、このより幅広いコンテクストの存在にこそ注意を向けたい。

たとえば、先に整理したハワイの移民たちは、単にプランテーションで出稼ぎ労働のみを行なっていたわけではない。人が集住し、コミュニティが成熟していけば、そこに文化的活動が生起する。文学に関していえば、中島の生きた時代には次のような状態になっていた。

ハワイの文芸界は遼々たる歩みを続けて今日にいたつている。初代の衰退は同時に日本文芸の前途を憂へしめてゐるが、一面二世の青年男女にして初代と趣味を共にする者も少なからず、これら二世中には母国で教育を受けて帰布したものもあり、布哇の日本語学校によつて母国の文芸趣味を培われたものもあり、やがては初代に代つてこれら二世を主体とするハワイ文芸陣の形成さるゝ時代を予想されている。

ハワイ文芸の発表機関は主として邦字新聞によるが、日布時事紙は毎週一回一ページを割いて文芸作品を上載し、同胞の文芸趣味を鼓吹して単調生活にうるほひづけている。この他に取扱るゝ文芸作品はあらゆる分野にわたつてゐるが、同人組織のもとに定期の集合を持つものは短歌と俳句会のみで、他にこのほど組織されたハワイ・ペン・クラブあり、これは二世出身作家中島直人氏の来布を機とし当市文芸愛好家をもつて結成された新しいグループである。

（日布時事社 一九三七、二一二頁）

ハワイにおける日本語の出版物の歴史は古く、新聞では一八九二年に発刊された『日本週報』にさかのぼる(3)。米国本土の場合と同じように、日本語新聞が発展する過程で文芸欄が設けられるようになり、内地・ハワイ双方の作者による小説や講談、詩、エッセイなどが発表されるようになる。

引用にもあるように、米国生まれの二世たちからは、学校教育を受けたり日本文化を学んだりするため、日本へ留学したりする者が現われてきた。山下草園はその著書で、「日系市民の日本留学が近来洵《まこと》に旺《さかん》になつて来た」といい、「幼少時親に伴はれて出生地を引挙げて帰朝したり、或は日本内地の親族とか友人の家庭に預けられて、目下其郷地附近に於て、小学教育から順次に受けてゐる日系市民は全国で約四万人に近」くおり、これを「留学」のうちに数えないとしても、「東京を中心として集まる日系市民学生は現在概算五百名に達し、京都、大阪、神戸、広島等に在る者は約五百名」であると見積もっている（山下一九三五、二頁）。彼らは日本で過ごすなかでさまざまな団体を組織し、相互の利便やコミュニケーションに役立てていた。

引用後半に見える「ハワイ・ペン・クラブ」も、こうした交流のための団体の一種だったようだ。山下（一九三七）によれば、このクラブは「ハワイに縁故を持ち、ハワイを愛する同好の士が集まつて、一種の懇話会のようなものを作りたい」と願って作られたものだという。

名称東京ハワイ・ペン・クラブ事務局世田谷区北沢四丁目五二九番三晃荘内、書記山下草園、会費年二円、二期分納、目的同人の相互援助と親睦を図り、研究を助長、ハワイの同好の士及び団体と聯合を執り、種々の問題につき仲介の労を執り便宜を図る、ハワイ及び在留同胞等につき日本の人々に正しき認識をさせるやう努力す、行事時々会合を催して懇談又は研究を行ひ、諸種の問題の自由討論、作品又は研究の発表を行ふ、亦適当なる時期に無定期同人雑誌を発行し、ハワイの文芸をも併せて紹介する

このペン・クラブがその後どのようになったのかは、今のところ明らかではない。おそらくはめぼしい成果を残さないまま自然消滅したと思われる。とはいえ、中島直人のハワイ渡航を機に、こうした同好の人々の組織が、日本とハワイの双方に設立されたこと、情報の交換が図られ、太平洋をまたいだ相互援助や仲介などが企図されたことは記憶にとどめておいてよいだろう。

中島直人と彼の文学の面白さは、一つには彼の活動を入口とすることによって、人々の移動とそれがもたらすさまざまな創成と変容の渦を見ることができることにある。

同時代文学の知的枠組みとの関係

次に指摘しておきたいのは、中島文学における同時代文学との関係である。彼の作品のほとんどはハワイを扱ったものだが、それ以外の作品も少ないながら存在し、そういった作品からは〈『ハワイ物語』の作者〉という発想では見えてこない彼の別の一面が明らかになる。

たとえば、中島の短篇「『昼食時間』――それはいつも僕に取つて一つの出来事であつた」をみてみよう。主人公の僕（「中島」）はファスト生命の保険外交員で、昼食時に名前も知らぬ「彼女」を見ることを楽しみにしている。作品のテーマは、さまざまな会社が入った商業ビルの昼食時の活気と雑踏を描写することにあるらしい。このテーマ設定と文体が興味深い。

「デモだ！」／あたりが一斉に動揺めいて来た。人の黒山。流れ出やうとする一軍と流れをせき止めやうとする一軍。検束が始まつた。猛烈な揉合ひ。一名、二名、三名、奪はれた。奪はれまいとする同志の懸命。応援する女車掌の悲痛な叫び。だが到頭一名だけは三人の巡査に押へられて自動車に乗せられた。車掌の一隊はフテクサレズ歩道を日本橋の方へ歩いて行つた。陽の烈しさだ。やがて女車掌の一軍だ。そしてそれと並行して巡査を満載したトラックの飛来。

（中島 一九三一a、七〇頁）

デモという素材、ビルの上階から眺めることによって獲得された鳥瞰視点、それによって把握され提示される「群衆」という存在、コラージュとして切り取られ貼り合わされる場面の数々、こうしたすべてが、短くたたみかけるような文体で速度をもって織りなされていく。これは、あきらかに新感覚派以降のモダニズム文芸が発見し育てていったテーマと手法である。一九二〇年代の末から、東京で『新科学的文芸』『木靴』『文学生活』などの同人活動に加わっていた中島が、こうした同時代の文芸の素養を身につけていたのは、ある意味で当然なのだ。

中島にはこの他にも「夢を見る僕」（中島 一九三一b）、「二度目に布哇へ行つたら」（中島 一九三一c）のように、夢を扱い、しかも夢と現実を混交させて描く作品もあり、彼のいう「夢」（中島 一九三六c、三四七頁）は単純な夢想として考えられるべきではなく、フロイト紹介以降のモダニズム文芸の文脈における「夢」として再考される必要があるだろう。

最後にもう一つ、これは現時点では指摘の紹介にとどめるほかないが、アメリカ文学との関係も当然考えねばならない。田畑修一郎は次のようにいう。「今度ハワイ物語を通読して、中島君の文学的教養がひどく皆と変つて外国風であるに〔こ〕とに気づいた。僕たちのたいていは多く外国小説の教養をもつてゐるのだが、中君島〔ママ〕のはそれともちがふ。「ミス・ホカノの鞭」の中に中島君らしい少年がマーク・トウエーンを教はり愛読するところが出てゐる。マーク・トウエーンを日本の教室で習ふのと、ハワイの教室で習ふのとではよほどちがふ」（田畑 一九三七、八六頁）。田畑の指摘するように、ハワイで生まれ、その公立学校で教育を受けた中島には、米国流の教養が身についていたはずである。中島文学の混成的なあり方の要素のひとつとして、これを見落とすことはできないだろう。

二重意識

最後に考えてみたいのは、中島が有していただろう〈二重意識〉についてである。これはポール・ギルロイが考察した、「ディアスポラの黒人の抱える根本的な二律背反《アンチノミー》を指し示す」（ギルロイ 二〇〇六、六五頁）言葉である。西洋の内部と外部に同時に存在している者としてとらえられる黒人は、その二重性ゆえにこそ固有のパースペクティヴを獲得してきた、とギルロイは論じる。中島の経験を、イギリスやアメリカ合州国における黒人の経験と同じであると主張するつもりはないが、あるシステムの内部――強い権力をもつ――と外部――排除されると同時に必要とされる――に同時に存在する／させられた者たちの引き裂かれた意識の持ちように関するギルロイの議論は、中島直人という人間とその文学を考察する上で示唆に富む。

もちろん、私が行ないたいのは、このギルロイの視点を中島に適用することではない。日本とハワイという二つの世界の間で生きた、中島直人という作家の固有のあり方こそが問題である。文化のはざまに落ち込んだ人々の群像、彼らに苦しみをもたらした差別の構造、そしてそのようにしか生きられないがゆえに幻想する美しい故郷――、ギルロイのいう二重意識の別のバージョンを抱え込むことによって、中島は旅をする者のまなざしだけが切り取りえた一九三〇年代の日本とハワイの姿、そしてそこに織りなされる人々の生を、文学の言葉に刻み込んだ。

以下、彼のエッセイ「「赤瓦」の人種」（中島 一九三六a）をもとにその姿を探ろう。

4 「赤瓦」の人種

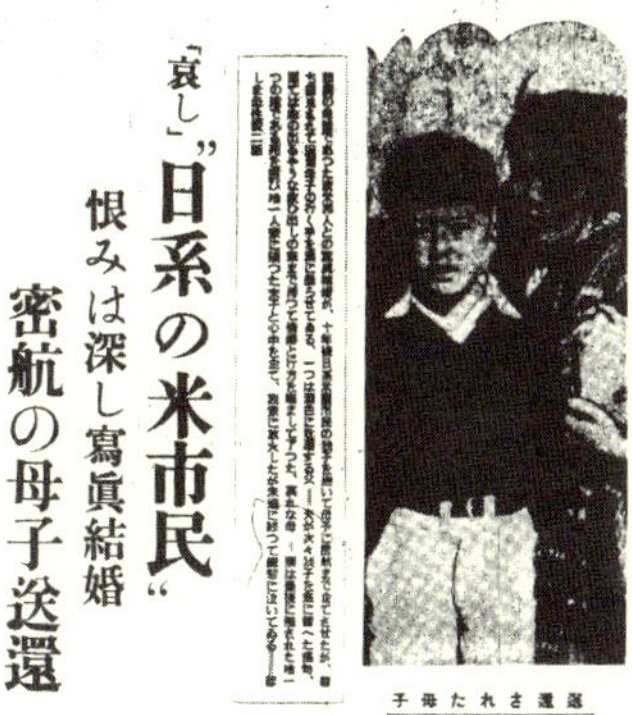
「哀し」〝日系の米市民〟
恨みは深し寫眞結婚
密航の母子送還
送還された母子

図49 『都新聞』1936年3月20日

「「赤瓦」の人種」の内容を少し丁寧に追っておく。

中島はエッセイを、その頃彼が新聞で眼にしたという密航母子の記事から語り起こす。書き写された見出しから推定すると、彼が読んだのは『都新聞』の一九三六年三月二〇日の記事、「「哀し」〝日系の米市民〟／恨みは深し写真結婚／密航の母子送還」（図49）であったと考えられる。母は写真結婚で嫁いだものの一子を出産後に離婚、その後帰国するが、二世の子どもが日本になじめない。そこで再度渡米しようと密航を企てたものの、露見し送還された、という事件であった。

写真付きで報道されたこの記事を読み、中島はこの母子のエピソードが彼らだけの問題ではなく、移民として生きる親子たちすべての問題ではないかと問いかける。「この惨めな挿話の母子の悲劇は同時に所謂第二世とその親達との殆どすべてが日本へ来て経験することではないか、と思ふのである」（中島 一九三六a、七三頁）。こう述べた後、中島は実際に自分たち家族のハワイでの経験、そして帰国したときの経験を語る。一人遅れてハワイへ来たものの不適応を起こして死んだ兄、彼自身の夢見た「日本」とそれへの幻滅、などである。さらに彼は、一九二〇年代―三〇年代に数千人規模で日本へやってきた二世たちにまで問題を広げる。アメリカの日系人の歴史では「帰米」と呼ばれることもある彼らは、移民地で生まれたアメリカ人であるが、両親が日本の文化を身につけさせたい――あるいはもっと積極的に「日本人」としてのアイデンティティをもつようになって欲しい――と考えて日本へ送り込んだ留学生たちである。彼らもまた、先の母子と同じだと中島はいう。エッセイの締めくくりは、中島がハワイにいたころに会ったことのある「山田さん」という男性についてである。彼は密航者だった。中島は、この「山田さん」が国勢調査を機に密航が露見するのではないかと恐怖にかられ、ハワイで自殺したというエピソードをつづる。

このエッセイで合わせ鏡の鏡像のように繰り返されるのは、日本とハワイの間を移動し、その移動がもたらした矛盾と違和によって引き裂かれた人々の苦しみである。「密航」の母子は、夫婦の不和と、子の日本への不適応と、法の規制とがたまたま運命的に重なったがために、港で立ちつくす惨めな姿を新聞紙面にさらさねばならなかった。絵を描きたかった兄は、ハワイの生活に耐えられず、父との葛藤の末、二一歳で「不慮の死」をとげた。(4)「山田さん」は、密航という事実よりもむしろ、自らがその脳裏に育て上げてしまった海の彼方にある日本政府の虚像に怯え、何ごともいまだおこらないうちに自殺した。そしてこうした群像を綴りだしてゆく中島もまた、いうまでもなくその矛盾と違和の連鎖の一部である。

このエッセイの白眉は、次の箇所であろう。

私は始めて如何に私がハワイに於て幸福であつたかといふことを知つた。私は悲しいときは、まるで自分の母親の懐ろへ泣いて飛び込むやうに自分の故里のことを考へ、いよいよ悲しいときはいつそのこと帰らうと決心したが、しかしさう決心すると、決まつてその度にあの優しい「母親」は、まるで私を叱るかのやうに、ぢつとこちらを見つめてゐる。そして云つてるやうだつた。「お前は旅をしろ、旅をしろ」と。

　爾来十数年、私は一つの道を歩いて来た。そしてその道が最善な道であつたかどうかは私は知らぬ。ただ、道を歩きなんだか私を呼ぶ声が聞えるやうな気がする。と同時に私は今更らのやうにあたりを見廻はすのだ。小説を書いてるといふことは白々しい現実の裏表で、所詮私にとつて郷愁《ノスタルジヤー》を癒やす一つの手段に過ぎないのかも知れない。又、いささか運命論者めいて考へると、小説を書いてゐるといふ私自身の姿は、実はいひ換へると絵を描きたくて死んだ兄が抱いてゐた郷愁を日本とハワイにおきかへただけで仕事そのものはそつくりそのまま受け継いでゐるといふことになるかも知れぬ。

　私には、密航の少年が同じ運命をたどるやうな気がしてならない。


（中島 一九三六a、七四—七五頁）


　中島が幻視する「一つの道」の上には、兄や「山田さん」、密航の母子たちの姿が重なっている。その道を歩く彼を呼びとめた「声」が、なにを語ったのかは私にはわからない。ただ確実なのは、彼が彼の小説すらそれをいやす一つの手段に過ぎないかもしれないと言った「郷愁《ノスタルジヤー》」は、川端のいうような楽園を恋う少年のイメージなどで語られるべきものでは決してないということだ。それはより凄絶な、もっと苦しみに満ちた感情だったろう。だからこそ中島は、ハワイに「母親の懐ろへ泣いて飛び込むやうに」帰ろうとはしなかった。だからこそハワイは、「お前は旅をしろ、旅をしろ」と中島に語ったはずなのである。

「ハワイ生まれ」として日本へ帰った中島を取り巻く人々の目は、暖かいものではなかった。「「赤瓦」の人種」

というタイトルは、次のエピソードから来ている。「いつか、かういふことを中学校のときに聞いたことがある。「汽車に乗つて中国地方を通ると、沿線に赤瓦の屋根があつちにもこつちにも見える。あれはみんなハワイ帰りだ」と。その先生には、或ひは私達も亦赤瓦の一家族に見えたかも知れない」。おそらくは広島のハワイ移民を数多く送り出した地域を通りかかったときのことだったろう。何気なく発したかもしれない中学校教師のその言葉の端に、中島は自分たち家族に向けられた蔑視のまなざしを感じずにはいられなかった。井伏鱒二が紹介する、中島の葬儀の席上での次のエピソードも、当時、移民およびその子どもたちに向けられた蔑みと恐怖の視線をわれわれに存分に語ってくれる。

今度の追悼会で私たちは中島君の奥さんに、その自動車事故の模様を質問した。しかし奥さんは日本の標準語がおぼつかない。おばあさんの代からハワイで生活してゐた一家である。お母さんは一度も日本に渡つたことがない。

たいていのハワイにゐる日本人は、広島県の方言でお互に用をたしてゐるさうである。私は広島県の生れで広島方言は自由自在だが、中島君の奥さんは調法なその方言もつかはないし英語もしやべらなかつた。「イエス」といふ代りに、こつくりをした。また私たち参会者のうち、誰も英語で話しかけるものはゐなかつた。

〈……〉

木山捷平君のごときは会の始まる前、もし中島君の奥さんが英語で話すのなら帰るぞといふやうな素振りを見せた。そして奥さんの連れて来る当年一歳の中島君の遺児が、或ひは英語をしやべるのだらうかと木山君は不気味さうに外村君にたづねてゐた。幾度も念をおしてたづねるのであつた。

（井伏　一九四一）

祖母の代からハワイにいた三世の女性が日本語がおぼつかないのは当然であり、突然「追悼会」のために東京へ連れて行かれた彼女が、流暢な日本語を操る文学者に囲まれて、そうした日本語を話す勇気が出るはずもなく、話せるはずの英語でさえ口に出すのは難しかったに違いない。集まった面々のなかには、英語を話すなら帰るぞといわんばかりの木山捷平のような人間も混じっていたのだから。木山のような人々にとっては、おそらく日本人の顔をして、日本人の血をもつはずの女性や遺児が、英語しか話せないということは理解を絶することであり、それは幾度も念を押して友人にたずねるほど十分に「不気味」なことだったのだろう。

中島はこうした差別の構造、差別の視線のなかに帰国し、成長し、生きてきた。「礫」や「榎の悲劇」といった作品は、幼少時に彼が熊本で受けた傷を題材としている（中島 一九三二：一九三六b）。彼の文学の背後に、移民を別種の「人種」として「日本人」から切り分け、他者化する構造が控えていたことを忘れてはならない。

中島は「アンケート　何故書くか」という企画に答えて、次のように語る。

私が、あのままずつとハワイかアメリカにゐたら、いま頃は幸福な（？）銀行員か学校の先生かも知れぬ。日本へ帰つて来たばつかりに小説を書くやうな運命になつたのかも知れぬ。といふ事は、いづれにせよ、日本といふ国で余り幸福でなかつたといふ事になるかも知れぬ。だから、何故小説を書くか、といふ御質問に対し〔て〕は、以上のやうな環境が、それを説明してくれさうに思へる。つまり、日本へ帰つて来たときから、私の一個の人生は、いつの間にか不思議なコースを辿り始めたのだ。文学！　その文学は味方でありながら、私の若さをけづり寿命をも縮めるやうな気がする。だが、この道に入つて十年、いまさら愚痴は云はぬ事。少し誇張を交へて私は私の文学的任務（それをもう一度考へてみる事が今日、必要ではあるまいか）を自覚して、こつこつと自分の環境を書き上げてゆくことに一つの責務らしいものを感じてゐる。少くとも、自分自身に常にさう云ひきかせてゐる。ハワイ生れと文学。これ以上書くとウソになる。

（中島 一九三四、一六三頁）

中島は「日本へ帰つて来たばつかりに小説を書くやうな運命になつた」という。これまでの議論から明らかなように、それは単に地理的に移動したということにはとどまらない。移動にともない、中島が、そして周囲の同様の移民たちが直面せざるをえなかった多くの困難を、彼は語り出さずにはいられなかったのかもしれない。母なるハワイに「旅をしろ」とうながされて向かった「一つの道」の途上で彼を呼んだ「声」とは、もしかしたら彼ら移民たちの呼び声だったのかもしれない。小説を書くことは、その声に応えるために彼が選んだ、一つの方法だったのだろう。

5 「ワイアワ駅」を読む――移動・記憶・望郷

ここからは、具体的に一つの短篇を取り上げ、中島が実際にいかなるテクストをもってそうした「声」に応えていったのかを考えてみたい。分析を加えるのは、「ワイアワ駅」という、『ハワイ物語』の巻頭に置かれた短篇（初出は『文学界』一九三四年二月）である。

物語は、ハワイのパブリックスクールに通う少年ナオトの日常のさまざまな点描をメインストーリーとし、これに新しく日本から呼び寄せられた兄・茂が引き起こすハワイでの生活への不適応、その結果としての死去がサブストーリーとして交差する。兄の事件の直後、家族は父を残して両親の郷里に帰国するという結末を迎える。「ワイアワ駅」がとりわけ面白いのは、以上のような物語が、重層化されるいくつもの語り、記憶によって織りなされていることだ。そしてそうした重なりあうテクスト群を貫いて存在しているのが、旅をする者のパースペクティヴである。

まず、日本からハワイへと渡ってきたばかりの兄茂の造形から検討しよう。テクストは、この生まれた場所も違い、受けてきた教育も違ってしまった実兄が、不幸にも落ち込んでいく周囲との行き違いや齟齬を、彼を理解し親しみたいと願いつつも近寄りがたく感じている弟の視線で語っていく。兄は、「ハワイへ来ても昼間キモノを着て下駄ばき」であり、仕事にも参加せず「天女」を描いており、日本の書籍を売る本屋や絵の具商に強い執着を示す。むろん、そうした息子のあり方を、呼び寄せた父は許すはずもなく、父との不和がいっそう茂を追いつめる。

ただし、この関係は一方的に茂が被害者として書かれるのではない。茂は茂で、ハワイに生きる移民たちを見下しており、たとえばそれは「ハワイ生れ」の弟への直接的な蔑みとして表出される。


「兄さん、どんな本よんでるか?」

と、こんどは云ふと、

「うん?」

と云つて、他の事を考へてゐるやうに横を向いたが、私が顔を見てゐるので、

「まあ、ハワイ生れなんかにや、さういふ事は分らん。」

と云つて薄笑ひをした。

私は、その時、兄を何か恐ろしく思つたが、これは困つた問答をしたものだ、と後悔した。


（中島 一九三六c、三一頁。以降作品の引用は頁数のみ示す）

日本とハワイの双方を知り、その間を移動したものの獲得した二重の意識が、こうした視線を可能にしている。このやりきれない齟齬を書き取っているからこそ、作品は、表面を流れる少年時代の美しい追憶のむこうに、あ

る移民の一家が落ち込んでしまったどうしようもない行き止まりの光景をまざまざと描き出しえた。

しかもこの作品が優れた仕掛けを行なっているのは、こうした旅をする者のパースペクティヴを書き取るに際して、駅という場を導入していることである。作品の冒頭は、次のように始まる。

> ワイアワ駅――それは殆ど名のみで、たまに貨物列車が停つて肥料や家畜の兵糧袋を落して行く位のものであつた。
> だから、その床を持つた白砂塗りの四角な建物は、幅三間ばかりのワイアワ川の口の所で汽車を見送つてゐるだけだ。
> といふより、この駅は、もはや駅の任務を忘れてワイアワ部落の中央にあつて一つの記念碑となつて了つた。
> 試みに、この建物の中に入つてその四つの壁を仔細に見るならば、そこには雑然とではあるが、この部落の持つて来たあらゆる姿が鉛筆、インキ、小刀、白墨その他植物の汁などで銘記されてある。悲喜哀楽！その何れにせよ、私達はさういふやうな場合、何らかの形に於てそこに表現しなくてはならなかつたらしい。
> それは、また同時に子供の集会室で〔ママ〕でもあつた。（三―四頁）

ここで駅は、「殆ど名のみで」「駅の任務を忘れて」しまったものとして言及される。かつては客の乗降があったのだろうと想像されるその駅においては、すでに列車は乗客を降ろすことなく通り過ぎ、貨物列車だけがたまに停車して肥料などを落としていく。それゆえワイアワ駅は、旅客たちにとってはそこに存在するが存在しない、空白の停車場となっているというべきだろう。

物語は、このワイアワ駅をはじめ、汽車や馬車などを数多く登場させ、人々の部落への出入りそのものをその主要な要素として構成していく。ホノルルの学校へ汽車で通い始めたナオト、ワイアワ駅に列車を臨時停車させて降り立つ駆け落ちした娘カヒナリイ、隣人・黒川順一家の転出とさらに続いての友人・熊夫一家の引越し、錯乱して飛び出し汽車に轢かれて死んだ兄、そして帰国するナオトたち一家。小説の末尾は次のようになっている。

　十月二十五日、私達は急いで父の馬車に乗つて土地を発つた。
　そしてその日、入れかはりにワイアワには誰れか越して来るのを見た。

（五六頁）

小説「ワイアワ駅」は、こうした激しく出入する人々の軌跡そのものを、駅や汽車、馬車などの移動や旅にまつわる言葉を配置しつつ語る。「望郷」の文学とされる中島の文学であるが、この「ワイアワ駅」のように、やはりそれは移動する者の視点からのみ見えるものであったというべきだろう。中島は、ハワイのコミュニティを、小さな閉じた集団として描き出すのではなく、複数の交通網のなかに置かれ、絶え間なく人々が出入りする開かれた、あるいは変わり続ける集団として描き出すのである。

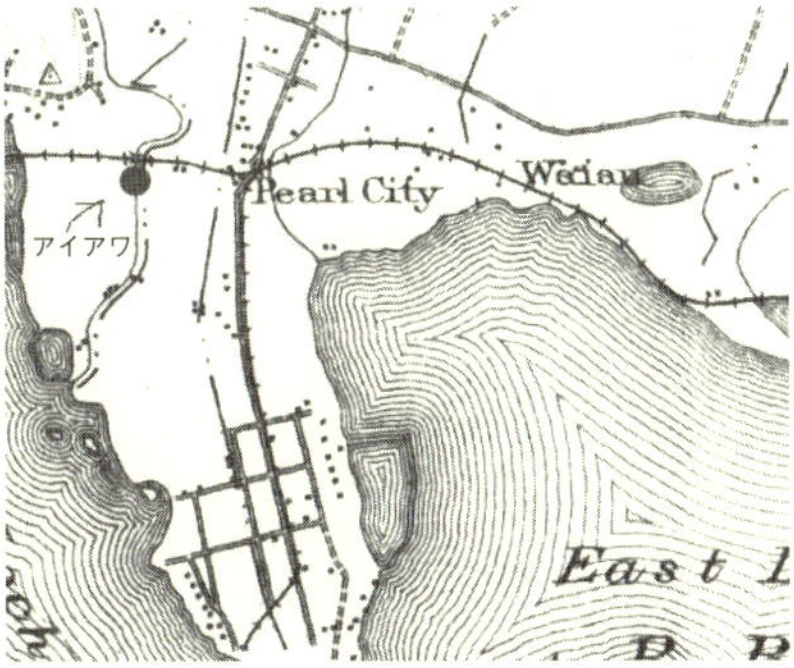

図50　ワイアワ駅の位置（推定）
（地図は1917年）

　ここでテクストのもつもう一つの重要な側面に目を転じておこう。それはワイアワ駅のもつ別の一面でもある。先の引用で確認したように、部落の中央にあるという駅舎は、その壁面に「部落の持つて来たあらゆる姿」を刻み込んでたたずむ「記念碑」だという。たとえばそれは次のようなものである。

　A、小口のヲバン（をばさんの意味）はバナナのア・サンとフアネ〱

（怪しい〳〵）。ミーはゆうべ、ここを通るとき、この眼でちやんと見たんぢや。

B、ドイツのガイヤ号が金剛カンに降参して、日本勝つた！　勝つた!!

C、ミーは日本のエダジマ海軍兵学校へ、アア！　入りたくなつた。（五頁）

こうして駅の壁に落書きとして書き込まれた言葉を、コミュニティの記憶を刻む記念として語りながら、同時に語り手「私」は自分自身の落書きをも探し、その断片を列記していくことで家族の小さな歴史を浮き彫りにしてみせる。

ミーのパパーは癒るだらうか。パパーはもう一年近くねてばかりゐる。〔…〕（七頁）

ミーにも兄さんがあつたのだ。茂といふ兄さん。名前がいい。十八、ミーと七つ違ひ〔…〕（八頁）

やつぱり茂兄さんは家と合はなかつた。キヤンプでも余り働かないで絵ばかり描いてゐる兄と、さういふ兄を憎むパパー。ママーは間に入つて両方から叱られてゐる。〔…〕（九頁）

最初の一行は、五年前のもので、「鉛筆で覚束なげな英語で」書いてあるという。次のは三年前、兄を呼び寄せた当時。最後はつい最近のもの。しかしこの最後の落書きから「私」はすぐ目をそらし、次の落書きをシャープ・ペンシルで書きはじめる。「九月一日！　なんと新鮮なよろこびの日であらう。けふ始めてホノルルの学校へ行つたのだ」（九頁）。

この仕掛けは、ワイアワの生活に広がっていたらしい、言語的な多様性と混交のようすをはからずも浮き彫りにしている。標準的な日本語から、方言、英語、カナカ語が、落書きのなかには入り乱れて登場するのである。これは当然、コミュニティの多様な構成を反映している。日本人移民二世のナオトを視点人物兼主人公としているため、やはり日本人が多く登場するものの、その日本人のなかにも一世と呼び寄せ[6]、二世が登場し、ほかにハオレ（白人）、カナカ、中国人が登場する。ナオト自身、日本語、英語、カナカ語を使用している。

整理すれば、中島の「ワイアワ駅」は、「私」の整序された日本語による語りを主要な物語言説としつつも、そこに時間的にも、方向的にも、また言語的にも多様なコミュニティの言葉を差し挟んでいるといえるだろう。われわれはここで、少年時代を振り返るみずからの過去の記憶を、甘美だがしかしのっぺりした一面的な物語にはしなかった中島の選択に気づくべきだろう。中島はその代わりに、時には乱雑にさえ思えるほど、断片化された方向の違う言葉を差し挟んだ。それは部落のうわさ話であったり、悪口であったり、個人的な記憶であったりしたし、日本語であったり、英語であったりカナカ語であったりした。なかでもいっそう重要なのは、中島のテクストが、呼び寄せられた兄と、呼び寄せた父母と、ハワイ生まれのナオトと、その三者の視点をきちんと捉えているという点である。これにより、テクストはその重層性をいっそう増したと言えるだろう。むろんそれは、中島自身の持つ〈二重意識〉とパースペクティヴが可能にしたものだった。

6　中島直人の文学から見えるもの

ここで思い返しておきたいのは、『ハワイ物語』という短篇集に期待されていた役割である。中島は、「後記」のなかで次のように言っていた。

「ハワイ物語」は、私の肉親を始め、周囲の者へのせめてものたむけであると同時に、長い間、無形に有

形に私のことを気に掛けてくれたハワイの人達への唯一つの土産である。　（三四七―三四八頁）

『ハワイ物語』は、日本にいる肉親らへの「たむけ」であると同時に、ハワイの人たちへの「土産」となることを期待して編纂されていた。実際、中島はこの短篇集を手に、ハワイへと渡ることになる。このことを思い返すならば、「ワイアワ駅」というテクストにおいては、二つの方向性が交差するように作用していたことがわかる。つまり、一方向は日本からハワイへという著者中島直人のベクトル。もう一つは、短篇の結末で日本へと父だけを残して帰国するナオト少年一家のベクトルである。「ワイアワ駅」は出郷と帰郷という異なった二つのベクトルの交点に位置しているのである。

「ワイアワ駅」は生き生きとした少年の日の思い出と、痛みといとおしみに満ちた家族の物語を描きだしていた。それは過ぎさった過去を呼び返そうとする、中島直人の、個人的な追憶の記念碑だったのだろうか。駅に書き付けられた言葉たちは、懐かしい故郷の点景として、私的に書きとどめられたにすぎないのだろうか。戻ることのない思い出をひたすら想起して書き起こす小説の言葉と、駅としての機能をほとんど失った目的のない空間の壁に刻まれた記憶の言葉。それらは中島の出郷と帰郷のベクトルの狭間に、そして日本とハワイとを隔てる狭間に置かれ、いまわれわれの前に差し出される。

中島に、故郷ハワイを懐かしむ心がなかったわけはない。しかし、厳しい「母」に旅を促がされ、その途上で聞いた「声」に中島が彼の文学によって応えていたのだとすれば、中島直人の試みを、戻ることのない過去を呼び起こそうとする私的な追懐の試みとのみ捉えるのは誤りだろう。周囲との違和の苦しみのなかで鉄道へ飛び込んで自死した兄を、中島が自分自身に重ね、かつ日本とハワイを往還する人々のすべてに重ねていたのだとすれば、小説の紡ぎ出す記憶の言葉は、過去にのみ向かっていたはずはなく、また中島個人の思い出をのみ語っていたわけはない。

中島が語ろうとしたのは、ある土地に生い育ったものの、そこに根ざした経験や感性ではない。一見ハワイに執着する彼の文学は、そうした土着性を指向するかのようにも受け取られかねないが、そうではあるまい(5)。生地から引きはがされ、母語から疎外され、それでもなお失われた故郷を恋わずにはいられない人々の苦しみと喪失と郷愁を中島は描いている。それは作品の表面を流れる抒情ほどに、甘美なものではない。二つの文化の狭間に落ち込んだ者たちの痛みが、「母」から旅をせよと宣告された者たちの苦しみが、彼の言葉の上には堆積しているからである。彼の文学が今、われわれのもとに届くのは、そうした狭間からの声を響かせているからだろう。

*

中島直人は、ハワイへ帰った後、エッセイのみを発表し、小説は書いていないようにみえる。今後、発見される可能性は残されているが、「日本へ帰つて来たばつかりに小説を書くやうな運命になつた」(前掲「アンケート何故書くか」)という中島が、ハワイに戻って書けなくなった理由はわからなくもない。その意味では、カリフォルニアへ渡って以降の中島が見せたであろう新しい展開が期待された。しかし、その日はついに来ることがなかった。米国本土へ渡航して程なく、彼の運転する車は、ソーダ水を運搬するトラックに突っ込んだ。二週間後の一九四〇年一二月一三日、彼は脳内出血で死んだ。

だがある意味において、このタイミングでの死は、彼にとって幸せだったかもしれない。彼の愛してやまなかった真珠湾に、日本軍による奇襲攻撃が加えられるのは、ほぼこの一年後である。米国に生きる日系移民たちにとって、もっとも過酷な数年が始まる。

第14章　〈文〉をたよりに——日系アメリカ移民強制収容下の文学活動

1　収容所の文学

ある人々は、それをあたかも〈歴史の終わり〉のようなものとして捉えていた。確かに短い歴史ではあったが、営々として築き上げてきた家財や社会的地位、人間関係などが、根こそぎにされ、見知らぬ不毛の土地に集団で送り込まれた。それはたしかに、一つの終わりの風景であったに違いない。

> ツルレーキが日本へ帰る途中の一ホテルであつても、このホテルに随分長い間泊らなければいけないと思ふ。〔…〕帰国後役に立つ人間になる為のツルレーキであつて欲しい。日本人として清く生き、北米移民の幕を美しく閉ぢて欲しい。[1]

同じように移住させられ、同じように鉄柵の中に囲い込まれた人々に向けて、一人の書き手はこのように呼びかけた。「ツルレーキ」（トゥーリレイク Tule Lake）というのは、日系のアメリカ移民たちが第二次世界大戦中に送られた収容所の一つである。つまりこの文章は、自分たちは移民として過ごしたアメリカにもういることができなくなった、「日本へ帰る」ことになった、この収容所はその帰路に立ち寄った「ホテル」のようなものなのだ、と述べている。

大きな悲劇と、重大な政治的人道的過ちが第二次大戦中の米国で起こった。それは、確かである。ただし、本章の記述はその悲劇と過ちを嘆き、糾弾するために書かれているのではない。強制収容の間に日系移民が残した文学作品や、彼らが行なった活動を検討すること、それがここでの直接的な課題である。それは強制収容という大きな歴史的出来事を前にすれば、些末で、迂遠な作業に見えるかもしれない。しかし第二次大戦から六〇年以上が経過した今、単純に悲劇を悲劇と言うだけで終わらせず、彼らが残した文学の言葉を今一度仔細に検討することによって、今なおわれわれを考えこませるいくつかの問題へとたどり着くことができると私は考えている。

たとえば、先に引用した文章は、収容所で発行されていた雑誌に掲載された。この雑誌は単なる回覧雑誌ではない。手書きの謄写版とはいえ、発行部数が一〇〇〇部を越えることもあり、ページ数も七〇ページを上回る充実したものだった。なぜ戦時下の収容所で、これほどの雑誌が作られたのか。それは、どんな人々が作り、どんな人々が読んだ雑誌だったのか。書き手は「日本人」に呼びかけているが、さて「移民」は「日本人」だろうか。また、強制収容下で書かれた言葉であるならば、表現にもそれ相応の切迫性があるはずだろう。たしかに引用の文章は切実な呼びかけの調子をもっている。だが一方、「ホテル」、「泊」る、「幕を美しく閉ぢ」る、といった隠喩が散りばめられ、文章はレトリカルでもある。移民史の終了を語るという危機的な状況にあってさえ、人の言葉は修辞を忘れないのだろうか。

この章では、日系アメリカ移民の強制収容所における文学を論じる。収容所という特殊な環境において、文学という活動がいかなる意味を持ち、いかなる役割を果たしたのかを考えたい。収容所はたしかに特殊で極端な空間だが、しかしそれは日常と切り離された別種のものではない。「収容所」を「我々が依然として生きている政治の隠れた母型」として定義し直したのは、ジョルジョ・アガンベンだった。(2) 私はここで、強制収容所における文学活動を検討しながら、人々がそうした場所においてなお書き、読み、そしてそれを共有しようとしたことの意味を考えたい。収容所の文学はいまいるわれわれの居場所と地続きの場所にあるはずで、しかもそこにおいて私たちの社会のなかで文学が持ちうる意味、果たしうる機能が、もっとも露わになっていはしないかと考えるからである。

　収容所における文学の意味や機能を考えることは、人々が書き、読むという営為を通じて、〈文《ふみ》〉と取り結ぶ関係を考えることでもある。フミという古い歴史をもつ言葉には、書き記したもの、書物、手紙といった意味が備わっている。私はここで〈文〉を、この三つの意味を包含するものとして用いる。キャンプで人々は、さまざまな〈文〉との向き合い方をした。詩を書き、書物を持ち込み、雑誌や新聞を発行し、手紙を待ち、歌を詠んだ

図51　マンザナの収容所風景
（US National Archive所蔵）
（ARC_id 538121）

図52　マンザナの収容所図書室で
（US National Archive所蔵）
（ARC_id 538176）

めに集い、図書室を作った。いったい収容所に文芸雑誌や図書室は必要だっただろうか？必要だったのだ、と私は考えざるをえない。ある人々は、〈文〉とあまりにも親しかった。収容所において書かれ、読まれた文学の言葉を読み解き、そしてそのような状態において人々が〈文〉と取り結んだことの意味を理解する作業は、そのまま現代の私たちの社会における文学や〈文〉の意味を理解することにもつながっていくのではないかと考えながら、私はこの考察をはじめている。

2　第二次大戦下の日系人強制収容

一九四一（昭和一六）年一二月七日（日本時間では八日）に日本軍がハワイの真珠湾を攻撃し、日米戦争が始まる。アメリカに住む日系移民たちは「敵国人」となった。開戦直後から日系人のリーダーたちの捕縛がはじまり、一九四二年二月には軍事地域に指定された地域からすべての人々を排除する権利を陸軍長官に与える行政命令が発効する。これが日系人だけに適用され、約一一万人の日系人が住み慣れた町からの立ち退きを迫られた。(3) 許された携行荷物はわずかであり、人々は蓄えた財産を非常に不利な条件で処分して出て行くことになった。いったん近郊の「仮収容所 Assembly Center」に集められた後、彼らはさらに内陸の、多くは人のほとんど住んでいない地域に急造された「転住所 Relocation Center」（「収容所 Internment Camp」あるいは「強制収容所 Consentration Camp」とも呼ばれる）に移された。敵対的人物と見なされた一部の人々は司法省が管轄する「抑留所」（「転住所」は戦時転住局 War Relocation Authority〔以後WRAと略す〕の管轄だった）に送られた。

日系人の強制収容、と一口に呼ばれても、実はそこに集められた人々は、世代も、生い立ちも、思想も、使用言語も、そして国籍さえ、さまざまだった。日本から移住した最初の世代すなわち一世は、当時法的にアメリカ国籍を取得できなかったために日本人であり、日本語を話し、多くは日本びいきだった。しかし彼らのアメリカ生まれの息子、娘すなわち二世たちは、アメリカの市民権を持っていた。彼らは「アメリカ人」であるにもかかわらず、日本人の血統を一六分の一以上持っている者を収容するという決定によって、収容所に入れられた。二世にも大きくいって二種類の人々がいた。アメリカでずっと育った「純二世」たち。彼らはアメリカの公教育を受け、日本語は理解するものの英語を主言語とし、アメリカ人としての価値観を強く持っていた。一方、アメリカで生まれたが教育を日本で受け、その後アメリカに帰った「帰米」たちがいた。帰米二世の両親は子供に日本風の教育を受けさせたいと望み、家族や親類などのもとへ息子、娘を送ったのである。当然、帰米たちは日本の文化を身につけ、日本語で考えて話した。第二次大戦前の日本へ送られた帰米たちのなかには、国粋主義的、軍国主義的な教育をうけた世代の者たちも少なくない。

このようにそもそも多様化していた日系人のコミュニティを、さらに決定的に分断する出来事が起こった。一九四三年、陸軍は徴兵年齢(一八歳)に達している二世男子に対し、米国への忠誠心を問う質問を行なった。つづいてWRAもこれにならい、収容所にいるすべての二世女子と一世男女全員に、類似のアンケート(「出所許可申請書」)を行なった。これはアメリカ市民としての忠誠度をさまざまな角度から問う三三項目の質問集だった。問題になったのは二七番目と二八番目の質問——アメリカ軍に志願するか、アメリカに忠誠を誓い日本の天皇への忠誠を否定するか——というものだった。コミュニティは、これらの質問によって「Yes, Yes」と答えた組と、「No, No」と答えた組に分断された。同じ両親をもつ兄弟が、Yes組とNo組に分かれることさえあった。この調査(「忠誠登録」と呼ばれることも多い)を経て、日系人たちの一部はさらなる移動を迫られ、ある者は戦場に、ある者は不忠誠組の集まる「隔離収容所 Segregation Center」に、ある者は収容所を出てアメリカ東部へと散っていった。この亀裂は、戦争が終わった後も、アメリカの日系人社会のなかに深く痕跡をとどめた。

3　分断と越境――キャンプにおける文芸活動・概観

日系人を収容した収容所は合計一〇箇所ある（表9）。いずれも半砂漠や湿地にあり、寒暖の差が激しかったり、砂塵が舞い上がるなど、人の居住に向いているとはいえない場所に位置していた。そこに、監視塔が立ち、鉄柵が張り巡らされ、囲われたエリアのなかに急造の家屋や共同施設などが建てられた。板張りの狭く粗末な造りの住居に、家族ごとに、あるいは独身者たちが集められて暮らした。食堂や売店、シャワー、集会所などといった共用の建物が、大きく区分されたブロックごとに存在した。

収容所名(州名)	最大人口
トパーズ(ユタ州)	8,130
ポストン(アリゾナ州)	17,814
ヒラリバー(アリゾナ州)	13,348
グラナダ(コロラド州)	7,318
ハートマウンテン(ワイオミング州)	10,767
ジェローム(アーカンサス州)	8,497
ローワー(アーカンサス州)	8,475
マンザナ(カリフォルニア州)	10,046
トゥーリレイク(カリフォルニア州)	18,789
ミニドカ(アイダホ州)	9,397

表9　米国日系人収容所とその最大人口
（出典：Niiya 2001）

住み慣れた家を奪われ、仕事を奪われ、農場を商店を工場を奪われて、無人の土地へと連れ去られて始まった生活。隣室の声が響き、すきま風が吹き込み、食堂に行くにも浴場に行くにも吹きさらしのなかを歩いていかねばならない暮らし。鉄柵に囲われ、兵士たちに監視され、行動の自由も、言論の自由も制限された毎日。それがいつ終わるともしれない戦争のなかで、いつ果てるともなく続いていく。それは想像も及ばない苦痛だっただろう。このことはいくらでも強調しなければならない。

ただ一方で、残された資料から明らかになる収容所の生活は、暗いものばかりではない。いや、暗い側面、過酷な側面があったからこそ、バランスをとろうとするかのように、人々は楽しみを求めた。

たとえば、『ハートマウンテン文芸』（一九四四年九月）に掲載された収容所の年表風の記録「はあと山　あの日この日」から、所内のようすをのぞいてみよう。

- 一九四二年一二月「第一回美術展」(二十八区二十六号)が開催。入場者三〇〇〇名。「押すな〳〵の大成功」(四五頁)。のちの展覧会について「展覧会続く長蛇の人うねり」(伊藤十九男)の川柳も詠まれた。[4]
- 一九四三年二月二日、「十五区廿五号がライブラリイに。本日、来館者三百名」。(四六頁)
- 一九四三年四月四日、相撲大会。観衆二〇〇〇人。(四八頁)
- 一九四三年五月二十四日、九区二十六号と二十九区二十六号が「映画常設館」になる。(四九頁)
- 一九四三年六月十八日から五日間、「本間恵華女史の生花展」。「紙で花から造る」という(五〇頁)。本間には生花をめぐる歌もある。「いかにして華道の精神《こころ》知らさむと思ひわづらふ日毎夜毎を」「きはむればきはむるほどに果《はて》もなき華道のふかさ身には沁むなり[5]」。
- 一九四三年七月四日。「コデイ市商人軍とセンター金星軍」とで野球(「コデイ市」は収容所近隣の都市)。夜は野外映画。観衆三〇〇〇人。(五一頁)

多くの多様な文化活動が収容所のなかで行なわれていたことがわかるだろう。[6] ＷＲＡは収容所内に不満が蓄積しないよう、リクリエーション活動を認めていた。人々は、家々を飾り、樹々を植え、池を造り、そこに橋を架けた。野球を楽しみ、相撲を楽しみ、野外での映画や演劇に興じた。ラジオを聞き、歌謡曲を歌い、浪花節を楽しんだ。家具を造り、化石を集め、造花で花を活けた。夜学に通い、英語を習い、絵を習った。学校に通い――米国の公立学校だけでなく「国民学校」があることもあった――、キリスト教会や仏教会に通った。関連する短歌、俳句、川柳などを少しだけ挙げてみよう。「活け花を漁る砂漠の春日かな」(和気湖月[7])、「麗かや思ひ思ひに庭造り」(篠田香虎[8])、「配所にも信心はあり灌仏会」(森山一空[9])、「転住を無駄にはすまい夜学の灯」(虎山[10])、「単調な砂漠を生きる趣味の道」（矢形渓山[11]）、「晩学の額の汗や絵を習ふ」（吉井喙太[12]）、「野球戦今たけなはや炎天下」（素風[13]）、「観劇に眼つかれて見上げたる夜更けの空ゆ星の落ちたり」（北村利恵[14]）。

収容所には、図書室さえあった（図53、54）。強制収容がはじまってすぐ、早くも多くの仮収容所のなかに図書室が作られた。当局は若い世代が一世世代からの影響を受けることなく、より「Americanized」されるために、この設置を認めた[15]。各収容所の図書室はこれらを引き継ぎ、外部の図書館などからの寄贈や借用、相互貸借、あるいは戦時キャンペーンから漏れた書物の流用によって架蔵書および貸出可能図書を増やした[16]。収容所内の学校にも、図書室が設けられた。

図書室には日本語の書籍も所蔵された（Wertheimer 2004、第六章）。いずれも検閲を経たものだった。設置の

図53　グラナダ収容所の高校／コミュニティ図書室
（US National Archive所蔵）
（ARC_id 539606）

図54　サン・ブルーノ仮収容所の図書室
（US National Archive所蔵）
（ARC_id 537942）

目的も、楽しみや余暇、勉学のためというだけでなく、トパーズ収容所の場合のように、衝突の絶えない収容所内の雰囲気を和らげることを目指していることもあった。日本語書籍がいかにして図書室にもたらされたかは、各収容所によって異なる。没収された書物が返還されたり、個人や宗教団体の寄贈であったり、日本人が居なくなった元のコミュニティの図書館から寄贈されたり、赤十字を通じて日本から送られたり、とさまざまだった。徐々に増加していった書物の数と比例して、利用者も増えていった。トパーズ収容所の日本語図書室では一九四四年二月の蔵書が七〇〇〇冊を数え、一ヶ月間の貸出冊数が四二二七冊に上ったという（同書、一七八頁）。サンタフェの抑留所で詠まれた川柳に、「図書館へ故国の香を読みに行き」とある。[17]

その強制収容所図書室に関する論考のなかで、ウエルトハイマーはソビエトやナチスの収容所における図書館――「地獄の図書館 Libaries in hell」――の系譜のなかに、日系人収容所の図書室を置いてみている（Wertheimer 二〇〇四、一九六―七頁）。収容所図書室は「完全な社会的コントロールがなされた機関でもなければ、必ずしも民主主義を擁護する要塞でもな」く、「むしろ管理者側と利用者の双方の複雑な社会的、経済的、政治的な圧力を反映した場であり、そして根本的には図書館創立者たちの夢と行動の具現物であった」（ウエルトハイマー 二〇〇八、九頁）。社会的コントロールと個人的解放の両面をもつ収容所図書室は、例外状態において人が〈文〉といかに接触するかを、たしかに雄弁に物語る。監禁と管理の世界において、書物は人々に束の間の慰安と自由をもたらした。そしてウエルトハイマーが詳細に明らかにしたように、収容所図書室という人々と書物の接触空間が創出される際、日系人だけではなく、一部の地元住民や図書館員、管理側の人々が手をさしのべたことは記憶されてよいことがらだろう。

仮収容所および収容所においても、日本語、英語両方の新聞が存在した。もちろん当局の監督下に置かれての発行であった。仮収容所・収容所を管理した陸軍やWRAは、管理側の決定や指示を伝達したり、収容所の秩序を維持したり、あるいは外部に向けて宣伝を行なうためのメディアを必要としていた（水野剛也 一九九九：二〇〇〇・二〇〇一）。ユタ州やコロラド州では従来の邦字新聞の発行も許されており、強制収容の時代においても日系新聞は人々に必要な情報を与え続けていた。

トゥーリレイクにいた詩人加川文一の随筆「下駄」（『鉄柵』一九四五年四月）は、収容所の初期、皆が下駄を造って履いたエピソードをつづり、それをきっかけに人々の生活が落ち着いていった、と述べる。

> キャンプの生活は依然としてキャンプの生活にはちがひなかつたけれども、私たちはその中に心のゆとりからほぐれて来る遊びを織りこむことによつてキャンプを柔げて行つた。少しづつでもとげとげしいものが取れて行つた。活動写真が見せられ、演芸会がひらかれ、星の涼しい夜はカトンツリーの下で野外音楽会が催されるやうになつた。子供は野球をあそび、大人は大人で山から珍しい木を探して来て杖をつくつたり、パイプを拵《こしら》へたりして、それを丹念に磨き上げながら、入所当時の受難をもいつしか忘れてゆくのであつた。その頃になると学校も出来てゐた。寺も建てられ、教会もできた。（二一八頁）

そして、このような困難な時代にあってさえ、人々は文学にたずさわることをやめなかった。複数あった収容所では、短歌、俳句、川柳の会が作られ、文芸同人が結成され、多様な雑誌が刊行された。この収容所での雑誌の発行と文学活動については、篠田左多江の先駆的かつ網羅的な研究があり、その篠田に山本岩夫が加わって編纂し、解題も付した復刻『日系アメリカ文学雑誌集成』がある[18]。この二つの優れた達成に拠りながら、簡略にそれを概観しよう。

最大一万八〇〇〇人近くが生活したユタ州のポストン収容所では、もっとも長期間（一九四三年五月—一九四五年九月）刊行されていた同人誌『ポストン文芸』があった。同誌はポストン文芸協会による同人誌で、短歌や俳句だけではなく、随筆や読み物、創作、詩など幅広いジャンルの作品が掲載されていた。同人はポストンだけではなく他の収容所や抑留所にもおり、最大三四八人を数え、発行部数は一〇〇〇部を越えたこともあった。ポストン収容所には他に短歌、俳句、川柳、随筆が多く掲載された『もはべ』もあったという。

ヒラリバー収容所では若い帰米二世たちの団体である比良男女青年会が機関誌『若人』(一九四三年五月―一九四三年八月、計三号)を出していた。機関誌らしく比良男女青年会沿革なども載るが、文芸創作がほとんどを占める。また川柳誌『志がらみ』もあったという(篠田 一九九四)。

ワイオミング州のハートマウンテン収容所では『ハートマウンテン文芸』が刊行された。刊行期間は一九四四年一月〜一九四四年九月(全六号)で、短歌や俳句、川柳、随筆が多い。創刊号は六〇〇部印刷したが売り切れ、増刷したという(篠田 一九九三)。

トパーズ収容所では二世たちによって英文雑誌が刊行された。『Trek』(一九四二〜四三年)、『All Aboard』(一九四四年)がそれである。[19] 前者が全三号、後者が一号のみという短い刊行ではあったが、英字紙らしく日系人以外の寄稿者もあった。篠田によれば他に「短詩形文学は、短歌のトパズ短歌会、俳句のトパズ吟社、川柳のトパズ川柳社があったが、この収容所の特色は自由律俳句の「ポピイの会」であった」(篠田 一九九五、九二頁)という。

グラナダ収容所にもやはり英文誌『Pulse』(一九四三年五月)があったほか、短詩形作品のグループがあった。[20] 収容所には戦前から活躍した日系人文士の佐々木さゝぶねがおり、われわれはいま彼が残した『抑留所生活記』を読むことができる。

トゥーリレイク収容所は当初他の収容所と変わらない性格の施設だったが、忠誠登録を経て、不忠誠の人々をまとめて収容する唯一の「隔離収容所」となった。これ以降、所内の人々も日本寄りの人々がほとんどとなる。ここでは『怒濤』(一九四四年七月―一九四五年六月、全七号)、『鉄柵』(一九四四年三月―一九四五年七月、全九号)があった。『怒濤』は鶴嶺湖男女青年団の機関誌として発行され、団員に無料で配布された。青年団の機関誌だが文学作品の掲載も多い。『鉄柵』は編集者たちが掲載作品の質に厳しい要求をしていたことを特徴とする。そのため収容所で刊行された日本語雑誌のなかで、もっとも高い質の文芸作品が集まった雑誌となった。発行部数も多く、『ポストン文芸』をしのいだ。一九四五年一月号は一二〇〇部以上も印刷したが、あっというまに売り切れたという（野沢 一九六五、一七頁）。

収容所では単行図書の出版もあった。加川文一の随筆集『我が見し頬』、あるいは『北米短歌』、長田穂波『みそらの花』などという書名が、各雑誌の誌面に現われている。(21)

4 収容所の文学を読む（1）――旅

こうした収容所の文学を、われわれは今どのように論じることができるだろうか。篠田左多江は「強制収容所内の文学活動」を調査分析し、次のような価値を見いだしていた。

文学に興味は持っていたが創作活動に割く時間を持たなかった人に文学活動に参加する機会を与え、戦後の日系アメリカ文学の担い手を生みだしたこと。さらに収容所という特殊な環境の中で、動揺する人びとの心になぐさめと楽しみを与えたこと。いかなる苦難に遭おうとも日系人としての誇りを捨てず、秩序ある行動をとろうと繰り返し書いて啓蒙したことが、人びとの混乱を防ぐ一助となったこと。また日系人が民主主義の国アメリカに居住しながら、もっとも民主主義に反する方法で強制収容所へ送られ、どのような生活を強いられたかを語る記録としても貴重である。（篠田 一九八七、三九―四〇頁）

篠田は別の論考で、収容所における文学が、戦後における二世の日本語文学、英語文学の基礎となったことも指摘している（篠田 一九八九：一九九五）。スーザン・シュヴェイクは戦時下、強制収容所において「抵抗、記録、諷刺、コミュニケーション、内省」の重要性が高まったこと、女性が書く場となったこと、その困難な状況のなかで日系文学が発展したことを指摘している（Schweik 1989、九三―九四頁）。またジュンコ・コバヤシは、その博士論文（Kobayashi 2005）において、戦時期の日本語文学は、日系人としての文化的アイデンティティの保持を通じてアメリカ化への抵抗を行なったことだけではなく（七一頁）、仲間の日系人への批評の場を確保したり（七二頁）、コミュニティ内の伝統的、家父長的、異性愛的、民族的な権威主義に関するアイデンティティおよび政治を批評的に議論する空間を生み出した（一〇三―一〇四頁）と評価している。

収容所の文学は、作者たち自身がまさにいま立っている強制収容という現実のなかで書かれ、その現実と向き合い、対話する過程で生まれた。その現実との対話を、文学の言語によって形象化したのが彼らの作品である。したがって、そこに登場するイメージは、隠喩や置き換え、変型などの変換を経ながら現実と関係を取り結んでいる。この変換にこそ、文学の機能的な意味がある。あまりに体験の強度が強く直接的には向き合えない出来事や、あるいは検閲などの権力の直接・間接の干渉によって表現できない経験を、意識的あるいは無意識的に変容させて、言葉によって造形する。収容所における創作行為は、被収容者たちが収容経験と折合いをつけていくためのプロセスの一つであり、そのプロセスの痕跡そのものである。収容所の文学が反復的に描いたイメージを分析することの意味は、ここにこそある。

この章では、収容所の文学に現われる二つのイメージを取り上げる。収容所で刊行された雑誌はそれぞれ性格を異にしているし、寄稿している人々も多様、作品もさまざまである。だが、雑誌を横断的に通読していくと、反復して現われるイメージが二つあることに気づく。旅と便りである。

まずは旅のイメージの検討から始めよう。人々が自分たちの今生きる生活をどのようにとらえ、これまでの過去とこれからの未来とをどのように見わたしているのか、旅の形象はよく語ってくれるように思われる。

旅と言ふその言のもつあはれさを身に沁みて思ふ吾はこのごろ　橋本京詩(22)

常ならぬ世に流浪《さすら》ひつぎてゆく同胞《ひと》ら永久《とは》の住家《すみが》をいづくに求むる　岩本志満子(23)

囚はれの旅いくとせや夏帽子　大館無涯(24)

収容所に入れられた人々は、そもそも日本から移動してきた人々だ。出稼ぎ労働者や移民の常として、生活が安定しない間は転居を繰り返すことが多い。その後、多くの人々が定住をはじめ、米国に根を下ろしていったわけだが、そこへ日系人の強制収容が起こった。人々は、生活の場を根こそぎにされて収容所へ移動させられた。旅という形象は、そのような経緯のなかで読み取られるべき言葉である。家郷から離れたことによる旅愁であるとか、見知らぬ空の下で暮らす状態を単純に喩えたものではない。「あはれさ」「常ならぬ世に流浪《さすら》ひ」「囚はれの旅」などといった言葉は、強制的に転居させられ収容されているという状況、そしてまた遠からずここを離れることになるだろうという予見によって生みだされる言葉であり、それが収容者たちのいう旅の意味なのである。

収容を旅と呼ぶ隠喩は、幅広い人々の間に広がっていた。先に整理したように、収容された人々は多様だった。日本生まれの一世もいれば、アメリカ生まれの二世もおり、アメリカ育ちの二世もいれば、日本育ちの二世もいた。できるだけ早く日本に帰りたい人々もいれば、いち早く出所許可をもらい収容所を出てアメリカ社会に戻っていく人々もいた。しかし旅の隠喩は、こうした区別を越えていたように見て取れる。引用した「常ならぬ」の歌を詠った岩本志満子は、おそらく一世だろう。本章の冒頭に掲げた「ツルレーキが日本へ帰る途中の一ホテルであつても」云々という発言は、日本へ戻ることを希望している帰米二世のものだ。「青春の夢破られて旅へ生き」(竹下ゆずる)[25]という句もある。アメリカで教育を受け英語を主要言語とする二世たちも同様に旅の意識を抱えていた。彼らが出版した雑誌のタイトルは『Trek』(苦難の旅、移住)だった。

旅の表現には大きく二つほどパターンがあり、それぞれが収容者たちの生活や心情を背景にしている。一つは、囚われの身にあることを前提に、離れた土地を恋い、柵の外への思いを語るというものである。もう一つは移動によって離散した親しい人への思いを描くものである。前者のなかには、望郷のテーマがしばしば現われる。

放浪の身へも離れぬ郷里の山　胡仙[26]

流転の旅は幾千里
身はアメリカの星の下
希望の夢にやぶれては
涙に暮れる旅の空〔…〕　花見留雄[27]

「放浪」「流転」といった言葉が、定まりを持つことなく今日まで至り、今ここ収容所にあるという詠み手たちの自己認識のあり方を提示している。そして「離れぬ」「幾千里」という言葉が、望郷の向く先である「郷里」との距離感を指し示す。そうした距離感の根底には、自分は鉄柵の中におり、自由に外へ出ることができないという閉塞の感情がある。次の詩は、加川文一の「風景の弓」(『鉄柵』一九四四年八月、三六―三七頁)という作品である。

路の両側にはバラックが立ち並んでゐた。
路は真直ぐに収容所を
つきぬけ
つきぬけたところに野があつた。
〔…〕
どこまでもつづく石ころ路は淋しく
私はまいにち日に照らされて歩きながら
行くところがなかつた。
答のない収容所の生活に
頭は茫と霞んで
行くところをもたない私であつた。

真っ直ぐにつきぬける「路」、そしてその先にある「野」という表現は、それ単独で取り出せば、開放的なイメージをもたらしてもおかしくない表象である。しかしここでの「路」と「野」は、行き止まりとそこへ至る道筋を示している。「路」は「どこまでもつづく」が、どこへもたどり着けない。目的地を、奪われているからであり、そして「答」を失っているからである。茫漠と広がりながら、しかしそれは広大な閉塞でしかないという状況を、詩人は自身の「頭」が「茫と霞んで」しまうありさまと重ねて表現する。静かな描写ながら、収容所の閉鎖感を厳しく切り取った詩だと言えるだろう。

こうした閉塞状況のなかに我が身があるからこそ、想像力が鉄柵を越えて広がっていく。「柵に倚り見上ぐる空や雁帰る」(田中素風[28])、「日本の方へ鷗は舞つて行き」(角素子[29])、「祖国まで続くみ空に話しかけ」(凡才[30])、「鉄柵を越せば加州へつゞく道」(青木鶴山[31])。閉塞状態から外へ向かう心情が、収容所の上空を旅ゆく雁や鷗、遙かなゆかりの土地へ続く空や道に思いをかける表現を生む。

旅と離別

渡米、定住、そして強制収容。それに続く忠誠登録や軍への志願は、日系移民たちの家族の離散を生んだ。収容所の作品には、別れ別れとなった家族を想う作品が数多く現われる。紺屋川幸作の「『一握の砂』を読みて」(『怒濤』一九四四年一〇月)は、収容所で石川啄木の歌集を読んだ感想録である。紺屋川は「燈影なき室にあり、父と母、壁の中より杖つきて出づ」の歌を挙げて、「身は鉄柵の中にありて、懐しき両親、人間は幾歳になつても永久に両親は忘れ得ない。此歌を口誦むとひし〳〵と故郷の父母が思ひ出されて胸に来るものがある」(五九—六〇頁)と書く。

故郷の親や知人を慕うものがある一方、子どもたちとの離別を嘆く作品も多い。

秋雨の夜半目ざめしが旅にある子をふと思ひ出でて眠らず
逞しきからだとなりて来し吾子《あこ》の軍服凛々し秋晴れのけふ　小池代治郎[32]

軍服で訪づれる柵中母ひとり子ひとりの母で　佐藤知星[33]

言及されている「軍服」は日本軍の軍服ではなく、米軍の軍服である。自らのアメリカ人としてのアイデンティティを示すため、あるいは家族や同胞への今後のよりよい待遇を得るために、多くのハワイ・本土出身の二世たちが志願して戦場へ向かった。その決意と活躍、ジレンマ、そして多くの死者については、すでにたくさんの賞賛の物語がある(34)。

「血のつゞき何の因果か敵味方」(西田紀一(35))の川柳が嘆くように、米国への忠誠、米軍への志願の問題は、時に家族を分断した。米軍へ志願しないまでも、アメリカでの生活の続行を望んだ人々は、管理当局の許可を得た後、立ち退き地域以外の土地へと出て行った。「転住」などと呼ばれたこの再移転も、家族を離ればなれにした。英語の使用に不安がある一世や帰米二世たちは、日系コミュニティが存在しない米国東部などで生きていくことに不安を持ったからである。原信太郎「ある一世の謳へる」(『ハートマウンテン文芸』一九四四年三月、二五頁)は、そうした一世たちの心情を切り取っている。「追はれ来《こ》し／荒野原　住みなれては／思ひ出のわが里となりぬ／さあれ　離散せる友とちと／いづれの日にかまた逢ふべき／わがこころ淋し／〔…〕／転住の声しきりにて／若人等は西に東に／勇み立ちて出で行けど／年や、ふけたるわれは／不安の念におそはれて／この里をいでもやらず〔…〕」。追われ、友と離ればなれになり入れられた収容所。その収容所からもまた、二世たちが出て行く。しかし歳を取り「不安の念におそはれ」る自分は、この「里」＝収容所を出ることができない。

子どもが外部へ出て行き、夫は抑留所に入れられ、自分は収容所にいる――三ヵ所に離ればなれになってしまった家族もいたようだ。「愛し子を外部に送りつ配所なる夫に文書く心淋しも」(岩永千代(36))。

家族の離別は小説のなかにも描かれる。懸賞小説の当選作として掲載された谷ユリ子「母の行路」(『鉄柵』一九四五年一月)は収容所にいる母と娘・信子(お腹には子どもがいる)と、戦場に行っているその兄・勇の家族を描いたものだ。作中の勇の手紙は、出征した二世たちの窮境を語る。「お母さんに孝たらんとすれば国に忠ならず。然し僕の場合は仕方がない。今日の僕の気持を知つて下さるのはお母さんだけだと思ひます。米国に捧げた兵士の母、その母は冷たい鉄柵の中に隔離され、戦地の息子を案じてゐるでせう」(八九―九〇頁)。母への気持ちと、母国＝米国への気持ちが衝突を起こしてしまう状況。しかもその母は、敵性外国人すなわち日本人として隔離収容所にいる。

山城正雄は同号掲載の選評で、この作品について次のように述べた。「我我の立場から言へばこれは良くないことかも知れない。併し乍ら、親子の関係は厳然として存在してゐるし、子を慮ふ親の苦痛は、ツーリレーキに来てゐるからこそ、デレンマーの深刻性は倍加したであらう。い丶主題とは思ふが、深く掘り下げることはキャンプの特殊性が許さないし、又作品にそれを希望するのも無理であらう」(八五頁)。山城のいう「我我の立場」「キャンプの特殊性」というのは、トゥーリレイク隔離収容所のもっていた性格を指していると思われる。すなわち、「日本人」として日本の側に立つことを選び、戦後は日本へと帰国することを望む人間たちの集団が、トゥーリレイク隔離収容所の人々だということである。それゆえトゥーリレイクにおいて、二世が米軍に志願することは――それがたとえ文学作品の表象であっても――所内の人々に対する許されざる敵対行為の色を帯びる。だが、山城自身が述べるように、家族の情愛はそうした単純な対立構図では片がつかない。まさに「ツーリレーキに来てゐるからこそ、デレンマーの深刻性は倍加」する。

野沢襄二「志願兵の父」も同じ題材を別の角度から描いたものだ(37)。主人公の佐伯は、三人の息子を立て続けに志願兵に出す。アメリカに住む以上、仕方のないことだと彼は自身に言い聞かせている。しかし収容所の人々からは白眼視され、佐伯夫婦は結局外部へと転住する。ミシガン湖のほとりの白人の家に住み込んで働くが、そこへ次々と息子たちの戦死の報せが届く。周囲の白人やメディアは一家を称揚するが、佐伯の痛苦は深い。佐伯は仕事を辞めて去り、行方はわからない――。アメリカ側に立とうが日本側に立とうが、息子を戦地に送ることそのものが悲劇だということを作品は痛切に描き出す。

押せば倒れさうな
ひくいフエンスだが

厳とした国境線だ。

トゥーリレイクにいた高井有象の詩「六月の柵辺」(『鉄柵』一九四四年七月、一一頁)の一節である。荒野に人為的に引かれた、さして立派でもないフェンスをめぐって数々の思いが交錯する。ある人々にとってはまさにそれは「国境線」以外のなにものでもなかった。別の人々にとっては、同じアメリカ人を人種によって切り分ける差別の象徴であっただろう。また別の人々にとっては、親しい人との間を隔てるさまざまな矛盾や制約が具象化したものに見えたかもしれない。

収容所はたしかに閉塞された空間だった。しかし人々の想念はその鉄柵を越えて行き来した。収容所の文学は、そうした彼らのおかれた苦境を語ると同時に、抑圧され押し込められたからこそ遠くを思った彼らの想像力の力強さを示す。

5　収容所の文学を読む(2)──便り

コミュニティを破壊され、ときに家族まで分断された強制収容のあり方からすれば当然のことだが、離れ離れになった人々は連絡を取り合おうとする。収容所の文学を通覧すると、手紙を書き、音信を待つことをモチーフとした膨大な数の作品に出会う[38]。ここでは文学作品に見られる人々のコミュニケーションへの欲求を、〈便り〉という言葉を用いて分析してみたい。タヨリという言葉には多重の意味がある。そもそも「た(手)よ(寄)り」の意だというこの言葉は、大きく「助けや、よすがとなるもの」という意味内容と「連絡、通信などを伝えるもの」という意味内容の二つをもっている[39]。この論考で取り上げる〈便り〉は、もちろん第一義的には後者の音信、手紙の意味だが、その便りに人々がいかに多くの期待をかけ、頼みとしたのかを考えれば、収容所におけるタヨりとはまさに便りであり頼りであったというべきだろう。

強制収容のキャンプと聞けば、一般には通信の面でも隔絶した、外界と遮断された空間を思い浮かべるかもしれない。しかし、米国の日系人収容所の実態はそうではなかったようだ。吉川国雄の「短篇 残った者」[40]は収容所にいる母と息子（兄）、先に外部へと転住した弟の物語である。兄弟は受けた教育に差があり、兄は日本語を主に話し、弟は英語を使うという状態になっている。それが二人の兄弟、そしてその母親の仕事や身の振り方に影響を及ぼしている。弟から「デンヴァ附近の気候は良い。ママも僕の家に来た方がいゝと思ふ」（三四頁）という英語の手紙が来る。手紙には別に、「電報の様な大きな片仮名で「ニイサンワ　ヱイゴガデキンカラ　シゴトニコマルデセウ。ママハ　ボクラデ　セワスルカラ　キナサイ」と書いた紙が入つてゐた」（三四頁）。兄もその妻も外へ出たい気持ちはあるが、英語が不自由なために諦めを抱いている。母と妻は次のような会話を交わす。「私はやり切れんと思ふのだよ。あちらは家内中が毛唐さんスタイルだからね」、「此所にいらつしやいよ、ママ。外に行つたら、もう浪花節もないし、お寺様もないし」（三五―三六頁）。結局、母は収容所に残ることにする。

短い小説だが、世代や教育により多くのものが異なってしまった家族の分断と、彼らをつなぐ便りの諸相が描かれている。弟夫婦は米国式の生活を送り、兄夫婦は日本式の生活習慣を持つ。弟から兄への手紙は英語で、弟から母への手紙は拙い日本語で書かれる。

収容所の鉄柵を越して、頻繁な便りの往来があった。手紙だけではなく、さまざまな贈答品、慰問品が収容所の内と外を行き来した。収容所は閉鎖的な収容施設であったが、それと同時にキャンプの内外あるいはキャンプ同士を繋いで音信や物品、報せが活発に行き交った、交流・物流のネットワークそのものでもあった。このことはもっと注目されてよい。

今日あたり来そうな便門で待ち　　海蔵寺貞子[41]

新年が来ることに決め年賀状　石川凡才(42)

子の遺品はる〴〵冬の海越えて　藤岡無隠(43)

国思ふ心制へて住めるとき届きし慰問の品は身に沁む　吉松博志(44)

依る国を異にして後とり交はす便りはうつろのものとなりゆく　仁熊登美子(45)

心待ちにする音信を待つ。来年もまた収容所にいるだろうと覚悟を決め、賀状を書く。戦死した息子の遺品が海を越えてくる。故国からの慰問の品が届く。支持する国が別となってから交換する手紙の空虚さ。多くの人々の、多くの感情を載せて、海を越え、柵を越えて便りが往来する。

『ハートマウンテン文芸』に拠っていた富田ゆかりは、娘がミシガン湖の周辺に転住し出て行っていた。富田に、娘との便りの往還を詠んだいくつかの短歌がある。「ミシガンの湖畔の風の冷さを記して今日ぞ吾娘《あこ》の文来ぬ」、「待ち侘びし吾娘の便は着きにけり恙もなしと書ける嬉しさ(46)」。「漢字には仮名を附けたるちちははの文読む吾娘が面影偲ばゆ」、「相会わん日ははかられぬ母われは文書きにつつ汝《な》と語るなり」、「柵のべに汝《な》を見送りてすでにしも六つきは過ぎぬ春めぐり来し(47)」。さほど長いものでもなかったであろう娘からの手紙、それを待ちわびていた母の喜び。手紙に記されたミシガン湖畔の様子を読み、彼女はその見知らぬ土地に思いを巡らせただろう。「アメリカの地図かべにかけ出で行きし子等のすむべにしるしつけ居り」（柴田よし(48)）。別の詠み手の作品だが同じ気持ちをうたった歌だ。富田の歌では、父と母が娘へ出す手紙の漢字に仮名をふっている。漢字に添えられた

図55　ジェローム収容所の郵便局で郵便物の仕分けをする人々
（US National Archive所蔵）
（ARC_id 538850）

仮名を見て、娘は両親の気持ちを思いやるだろう、その娘の顔を想像しながら父と母は日本語で便りを綴っていく。まるで娘と語り合うかのように。

もちろん、こうした活発な情報のやりとりがあったことの背景には、便りを届ける制度的な基盤があった（図55）。検閲を受けていたが、収容所では手紙のやりとりが可能だった。「わが日課ひとつ減りたりセンターの郵便配達けふ始まりて」（岡田文枝[49]）、「三時頃になると郵便配達がタイム誌と手紙を、戸の横にぶら下げてある郵便入れに投げ入れた[50]」。米国と交戦中である祖国日本とさえも、赤十字を介せば手紙のやりとりができた。「赤十字の印もさやけき古里の母のみ便繰り返し読む」（橋爪心人[51]）。

興味深いことに、収容所ではカタログによる通信販売さえ利用できた。先ほど検討した吉川国雄の「短篇 残った者」の結末は、妻と母が「シアスのカタログをひろげて話しあつてゐ」（三六頁）る場面で終わっている。米国の大手小売業者シアーズの通信販売カタログのことだろう。日系二世の男性と結婚し、自身は白人であったがみずから収容所に入ったエステル・石郷の画文集に、次の回想がある。

〔…〕収容所のバラックの2ヶ所に通信販売用のデスクが置かれ、カタログを見て注文することができるようになった。

なぜか、カタログが輝かしい幸福な未来を約束しているようで、素敵なものの写真を見て夢見るためだけに、大勢の者が自分用のカタログを申し込んだ。
　私たちのバラックでは、女性たちが１冊のカタログを貸し合い、おばあちゃんは色彩豊かな刺繍や花の頁を開いて、糸を幾つかと庭園用の種を注文した。[52]

「カタログを開けば欲しいものばかり」（眉山[53]）という川柳も詠まれた。

　手紙の往復や物の贈答によって喚起される感情は、対話的であるとはいえ、非常に個人的なものであって、自分自身のなかで完結する感情であってもおかしくない。考えてみれば、それを文芸作品によって再度語り直すという作業は、不思議な作業ともいえる。それだけ、喜びや悲しみ、愛慕の情が深かったのだと考えられようが、それのみではないだろう。文学というものが人と人との間に介在して働く役割のあり方が、その理由の一つになっていたのではないか。

　文学は、書記行為という自己対話的でかつ思考の持続と蓄積を可能にする作業の助けによって、個人の内面を掘りさげ、思考を深くしていく働きをもつ[54]。そしてその働きは、時に人を他者との対話よりも孤独へと誘う力を発揮する。それが文学の重要な力であり、収容所の文学でも大切な機能を果たしていた。伊藤正をはじめとする何人かの書き手は、すぐれて内省的な作品をいくつも残しており検討を必要とするが、残念ながら本章で展開する余裕はない。
　ここでは文学の別の機能に力点を置いて考えてみたい。文学作品や創作行為を媒介にして人と人がつながることの喜び。共有し、共感することによって、人は喜びを増し、悲しみを減らす。そうしたコミュニケーション面でのポジティヴな役割を、日系人強制収容の時代、たしかに文学は担っていた。

隔離所に移りし友が写したる心こもりし句集届きぬ　杉山漾[55]

古新聞に吾が歌見しとシカゴなる友は便に励まし来つる　　豊留たか(56)

いずれも俳句や短歌といった文学作品が、「友」の心や境遇を推し量り、思いを寄せる起点となっている。句集をひもとき、古新聞に見いだした文学の言葉が、時間や空間を越えて人の心と心を寄り添わせる。そして、二つの短歌は、その感動を再び歌にして、その「友」のもとへと送り届けようとしている。もちろん、書く側から見て自分が造った作品や雑誌が、人々の手に渡っていく喜びもある。「我が編みし文芸誌手にキャンティンゆ帰るはらからにこの朝も会ふ」（岩室吉秋(57)）、「わが歌の載《の》れる新装の文芸誌読む人見れば思ひなつかし」（松本緑葉(58)）。「キャンティン」とは売店のことである。自分が編輯し、あるいは自分の作品が載った雑誌を、人々が手に取ることの喜び、自分たちの喜びが人に伝わり、共有されていくことの嬉しさが率直に詠われている。

各収容所で刊行された雑誌を見ていくと、こうした文芸創作を媒介にした人々のネットワークが浮かび上がってくる。ジュンコ・コバヤシの指摘するとおり、収容所に送られた人々は速やかに文芸サークルを再構築した（Kobayashi 2005、p. 16）。たとえばトゥーリレイクにいた泊良彦の「短歌鑑賞並に批評」（『鉄柵』一九四四年三月、一六―二三頁）に現われる地名と人名を列挙して見よう。ハートマウンテンの梅本静恵、加藤はるゑ、比芙美千代、ミネドカの神部孝子、ポストンの長瀬勇、ミネドカの中村郁子、糸井野菊、去年までミネドカにいた田中葦城、トパーズの川崎富子、ツールレイキの森すみ子、加川文一、八尾嘉夫、桐田しづ、仁熊登美子――。あるいは「ハートマウンテン文芸　第二号寸評」（『ハートマウンテン文芸』一九四四年三月、四七頁）に見られる寄稿者の地名――「セントポール」「アマチェ」「市俄古」「デンヴァー市」「マンザナー」。『ポストン文芸』一九四三年七月号の編輯後記で凡才を名乗る書き手は次のように言った。「詩壇に花が咲いて遠くマンザナ、ユタ、アイダホからの御投稿、往年の羅新、加毎の文芸欄を想ひ起こして、嬉しくなつた私です」（六〇頁）。「羅新、加毎」

とはそれぞれ日本語新聞の『羅府新報』『加州毎日新聞』を指している。

編集部同士のつながりも生まれた。『ハートマウンテン文芸』（一九四四年三月）にはマンザナの『山麓』編輯部から「今後御地文芸誌又は文士と直接、間接に連絡の出来ます事を切に望みます。そして当センターの文芸誌「山麓」に寄稿されたき文士諸氏の原稿を心より歓迎致します」（四七頁）という来信が掲げられている。『ポストン文芸』（一九四三年七月）の記事「編輯部屋」にも「ローワの白雀から川柳の紙上互選をやると鉦や太鼓で柳熱をそゝつてきたがこつちともさるものすんでに紙上互選の句箋をそつちへ送つた筈」（五九頁）という川柳愛好家たち同士の応酬が紹介されている。

それぞれの文芸誌は、編輯後記で誇らしげにその反響の広がりを伝えている。「怒濤講読の件に就て、各方面から多数の申し込みを受けてゐるが〔…〕」（『怒濤』[59]）、「第二号を読んで創刊号を《ママ》残つてはゐないかと、ツルレーキ所民の人でなく各センターより問合せの手紙が来るが、既に売切れ〔…〕」（『鉄柵』[60]）、「ハート・マウンテン文芸誌も発行の都度、他のセンターは言ふに及ばず、外部に居住してゐる同胞諸氏から購読希望の書翰が殺到してゐる」（『ハートマウンテン文芸』[61]）。また、『ポストン文芸』（一九四三年五月）にはルイジアナの「キャンプリビングストン」からの手紙が掲げられている。「さて今般は雑誌『文芸』を御恵送をかたじけなく致し誠に有難く御礼申上ます。読物とてなき当地、次ぎ〳〵とポストンに家族を持つ人々によつて引ぱりだこの有様〔…〕」（一五頁）。

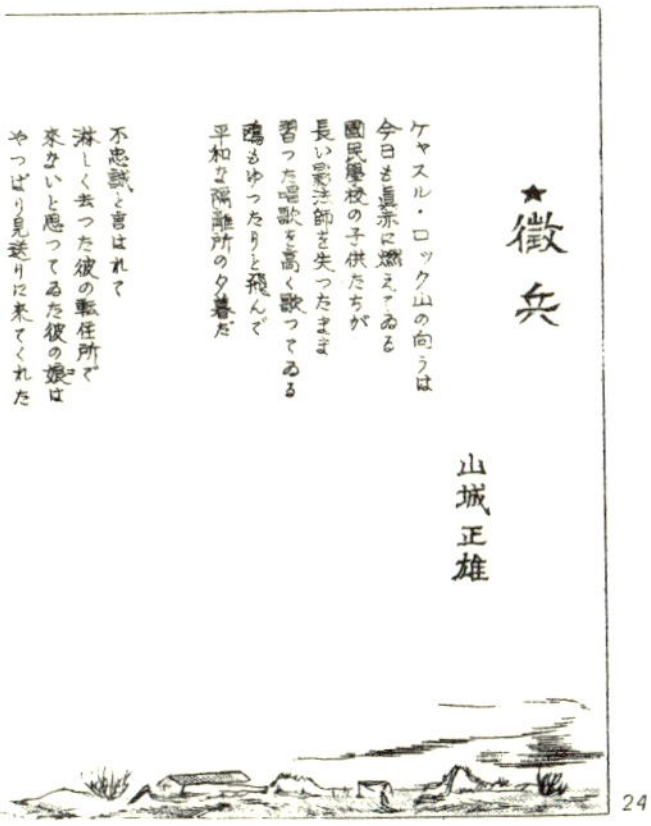

★徴兵

山城正雄

ケヤスル・ロック山の向うは
今日も眞赤に燃えてゐる
國民學校の子供たちが
長い家法師を失つたまま
習つた唱歌を高く歌つてゐる
鴎もゆつたりと飛んで
平和な隔離所の夕暮だ

不忠誠と言はれて
淋しく去つた彼の轉任所で
來ないと思つてゐた彼の娘は
やつぱり見送りに來てくれた

24

図56　『鉄柵』の誌面（山城正雄「徴兵」『鉄柵』第2号、1944年5月、25頁）

収容所の雑誌は、掲載された文学作品以上の価値があり、読み物としての冊子以上の価値があった。それは、そこに掲載された書き手や、あるいは発行している収容所そのものについての音信に他ならなかった。文芸誌そのものが、便りだったのだ。決して読みやすいとはいえない手書きの誌面だったが、手に取った人々はゆっくりと一枚一枚、知己の便りをページに探しながら読んだことだろう。鉄筆の音が聞こえそうな手書きの文字の向こう側に、友人や家族たちの消息が聞こえ、収容所の小さな家々や砂漠や空が、見えたかもしれない。

戦時今侘び住む同胞《はらから》のそれぞれに行きて慰めよわが文芸誌　　岩室吉秋(62)

願いを載せた文芸誌が、さまざまな人の手を介し、待ち望む読み手たちのもとへ届けられていく。

6　〈文〉をたずさえて――おわりに

移民史は終わらなかった。「北米移民の幕を美しく閉ぢ」ようという呼びかけが、結果として適当ではなかったことを、戦後の米国日系人の歴史を見てきたわれわれは知っている。だが〈歴史の終わり〉を意識したこの言葉は、その時点における一部の移民たちの認識のあり方を示しており、さらにいえばその時ありえたかもしれない歴史の可能性をも示している。

危機的な状況に陥ったとき、人がこれまで生きてきた過去と、いま置かれている現在、そしてこれから待ち受ける未来を見渡してみるということはありうることだろう。収容所で紡がれた言葉を読んでいくと、いくつか気になる表現に出会う。それは先取りされた歴史意識とでもいうようなものだ。

今次大戦の責任者が誰であるかを詮索するのは、私たちのなすべき務めでもなければ、私たちの関知したこ

とでもない。それは歴史が公平に示すであらう。(63)

戦後W・R・A〔戦時転住局〕が提供する歴史的記録は微々たるものであつて、我々が如何にして来たかは、真の意味に於て、伝へてくれるかどうか疑問である。W・R・Aの記録は為政者の行政上の記録であり、従つて客観的なものであるからである。キャンプ生活が我々の夢想したユトピヤであつたにしろ、自由を束縛された一個の牢獄であつたにしろ、やはり生活する社会であつたにしろ、我々が残すものが史実となるのである。何故ならば我々自身が文化であり、主観を成してゐるのが我々であるからである。(64)

ここでは、未来からみられた歴史が想定されている。現在の苦境や不条理や怒りを、未来の公平な歴史が、歴史家が、裁いてくれるだろう、という期待がある。そして今われわれがこの収容所で書く言葉、歌う歌は、いまだ到来していない未来の歴史へと手渡すためのものなのだ、ということを彼らは考えていたように見える。

ここで私は、歴史と旅とを関連づけて考えてみようと思う。日系移民の収容所文学が、流れていく歴史という旅の、旅行記のようなものとしてあったと考えたらどうだろうか。収容所は、移民たちの旅のホテルであったのか波止場であったのかわからないが、一時的に滞在し、歩みを止めて振り返る場としてあった。その滞在地から自分自身と周囲がたどってきた道筋を見渡し、そしてこれからの道行を想像したとき、彼らは旅という言葉をつかった。したがって彼らの旅は、移民の歴史と呼んでもいい。

そして何人かの書き手が抱いていた〈歴史の終わり〉や後世の史家・歴史による裁きといったビジョンは、彼らがその自分たちの旅＝歴史を、未来から見ようとしていたことを示す。それは苦難の道筋が、来るべき未来によって救済されるだろうという希望のためのビジョンである。であるならば、彼らが収容所で書きつづった作品や文芸誌は、移民の旅のはるか先で待っている未来の歴史家へ向かって、彼らが出した〈文〉に他ならない。

戦時遠流《をんる》の我等に歌の一つあれ後世史家の心打つ歌　　高柳沙水(65)

彼らの〈文〉は厳しい試練を科された少数者が、多数者の書く歴史を別の道筋でたどり直し、いつの日か書き換えるために残した言葉の地図であったのかもしれない。あるいは、未来の読者のまなざしを先取りして、そこに届けようとした時を超えていく便りであったのかもしれない。

トパズ原《の》に埋《うも》りて過ぎぬべきこの石の硯となりて我が家につく　　山内曾六(66)

この歌は、直接的には次のような意味を持つ。無人の野であったトパーズの地に収容所が建てられ日系人がやってきた。本来なら誰も気にとめない荒野の石だったはずのこの石が、私の手に取られて硯《すずり》となり、我が家へとやって来ることになった――。日系人のたどった運命の不可思議さが、一つの石がたどることになった偶然の不思議さに重ねられている歌だ。

私はさらにこの歌が硯の歌だということに眼を向けたい。硯――、文字を綴り出すための道具である。この歌は、日系人と石とを襲った偶然を歌っただけの歌ではないと私は思う。荒野に埋もれて過ぎ去っていくはずだった石は、彫られ、磨かれ、硯となって水を張り、墨を擦り、そして文字を紡ぎはじめる。この歌は、過ぎ去っていくべき小さなものごとから、ある偶然をきっかけに言葉が立ちあがってくることを歌っている。石の来歴と石の行く末が、日系人の過去と未来に比べられ、そして石と一人の日系人の歌人が出会ったことによって紡がれることになった歌の言葉に重ねられていると思う。誰も眼を向けないままで摩滅していくはずだった石の長い未来が、広がり読まれるべき〈文〉となって遙か遠い誰かに届けられていく未来へと変わる。

この章では、日系人の強制収容所の文学を考えてきた。収容所は、特別な空間である。だが、冒頭で述べたとおり、私はその特殊さが日常と切り離された特殊さではなく、通常は露わになっていない体制や仕組みが露わになってくるという意味で日常と地続きのものであると考えている。ロジャー・ダニエルズは日系人の強制収容の歴史を書いた著書の最終章で、マイノリティの強制収容は、さまざまな法律や差別待遇・意識の改善にもかかわらず、今なお起こりうると書いている(ダニエルズ 一九九七)。

平時には見えにくくなっている国家規模の政治的軍事的な暴力が露わになり、国民/市民として保護された地位から疎外され、一人の人間としての姿がさらけ出されていく空間。日常的な労務や家事から解き放たれ、無為の只中に放り出される空間。山城正雄はそうした収容所の特別なあり方に気づいていた。[67] 彼は「経済から、社会から、人間から解放されて、ある期間でもいいから、自分の中に閉ぢ籠つて見たいと思つてゐた」といい、「これを本当に実現してくれたのはキャンプ生活であり、私の日常生活が感情生活と初めて一致したのである」と述べた(一一頁)。

収容所の生活は、ある面からすれば楽な生活だった。「時間はある。本はある。無料で電燈は廿四時間もつく。食堂の鐘は三度もなる」(山城、一一頁)。一人の少年はそれを「或る点については夢に見た百万ちようじやよりも増しである様に思ひました」と作文した。[68] 衣食住に困らず、そして日系人だけで集まるために表立った人種差別も受けない空間。むろんそれがその他のすべての重要なものを奪われた上で与えられた、虚偽の安逸であったことはこの少年でさえ気づいていた——。「しかし深く考へると矢張り大半の人は戦争が早くすむのを望んでゐると思ひます」(三三頁)。

山城の主眼は「過去の失敗や心の古疵を全部切り取り、新しく生れる為に、この思想的流血の期間」を大切にし、「脱皮の期間」として使おうというものだった(一一頁)。私は、この不幸で異常な時代に、特別な場所において書き残されてきた文学の言葉に、できるだけ耳を澄ませてきたつもりである。私は、収容所で人々が読書や学び、趣味、スポーツ、そして芸術の創造と鑑賞を、自分たち自身のための喜びとして選び取ったということの意味を考えてきた。そこから収容所における文学の意味、ひいては私たち人間の社会における文学の機能を考えたいと思ってきた。まとめることは困難だ。だが私はひとまず、いまそれを〈文《ふみ》〉へ託す希望と呼んでおこうと思う。

収容所に本を運び、図書室を作った人々。日々の苦しみと楽しみを言葉につづり、印刷し、配り、分け合った人々。離ればなれになった距離を、便りの往来によって補おうとした人々。来るべき未来に向けて〈文〉を残した人々。危機の時代にあっても、なお人は〈文〉をたよりに生きるのかもしれない。そして、危機の時代こそが、私たちの社会の隠れた母型なのだ。

注

序章

（1）翁久允（一九一九）。
（2）XYZ「現文壇の鳥瞰図」『文章世界』第四巻第一四号、一九〇九年一一月一日。
（3）たとえば石川（一九八六）、佐々木（一九八六）を参照。
（4）北米日系移民一世の歴史については、たとえばイチオカ（一九九二）やウィルソン／ホソカワ（一九八二）、また充実した辞典形式の Niiya ed.（2001）がある。
（5）北米の移民史については野村達朗（一九九二）、明石／飯野（二〇一一）などを参照。
（6）たとえば木村（一九七八：一九七九）のほか、児玉（一九九二）など。
（7）英語による日系移民文学も含めた研究史として、篠田左多江の整理がある（移民研究会編 二〇〇八、一一三―一一七頁）。

第1章

（1）引用は石川啄木（一九六八、四〇頁）。以下、書簡の引用は同じ。なお野口の『From the Eastern Sea』は一九〇六年一〇月に翻刻版が冨山房より刊行されていた。
（2）石川啄木の渡米熱に関しては、相沢（一九八七）、田口（二〇〇二）、木股（二〇一一）を参照した。
（3）島崎藤村「破戒」（自費刊行、一九〇六年三月）、弐拾弐章（五）。引用は島崎藤村（一九七三）による。
（4）「破戒」と移民論については、高（二〇一〇）、川端俊英（一九九三：二〇〇三）などがある。
（5）たとえば木村（一九七八：一九七九）のほか、児玉（一九九二）など。
（6）立川（一九八六：一九九〇：一九九一）。また女性向けの言説を検討した研究として宮本（二〇〇五）がある。ほか Moriyama（1987）も。

（7）今井（一九八四）、また粂井（一九九五）の第二章も参照。

（8）片山潜『渡米の秘訣』（渡米協会、一九〇七年刊か）四頁。

（9）正田（一九八九、二頁）。ただし正田はこの相互作用について踏み込んで分析をしているわけではない。

（10）一九〇〇年時点の在留邦人数で確認しても、米国本土の在留者は、台湾（三万七九五四人）に匹敵する三万二四九三人である。朝鮮一万五八二九人、関東州と満洲と中国で三二四三人、ちなみに北海道を除く最大数はハワイの五万七四八六人であった（木村 一九七八）。また広瀬玲子が明らかにしたように、たとえば国粋主義者たちの移民論は、実際には「北」あるいは「南」のどちらかを択一的に選んでいるわけではなく、その両者にまたがったり、北海道やハワイ、南米を視野に入れたりしていた（広瀬玲子 一九九三）。徳富蘇峰については澤田（二〇〇五）、南進論については矢野（二〇〇九）、日露戦後の移民論については小野（一九七三）を参照。

（11）それぞれの渡米案内書に応じて、思想的・イデオロギー的な議論と実用的なマニュアルの記述との比率は異なるが、一般に労働者を対象とした記述においては具体的情報に力点が置かれ、学生などリテラシーの高い層に向けては思想的な移民論が大枠として説かれる場合が多い。

（12）今井（一九八四、三三〇頁）。また粂井（一九八七）も参照。

（13）たとえば緒方流水『学生自活法』（金港堂、一九〇三年一月）、島貫兵太夫編『最近渡米策』（日本力行会、一九〇四年九月）、梅田又次郎『在米の苦学生及労働者』（実業之日本社、一九〇七年一月）など。代替コースについてはキンモンス（一九九五）にも指摘がある（一七四頁）。

（14）関連して、〈殖民小説〉を考察した和田（二〇〇〇）がある。また和田には〈立志小説〉の読書を論じた和田（一九九九）もある。

（15）『立志冒険 北米無銭渡航』および後に検討する永井荷風「船室夜話」については、本書第2章も参照。

（16）筆者が参照したのは国会図書館所蔵の「明治三十九年一月二十八日」発行の刊記をもつ本である。

（17）「無銭旅行隊」の挙行目的は「随時無銭旅行隊を編成して地方を旅行せしめ、以て精神と肉体をして艱難に堪ゆる練習をなさしむ」ことだった『苦学界』の「事業」（第一六号、一九〇二年六月）による。なお『苦学界』には「桑港より」（一五号）、「桑港だより」（一七号）、「シアトルの学生会」（二〇号）などの米国便りも掲載されていた。

(18) 国会図書館の所蔵本では巻末に落丁があり、全何ページか判明しない。奥付も欠落している。

(19) 内田魯庵「くれの廿八日」(『新著月刊』一八九八年三月)、引用は内田魯庵(一九八五)による。西原(一九九五)は、作品の背景として榎本武揚の殖民協会の事業を見ている。これについては野村(一九八五)も参照。

(20) 石崎等は有川純之助の計画を「〈官尊民卑〉の時代の中で、民間人が発揮した最も純粋かつ良質の部類」と評価し、その資金を妻の資産に求めようとしたことを「時代へのアイロニー」と捉えている(石崎 一九八六、一二四頁)。また高橋修は、矢野龍渓の『浮城物語』(一八九〇年)からの「〈海洋小説〉」の変容をたどる論考で、魯庵の「くれの廿八日」は「人物の〈内面〉に物語が中心化されている」と述べ、「明治四十年代的な小説」とのつながりを指摘した(高橋修 一九九四、二二頁)。

(21) 啄木「鳥影」は『東京毎日新聞』一九〇八年一一月一日—一二月三〇日。引用は石川啄木(一九六七a)による。

(22) 上田(一九八〇)は、昌作の姿に「啄木自身のパロデイ化」(一〇八頁)を見ている。なお昌作は、当初登場したときは「南米」行きを夢見ていると、別の人物たちによって噂されていた。結末で語り手はこれを「米国」とした。

(23) 「時代閉塞の現状」は生前未発表、一九一〇年八月稿か。引用は石川啄木(一九六七b、二六二頁)による。

(24) 真山青果「馬盗人」(『文章世界』一九〇九年七月)。引用は真山青果(一九七六)による。

第2章

(1) 末延(二〇〇五)も「船室夜話」を『あめりか物語』冒頭の象徴的作品として考察している。また荷風の乗船の詳細などについても調査がある。

(2) 「船室夜話」の引用は『文芸倶楽部』一九〇四年四月号によった。なお「船室夜話」は春陽堂版の全集第一巻(一九一九年六月)に収められる際に「船房夜話」と改題されている。

(3) 航路を見ればわかるように、こうした船には日本人だけでなく中国人その他の船客・移民も同船していた。しかし日本人による船の文学には、彼らの姿はなぜかまったく描かれないことに注意しておきたい。

(4) 福沢諭吉「明治二十年一月一日」(『時事新報』一八八七年一月一日)。引用は福沢(一九六〇)一七二頁。

第3章

（1）田村紀雄（一九九一）および田村・白水編（一九八六）所収の阪田安雄、新井勝紘、有山輝雄の論文に詳しい。

（2）この点で藤沢（一九八五）の示した次の立場は再検討されるべきと考える。「一世の文学は、こうした範疇の作品〔永井荷風、田村松魚、有島武郎、正宗白鳥〕を排除し、現にアメリカ側に存在する条件においてのみ把捉しうる文学の世界であって、当然のことながら、日本人（一世）の移住史、彼等の生活史、精神史、文化史などと密着。むしろ現地でのマスメディアの発達に即応せずにはおかなかった」（四六頁）。

（3）たとえば植木／佐藤ほか（一九九七）所収の植木「日系アメリカ人の歴史と文学」および Sato, "Issei Voices and Visions" など。

（4）一世文学全般についての研究状況は本書序章を、翁久允については第12章を参照。

（5）肥峰「絵画と小説」（『新世界』一九〇七年一月二九日）一面。

（6）中郷（一九九三）は「日本語新聞史上初の長編小説「悪の日影」」（五〇頁）としている。

（7）移民地在住の作者による長篇小説としては、保坂（一九一三）もある。これは夏目漱石「吾輩は猫である」の続編の形式で書かれている。本書第7章参照。

（8）稗田（一九九四）も、一九一六年頃を指しつつ「当時の在米邦字新聞の文芸面の実情はというと、日本での知名な新聞が連載している小説を勝手に盗載しているといった結末（ママ）であったようだ」（八七頁）としている。

（9）「今日〔一九四〇年ごろ〕に於ても在米邦人社会の刊行物は、その大半いなその殆んどは新聞と云つて差支へなく、他は寥々たる単行本、雑誌乃至団体に所属する機関誌的刊行物があるに過ぎない」（在米日本人会 一九四〇、五〇五頁）。

第4章

（1）先行研究としては、蛯原（一九八〇）、田村・白水編（一九八六）、田村（一九九一・二〇〇八）ほか参照。

（2）面白いことに、広告によれば「上等貸間揚弓場あり」とあって、社交場・遊技場を併設していたことがわかる。なお、この広告の図版（図16）は天地逆だが、掲載紙のままである。

（3）パナマ太平洋博覧会を機に結成された「桑港発展協会」に名を連ねている。同組合の結成時期は今のところ不明である。
（4）「大正堂書店始末記」（伊藤 一九七二）三七五頁。
（5）『新人』の文明堂広告については、Emily Anderson から教唆をえた。記して感謝する。
（6）「投書籠」『新世界』一九〇〇年三月一二日、四面。
（7）たとえば巖谷季雄主催の木曜会宛書簡、一九〇五年三月二七日「〔生田〕葵山君――君の作所載の文芸是非送つて呉れたまへ。／〔巖谷〕小波先生――お送りの雑誌誠に有がたう」。なお滞米中の永井荷風については本書第8章を参照。
（8）この図書館については『桑港之栞』第五編（一八九八年五月）第六編（一八九八年六月）に、岡田依三郎による発起文、寄付書目、賛成者の姓名などが掲載されている。
（9）竹内幸次郎（一九二九）、引用は雄松堂出版による復刻版（上巻、一九九四年六月）五八九頁による。

第5章

（1）「五車堂書てんの開業」『新世界』一九〇六年一〇月一三日、三面。
（2）『全国書籍商名簿』小林豊次郎編集・発行、東京書籍商組合事務所、一九〇七年一一月。
（3）小野昇六、九一、および小野家については甥である小野裕良の妻美津枝さん、その長女シャーリー・オノ（Shirley Ono）さん、小野裕子さんへのインタビューと私信によって教示を受けている。
（4）広瀬守令（一九三四）四五六頁。詳細は以下の通り。「五車堂書店／小野昇六　原籍　北巨摩郡旭村／明治十四年生現住所　1698 Post St. San Francisco Cal.／甲府中学校卒業後、東京市神田区今川小路に書肆五車堂を経営中渡米を企て、明治三十七年七月シアトル市に上陸、直ちに桑港に来り同三十九年ゲリー街一六二五番地に五車堂を開き、営業の発展に伴ふて現在の場所に移転し東京に支店を設けて、彼我物資の相互輸入に力を尽して現在に到る」（四五六頁）。ただし小野昇六の生年は一八八二（明治一五）年が正しい。引用の「今川小路に書肆五車堂を経営中」云々の記述は、先述の小川町に本店があったという記録と多少の齟齬がある。「神田区今川小路」の「書肆五車堂」がどのようなものだったのかはまだ確認できていない。
（5）リヴィングストンは、第二次世界大戦中にルイジアナ州の米軍キャンプ内に設置された戦時捕虜収容所。Weglyn

（1976、一七七頁）。ウェブサイト「Camp Livingston」http://camp-livingston.winnfreenet.com/（二〇一三年一〇月二三日確認）またサンタフェはニューメキシコ州にある司法省管轄の「抑留所」の一つ。主として敵性外国人とみなされた一世のリーダーたちが収容されていた。抑留所については、Kashima（2003）、粂井輝子（二〇一〇a）も参照。
（6）相沢カネミツについては、息子であるハツロー・アイザワ（Hatsuro Aizawa）さんへのインタビューによる。
（7）五車堂支店広告、『読売新聞』一九二〇年九月一日朝刊、八面。
（8）以下の斎藤昌三と五車堂の関係については浅岡邦雄氏にご教示を賜った。
（9）『明治文芸側面鈔』とその発禁については八木（二〇〇六）に整理がある。

第6章

（1）植木照代「日系アメリカ人の歴史と文学」（植木／佐藤ほか 一九九七に所収）xiii頁。篠田左多江（一九八三）も、「一世文学の萌芽は、一九〇〇年頃シアトルに現われ、邦字新聞によって育くまれていった。最初に生まれたのは、はるか異国に来て望郷の想いにかられた人々が詠んだ短詩系文学であった」（七二頁）と指摘する。
（2）ここでは「初期」を日露戦争（一九〇四―〇五）以前と規定する。一世文学が強い影響を受けた母国の文壇が日露戦後に大きく変貌すること、移民地での活動としては翁久允らの「文学会」の結成（シアトル）が一九〇九年にあること、またコミュニティ総体としても日米紳士協約（一九〇八）という節目があることを考慮した。この切り分けは藤沢全（一九八五）の把握（一九〇七年頃までを「第一期」とする）とも一致する。
（3）篠田左多江（二〇〇七）はこれまで明らかにされなかった時期についての研究として参考になるが、これも一九〇八年以降の文学である。ハワイについては近年、北川（二〇一三）が発表された。
（4）以上「◎腮はづ誌第十号」『桑港時事』一八九五年五月一二日、三面より。
（5）『じやぱんへらるど』一八九七年四月一九日、四面の広告より。
（6）『太平新聞』一九〇三年七月五日、四面の広告より。
（7）『日本人』一九〇一年四月二〇日、五面の広告より。
（8）たとえば『新世界』はこの構成である。本書第3章を参照。

（9）『万朝報』については高橋康雄（一九八九）などを参照。

（10）俗語などを用い、同時代の卑近な出来事や人情を詠んだ漢詩。

（11）時代は少しだけ下るが、サンフランシスコの日本人町を活写した保坂帰一（一九一三）にも、天長節や新年のお祝いの場で能を上演し、謡をうなる場面が描かれている（三十八、四十八章）。

（12）「英美詩九首」の私訳は以下の通り。「**（一）『腮はず誌』の再興を祝って**　貴雑誌社もますますご繁A〔栄〕のようです。みなさんの努力で準B〔備〕が整ったようですね。再興した『腮はず誌』の一三号、まさにこれぞ天下の好雑C〔誌〕です。**（二）雑誌記者と投稿家に寄せて**　世間の人ごとに拘D〔泥〕せずに、面白おかしくE〔意〕のおもむくまま好きなようにしています。泣いて暮らすのも笑って暮らすのも同じことです。死んだらみんな同じ一つの冥F〔府〕に行くんですから。**（三）同じく**　私はもともと文G〔辞〕が乏しくて、からっぽの脳みそなものだから、H〔叡智〕をしぼりがたいのです。ようやくにしてこのおふざけの作品を書いています。諸君、他I〔愛〕ないと笑わないでくださいな。**（四）日本の最近の情勢**　増税々々また増J〔税〕。貧しい人々は飢えを訴えて活K〔計〕に苦しんでいます。不正を働く商人や薄汚れた役人のやつらが、これをチャンスと巨大な私益をL〔得〕ているのをとても憎んでいます。**（五）下手な投稿家**　ともしびの下に一人で座ってくすくすとM〔笑〕、この手で必ず一等賞をN〔得ん〕と考えています。ところがたちまちその〔期待した一等の〕約束手形が水となって流れてしまったのに驚きます。勇気はくじけ、気持ちは快O〔快〕とします。**（六）サンフランシスコの日本紳士**　腹の虫が夕飯を促してPと泣きます。実は懐具合がいつも窮Q〔窮〕としてるんです。なんとか穀類を刈り集める算段をして、わずかに命をつないでいます。紳士を気取ってお金がR〔有〕ふりをしてるんですよ。**（七）洋行帰りの先生**　洋服が堅苦しくて腰掛けS〔得ず〕、しきりに文明開化のT〔体〕を装ってます。「先生のご意見はいかがですか」と聞くと、待ってましたと髪をなでつけてホラばっかりU〔言う〕んです。**（八）なまぐさ坊主**　和尚さんはV〔無為〕をもてあまして苦しんでます。陽気に鐘をたたいて網W〔（阿弥）陀仏〕を唱えてます。ためしに彼らにむかってどういうつもりか聞いてみると、「阿弥陀様の功徳で世をX〔良く〕しよう」と言います。**（九）野次馬ども**　道ばたに人々が立ってYY〔ワイワイ〕と叫んでます。そのわりに事件は小針Z〔事〕です。戦争でも火事でもないし、また喧嘩でもないのです。女の乞食が虱を捕まえて人に渡&〔さんと〕しているだけなんです」。

（13）同誌は未見だが、「英美詩九首」は鷲津尺魔（一九一四）に紹介がある。山田鈍牛（本名・作太郎、別号寧留村）は東京出身、滑稽諷刺文の名手で一九〇〇年頃から雑誌『ドンチキ』(シアトル)を刊行していた。同誌は山田が没するまで一二〇—三〇号が刊行されたという。明治二〇年代にはすでに渡米しており、一九二〇年代前半に米国で亡くなっている。山田鈍牛については鷲津尺魔(一九二四:一九三〇)、竹内幸次郎(一九二九、五七五頁)に情報がある。

(14)本名、文三。『聴はず誌』『新世界』『日米』など数多くの新聞、雑誌に関わった在米日本人有数の文筆家。歴史考証や回想でも業績を残している。鷲津については奥泉栄三郎(二〇〇六)三〇一—三〇二頁。また阪田安雄「脱亜の志士と閉ざされた白皙人の楽園」(田村紀雄・白水繁彦編 一九八六所収)一七八頁を参照。

(15)文学表現の植民地主義的想像力としては、もちろん裏返しとしての被植民者=男が植民者=女を欲望するというバージョンもある。南富鎭(二〇〇六)の第一章「恋愛と結婚の植民地主義」を参照。

(16)こうしたかるたの役割も明治期の小説によくあるパターンである。男女が交じって遊ぶ機会が制限されていた明治において、かるたは大っぴらに両者が混じって行なう遊戯であり、かつしばしば身体的な接触をともなう。男女の出会いを描く小説の装置としては、恰好だった。

(17)一八九一年ごろにはたとえば『読売新聞』が「海外日本婦人の醜業」に関して連続して糾弾の記事を載せており、海外渡航する女性に一定の負のイメージが形成されていたことが確認できる。「雪娘」発表の一八九八年ごろにも「密航婦周旋人見顕はさる」(『東京朝日新聞』一八九七年八月一三日)などこの手の記事は後を絶たなかった。

(18)たとえば増淵留美子(一九八六)二九六頁。また本書第11章も参照。

第7章

(1)より詳細な書誌情報は以下。[上編]書名:吾輩の見たる亜米利加、(箱)吾輩乃見たる亜米利加 著者:(奥付)保坂亀三郎、(表紙・見返し)保坂帰一 発行者:下田兵太郎 発行所:有文堂 発行:大正二年一月一日 定価:一円四十銭 ＊「上」の記述なし、ただし巻末に「上巻の終」とあり。[下編]書名:(奥付)吾輩の見たる亜米利加下編、(箱)吾輩之観たる亜米利加下編、(背)我輩の見たるあめりか 下、(表紙)吾輩乃見たる亜米利加 下、(本文冒頭)吾輩の見たる亜米利加 下篇(猫の渡米記) 著者:(奥付)保坂亀三郎、(表紙・見返し)保坂帰一 ＊著作者兼発行者として、保坂亀三郎 発行所:日米出版協会(所在地は「東京市京橋区木挽町一丁目十四番地」で、著者欄に書かれている保坂の住所に同

じ）　発行：大正三年四月十日、（再版）大正三年四月十五日　定価：一円四十銭。

（2）保坂帰一の履歴については、テッド・マック氏による米国のデータベース Ancestry.com での調査に負うところが大きい。記して感謝申し上げる。

（3）『殖民の友』編集については、上編の二刷に収録された「▲上篇に対する日本及米国新聞雑誌の批評」に「日米（桑港）　保坂帰一氏は米国有数の青年論客なりて嘗て其主幹する雑誌殖民の友誌上に熱烈なる筆を振つて殖民思想の普及と日本外交の振作とに努力せしが〔…〕」とある。米国・ハワイにおける下巻の購入申込先は「サンノゼ新世界社内」となっている。たとえば『新世界』一九一三年九月二八日、六面参照。

（4）『英米の少年斥候（ボーイスカウツ運動）』（大阪屋号書店、一九二二年四月）の「自序」に、「昨年帰朝以来」とある。また『蒋介石及支那国民ニ説ク』（保坂帰一著、名取巘一訳、民眼協会、一九三八年九月）の表紙見返しには「著者は中学校の英語科教員で〔…〕」とある。

（5）実際、保坂の望んだことであるとは考えにくいが、「吾輩の見たる亜米利加」は当初、著者を匿名として、あたかも漱石の猫の「本当の」続編であるかのようにして売られようとしていたらしい。夏目（一九九五）参照。

（6）コーエン（一九九九）、第一章および第二章参照。

（7）「米人相手の卸売商」（在米日本人会 一九四〇、二八〇頁）によれば、一世によるアメリカ人相手の美術雑貨店は一八八〇年代にすでに誕生し、サンフランシスコのグラント・アヴェニューを中心に商売をしており、一九〇三年には組合組織ができるまでになっていた。

（8）Irwin（1909）。原文では、東郷は文法的におかしな英語を操るという設定になっている。"My uncle Nichi Japanese carpenter of Yeddo have arrive to S. F. for a very stretched visit. He are a entirely jay Japanese considerably neglectful of American pant & vest so he stick by kimono which should be ashamed. I fix a nice derby hat on him... American derby annex to Japanese kimono are nice symbol of modern Japan. It appear quite hellish." ウォラス・アーウィンとハシムラ・東郷については宇沢（二〇〇八）に詳しい。

（9）『日米』一九一三年九月二八日、六面。

第8章

（1）『あめりか物語』は一九〇八年八月、博文館刊。本書では短篇集に収められなかった「舎路港の一夜」「夜の霧」も含めて『あめりか物語』作品群もしくは単に『あめりか物語』と呼ぶ。

（2）荷風の短篇「一月一日」の初出誌（一九〇七年八月）。山本昌一の発見による。雑誌は未見であり、引用は永井荷風（一九九二）三七五頁より。引用後者は「ビックリ箱」欄掲載の旨注記がある。雑誌は佐藤麻衣により近年再発見され、目次が紹介されている（佐藤麻衣 二〇〇七）。なお荷風の黒田湖山宛書簡（一九〇七年七月一一日）および西村恵次郎宛書簡（同年九月）に『大西洋』についての言及がある。書簡の引用は以下永井（一九九五）による。

（3）引用前者は今村次七宛書簡、一九〇五年一月一一日（年次推定）。後者は「西遊日誌抄」一九〇六年六月二九日の条。

（4）初出不明。『あめりか物語』にはじめて収められたと考えられている。引用は永井（一九九二）による。

（5）引用前者は「断腸亭尺牘」其六、一九〇四年某月、木曜会宛。後者は西村恵次郎宛書簡、一九〇五年四月一日。

（6）たとえば黒田直道宛書簡、一九〇四年二月二五日。「断腸亭尺牘」其七、一九〇四年四月二六日、生田葵山宛。「断腸亭尺牘」其八、一九〇五年四月一三日、生田葵山宛。

（7）網野義紘「『あめりか物語』の構造」（網野 一九九三）所収。

（8）初出では「強弱」、のち「牧場の道」と改題されている。

（9）「乱雲驚濤」は生前未発表の赤羽の遺稿。引用は小田切進編（一九六五）によった。

第9章

（1）引用は永井（一九九二）一七九頁。以下、ルビは適宜省く。また同書からの「暁」の引用は頁数のみを記す。

第10章

（1）中村（一九九八）の複雑系に関する議論にアイデアをえている。

（2）永井荷風「断腸亭尺牘」其七、一九〇四年四月二六日、生田葵山宛。

（3）記事は樋口の「偽自然主義と文壇」（『中央新聞』一九〇八年五月）の転載である。

(4) 日比嘉高「〈文芸と人生〉論議と青年層の動向」(日比 二〇〇二所収)。

(5) 藤村の「並木」は初出と単行本形で相当の変化があるため、どちらを参照したのかが問題になる。ここには藤村「並木」が引き起こしたモデル問題が影を落としている。藤村の「並木」は、その登場する人物のことごとくにモデルがあり、発表前からそれが話題となり、発表後にはモデルにされた藤村の友人たち、馬場孤蝶や戸川秋骨らによる藤村の作品および彼の創作法への論難が行なわれたという経緯があった。藤村の「並木」は、文学的な評価以外においても当時名高かった作品だった。岡蘆丘が藤村の「並木」に注目した理由には、このモデル問題の存在も関わっていたかもしれない。藤村のテキスト中の「並木」云々の場面は初出形の方が多く、岡の言及のあり方から考えると、彼は初出形を参照していた可能性の方が高いと考えられる。

第11章

(1) 多数あるが近年のものでは、武田(一九八三)、山田俊治(一九九八)所収の関連論考、奥田浩司(二〇〇七)などがある。なお、「或る女のグリンプス」は、有島の長篇小説「或る女」前半部の原型となる作品である。ただし、未完の原型ではなく、同作だけで独立しても読みうる。主人公の名前をはじめ、「或る女」において書きかえられた部分も多い。

(2) 奥田(二〇〇一)、中島(二〇〇五)。

(3) 奥田浩司「「或る女のグリンプス」における〈母性〉——イプセン受容を補助線として」『有島武郎研究』二〇〇五年三月。

(4) 植木照代「『わたしの移民史』——ある一世女性の歌集より」(植木/佐藤ほか 一九九七)にこの点についての問題提起がある。

(5) この時期を対象とした数少ない取組みの一つとして、一政(二〇一一)がある。

(6) 「或る女のグリンプス」の書き直しおよび続編である「或る女」前後編(一九一九年)も、ボーダー・コントロールの問題系から本章の延長線上で再考が可能であるが、論点が広がりすぎるため、まずは「或る女のグリンプス」のみを考察の対象とする。

(7) 引用は初出『白樺』によった。漢数字は章番号を示し、初出『白樺』からの引用はページ数のみを記す。以下同。

（8）日系移民一世の歴史については、イチオカ（一九九二）、ウィルソン／ホソカワ（一九八二）など。明治期の渡米熱およびその研究については本書第1章を参照。
（9）増淵（一九八六）二九七頁。米国へ嫁いだ花嫁のことを一般に「写真花嫁」というが、本章ではより包括的な名称として「渡米花嫁」と呼ぶ（カナダ、ハワイも含めて用いる）。
（10）宮本（二〇〇五）六六頁。女性の渡米に関しては堀（二〇〇四）も参照。
（11）柳澤（二〇〇九）五一頁。数字の出典は在米日本人会（一九四〇）。元の表には合計に誤りがあるが、柳澤に従い修正してある。
（12）伊藤（一九六九）三二一―三二三頁。当時、渡航の行き先として米国本土とカナダはさほど区別されていなかった。なお、ブラッシ山とは雑木林に覆われた山のこと。写真花嫁の回想を集めたものとして、他に真壁（一九八三）、工藤（一九八三）がある。
（13）『東京朝日新聞』一九〇三年三月二五日、五面。
（14）渡米協会員談「女子の渡米案内」『読売新聞』一九〇六年八月五日、三面。
（15）「写真結婚の利害 島貫兵太夫氏の談」『東京朝日新聞』一九一一年六月二六日、五面。
（16）在米日本人会『新渡米婦人の栞』サンフランシスコ在米日本人会、一九一九年。資料は未見。横田（二〇〇三）一三九―一四〇頁による。
（17）呉（二〇〇四）は、〈写婚妻〉と〈醜業婦〉、〈女学生〉、〈新しい女〉が「オーバー・ラップ」して捉えられる構図があったことを指摘している。
（18）安武（二〇〇〇）が、一八九〇年の実例をもとにその種の反感が存在したことを指摘している。
（19）田中の指摘するような写真の扱いは、かなり早い時期から日本国内の新聞でも報道されていた。「▲日本婦人堕落の制裁 我国の婦人が米国に上陸する際は必ず船中にて写真を撮影〔…〕この写真は上陸後三年以内に於て其婦人の堕落したる時は移民官は之を探し出して本国に送り返す〔…〕」（『読売新聞』一九〇七年五月六日、三面）。また田中には米国入国後における花嫁への「教育」を分析した田中（二〇〇二）もある。
（20）米国の日系移民（とくに西海岸）とキリスト教会については吉田（一九九五）がある。

(21) 桑の浦人「狂乱」(一九〇五年七月四日、四一面。本書第二章でも検討している。

(22) 一九二〇年六月七―一二、一四日。全七回。「或る女のグリンプス」そして「或る女」を髣髴とさせるストーリーである。

(23) 山口(二〇〇七)はこの部分における「小説」の役割を「他者と対峙する契機」(一二七頁)として評価しているが、私はむしろ対峙が不能だったことを示していると考える。

(24) 一世女性の研究では回想が用いられることが多い。回想を用い一世女性の主体性、能動性を論じた研究としては、柳澤(二〇〇九)がある。

(25) たとえば中山/江種編(一九九七)がある。

(26) たとえば栗田(一九九八)、尾西(二〇一二)がある。

(27)『報知新聞』一九〇二年一一月八―一三、一五日。『有島武郎全集』別巻(筑摩書房、一九八八年六月)に復刻がある。

第12章

(1)『翁久允全集』(翁久允 一九七一)。なお、本全集からの引用は『全集』第五巻などと記載する。生涯に関する包括的な記述としては、逸見(一九七八;二〇〇二;二〇〇七)、稗田(一九九四)がある。文学的活動の紹介としては、藤沢(一九八五)、植木/佐藤ほか(一九九七)、アジア系アメリカ文学研究会編(二〇〇一)があり、個別の論考としては、以下がある。中郷(一九九二;一九九三)、山本岩夫編(一九九四)。特集「翁久允と移民地」(『立命館言語文化研究』(五巻五―六号、一九九四年二月)には以下が含まれる。山本岩夫「翁久允と移民地特集にあたって」、佐々木敏二「はじめに」、山本岩夫「翁久允と「移民地文芸」論」、桧原美恵「翁久允の描いた女性像――移民地アメリカにおける人間模様」、佐々木敏二「翁久允の作品・論説と時代の影」、中郷芙美子「「日米新聞」時代の翁久允――創作活動を中心にして」、坂口満宏「移民のナショナリズムと生活世界――シアトル日本人社会形成小史」、逸見久美「翁久允とアメリカ――大正元年、冬の一時帰国まで」、山本岩夫・桧原美恵・佐々木敏二・中郷芙美子・下村雄紀・坂口満宏 作成「翁久允所蔵資料目録」。また坂口満宏ほか(一九九五)も。その他、近年の研究として、逸見(二〇〇五)、粂井(二〇〇五)、バシル(二〇〇六)、Vassil (2011) がある。水野真理子(二〇一三)第二章はこれまでの翁論の集大成とも言うべき厚みのある論考である。

なお、富山市立図書館には、翁の蔵書が寄贈された翁久允文庫がある（富山市立図書館 一九九六）。また立命館大学には山本岩夫を中心とした翁久允研究プロジェクトに関連した資料が数多く所蔵されており、本章もその成果に多くを負うものである。

（2）翁久允「文学会設立に就て（一）―（七）」『北米時事』シアトル、一九〇九年か。新聞スクラップ（立命館大学蔵、翁久允研究会所蔵資料）B－一－一。

（3）翁「異郷の慰安――必然の要求たる文学会」（『北米時事』一九〇九年か）、引用は『全集』第二巻。

（4）伊藤七司「在米同胞生活と殖民地文学――邦人特殊の文学未だ生れず」（『日米』一九一六年、新聞スクラップB－一－七）、南国太郎「生れ来らんと為つゝある植民地文学のために」（『日米』一九一六年六月一八日、日曜附録）、長沼重隆「植民地文学の新意義」（『日米』一九一六年六月二五日）、中西さく子「植民地文芸に就て――翁六渓様にお答へ申す（一）―（四）」（『日米』一九一七年二月一五～一八日）、没羽箭「編集上より見た所謂移民地文芸（一）―（七）」（『日米』一九一七年二月二二、二三、二六―二八日、三月一、二日）。

（5）ユージ・イチオカ「安孫子久太郎――永住を主唱した在米日本人先駆者」（田村／白水編 一九八六所収）を参照。

（6）渡邊雨声「北の街より――六渓君へ」（『全集』第五巻）、『大北日報』一九一五年。

（7）「悪の日影」、翁一九七一、第五巻、二四頁。以下「悪の日影」からの引用は作品名とページ数のみを記す。

（8）鈴木三重吉の小説から、該当する表現を探せば、たとえば次のようなものがあげられるだろう。「毎朝目を開けると同時に、その日の一回をだう書かうかといふ苦痛に圧せられて、いらだゝしい陰鬱の中に、いつまでも蒲団を出たくなかつた習慣がまだ取れないのである。私は原因もなく不愉快な、がじ〴〵した気分に刺されながら、脂肪《あぶら》の溜つた頭の髪を掻き廻して、またしばらくそのまゝ机の上に俯伏した」（鈴木三重吉「黒血」『新小説』一九一一年八月、引用は鈴木 一九三八、四五一頁）。「私は常に恋を求めてゐる。いづくにかたゞ一人、自分のために隠されてる女があるといふ迷ひに生きてゐる。私はそれを探し当てるためのやうに生きてゐる。きつとどこかに一人の女がゐる」（鈴木三重吉「民子」『新小説』一九一二年一月、引用は鈴木 一九三八、二八〇頁）。

（9）鈴木生「素っぱ抜かれた感」（翁 一九七一、第五巻、一五二―一五三頁）。また同様に「近く日本から渡つて来た殆んど無経験な少年」だという清水生は「『悪の日影』を読みつゝ」（『日米』一九一五年九月一七日）で、「この作を読んで居る中に真に確〔植〕民地――異郷といふ感が知らず〳〵の間に僕の頭を支配して居る事を覚えました」と述べている。

(10) 田山花袋『小説作法』(博文館、一九〇九年六月)、引用は『定本花袋全集』第二六巻(臨川書店、一九九五年六月)による。

(11) たとえば翁久允は自然主義文学について、『太陽』『早稲田文学』『文章世界』ほかの雑誌名をあげながら、「これら雑誌に現れた日本の思想界は明けてもくれても自然主義の論議であった。長谷川天渓、島村抱月、田山花袋、岩野泡鳴などと言った論客の一字一句が新鮮味をもって味われた」(翁 一九七二、三九頁)と述べている。

(12) 翁「移民地文芸と移民の生活」(翁 一九七一、第五巻)一七五頁。

(13) 翁「移民地文芸と移民の生活」(翁 一九七一、第五巻)一七五―一七六頁。

(14) 翁「移民地文芸と移民の生活」(翁 一九七一、第五巻)一七七頁。

(15) 翁「同胞移民史を作れ」(翁 一九七一、第五巻)一六八頁。

(16) 翁「同胞移民史を作れ」(翁 一九七一、第五巻)一六九頁。

(17) 翁「同胞移民史を作れ」(翁 一九七一、第五巻)一六九頁。

(18) 翁「同胞移民史を作れ」(翁 一九七一、第五巻)一六八頁。

(19) 斉藤南央「同胞移民史に同感」(翁 一九七一、第五巻)一七一頁。

第13章

(1) 『文芸年鑑』一九三六年版(一九三六年三月、第一書房)。同書収録の「雑誌掲載目録」には『文芸』八月号に掲載された「キビ火事」が載る。

(2) 中島の生涯については、本章に引用した諸回想・記事の他、中島も同人だった『文学生活』一九三七年二月号が特集を組んでいる。また中島の死を伝える新聞記事は「ギルロイ学園長　中島氏逝く」(『新世界朝日新聞』一九四〇年一二月一五日)。中島直人および『ハワイ物語』については、日比嘉高編(二〇一三)も参照。

(3) なお飯田(二〇〇二)によれば、英字を含めれば一八八七年創刊の月刊回覧紙『Japanese Times』が古いという。

(4) 中島(一九三六a)による。後述の短篇小説「ワイアワ駅」は、この兄の死のエピソードを含む。

（5）山下草園は、中島の文学を評して次のように述べていた。「労働者の生活を描き、生慾を描写し、移民心理を写して、一種特異な植民地の雰囲気の動きを展り拡げてみせてはゐるが、併しそれは、その地の生活の体験を持つて居る者には、可なりのもどかしさを感じさせられる。何かしら印象の薄い追憶談のやうでもあり、たとへば寝物語りに遠き昔の世界の葛藤を、聞いて居るやうな感じなのである」（山下 一九三五、三二一頁）。山下の感想は以下の意味で正しい。中島が描こうとしたのは、ハワイ（移民）土着の生活や感性ではなかったと考えられる。彼の短篇「ワイアワ駅」が二つのベクトルの交点にあったように、彼の文学そのものもまた、どちらかに属するわけではない中間点、あるいはどちらにも着地できない宙づりの位置にあった。

（6）先に移民していた一世に呼び寄せられて日本から移住した子どもなどをこう称する。

第14章

（1）「巻頭言」『鉄柵』一九四四年五月、一頁。

（2）アガンベン（二〇〇三）二三九頁。アガンベンが主に念頭に置いて検討しているのは、ナチスのユダヤ人強制収容所のことである。ただし、彼の主眼はむしろ現在の生政治の「範例」が「収容所」にあるという点にある（二四六頁）。アガンベンが「人間と市民、出生と国籍のあいだの連続性を断つ」ものとして「難民」に注目し（一八二頁）、「非合法移民」や「外国人」が一時的に留め置かれる空間に言及している（二三七―二三八頁）ことからも明らかなように、「収容所」は特定の施設を指すものではなく、人が「剝き出し」の状態に置かれ生政治のただ中に置かれる空間であり、またそのような政治－社会体制が露呈する結節点だと考えられる。この意味で、第二次大戦中に著しく権利が制限され、あるいは奪われた状態で日系人が送り込まれた「仮収容所」「収容所」「抑留所」「隔離収容所」（いずれも収容所の種別毎の名称。後述）などは、「例外状態」であるにもかかわらずそのためにこそ、戦争状態における米国、日本双方の生政治のあり方が明確に浮かび出る空間だといえるだろう。

（3）日系アメリカ人の強制収容に関してはダニエルズ（一九九七）、読売新聞社外報部訳編（一九八三）、島田法子（一九九五）、Kashima（2003）などを参照。

（4）「ハート山文芸川柳欄」一九四四年五月、三五頁。

（5）本間けいかの作歌。「ハートマウンテン歌壇　春光集」『ハートマウンテン文芸』一九四四年三月、二〇頁。

（6）二〇一二―一三年には、収容所内で制作された美術工芸品を集めた展覧会「尊厳の藝術展――The Art of Gaman」（東京藝術大学大学美術館ほか）が開催されている。ヒラスナ（二〇一三）も参照。

（7）「俳句　ポストン文芸同人誌モハベ号ヨリ抜集」『ポストン文芸』一九四三年五月、三五頁。なお、収容所内で読まれた俳句を分析した研究として荒木純子（二〇〇二）がある。

（8）「俳句　ポストン文芸同人誌モハベ号ヨリ抜集」『ポストン文芸』一九四三年五月、三四頁。

（9）「近詠」『ポストン文芸』一九四三年五月号。森山はマンザナ在住。

（10）「ポストン柳壇」『ポストン文芸』一九四三年六月、四八頁。

（11）「ポストン柳壇」『ポストン文芸』一九四三年六月、四五頁。

（12）「第三キャンプ　モハベ誌六月号　抜抄」『ポストン文芸』一九四三年七月、一九頁。

（13）「マンザナ吟社例会句抄」『ポストン文芸』一九四三年七月、二一頁。

（14）「ポストン歌壇　第拾回短歌詠草集」一九四三年七月、三三頁。

（15）Wertheimer（2004）六一頁。したがって集められた本や雑誌は英語のものだった。本は学校や公立図書館からの廃棄本が寄贈された（同、六四頁）。設置と運営に尽力したのは主に二世の女性たちだったという。

（16）Wertheimer（2004）第四、五章。当時戦地の兵士に本を送るキャンペーン（Victory Book Campaign）があり、兵士たちには相応しくないと判断された書物が、収容所の図書室へと送られた。

（17）サンタフェ抑留所の高原吟社による川柳互選第五一回の最高点の句。作者は三太笛。粂井（二〇一〇a、八五頁）に紹介されている。

（18）篠田（一九八七；一九八九；一九九三；一九九四；一九九五；一九九六）。収容所の主要な雑誌については不二出版より篠田／山本編（一九九七）として復刻されている。

（19）『Trek』『All Aboard』については、水野真理子（二〇一三）の第七章が、寄稿した文芸人の複雑な感情の揺れに注目して考察している。また同書第八章では、「日本（人）化」を鍵にトゥーリレイク収容所の『鉄柵』が扱われている。

（20）佐々木さゝぶね（一九五〇）。グラナダ収容所に移る以前、ミゾラ抑留所にいた時期の生活を中心としている。

(21) いずれも未見。出典は順に『鉄柵』(一九四五年四月、九七頁)、『ハートマウンテン文芸』(一九四四年五月、二九頁)、『ポストン文芸』(一九四三年七月号、三七頁)。
(22) 『怒濤』一九四四年一〇月、五七頁。
(23) 「高原短歌会本部歌会草鈔」より、『鉄柵』一九四四年五月、三二頁。
(24) 「鮑ヶ丘俳句会句抄」より、『鉄柵』一九四四年七月、三九頁。
(25) 「ポストン柳壇」『ポストン文芸』一九四三年六月、四五頁。
(26) 「ポストン柳壇　第十七回」『ポストン文芸』一九四三年六月、四九頁。
(27) 花見留雄「旅愁」『ポストン文芸』一九四三年七月、九頁。
(28) 「鮑ヶ丘俳句会句抄」『鉄柵』一九四五年四月、四六頁。
(29) 『怒濤』一九四四年一〇月、六六頁。
(30) 『ポストン文芸』一九四三年五月、三〇頁。
(31) 「ハート山文芸川柳欄」『ハートマウンテン文芸』五月号、一九四四年五月、三三頁。
(32) 「心嶺短歌会作品　神無月集」『ハートマウンテン文芸』一九四四年一月、一一頁。
(33) 「新俳壇」『怒濤』一九四五年一月、九五頁。
(34) よく知られたところでは、たとえば山崎豊子(一九八三)があり、二〇一〇年にもTBSが開局六〇周年ドラマとして「九九年の愛――Japanese Americans」(脚本・橋田壽賀子)を制作した。二世兵士の悲劇の物語は、近年でもなお日本国内で一定の関心を惹くらしく、橋本明(二〇〇九)、柳田由紀子(二〇一二)があり、またハワイ二世の経験を描く菊地由紀(一九九五)もある
(35) 「ハート山文芸川柳欄」『ハートマウンテン文芸』一九四四年五月、三三頁。
(36) 「第八回ポストン歌壇　詠草集」『ポストン文芸』一九四三年五月、一九頁。「配所」という言葉も興味深い。配所、すなわち罪によって流された流罪地のことである。すべての収容所の文芸誌で見られる言葉ではないが、『ハートマウンテン文芸』と『ポストン文芸』の二誌に載った短歌、俳句、川柳に見られる表現である。配所は抑留所だけをさすのではなく収容所を指すことがむしろ多い。罪の意味を含む配所という言葉は、米国政府から処罰を受けているという感覚があって

使用されていたのかもしれない。「隠忍の覚悟配所の月は笑み」（西田紀一「ハートマウンテン川柳吟社　雑詠」『ハートマウンテン文芸』一月号、一九四四年一月、四四頁）、「めぐり来る吾子の忌配処に迎へども手向け得ぬ墓ひた思ほゆる」（阿部秋野「第八回ポストン歌壇　詠草集」『ポストン文芸』一九四三年五月、二〇頁）、「ポストンの配所に仰ぐ星影に恋ひ偲ぶかな日の本の空」（阿部秋野「ポストン歌壇　第拾回短歌詠草集」『ポストン文芸』一九四三年七月号、三二頁）、「行く春や配所出る人送る人」（篠田香虎「ポストン文芸同人　モハベ五月号俳句抜集」『ポストン文芸』一九四三年六月、二三頁）。

(37) 野沢襄二「志願兵の父」『鉄柵』一九四五年二月、四二―五四頁。

(38) 粂井（二〇一一a）も抑留所内の短詩形文学を分析するなかで、手紙を題材にした作品が詠まれていることを指摘している。また抑留所および所内の短詩形文学関係の資料については粂井輝子（二〇一〇a）も参照。

(39) 『精選版　日本国語大辞典』小学館、二〇〇六年。

(40) 古川国雄「短篇　残った者」『ハートマウンテン文芸』一九四四年九月。

(41) 「川柳」『怒濤』一九四四年一〇月、五六頁。

(42) 「川柳」『怒濤』一九四五年一月、一〇五頁。

(43) 藤岡無隠「冬の海越えて」（俳句連作）『怒濤』一九四五年四月、七〇頁。

(44) 「高原短歌会本部歌会草鈔」『鉄柵』一九四四年五月、三一頁。

(45) 「高原短歌会本部歌会草鈔」『鉄柵』一九四四年五月、三一頁。

(46) 二首いずれも「ハートマウンテン歌壇　春光集」『ハートマウンテン文芸』一九四四年三月、一八頁。

(47) 富田ゆかり「或る日の日記より」『ハートマウンテン文芸』一九四四年四月、一五頁。

(48) 「ポストン歌壇　第拾回短歌詠草集」『ポストン文芸』一九四三年七月、三三頁。

(49) 「ハートマウンテン歌壇　春光集」『ハートマウンテン文芸』一九四四年三月、一八頁。

(50) 山城正雄「転住所」『鉄柵』一九四四年五月、六一頁。

(51) 『ハートマウンテン文芸』一九四四年三月、一九頁。

(52) 石郷（一九九二）五五―五七頁。古川の短篇と同じ号に掲載された高沢整「掌篇　三題」（同号）にも、やはり「娘の稼いだ月給」が「みなカタログの中に消える」ことを嘆いた父が、カタログを捨て、娘たちが怒り、泣く話がでてくる。収容所の中ではさまざまな仕事をすることができ、一六ドルの月給もらうことができたが、それがすべて通信販売で消えてしまう、というわけである。

(53)「第十八回川柳句会」『ポストン文芸』一九四三年六月、五四頁。

(54) 書記行為の役割については、オング（一九九一）を参照。

(55)「ハートマウンテン歌壇　春光集」『ハートマウンテン文芸』一九四四年三月、一二頁。

(56)「ハートマウンテン歌壇　文月集」『ハートマウンテン文芸』一九四四年九月、一七頁。

(57)「心嶺短歌会作品　春待月集」『ハートマウンテン文芸』一九四四年二月、二九頁。

(58)「ハートマウンテン歌壇　春光集」『ハートマウンテン文芸』一九四四年三月、一九頁。

(59)「編集後記」『怒濤』一九四四年一一月、一〇四頁。

(60)「編輯後記」『鉄柵』一九四四年七月、七〇頁。

(61)「（同人雑記）」『ハートマウンテン文芸』一九四四年四月、三九頁。

(62) 大岡信編（一九九九）。歌の初出はハートマウンテン収容所の歌誌『北米短歌』（一九四四年）とされるが未見。なお、岩室にはこの歌のヴァリアントとして「戦時今侘び住む同胞のそれぞれにゆきて慰めよハート嶺文芸誌」（「ハートマウンテン歌壇　春雲集」『ハートマウンテン文芸』一九四四年五月、二五頁）がある。

(63) 伊藤正「愛憎録」『鉄柵』一九四五年一月、三六頁。

(64) 坂本生「文化寸評」『鉄柵』一九四四年七月、三四頁。

(65)「彩雲居抄」『ハートマウンテン文芸』一九四四年五月、二頁。

(66)「短歌（高原短歌会本部詠草）」『鉄柵』一九四四年一〇月、二七頁。

(67) 山城正雄「脱皮の期間」『鉄柵』一九四五年四月。

(68) 西川正人「百万ちようじやの夢（国民学校　作文集選抜）」『鉄柵』一九四四年一〇月、三二頁。

あとがき

本書第5章でも登場した土橋治重に、「詩人」という詩がある（土橋 一九七八）。「桑港の日本人町のブックストアで、少年は室生犀星の詩集『高麗の花』を買った」（同、九二頁）という一文から始まるこの作品は、詩人が、詩人となろうと思ったきっかけを語っている。「室生犀星」も知らず、「高麗」もわからなかった少年に、だが詩集は新しい世界を開いてみせたという。その詩集と少年との関係を、詩の言葉は次のように描く。

調度もないスクールボーイの部屋。
週五ドルで雇われているアメリカ人の家族とも距離は遠い。
その遠い距離の中で少年は詩集を抱いて寝た。
すると詩集は発酵した。

（同、九二―三頁）

二〇〇二年にロサンゼルスに滞在したとき、私は三〇歳を迎えるところだった。どうにか博士論文を出版にまでこぎ着け、次のテーマを手探りで探しつつあった。米国の日本文学研究の動向と水準が気になっていた。ポストコロニアル的な関心があり北米の日系移民文学を研究テーマに据えようと考え、そして同時に米国における日本文学の研究動向に触れてこようと決めて、在外研究に出た。

英語は嫌いではなかったが、使い物になるレベルではなかった。付け焼き刃で準備をしていったが、部屋探しから家具の賃貸契約から、電話、ケーブルテレビのセットアップ、銀行口座、社会保障番号や運転免許証の取得、必要なことは全部自分たち――夫婦二人でやらなければならなかった。自分が三〇になるまで馴染んだ社会、思いどおりに操れる母語、助けてくれる人々のつながり、それらすべてから切り離されて、米国の生活は不自由で、そして自由だった。

悔しい思い、恥ずかしい思いをするたびに、ここが日本だったら、と何度も思った。日本語が使えたら、と歯がみをした。しかしここは米国で、私の口をつく言葉は当地の小学生よりつたなく、偏った持ち前の知識では、日常生活の厚みに到底太刀打ちできず、どこをどう押したらどう反応するのか途方に暮れて右往左往するばかりだった。

店員の早口の専門用語がちんぷんかんぷんだった。テレビの娯楽番組の笑いがさっぱりわからなかった。映画の登場人物たちの掛け合いにまったくついていけなかった。電話をかけるのが怖かった。私は自室のソファに坐り込んで、子ども番組を呆然と見ていた。ふと我に返れば、画面のなかでは『ドラゴンボール』の悟空がスペイン語で叫んでいた。

大通りをはさんで向こう側、徒歩で十分か十五分ぐらいのアパートメント群のなかに、月に数回、「フジサキさん」という食材のワゴン販売のおじさんがやってくるのを知った。妻と一、二回、覗いてみた。決められた時間の少し前に決められた場所に行くと、日本人の奥さんらしき人たちが列をなして世間話をしたり、一人で待ったりしていた。ワゴンの中は、豆腐や油揚げ、生食可能な卵、刺身、調味料など、手に入りにくい「日本のもの」が所狭しと並んでいた。

近所のニューススタンドには、日本語の新聞が売られていた。高かった。だから毎日は買わなかったが、週末の日曜版を楽しみにしていた。車は所持しなかった。月に一度ぐらいレンタカーを借りた。日系の食料品店に行き、書店に寄った。「外地価格」で高くなっている雑誌を、吟味を重ねて――長く読めるものを――買った。店内では、日本人たちが書棚の間をさまよっていた。米国に来てまで日本語の書物を求める彼ら――そして自分を、私は否定も肯定もできなかった。

　これらの経験は、私に、ある文化のもとで生まれ育った人間が、そしてそうした人間の集団が、国境を越えて生きるとはどのようなことなのか、ということを考えさせた。

　土橋治重が語る詩集の「発酵」を、私は少しだけわかる気がする。もちろん私の滞在は一年にも満たないもので、期間が過ぎれば日本に帰ることが決まっていた。滞在費も支給されていて、生活に追われる必要もなかった。不愉快な思いをしたことはあるが、差別らしい差別は受けなかった。米国生まれの子どももいなかった。私は移民とはいえなかった。しかし、異国で生きるということの一部を、私は身をもって知った。そしてその私の経験と移民たちの経験とは、遠いとはいえ、たしかに地続きだろうと思う。

　いま一冊の書物となったこの研究の背後には、そうしたささやかな個人的経験があったということを、書き残しておこう。


　本書にまとめられる研究を遂行する上で、以下の研究助成や機会を得た。記して感謝申し上げる。筑波大学学内プロジェクト（二〇〇一年）。カリフォルニア大学ロサンゼルス校における客員研究員としての研究（文部科学省在外研究員、二〇〇二―〇三年）。学術振興会科研費（課題番号15720031、二〇〇三―〇五年）。学術振興会科研費（課題番号18720043、二〇〇六―〇八年）。学術振興会科研費（課題番号19652019、代表者・日高佳紀、二〇〇六―〇九年）。ワシントン大学における滞在研究員としての研究（二〇〇九年）。国際日本文化研究センターにおける共同研究員としての研究（代表者・細川周平、二〇一〇年―現在）。学術振興会科研費（課題番号24320023、代表者・伊藤徹、二〇一二―一四年）。

　本書がこうして刊行されるまでには、本当にたくさんの人々にお世話になった。すべての方のお名前をあげられないのが心苦しい。三年間の任期のうちほぼ一年を在外研究へ出るわがままを許して下さった、名波弘彰先生、荒木正純先生をはじめとした筑波大学文芸・言語学系（当時）の先生方。カリフォルニア大学ロサンゼルス校日本研究センターのスタッフおよび関係教員の皆さん、とりわけ受け入れ教員として公私ともに温かく迎えて下さったマイケル・ボーダッシュ先生には心より御礼を申し上げたい。先にも書いたとおり、あのロサンゼルス生活がなければ、今日の私の研究はない。五車堂の調査をする際にさまざまな情報を提供して下さった、シャーリー・オノさんと小野美津枝さん、小野裕子さん、そしてオノ家の皆さん。ハツロー・アイザワさん。浅岡邦雄先生。客員研究員として招いて下さり、シアトルでの調査の機会も与えて下さったワシントン大学のテッド・マックさん。同僚として理解と励ましを下さった京都教育大と名古屋大学の先生方、職員の皆さん、そして私の授業や話を聞き、ともに考えてくれた学生たち。マイグレーション研究会、国際日本文化研究センターの移民研究班の皆さん、科研費の共同研究者の皆さん。同じ関心領域を共有した山本岩夫先生、日高佳紀さん、クリスティーナ・バシルさん、水野真理子さん、アンドリュー・レオングさん。そしてなにより、家族の理解と支えがなければこの研究は完遂できなかった。伴侶として、研究仲間として、そしてロサンゼルスでも苦労をともにした天野知幸に、あらためて感謝の言葉を贈りたい。

年表の作成と校正作業に当たっては、名古屋大学大学院文学研究科日本文化学講座の大学院生たちが力を貸してくれた。新曜社へのご紹介は、青柳悦子先生がして下さった。心より感謝申し上げる。本書の編集は新曜社の渦岡謙一さんのご担当である。この本が、渦岡さんの手で新曜社から出ることを、とても嬉しく思う。

二〇一三年五月二日

日比 嘉高

初出一覧（それぞれ修正・増補を施している）

序章　海を越える文学——移民・書物・想像力　書き下ろし
第1章　移民の想像力——渡米言説と文学テクストのビジョン
「移民の想像力——渡米言説と文学テクストのビジョン」『JunCture 超域的日本文化研究』第一号、二〇一〇年一月
第2章　船の文学
「船の文学——『あめりか物語』「船室夜話」」『文学』第一〇巻第二号、二〇〇九年三月
第3章　日本語新聞と文学
「日系アメリカ移民一世の新聞と文学」『日本文学』第五三巻第一一号、二〇〇四年一一月
第4章　移民と日本書店
「北米日系移民と日本書店——サンフランシスコを中心に」『立命館言語文化研究』第二〇巻一号、二〇〇八年九月
第5章　ある日本書店のミクロストリア——五車堂の場合　書き下ろし
第6章　一世、その初期文学の世界
「日系アメリカ移民一世、その初期文学の世界」『移民研究年報』第一七号、二〇一一年三月
第7章　漱石の「猫」の見たアメリカ
「漱石の「猫」の見たアメリカ——日系移民一世の日本語文学」『〈翻訳〉の圏域』筑波大学文化批評研究会編集・発行、二〇〇四年二月
第8章　永井荷風『あめりか物語』は「日本文学」か？
「永井荷風『あめりか物語』は「日本文学」か？」『日本近代文学』第七四集、二〇〇六年五月
第9章　転落の恐怖と慰安——永井荷風「暁」を読む
「転落の恐怖と慰安——永井荷風「暁」を読む」『京都教育大学 国文学会誌』第三三号、二〇〇六年六月
第10章　絡みあう「並木」——太平洋両岸の自然主義文学
「絡みあう「並木」——日本近代文学と日系アメリカ移民の日本語文学」『京都教育大学紀要』第一〇九号、二〇〇六年九月
第11章　洋上の渡米花嫁——有島武郎「或る女のグリンプス」と女の移民史
「洋上の渡米花嫁——有島武郎「或る女のグリンプス」と日系アメリカ移民」『有島武郎研究』第一四号、二〇一一年六月
第12章　移植樹のダンス——翁久允と「移民地文芸」論
「移植樹のダンス——翁久允と「移民地文芸」論」『テクストたちの旅程——移動と変容の中の文学』筑波大学文化批評研究会、花書院、二〇〇八年二月
第13章　望郷のハワイ——二世作家中島直人の軌跡
「望郷のハワイ——二世作家中島直人の文学」『文学研究論集』第二七号、二〇〇九年二月
第14章　〈文〉をたよりに——日系アメリカ移民強制収容下の文学活動
「〈글〉에 의지하여: 일본계 아메리카이민자 강제수용하의 문학활동」、『제국일본의 이동과 동아시아 식민지문학 2 대만、만주、중국、그리고 환태평양』 도서출판 문、二〇一一年一一月（「〈文〉をたよりに——日系アメリカ移民強制収容下の文学活動」『帝国日本と東アジア植民地文学2 台湾、満洲、中国、そして環太平洋』）、엄인경訳

主要参考文献

＊図書、新聞、雑誌の一次資料は、特に重要なものを除いて基本的に各章の注に記載した。ここでは二次資料を中心に掲げる。

日本語

相沢源七（一九八七）『啄木と渡米志向』宝文堂、一九八七年五月

明石紀雄／飯野正子（二〇一一）『エスニック・アメリカ〔第3版〕』有斐閣、二〇一一年六月

アガンベン、ジョルジョ（二〇〇三）『ホモ・サケル——主権権力と剝き出しの生』高桑和巳訳、以文社、二〇〇三年一〇月

浅見淵（一九六八）『昭和文壇側面史』講談社、一九六八年二月

アジア系アメリカ文学研究会編（二〇〇一）『アジア系アメリカ文学——記憶と創造』大阪教育図書、二〇〇一年三月

アパデュライ、アルジュン（二〇〇四）『さまよえる近代——グローバル化の文化研究』門田健一訳、平凡社、二〇〇四年六月

網野義紘（一九九三）『荷風文学とその周辺』翰林書房、一九九三年一〇月

荒木純子（二〇〇二）「「国旗」と"the Flag"——太平洋戦争中の日系アメリカ俳句」『アメリカ太平洋研究』第二号、二〇〇二年三月

アンダーソン、ベネディクト（二〇〇七）『定本 想像の共同体——ナショナリズムの起源と流行』白石隆・白石さや訳、書籍工房早山、二〇〇七年七月

石崎等（一九八六）「魯庵とその時代」『文学』第五四巻八号、一九八六年八月

飯田耕二郎（二〇〇二）「ハワイ最初の日本人による新聞『Japanese Times』の発見」『大阪商業大学商業史博物館紀要』第二号、二〇〇二年二月

石川啄木（一九六七ａ）『石川啄木全集』第三巻、筑摩書房、一九六七年七月

石川啄木（一九六七b）『石川啄木全集』第四巻、筑摩書房、一九六七年九月
石川啄木（一九六八）『石川啄木全集』第七巻、筑摩書房、一九六八年四月
石川友紀（一九八六）「日本移民研究のための基礎試論」『汎』第一号、一九八六年六月
石郷、エステル（一九九二）『ローン・ハート・マウンテン――日系人強制収容所の日々』古川暢朗訳、石風社、一九九二年八月
板垣公一（一九九二）「『あめりか物語』論――「悪魔主義」の形成について」『名城大学人文紀要』第二八巻一号、一九九二年一二月
イチオカ、ユウジ（一九九二）『一世――黎明期アメリカ移民の物語り』富田虎男ほか訳、刀水書房、一九九二年十月
一政（野村）史織（二〇一一）「恋愛を書くこと――二〇世紀はじめの「日米新聞」における女性投稿短歌」『英語英米文学』第五一号、中央大学、二〇一一年三月
逸見久美（一九七八）『わが父翁久允――その青少年時代と渡米』オリジン出版センター、一九七八年六月
逸見久美（一九九四）「翁久允とアメリカ――大正元年、冬の一時帰国まで」『立命館言語文化研究』特集「翁久允と移民地」、第五巻五―六号、一九九四年二月
逸見久美（二〇〇二）『翁久允と移民社会一九〇七―一九二四――在米十八年の軌跡』勉誠出版、二〇〇二年一一月
逸見久美（二〇〇五）「日米移民史の一挿話――翁久允から見た竹久夢二」『国際文化表現研究』第一号、二〇〇五年五月
逸見久美編（二〇〇七）『シリーズ　資料　翁久允と移民社会（一）　移植樹』翁久允著、大空社、二〇〇七年一一月
伊藤一男（一九六九）『北米百年桜』北米百年桜実行委員会、一九六九年九月
伊藤一男（一九七二）『続北米百年桜』北米百年桜実行委員会、一九七二年四月
井伏鱒二（一九二九）「雑誌の表紙」『文芸レビュー』第一巻二号、一九二九年四月一日
井伏鱒二（一九三七a）「二月九日所感」『早稲田文学』第四巻四号、一九三七年四月
井伏鱒二（一九三七b）「中島直人」『山川草木』雄風館書房、一九三七年九月。篇中の「ハワイ行き」は『三田文学』第五巻一号、一九二九年一月、「直人ハワイ行き」は『文芸雑誌』第一巻二号、一九三六年二月、「海路の日和」は『文学生活』第一巻六号、一九三六年一二月にそれぞれ掲載されたもの。

井伏鱒二（一九四一）「故中島直人とタメカネ入道」『都新聞』一九四一年一〇月二八日（上）、二九日（中）、三〇日（下）
今井輝子（一九八四）「明治期における渡米熱と渡米案内書および渡米雑誌」『津田塾大学紀要』第一六号、一九八四年三月
移民研究会編（二〇〇八）『日本の移民研究　動向と文献目録Ⅱ　1992年10月―2005年9月』明石書店、二〇〇八年一月
ウィルソン、ロバート／ビル・ホソカワ（一九八二）『ジャパニーズ・アメリカン』猿谷要監訳、有斐閣、一九八二年六月
植木照代／ゲイル・K・佐藤ほか（一九九七）『日系アメリカ文学――三世代の軌跡を読む』創元社、一九九七年五月
上田博（一九八〇）「「鳥影」――さまざまな女の悲哀」『啄木――小説の世界』双文社出版、一九八〇年九月
ウェルトハイマー、B・アンドリュー（二〇〇八）「アメリカ強制収容所内での文化空間の創造――浅野七之助とトパーズ日本語図書館一九四三―一九四五」『日本図書館情報学会誌』第五四巻第一号、二〇〇八年三月
宇沢美子（二〇〇八）『ハシムラ東郷――イエローフェイスのアメリカ異人伝』東京大学出版会、二〇〇八年一〇月
臼井雅美（二〇〇一）『ハワイにおける日系移民文学の歩み――ポスト・コロニアル視点による再構築』科研費成果報告書、課題番号 09610482、二〇〇一年
内田魯庵（一九八五）『内田魯庵全集』第九巻、ゆまに書房、一九八五年二月
蛯原八郎（一九八〇）『海外邦字新聞雑誌史』名著普及会、一九八〇年一〇月
大岡信編（一九九九）『北米万葉集――日系人たちの望郷の歌』集英社、一九九九年一二月
大家幸世（一九八八）「砂子屋書房のこと（四）――『暢気眼鏡』増印のこと、および「砂子屋書房書目稿」補遺（三）」『鶴見大学紀要（国語・国文学）』第二五号、一九八八年三月
翁久允（一九一五）「私の狭き要求　植民地文芸の使命」新聞スクラップ（立命館大学蔵、翁久允研究会所蔵資料）B―一―六、一九一五年秋、翁（一九七一）第五巻にも掲載
翁久允（一九一九）「移民地文芸の宣言」『日米』一九一九年九月二九日
翁久允（一九七一）『翁久允全集』全一〇巻、翁久允全集刊行会（第一巻・一九七一年一二月、第二巻・一九七二年二月、第三巻・一九七二年五月、第四巻・一九七二年九月、第五巻・一九七一年八月、第六巻・一九七三年二月、第七巻・一九七三年九月、第八巻・一九七三年八月、第九巻・一九七四年一月、第一〇巻・一九七三年一二月）

翁久允（一九七二）「わが一生　海のかなた」『翁久允全集』第二巻、翁久允全集刊行会、一九七二年二月
奥泉栄三郎（二〇〇六ａ）『パイオニア情報館――人物情報編』文生書院、二〇〇六年六月
奥泉栄三郎（二〇〇六ｂ）『パイオニア情報館――北米関係総合出版年表編』文生書院、二〇〇六年六月
奥田浩司（二〇〇一）「「或る女のグリンプス」と坪内逍遙の「新しい女」――〈女〉の衝動性、無意識性をめぐって」『有島武郎研究』第四号、二〇〇一年三月
奥田浩司（二〇〇七）「「或る女のグリンプス」の成立過程――全集に収録されることの問題点及び初出形の同時代性について」『有島武郎研究』第一〇号、二〇〇七年三月
尾崎一雄（一九八五）「あの日この日」『尾崎一雄全集』第一四巻、筑摩書房、一九八五年三月
小田切進編（一九六五）『明治文学全集　明治社会主義文学集（二）』筑摩書房、一九六五年一一月
尾西康充（二〇一二）『『或る女』とアメリカ体験――有島武郎の理想と叛逆』岩波書店、二〇一二年二月
小野一一郎（一九七三）「日本帝国主義と移民論――日露戦後の移民論」、小野一一郎ほか編『世界経済と帝国主義』有斐閣、一九七三年五月
オング、ウォルター・J（一九九一）『声の文化と文字の文化』桜井直文ほか訳、藤原書店、一九九一年一〇月
金井重雄／伊藤晩松（一九一〇）『北米之日本人』金井通訳事務所［サンフランシスコ］、一九一〇年七月
カプラン、カレン（二〇〇三）『移動の時代――旅からディアスポラへ』村山淳彦訳、未来社、二〇〇三年三月
川崎長太郎（一九三七）「「ハワイ物語」のこと」『文学生活』第二巻二号、一九三七年二月）
川端俊英（一九九三）「小説『破戒』の結末をめぐって（二）――草創期テキサス移民とのかかわり」『同朋国文』第二四号、一九九三年三月
川端俊英（二〇〇三）「『破戒』当時のテキサス情報」『同朋文学』第三一号、二〇〇三年三月
川端康成（一九三六）「「ハワイ物語」に序し、渡航を送る」、中島直人『ハワイ物語』砂子屋書房、一九三六年一二月
菊地由紀（一九九五）『ハワイ日系二世の太平洋戦争』三一書房、一九九五年一一月
北川扶生子（二〇一三）「「やまと新聞」投稿欄にみるハワイ日系日本語文学の草創期」『日本近代文学』第八九集、二〇一三年一一月

木股知史（二〇一一）「立志と詩のアメリカ」『石川啄木・一九〇九年　増補新訂版』沖積舎、二〇一一年七月
キム、エレイン・H（二〇〇二）『アジア系アメリカ文学――作品とその社会的枠組』植木照代ほか訳、世界思想社、二〇〇二年九月
木村健二（一九七八）「明治期日本人の海外進出と移民・居留民政策（一）」『商経論集』第三五号、早稲田大学、一九七八年九月
木村健二（一九七九）「明治期日本人の海外進出と移民・居留民政策（二・完）」『商経論集』第三六号、早稲田大学、一九七九年一月
キャソン、ジョン・F（一九八七）『コニー・アイランド――遊園地が語るアメリカ文化』大井浩二訳、開文社出版、一九八七年五月
木山、義喬・ヘンリー（一九三一）『漫画四人書生』木山義喬画室、一九三一年一月
ギルロイ、ポール（二〇〇六）『ブラック・アトランティック――近代性と二重意識』上野俊哉ほか訳、月曜社、二〇〇六年九月
キンモンス、アール・H（一九九五）『立身出世の社会史――サムライからサラリーマンへ』広田照幸ほか訳、玉川大学出版部、一九九五年一月
串田孫一（一九九七）「本を書くこと　造ること」『日本古書通信』第六二巻八号、一九九七年八月
工藤美代子（一九八三）『写婚妻――花嫁は一枚の見合い写真を手に海を渡っていった』ドメス出版、一九八三年八月
粂井輝子（一九八七）「日米両国の成功雑誌に関する一考察」『アメリカ研究』第二一号、一九八七年三月
粂井輝子（一九九五）『外国人をめぐる社会史――近代アメリカと日本人移民』雄山閣出版、一九九五年八月
粂井輝子（二〇〇一）「旅という落ちつかぬ家で親となり――『北米川柳』にみる一九三〇年代の日本人移民社会」『白百合女子大学研究紀要』第三七号、二〇〇一年一二月
粂井輝子（二〇〇五）「在米日本人「移民地文芸」覚書（一）アメリカの「亡者」――翁久允の長編二部作「悪の日影」と『道なき道』」『白百合女子大学研究紀要』第四一号、二〇〇五年一二月
粂井輝子（二〇〇六）「在米日本人「移民地文芸」覚書（二）「我が名を」永遠に――自由律俳句と直原敏平」『ＳＥＬＬＡ』

第三五号、二〇〇六年三月
粂井輝子（二〇〇七a）「在米日本人「移民地文芸」覚書（三）「かへらぬふるさと」――下山逸蒼の自由律俳句」『白百合女子大学言語・文学研究センター 言語・文学研究論集』第七号、二〇〇七年三月
粂井輝子（二〇〇七b）「在米日本人「移民地文芸」覚書（四）「太い根が必要だ」――外川明の自由詩戦前編」『白百合女子大学研究紀要』第四三号、二〇〇七年一二月
粂井輝子（二〇〇九）「在米日本人「移民地文芸」覚書（五）石は直角する――加川文一の自由詩の探究」『白百合女子大学言語・文学研究センター言語・文学研究論集』第九号、二〇〇九年三月
粂井輝子（二〇一〇a）「短歌・俳句・川柳が詠むアメリカ抑留所――JICA横浜海外移住資料館所蔵短詩型文学資料紹介」『JICA横浜海外移住資料館研究紀要』第五号、二〇一〇年三月
粂井輝子（二〇一〇b）「在米日本人「移民地文芸」覚書（七）大地の市民――外川明と故郷創成神話」『白百合女子大学研究紀要』第四六号、二〇一〇年一二月
粂井輝子（二〇一一a）「アメリカ合衆国敵性外国人抑留所内の短詩型文学覚書」『白百合女子大学言語・文学研究センター言語・文学研究論集』第一一号、二〇一一年三月
粂井輝子（二〇一一b）「移民研究におけるグローカル性探求――トシオ・モリの短編を通して」『SELLA』第四〇号、二〇一一年三月
栗田廣美（一九九八）『亡命・有島武郎のアメリカ――〈どこでもない所〉への旅』右文書院、一九九八年三月
呉佩珍（二〇〇四）「〈渡米熱〉、〈堕落女学生〉と〈写婚妻〉――一八九〇年代後半の〈渡米熱〉と『大陸日報』にみる〈写婚妻〉像」『太平洋を越える「新しい女」――田村（佐藤）俊子にみるジェンダー・人種・階級』博士論文、筑波大学、二〇〇四年
コーエン、ウォレン・I（一九九九）『アメリカが見た東アジア美術』川嶌一穂訳、スカイドア、一九九九年九月
紅野謙介（二〇〇三）「懸賞小説の時代」『投機としての文学――活字・懸賞・メディア』新曜社、二〇〇三年三月
紅野敏郎（一九八五）「昭和文学と砂子屋書房」『文学』第五三巻七月号、一九八五年七月
高栄蘭（二〇一〇）「『破戒』における「テキサス」」『「戦後」というイデオロギー――歴史／記憶／文化』藤原書店、二〇一

〇年六月
児玉正昭（一九九二）『日本移民史研究序説』渓水社、一九九二年二月
小林倉三郎（一九三七）「『ハワイ物語』の出来るまで」『文学生活』第二巻二号、一九三七年二月
斎藤昌三（一九八一ａ）「書痴の自伝」『斎藤昌三著作集』第五巻、八潮書店、一九八一年一一月
斎藤昌三（一九八一ｂ）「少雨叟交遊録」『斎藤昌三著作集』第五巻、八潮書店、一九八一年一一月
在米日本人会（一九四〇）『在米日本人史』在米日本人会、一九四〇年一二月
坂上博一（一九七八）『永井荷風ノート』桜楓社、一九七八年六月
坂口満宏（一九九四）「移民のナショナリズムと生活世界――シアトル日本人社会形成小史」『立命館言語文化研究』第五巻五―六号、一九九四年二月
坂口満宏ほか（一九九五）「翁久允関係書簡補遺」『立命館言語文化研究』第七巻一号、一九九五年九月
佐々木さゝぶね（一九五〇）『抑留所生活記』羅府書店、一九五〇年二月、文生書院から二〇〇二年四月に復刻がある
佐々木敏二（一九八六）「日本移民史研究にいま何が必要か――「石川友紀論文」の問題提起を補完して」『汎』第三号、一九八六年一二月
佐々木敏二（一九九四ａ）「はじめに」『立命館言語文化研究』第五巻五―六号、一九九四年二月
佐々木敏二（一九九四ｂ）「翁久允の作品・論説と時代の影」『立命館言語文化研究』第五巻五―六号、一九九四年二月
佐藤俊子（一九三六ａ）「小さき歩み」『改造』第一八巻一〇号、一九三六年一〇月
佐藤俊子（一九三六ｂ）「薄光の影に寄る――小さき歩み（続）」『改造』第一八巻一二号、一九三六年一二月
佐藤俊子（一九三七）「愛は導く――小さき歩み（完）」『改造』第一九巻三号、一九三七年三月
佐藤俊子（一九三八ａ）「カリホルニア物語」『中央公論』第五三年七号、一九三八年七月
佐藤俊子（一九三八ｂ）「侮蔑」『文芸春秋』第一六巻二一号、一九三八年一二月
佐藤麻衣（二〇〇五）「永井荷風『あめりか物語』論――「夏の海」をめぐって」『昭和女子大学大学院日本文学紀要』第一六号、二〇〇五年三月
佐藤麻衣（二〇〇七）「永井荷風と雑誌『大西洋』――「夜の女」の初出をめぐって「付」『大西洋』第一号〜第三号目次」

『日本近代文学』第七六集、二〇〇七年五月
佐藤麻衣（二〇〇八）「田村松魚のアメリカ留学――付 田村松魚著作年表（自明治三十六年八月至大正二年四月）」『相模国文』第三五号、二〇〇八年三月
佐藤麻衣（二〇〇九）「「Japan and America」――邦人発行の英字雑誌をめぐって」『日本近代文学』第八〇集、二〇〇九年五月
澤田次郎（二〇〇五）「徳富蘇峰の大日本膨張論とアメリカ――明治二〇年代を中心に」『同志社アメリカ研究』第四一号、二〇〇五年三月
篠田左多江（一九八〇）「日系アメリカ文学の歴史」『アメリカ研究』第一四号、一九八〇年三月
篠田左多江（一九八三）「北米の日系アメリカ文学」『正論』第一二九号、一九八三年一二月
篠田左多江（一九八七）「日系アメリカ文学――強制収容所内の文学活動①ポストン収容所」『東京家政大学研究紀要』第二七号、一九八七年三月
篠田左多江（一九八九）「日系アメリカ文学――強制収容所内の文学活動②トゥーリレイク収容所」『東京家政大学研究紀要』第二九号、一九八九年三月
篠田左多江（一九九三）「日系アメリカ文学――強制収容所内の文学活動③ハートマウンテン収容所」『東京家政大学研究紀要』第三三号、一九九三年二月
篠田左多江（一九九四）「日系アメリカ文学――強制収容所内の文学活動④ヒラリヴァー収容所」『東京家政大学研究紀要』第三四号、一九九四年二月、
篠田左多江（一九九五）「日系アメリカ文学――強制収容所内の文学活動⑤トパーズ収容所」『東京家政大学研究紀要』第三五号、一九九五年二月
篠田左多江（一九九六）「日系アメリカ文学――強制収容所内の文学活動⑥グラナダ収容所」『東京家政大学研究紀要』第三六号、一九九六年二月
篠田左多江（一九九七）「「ハワイ歳時記」にみる文化変容（一）新年の季語について」『東京家政大学生活資料館紀要』第二集、一九九七年三月

篠田左多江（二〇〇七）「黎明期のハワイ日系日本語文学――尾籠賢治を中心に」『移民研究年報』第一三号、二〇〇七年三月
篠田左多江／山本岩夫編（一九九七）『日系アメリカ文学雑誌集成』全二二巻、不二出版、一九九七年六月―一九九八年一二月
篠田左多江／山本岩夫共編著（一九九八）『日系アメリカ文学雑誌研究――日本語雑誌を中心に』不二出版、一九九八年一二月
島崎藤村（一九六六）『新装版　藤村全集』第二巻、筑摩書房、一九六六年一二月
島崎藤村（一九六七）『新装版　藤村全集』第三巻、筑摩書房、一九六七年一月
島田法子（一九九五）『日系アメリカ人の太平洋戦争』リーベル出版、一九九五年八月
島田法子（二〇〇四）『戦争と移民の社会史――ハワイ日系アメリカ人の太平洋戦争』現代史料出版、二〇〇四年七月
島田法子（二〇〇八）「俳句と俳句結社にみるハワイ日本人移民の社会文化史」『日本女子大学紀要 文学部』第五七号、二〇〇八年三月
島田法子（二〇〇九）「第二次世界大戦をめぐるハワイ日本人移民の忠誠心と日本人意識――短歌・俳句・川柳を史料として」『日本女子大学英米文学研究』第四四号、二〇〇九年三月
島田法子（二〇一二）「ハワイ島ヒロ銀雨詩社に展開した日本人移民の文芸活動――移民の同化とアイデンティティ形成に関する一考察」『ＪＩＣＡ横浜海外移住資料館研究紀要』第六号、二〇一二年三月
清水夏晨（一九二一）『詩歌集　永遠と無窮』私家版、一九二一年
正田健一郎（一九八九）「明治期における海外移民に対する態度の変遷について」『早稲田政治経済学雑誌』第二九五・二九六号、一九八九年一月
新日米新聞社編（一九六一）『米国日系人百年史――在米日系人発展人士録』新日米新聞社、一九六一年一二月
末延芳晴（二〇〇二）『荷風とニューヨーク』青土社、二〇〇二年一〇月
末延芳晴（二〇〇五）『荷風のあめりか』平凡社、二〇〇五年一二月
鈴木三重吉（一九三八）『鈴木三重吉全集』第二巻、岩波書店、一九三八年五月

高橋修（一九九四）「ジャンルと様式《モード》――日清戦争前後」『日本近代文学』第五〇集、一九九四年五月
高橋康雄（一九八九）『物語・万朝報――黒岩涙香と明治のメディア人たち』日本経済新聞社、一九八九年五月
田口道昭（二〇〇二）「啄木「時代閉塞の現状」まで――渡米熱と北海道体験」『国際啄木学会研究年報』第五号、二〇〇二年三月
竹内幸次郎（一九二九）『米国西北部日本移民史』大北日報社、一九二九年七月
竹内洋（一九七八）『日本人の出世観』学文社、一九七八年一月
武田庄三郎（一九八三）「「或る女のグリンプス」から「或る女」への移行をめぐる問題」『立正大学人文科学研究所年報　別冊』第四号、一九八三年三月
立川健治（一九八六）「明治後半期の渡米熱――アメリカの流行」『史林』第六九巻三号、一九八六年五月
立川健治（一九九〇）「福沢諭吉の渡米奨励論――福沢の交通、アメリカの原光景を中心として」『富山大学教養部紀要』人文・社会科学篇、第二二巻二号、一九九〇年二月
立川健治（一九九一）「明治前半期の渡米熱（一）――『時事新報』」『富山大学教養部紀要』人文・社会科学篇、第二三巻第二号、一九九一年二月
ダニエルズ、ロジャー（一九九七）『罪なき囚人たち――第二次大戦下の日系アメリカ人』川口博久訳、南雲堂、一九九七年一一月
田中景（二〇〇二）「二〇世紀初頭の日本・カリフォルニア「写真花嫁」修業――日本人移民女性のジェンダーとクラスの形成」『社会科学』第六八号、同志社大学人文科学研究所、二〇〇二年一月
田中景（二〇〇六）「「写真花嫁」の写真――移民の可視化と移民政策の実行についての考察」『県立新潟女子短期大学研究紀要』人文・社会科学編、第四三号、二〇〇六年三月
田畑修一郎（一九三七）「文学について」『文学生活』第二巻二号、一九三七年二月
田村松魚（一九〇九ａ）『北米の花』博文館、一九〇九年九月
田村松魚（一九〇九ｂ）『北米世俗観』博文館、一九〇九年一二月
田村紀雄／白水繁彦編（一九八六）『米国初期の日本語新聞』勁草書房、一九八六年九月

田村紀雄（一九九一）『アメリカの日本語新聞』新潮社、一九九一年一〇月
田村紀雄（二〇〇八）『海外の日本語メディア――変わりゆく日本町と日系人』世界思想社、二〇〇八年二月
田山花袋（一九九五）『定本花袋全集』第二六巻、臨川書店、一九九五年六月
多和田葉子（二〇〇三）『エクソフォニー――母語の外へ出る旅』岩波書店、二〇〇三年八月
東郷克美（一九七七）「中島直人」『日本近代文学大事典』第二巻、講談社、一九七七年一一月
ドゥルーズ、ジル／フェリックス・ガタリ（一九七八）『カフカ――マイナー文学のために』宇波彰ほか訳、法政大学出版局、一九七八年七月
土橋治重（一九七八）『詩集　サンフランシスコ日本人町』国文社、一九七八年七月
土橋治重（一九九五）『土橋治重詩全集』土曜美術社出版販売、一九九五年九月
富山市立図書館（一九九六）『翁久允文庫目録』富山市立図書館編集・発行、一九九六年三月
十和田操（一九三七）「「ハワイ物語」から」『文学生活』第二巻二号、一九三七年二月
永井荷風（一九九二）『荷風全集』第四巻、岩波書店、一九九二年七月
永井荷風（一九九五）『荷風全集』第二七巻、岩波書店、一九九五年三月
中郷芙美子（一九九二）「「移民地文芸」の先駆者翁久允の創作活動――「文学会」の創設から『移植樹』まで」『立命館言語文化研究』第三巻六号、一九九二年三月
中郷芙美子（一九九三）「翁久允移民地文芸の特徴――「生活」と「思想」について」『立命館言語文化研究』第四巻六号、一九九三年三月
中郷芙美子（一九九四）「「日米新聞」時代の翁久允――創作活動を中心にして」『立命館言語文化研究』第五巻五―六号、一九九四年二月
中島国彦（一九九二）「後記」『荷風全集』第四巻、岩波書店、一九九二年七月
中島直人（一九三一ａ）「『昼食時間』――それはいつも僕に取つて一つの出来事であつた」『新科学的文芸』第二巻六号、一九三一年六月
中島直人（一九三一ｂ）「夢を見る僕」『作品』第二巻一九号、一九三一年一一月

中島直人（一九三一c）「二度目に布哇へ行つたら――一名、四月一日の怪」『文学時代』第三巻一二号、一九三一年一二月
中島直人（一九三二）「榎の悲劇」『新科学的文芸』第三巻五号、一九三二年五月
中島直人（一九三四）「アンケート　何故書くか」『鷭』第一輯、一九三四年四月一一日
中島直人（一九三六a）「「赤瓦」の人種」『文学生活』第一巻一号、一九三六年六月
中島直人（一九三六b）「礫」『早稲田文学』第三巻七号、一九三六年七月
中島直人（一九三六c）『ハワイ物語』砂子屋書房、一九三六年一二月
中島礼子（二〇〇五）「『或る女』前史としての國木田独歩における女性表象――「おとづれ」「第三者」「鎌倉夫人」と「或る女のグリンプス」をめぐって」『有島武郎研究』第八号、二〇〇五年三月
中田幸子（二〇〇〇）『前田河廣一郎における「アメリカ」』国書刊行会、二〇〇〇年一〇月
中村量空（一九九八）『複雑系の意匠――自然は単純さを好むか』中公新書、一九九八年一〇月
中山和子／江種満子編（一九九七）『総力討論　ジェンダーで読む『或る女』』翰林書房、一九九七年一〇月
夏目漱石（一九〇八）「夢十夜」より「第七夜」『東京朝日新聞』『大阪朝日新聞』一九〇八年八月二日
南富鎭（二〇〇六）『文学の植民地主義――近代朝鮮の風景と記憶』世界思想社、二〇〇六年一月
西原大輔（一九九五）「内田魯庵『くれの廿八日』とメキシコ殖民」『比較文学研究』第六七号、一九九五年一〇月
日米新聞社（一九〇五）『日米年鑑』日米新聞社、一九〇五年一月
日米新聞社（一九〇六）『日米年鑑』日米新聞社、一九〇六年一月
日米新聞社（一九〇八）『日米年鑑』日米新聞社、一九〇八年一月
日米新聞社（一九〇九）『日米年鑑』日米新聞社、一九〇九年一月
日米新聞社（一九一〇）『日米年鑑』日米新聞社、一九一〇年一二月
日米新聞社（一九一四）『日米年鑑』日米新聞社、一九一四年一月
日布時事社（一九三七）「文芸と演芸」欄『昭和十二―十三年　日布時事　布哇年鑑並人名住所録』日布時事社、一九三七年一〇月
日本新聞博物館編（二〇〇二）『企画展「海外邦字紙」と日系人社会　図録』日本新聞博物館、二〇〇二年一一月

野沢穣二（一九六五）「〝鉄柵〟の想ひ出——騒乱の舘府ツールレーキ」『南加文芸』第一号、一九六五年九月
野村喬（一九八五）「解説」『内田魯庵全集』第九巻、ゆまに書房、一九八五年二月
野村達朗（一九九二）『「民族」で読むアメリカ』講談社、一九九二年五月
野本一平（二〇〇二）「第二次世界大戦前および戦中、戦後の日系日本語文学」『詩学』第五七巻一二号、二〇〇二年一二月
橋本明（二〇〇九）『棄民たちの戦場——米軍日系人部隊の悲劇』新潮社、二〇〇九年六月
橋本求（一九六四）『日本出版販売史』講談社、一九六四年一月
バシル、クリスティーナ（二〇〇六）「トランスナショナリズムと翁久允の「コスモポリタンは語る」」『日本近代文学』第七五集、二〇〇六年一一月
バフチン、ミハイル（一九七三）『フランソワ・ラブレーの作品と中世・ルネッサンスの民衆文化』川端香男里訳、せりか書房、一九七三年一月
濱野成生（一九九九）「戦前ハワイ日本語学校の隘路——一八九〇年代から一九四〇年代までの問題点」『日本女子大学英米文学研究』第三四号、一九九九年三月
稗田菫平（一九九四）『筆魂・翁久允の生涯』桂書房、一九九四年九月
日高佳紀（二〇〇八）「カナダで満洲馬賊小説を読むということ——初期『大陸日報』と文学」『奈良教育大学 国文 研究と教育』第三一号、二〇〇八年三月
桧原美恵（一九九四）「翁久允の描いた女性像——移民地アメリカにおける人間模様」『立命館言語文化研究』第五巻五—六号、一九九四年二月
桧原美恵（一九九八）「収容所体験と日系アメリカ文学」『英語青年』第一四三号、一九九八年一月
日比嘉高（二〇〇一）「吾輩の死んだあとに——〈猫のアーカイヴ〉の生成と更新」『漱石研究』第一四号、二〇〇一年一〇月
日比嘉高（二〇〇二）『〈自己表象〉の文学史——自分を書く小説の登場』翰林書房、二〇〇二年五月
日比嘉高編（二〇一三）『コレクション・モダン都市文化 第92巻 北米への移民』ゆまに書房、二〇一三年一二月
ヒラスナ、デルフィン（二〇一三）『尊厳の芸術——強制収容所で紡がれた日本の心』国谷裕子監訳、NHK出版、二〇一三

年五月
広瀬守令（一九三四）『在米甲州人奮闘五十年史』南加山梨海外協会（ロサンゼルス）、一九三四年年五月。文生書院から二〇〇三年九月に復刻がある
広瀬玲子（一九九三）「国粋主義者の移民論・植民論覚え書き」『歴史評論』第五一三号、一九九三年一月
福沢諭吉（一九六〇）『福沢諭吉全集』第一一巻、岩波書店、一九六〇年八月
福島信吾（一九六七）「明治期における植民主義の形成」『思想』第五一一号、一九六七年一月
藤沢全（一九八五）『日系文学の研究』大学教育社、一九八五年四月
藤澤全（二〇〇四ａ）「移民俳句――在米一世の俳句に関する考察」『言語文化の諸相――近代文学』大空社、二〇〇四年四月
藤澤全（二〇〇四ｂ）「前田河廣一郎の大逆事件批判小説の発掘――The Coming Nation 所載 "The Hangman" 全文【新資料】」『言語文化の諸相――近代文学』大空社、二〇〇四年四月
ベフ、ハルミ（二〇〇二）『日系アメリカ人の歩みと現在』人文書院、二〇〇二年九月
保坂帰一（一九一三）『吾輩の見たる亜米利加』上編、有文堂、一九一三年一月。下編、日米出版協会、一九一四年四月
ボズワース、Ａ（一九八三）『アメリカの強制収容所――戦時下日系米人の悲劇』新版、森田幸夫訳、新泉社、一九八三年五月
ホブズボーム、エリック・Ｊ（一九九三）『帝国の時代　一八七五―一九一四（一）』野口建彦ほか訳、みすず書房、一九九三年一月
ホブズボーム、エリック・Ｊ（一九九八）『帝国の時代　一八七五―一九一四（二）』野口建彦ほか訳、みすず書房、一九九八年一二月
堀まどか（二〇一二）『「二重国籍」詩人　野口米次郎』名古屋大学出版会、二〇一二年二月
前田河広一郎（一九二二）「三等船客」『中外』一九二二年八月、一九二二年一〇月
真壁知子（一九八三）『写真婚の妻たち――カナダ移民の女性史』未来社、一九八三年六月
増渕留美子（一九八六）「一九一〇年代の排日と「写真結婚」」、戸上宗賢編『ジャパニーズ・アメリカン』ミネルヴァ書房、

一九八六年三月
真山青果（一九七六）『真山青果全集』第一五巻、講談社、一九七六年三月
水野剛也（一九九九）「日系アメリカ人戦時収容所のキャンプ新聞と冬期休暇報道――収容初年の冬季休暇報道に見る二面性とキャンプ新聞の言論活動の再検討」『マス・コミュニケーション研究』第五四号、一九九九年一月
水野剛也（二〇〇〇）「日系アメリカ人強制収容所における新聞発行政策 一九四二―一九四三――収容所管理当局の基本的政策、およびその意図と運用」『アメリカ研究』第三四号、二〇〇〇年三月
水野剛也（二〇〇一）「日系アメリカ人強制収容所における新聞の「検閲」と「監督」――立ち退き・収容初期における政府の新聞発行・管理政策」『マス・コミュニケーション研究』第五八号、二〇〇一年一月
水野剛也（二〇〇五）『日系アメリカ人強制収容とジャーナリズム――リベラル派雑誌と日本語新聞の第二次世界大戦』春風社、二〇〇五年九月
水野剛也（二〇一一）『「敵国語」ジャーナリズム――日米開戦とアメリカの日本語新聞』春風社、二〇一一年一月
水野真理子（二〇〇七）「翁久允のアイデンティティ――在米時代に富山の地元紙に発表した評論、論説を中心に」『社会システム研究』第一〇号、二〇〇七年二月
水野真理子（二〇〇八a）「加川文一の文芸観と強制収容所体験――移民地文芸から帰米二世文学の発展において」『社会システム研究』第一一号、二〇〇八年二月
水野真理子（二〇〇八b）「翁久允のアイデンティティと移民地文芸論の変遷」『人間・環境学』第一六号、二〇〇八年三月
水野真理子（二〇一一）「日系アメリカ人強制収容所における二世の文学活動――Trek, All Aboardを中心に」『社会システム研究』第一四号、二〇一一年二月
水野真理子（二〇一二）「日系アメリカ人強制収容所における一世と帰米二世の文学活動――文芸雑誌『鉄柵』を中心に」『社会システム研究』第一五号、二〇一二年三月
水野真理子（二〇一三）『日系アメリカ人の文学活動の歴史的変遷――一八八〇年代から一九八〇年代にかけて』風間書房、二〇一三年三月
宮本なつき（二〇〇五）「明治の渡米熱と女性たちの「亜米利加」像――渡米出版物から見た日本人移民女性史の一考察」

『移民研究年報』第一一号、二〇〇五年三月
村川庸子（二〇〇七）『境界線上の市民権――日米戦争と日系アメリカ人』御茶の水書房、二〇〇七年一一月
望月政治（一九七一）『わが国出版物輸出の歴史』日本出版貿易、一九七一年四月
森永英蔵（一九四一）『アメリカ移民血涙記』教材社、一九四一年一一月
八木福次郎（二〇〇六）『書痴斎藤昌三と書物展望社』平凡社、二〇〇六年一月
安武留美（二〇〇〇）「北カリフォルニア日本人移民社会の日米教会婦人たち――日系一世女性のイメージを再考する」『キリスト教社会問題研究』二〇〇〇年一二月
柳澤幾美（二〇〇九）「「写真花嫁」は「夫の奴隷」だったのか――「写真花嫁」たちの語りを中心に」、島田法子編著『写真花嫁・戦争花嫁のたどった道――女性移民史の発掘』明石書店、二〇〇九年六月
柳田由紀子（二〇一二）『二世兵士激戦の記録――日系アメリカ人の第二次大戦』新潮社、二〇一二年七月
矢野暢（二〇〇九）『「南進」の系譜――日本の南洋史観』千倉書房、二〇〇九年五月
山口直孝（二〇〇七）「語りえない過去――同時代の反応から見た「或る女のグリンプス」」『国文学　解釈と鑑賞』第七二巻六号、二〇〇七年六月
山崎一心編（一九二七）『北米文芸選集』文芸批評社、一九二七年二月（復刻・文生書院、二〇〇七年一月）
山崎一心編（一九三〇）『アメリカ文芸集』新生堂、一九三〇年八月（復刻・文生書院、二〇〇七年五月）
山崎一心編（一九三七）『アメリカ文学集』警眼社、一九三七年一〇月
山崎豊子（一九八三）『二つの祖国』新潮社、（上）一九八三年七月、（中）八月、（下）九月
山下草園（一九三五）『日系市民の日本留学事情　附ハワイ関係者列伝及住所録』文成社、一九三五年一〇月
山下草園（一九三七）「東京に生れた布哇ペン・クラブ」『日布時事』一九三七年一月一日
山城正雄（一九九五）『帰米二世――解体していく「日本人」』五月書房、一九九五年一月
山田俊治（一九九八）『有島武郎　〈作家〉の生成』小沢書店、一九九八年九月
山田廸生（一九九八）『船にみる日本人移民史――笠戸丸からクルーズ客船へ』中央公論社、一九九八年一〇月
山本岩夫（一九九四a）「翁久允と移民地特集にあたって」『立命館言語文化研究』第五巻五―六号、一九九四年二月

山本岩夫（一九九四b）「翁久允と「移民地文芸」論」『立命館言語文化研究』第五巻五―六号、一九九四年二月
山本岩夫編（一九九四）『アメリカにおける初期日系移民地文学の研究――翁久允未公開文書の調査・研究を中心に』平成四・五年度科学研究費補助金（一般研究C）研究成果報告書 課題番号04610286、一九九四年三月
山本茂美（二〇〇七a）「日系アメリカ文学の発祥――『ユタ日報』を中心に」『愛知學院大学語研紀要』第三二巻一号、二〇〇七年一月
山本茂美（二〇〇七b）「日系アメリカ文学の発祥――ユタ日報を中心に」『金城学院大学論集 人文科学編』第三巻二号、二〇〇七年三月
山本茂美（二〇〇八a）「日系アメリカ文学の発祥を求めて――トパーズタイムズを中心に part1」『愛知學院大学語研紀要』第三三巻一号、二〇〇八年一月
山本茂美（二〇〇八b）「日系アメリカ文学の発祥を求めて――トパーズタイムズを中心に part2」『金城学院大学論集 人文科学編』第四巻二号、二〇〇八年三月
山本茂美（二〇〇九a）「第二次世界大戦直後の日系アメリカ文学――一九四六年、一九四七年の『羅府新報』の作品を通じて」『愛知学院大学語研紀要』第三四巻一号、二〇〇九年一月
山本茂美（二〇〇九b）「日系アメリカ二世文学の発展について――羅府新報を通じて」『金城学院大学論集』人文科学編、第五巻二号、二〇〇九年三月
山本茂美（二〇一一）「日系アメリカ史とその文学――明治初期から一九二四年まで」『金城学院大学論集』人文科学編、第七巻二号、二〇一一年三月
横田睦子（二〇〇三）『渡米移民の教育――栞で読む日本人移民社会』大阪大学出版会、二〇〇三年一二月
吉田亮（一九九五）『アメリカ日本人移民とキリスト教社会――カリフォルニア日本人移民の排斥・同化とE・A・ストージ』日本図書センター、一九九五年二月
読売新聞社外報部訳編（一九八三）『拒否された個人の正義――日系米人強制収容の記録』三省堂、一九八三年一一月
「六十年のあゆみ」編集委員会（二〇〇二）『日本出版貿易株式会社 六十年のあゆみ』日本出版貿易、二〇〇二年一月
鷲津尺魔（一九二四）「吾輩の米国生活（七二）（七三）」『日米新聞』一九二四年九月二二、二三日

鷲津尺魔（一九三〇）「在米在布日本人歴史の源」『在米日本人史観』羅府新報社、一九三〇年四月。文生書院から二〇〇四年六月に復刻がある
和田敦彦（一九九九）「〈立志小説〉と読書モード――辛苦という快楽」『日本文学』一九九九年二月、加筆訂正して和田（二〇〇二）所収
和田敦彦（二〇〇〇）「〈立志小説〉の行方――「殖民世界」という読書空間」『ディスクールの帝国――明治三〇年代の文化研究』新曜社、二〇〇〇年四月、加筆訂正して和田（二〇〇二）所収
和田敦彦（二〇〇二）『メディアの中の読者――読者論の現在』ひつじ書房、二〇〇二年五月

英語

Azuma, Eiichiro. 2005. *Between Two Empires: Race, History, and Transnationalism in Japanese America*. New York: Oxford University Press.

Ichioka, Yuji and Eiichiro Azuma, comp. 1999. *A Buried Past II: A Sequel to the Annotated Bibliography of the Japanese American Research Project Collection, 1973-1998*. Los Angeles: UCLA Asian American Studies Center.

Ichioka, Yuji, Yasuo Sakata, Nobuya Tsuchida, and Eri Yasuhara, comp. 1974. *A Buried Past: An Annotated Bibliography of the Japanese American Research Project Collection*. Berkeley and Los Angeles: University of California Press.

Irwin, Wallace. 1909. *Letters of a Japanese schoolboy*. London : Hodder & Stoughton, 1909 ; reprinted by Literature House / Gregg Press, 1969.

Kashima, Tetsuden. 2003. *Judgment Without Trial: Japanese American Imprisonment during World War II*. Seattle : University of Washington Press.

Kobayashi, Junko. 2005. *"Bitter Sweet Home": Celebration of Biculturalism in Japanese Language Japanese American Literature, 1936-1952*. DISS. University of Iowa.

Marx, Edward. 2002. "'A Defferent Mode of Speech': Yone Noguchi in Meiji America." *Re/collecting Early Asian America: Essays in Cultural History*. Ed. Josephine Lee, ImogeneL. Lim, and Yuko Matsukawa. Philadelphia: Temple University

Press. 288–306.

Moriyama, Alan. 1987. 「TO-BEI ANNAI: AN Introduction to Emigration Guides to America」『エコノミア』第九四号、一九八七年九月

Niiya, Brian ed. 2001. *Encyclopedia of Japanese American history : an A-to-Z reference from 1868 to the present.* Updated ed. New York: Facts on File.

Ogawa, Dennis M. 1971. *From Japs to Japanese: An Evolution of Japanese-American Stereotypes.* Berkeley : Mc Cutchan.

Oishi, Eve. 1999. "Introduction," in Onoto Watanna, *Miss Nume of Japan : A Japanese--American Romance,* Baltimore : Johns Hopkins University Press.

Rowe, John Carlos. 1998. "Post-Nationalism, Globalism, and the New American Studies." *Cultural Critique* 40: 11–28.

Sakata, Yasuo. 1992. "Introduction," *Fading Footsteps of the Issei: An Annotated Check List of the Manuscript Holdings of the Japanese American Research Project Collection,* compiled by Yasuo Sakata, [Los Angeles] : Asian American Studies Center, Center for Japanese Studies, University of California at Los Angeles : Japanese American National Museum.

Sollors, Werner. 1997. "For a Multilingual Turn in American Studies." *American Studies Association Newsletter* (June 1997): 13–15.

Schweik, Susan. 1989. "The 'Pre-Poetics' of Internment: The Example of Toyo Suyemoto." *American Literary History* 1(1): 89–109.

Vassil, Kristina S. 2011. *Passages: Writing Diasporic Identity in the Literature of early Twentieth-Century Japanese America.* DISS. University of Michigan.

Watanna, Onoto. 1899. *Miss Numè of Japan : a Japanese-American Romance.* New York: Rand, McNally & co. ; reprinted by The Johns Hopkins University Press, 1999.

Weglyn, Michi Nishiura. 1976. *Years of Infamy: The Untold Story of America's Concentration Camps.* New York : William Morrow.

Wertheimer, Andrew B. 2004. *Japanese American Community Libraries in America's Concentration Camps, 1942–1946.*

DISS. University of Wisconsin-Madison.

Wong, Diane Yen-Mei, ed. 2000. *Generations : A Japanese American Community Portrait*. San Francisco (?) : Japanese Cultural and Community Center of Northern California.

Yamane, Kazuyo. 1989. 「Kyuh-in Okina's Contribution to Japanese-American Literature Early in the 20th Century」『New Perspective 新英米文学研究』第二〇巻一号、一九八九年三月

◎資料1　『桑港《そうこう》乃《の》栞《しおり》』第壹―六編　総目次

◆第壹編

（刊行年月日記載なし　明治三一（一八九八）年一月発行か）

発行兼編輯人　岡田依三郎
四〇九八Aポースト
発行所　桑港の栞社
八四九ブウシユ
印刷所　平都活版所
売捌所　エンポリユム館　マーケツト街
　白人書林　四〇五デユポント街
　但し郵送の分に限り本社に於て取扱可申候
本誌定価　一冊金十仙　六冊金五十五仙　十二冊金一弗
郵税　一冊一仙

目次
◎口絵
●加州銀行●エマニエル寺院●アルカトラズ島●植物暖室館●一千八百九十四、五年に於ける冬期博覧会●ミルス、ビルデンク●ホプキンス美術館金門公園内に於ける幼児遊園
◎桑港の栞
●桑港案内●日本人案内●ベルベデヤの記
◎特別寄書
米国金満家の美挙　阿部不粋生
◎漫録
円位のひじり　坂上幽花
◎江湖
墨国事情　上田恭輔
武拉爾兒珈琲業の状況　同
　其他数件
◎片玉
詩、　高木梅軒　山田羅浮子
歌、　浮世の外の翁
◎征客
○勿れ、べし　○でも英字雑誌社の社長　○時事日誌
◎短篇小説懸賞募集
◎詩、歌、発句募集
◎雑俎欄に於て情歌を募集す

◆第二編

明治三一年二月発行

発行兼編輯人　岡田依三郎
四〇九八Aポースト
発行所　桑港の栞社
八四九ブウシユ
印刷所　平都活版所
桑港の売捌所　〔…〕

本誌定価　一冊金十仙　六冊金五十五仙　十二冊金一弗
郵税　一冊一仙

目次
◎口絵
●テレグラフ丘●ストロベリ丘●市庁記録所●セントイクネチユス寺院●金門公園の景●美術館●金門遠景
◎桑港の栞
●郵船発着表●日本人界案内●桑港案内
◎硯友倶楽部
●社説　日本人商人に告ぐ
●江湖　南米事情
●小説　雪娘　伊沢すみれ
●片玉　詩、高木梅軒　塵外生　藪庵生
　歌、渓水　田原豊水
●征客　○桑港の二幽霊　○時事日誌
◎短篇小説懸賞募集
◎詩、歌、発句募集
◎雑俎欄に於て情歌を募集す

◆**第三編**

明治三一年三月発行

発行兼編輯人　岡田依三郎
四〇九Aポースト
発行所　桑港の栞社
八四九ブウシユ
印刷所　平都活版所
桑港の売捌所〔…日本の旅館などになっている〕

本誌定価　一冊金十仙　六冊金五十五仙　十二冊金一弗
郵税　一冊一仙

目次
◎桑港の地図
◎桑港の栞
●郵船発着表●合衆国予約労働者移住禁止条例●同改定外国人移住条例●日本人界案内●桑港案内
◎硯友倶楽部
●漫録　巌亭の月　ぜしい案
●藻塩草　万葉和歌集抜粋釈義　坂上幽花
●破硯余滴
●江湖　南米事情
●片玉　詩、発句
●雑俎　桑港ABC漫評　鶯花詩歌楼主人
　懸賞判じ物　出題者　渓村主水
　問答
●征客　ナール程、演芸会春季興行、また面白い哉、勝木ドクター、時事日誌
「桑港の栞は第四編より硯友倶楽部の外に鶏声と題する滑稽雑誌を加へんとす」

◆第四編

明治三一年四月発行

発行兼編輯人　岡田依三郎
四〇九Ａポースト
発行所　桑港の栞社
八四九ブウシユ
印刷所　平都活版所
桑港の売捌所〔…日本の旅館などになっている〕

本誌定価　一冊金十仙　六冊金五十五仙　十二冊金一弗
郵税　一冊一仙

目次
◎口絵
△新市庁△旧巌亭の景△コール新聞社
◎桑港の栞
△北米合衆国外国人移住及契約労働に関する諸法律施行条例△
同国移住民取扱細則△案内誌承前
◎硯友倶楽部
△特別寄書　米国製造〔業〕の発達　阿部不粋生
△雑録　墨国事情　南北事情研究会
△藻塩草　銷魂記　坂上幽花
△片玉　詩、歌
○営業の友
△発刊の真意△広告利言葉△広告数件
○鶏声
△滑稽稿　桑港ＡＢＣ漫評　鶯花詩歌楼主人
△醒眠録　数件　醒眠子
△詞筵　情歌（披露）端唄

◆第五編

明治三一年五月

発行兼編輯人　岡田依三郎
四〇九Ａポースト
発行所　桑港の栞社
八四九ブウシユ
印刷所　平都活版所

本誌定価　一冊金十一仙　六冊金六十仙　十二冊金一弗十仙
郵税　一冊一仙

目次
◎口絵
市庁前リツク紀念碑△巌亭より海豹岩を望む
△社論　東洋の大危機　犖々生
△時事漫言　M．T．生
△渡米者心得外国移住民送還及び保護規則
△案内誌　桑港の起源、シール．ロックス（海豹岩）
◎硯友倶楽部

△漫筆　寒窓の夢　すみれ
△片玉　詩、歌
○鶏声
△醒眠録　見当違ひ、苦々しき事、三百代言、月旦先生
△弁妄　のんだの槇太に教ゆ　犖々生
△滑稽稿　堂本植木屋と偽紳士、考句新題
○謎新題
△詞筵　狂歌、狂句、情歌、端歌

◆第六編

明治三一年六月

発行兼編輯人　岡田依三郎
四〇九Aポースト
発行所　桑港の栞社
八四九ブウシユ
印刷所　平都活版所
本誌定価　一冊金十一仙　六冊金六十仙　十二冊金一弗十仙
郵税　一冊一仙

目次
◎桑港の栞
○口絵〔…〕
○案内誌　桑港附近日本人の状況、日本人界小案内
◎硯友倶楽部
○随録　あわれ浮世　みちのく
○片玉　詩、歌、俳句
◎鶏声
△醒眠録　諸会合、賢なるかな佐藤某、討論会の流行、文々山、曰く一騎当千
△滑稽稿　判決正本
△詞筵　狂歌、情歌、端唄
◎営業の友
社告、米西戦争演劇、広告数件

◎資料2　中島直人著作目録稿（＊のない作品は小説）

「すゐぎゆう」『一九二八』一九二八年、未見
「布哇生れの感情」『文芸都市』一九二九年七月、第二巻第七号
「狂つた転轍機」『重装兵卒』創刊号、のち『新科学的文芸』一九三一年三月、第二巻第三号
「Miss Hookano の鞭」『新科学的文芸』一九三〇年一一―一二月、第一巻第五―六号
「トム・ガン時代」『文学風景』一九三一年二月、第二巻第二号
「私は推薦する」『近代生活』一九三一年六月、第三巻第六号、
＊アンケート
「『昼食時間』――それはいつも僕に取つて一つの出来事であつた」『新科学的文芸』一九三一年六月、第二巻第六号

「すゐぎゆう――それはハワイの小話にすぎませぬ」『新科学的文芸』一九三一年一一月、第二巻第一一号
「夢を見る僕」『作品』一九三一年一一月、第二巻第一一号
「二度目に布哇へ行つたら――一名、四月一日の怪」『文学時代』一九三一年一二月、第三巻第一二号
「やきだんご」『新科学的文芸』一九三二年一月、第三巻第一号
「不作法な男」『近代生活』一九三二年五月、第四巻第四号、＊アンケート
「榎の悲劇」『新科学的文芸』一九三二年五月、第三巻第五号
「金谷完治君」『新科学的文芸』一九三二年六月、第三巻第六号、＊「同人ピリグリム（四）」
「遊ぶ仔犬――これは田舎への感想です」『文学クオタリイ』一九三二年六月、第二輯
「ワイアワ駅」『文学界』一九三四年二月、第二巻第二号
「アンケート・何故書くか」『鷭』第一輯、一九三四年四月一一日、＊アンケート
「森の学校」『作品』一九三五年七月、第六巻第七号
「キビ火事」『文芸』一九三五年八月、第三巻第八号
「小染の事など」『木靴』一九三五年一〇月、創刊号
「ハワイ短篇集――すゐぎゆう、胡椒、カナカ」『木靴』一九三六年一月、第二巻第一号
「赤瓦」の人種」『文学生活』一九三六年六月、第一巻第一号、＊エッセイ
「文学生活座談会」『文学生活』一九三六年八月、第一巻第三号、＊座談会
「メモリアル・デー」『若草』一九三六年七月
「礫」『早稲田文学』一九三六年七月、第三巻第七号
『ハワイ物語』砂子屋書房、一九三六年一二月
「十九年振りのハワイ」『日布時事』一九三七年一月一日、一〇面、＊エッセイ
「作家の覚悟」『布哇報知新聞』一九三七年二月六日、八面、＊エッセイ
「歳月は流れたり」『日布時事』一九三七年三月二三日―四月二五日、全一七回断続連載、＊エッセイ
「文学と私の場合」『布哇報知新聞』一九三七年三月二七日、八面、＊エッセイ
「物を書くといふ事」『布哇報知新聞』一九三七年四月一九日、八面、＊エッセイ

発表誌不明

「ガイヤー号」「アロハ・オエ」「ワイアワの池」「帰つて来た私たち」

◎資料3　北米日系移民文学・文化史関連年表

年代	北米移民の日本語文学、出版文化	北米日系移民史	関連事項
一八四九			米国でゴールド・ラッシュが始まる 中国系労働者の大規模な流入開始
一八五三			ペリー来航（七月）
一八五四			ペリー二度目の来航。日米和親条約締結（三月）
一八五八			日米修好通商条約締結（七月）
一八六一			遣米使節団派遣（一月）。南北戦争開始（四月―六五年四月）
一八六六			江戸幕府、学修、貿易のための海外渡航を許可（四月）
一八六七		米国パシフィック・メイル社、サンフランシスコ～横浜～香港を結ぶ太平洋航路を開設	大政奉還（一〇月）
一八六八（明治元）		ハワイへ契約労働者が渡航（「元年者」五月）	
一八六九		会津若松藩からカリフォルニアに渡航、「若松コロニー」を作る（六月）	米国、最初の大陸横断鉄道開通（五月）
一八七〇		サンフランシスコに日本領事館（八月）、ワシントンに日本公使館（一〇月）開設	
一八七一		日布通商条約締結（七月）	岩倉遣外使節団が出航（一一月―七三年九月）
一八七二		ニューヨークに日本領事館設置（三月）	
一八七五			米布間互恵条約調印（三月）
一八七七		サンフランシスコで福音会結成（一〇月）	
一八八〇		横浜正金銀行設立（二月）	
一八八一		ハワイのカラカウア国王が訪日し、日本人移民を要請する（三月）	
一八八二			米国、中国人労働移民排斥法を実施（五月）

一八八四	片山潜、渡米		
一八八五		ハワイへの官約移民が到着、ホノルルに日本領事事務所が設置される（二月）	
一八八六	『東雲雑誌』創刊（サンフランシスコ） 石坂公歴、山口熊野、馬場辰猪、菅原伝などの自由民権家が相次いで渡米	日布渡航条約締結（一月） サンフランシスコで第一日本人長老教会結成（五月） 横浜正金銀行サンフランシスコ支店が設置される（六月）	
一八八七	『新日本』創刊（オークランド、九月）		
一八八八	『第十九世紀』創刊（サンフランシスコ、一月）。自由民権運動家の組織、桑港日本人愛国同盟の機関誌。同同盟から『自由』『愛国』なども発刊。いずれも短命だった		
一八八九		ヴァンクーヴァーに日本領事館設置（六月）	
一八九〇	森鷗外「舞姫」（一月）		米国のフロンティア消滅
一八九一	『遠征』創刊（サンフランシスコ、七月）	サンフランシスコに大日本人会が結成される 日本最初の移民会社、日本吉佐移民会社設立（一二月）	板垣退助ら「海外移住同志会」を結成（七月）
一八九二	『日本週報』創刊（ハワイ、六月） 『桑港』創刊（サンフランシスコ、一二月）。日本人による日刊新聞の初めとされる	『エグザミナー』（サンフランシスコの地元英字紙）などが、排日記事を書き立てる（五月） 横浜正金銀行布哇支店開設（八月）	
一八九三	サンフランシスコで貸本の進栄社が営業。その他この時期兼業の書店も数軒あった 『金門日報』創刊（サンフランシスコ、三月） 『布哇新聞』創刊（ホノルル、五月） 『桑港新報』創刊（サンフランシスコ、六月） 野口米次郎、渡米（一一月）		ハワイ王国が打倒される（一月）
一八九四	『新世界』創刊（サンフランシスコ、五月） 『布哇新報』創刊（ホノルル、九月）、ハワイ初の活版日刊新聞	ハワイ島に最初の浄土宗寺院が開基	日清戦争（八月—翌年四月） 日米通商航海条約締結（一一月）、発効は一八九九年

一八九五	このころ山田鈍牛「ABC九首」が雑誌『腮はず誌』に掲載 川上眉山「大さかづき」（一月） 『やまと』創刊（ホノルル、一〇月、翌年『やまと新聞』と改題）	マウイに日本人小学校創立（五月）	
一八九六	片山潜、帰国	ホノルルに日本人小学校創立（四月） 日本、移民保護法を制定（四月）。移民業務が民間取扱に（「私約移民」） 日本郵船、香港～日本～シアトルの定期航路を開設（八月）	
一八九七	鈴木大拙、渡米 『シヤトル週報』創刊（シアトル） 『紐育週報』創刊（ニューヨーク） ヨネ・ノグチ（野口米次郎）『Seen and Unseen』 『コナ反響』創刊（コナ、二月） 『志やぽんへらるど』創刊（サンフランシスコ、四月） 『晩香坡週報』創刊（ヴァンクーヴァー、七月）	ハワイで日本人移民の上陸拒否事件が相次ぐ	
一八九八	『布哇ヒロ新聞』創刊（ヒロ） 雑誌『桑港之栞』創刊（桑港の栞社、サンフランシスコ） 伊沢すみれ「雪娘」（二月）	ハワイ、ヒロに神社建立 サンフランシスコで本派本願寺派の仏教青年会が結成される（七月） 東洋汽船、香港～上海～日本～ホノルル～サンフランシスコの定期航路を開設（一二月）	米西戦争（四月） 米国、ハワイを併合（八月）
一八九九	内田魯庵「くれの廿八日」（三月） 『太平新聞』創刊（サンフランシスコ、一月） 『日米新聞』創刊（サンフランシスコ、四月） 雑誌『おもしろ誌』創刊（シアトル、一〇月） 『日米週報』創刊（ニューヨーク、一二月）	サンフランシスコで本派本願寺派の北米仏教団が結成される（九月）	
一九〇〇	鷲津尺魔「歌かるた」（一月）	ホノルルのチャイナ・タウンで大火（一月）	

	サンフランシスコに専業書店の芙蓉堂開業 同じ頃、青木大成堂も開業か 『ほのるる新聞』創刊（ホノルル、一二月）	米国法、ハワイに適用される（四月） サンフランシスコで大規模な排日行動（五月） 排日感情の高まりを受け、日本外務省、米国およびカナダ向けの労働者用ビザの発給を停止（八月。一九〇二年に緩和）	
一九〇一	渡米を奨励する図書、雑誌の刊行盛ん 『日本人』創刊（シアトル、一一月）		
一九〇二	ロサンゼルスに佐藤書店開業 サンフランシスコに小林中央堂（書店）開業 『北米時事』創刊（シアトル、九月） 野口米次郎、Miss Morning Glory の筆名で『The American Diary of a Japanese Girl』を出版（九月）		日英同盟（一月）
一九〇三	『羅府新報』創刊（ロサンゼルス、四月） 星野徳治『苦学独歩　異郷之客』（四月） 田村松魚、有島武郎（八月）、渡米 永井荷風、シアトルに到着（一〇月）		
一九〇四	永井荷風「船室夜話」（四月） 中島直人、ハワイのオアフ島ワイパフに生まれる（四月） 野口米次郎、帰国（九月）		日露戦争（二月—翌年八月）
一九〇五	サンフランシスコで古本のミント書籍店が営業 『旭新聞』創刊（シアトル、三月） 夏目漱石「吾輩は猫である」（一月—〇六年八月） 桑の浦人「狂乱」（七月） 幸徳秋水、渡米し、約半年間サンフランシスコ近辺に滞在（一一月）	『サンフランシスコ・クロニクル』紙の排日キャンペーン、アジア人排斥同盟の結成など、反日行動が高揚 在米日本人連合協議会がサンフランシスコで組織される（三月）	
一九〇六	中村吉蔵、高村光太郎（二月）、清沢洌（一二月）、渡米	サンフランシスコ大地震および大火災（四月）	米国政府、移民帰化局を設置

	天涯帰客『立志冒険　北米無銭渡航』（一月） 島崎藤村『破戒』（三月） 幸徳秋水、オークランドで社会革命党を結成（六月） サンフランシスコで五車堂開業（一〇月）	サンフランシスコで日本人学童隔離問題（一〇月）	
一九〇七	有島武郎、帰国（四月） 翁久允、シアトルに到着（五月） 前田河広一郎、渡米（五月） 島崎藤村「並木」（六月） 『大陸日報』創刊（ヴァンクーヴァー、六月） 『桜府日報』創刊（サクラメント、七月） 永井荷風、米国よりフランスへ（七月） 『絡機時報』創刊（ソルトレークシティ、九月）	メキシコ、カナダ、ハワイから米国本土への転航禁止（二月）	
一九〇八	永井荷風、帰国（七月） 夏目漱石「夢十夜」（七—八月） 永井荷風『あめりか物語』（八月） 石川啄木「鳥影」（一一—一二月）	日本、カナダ政府と移民制限に関するルミュー協約締結（一月） サンフランシスコに在米日本人会結成（一二月） 日米紳士協約（三月。前年より交渉開始）	
一九〇九	このころ、シアトルで文学運動盛ん 鈴木大拙、田村松魚、高村光太郎（六月）、中村吉蔵（一二月）、帰国 『伝馬新報』創刊（デンバー） 真山青果「馬盗人」（七月） 田村松魚『北米の花』（九月） 田村松魚『北米世俗観』（一二月）	オアフ島サトウキビ農園で大ストライキが起こる（五月—八月） ヴァンクーヴァーに「加奈陀日本人会」結成（三月）	
一九一〇	石川啄木「時代閉塞の現状」 『大北日報』創刊（シアトル、一月） 岡蘆丘「並木」（二月）		大逆事件（五月） 日韓併合（八月）
一九一一	『コロラド新聞』創刊（デンバー）	シアトルで文士劇が開催される（二月）	日米通商航海条約締結（二月）

	『紐育新報』創刊（ニューヨーク、六月） 有島武郎「或る女のグリンプス」（一月—一三年三月）		辛亥革命はじまる（一〇月）
一九一二（大正元）	水上滝太郎、渡米（九月） 雑誌『実業乃布哇』創刊（ホノルル、八月） 前田河広一郎「Hangman」（英文、一一月） 『布哇報知』創刊（ホノルル、一二月）		
一九一三	保坂帰一『吾輩の見たる亜米利加』上（一一月） 翁久允「唖の女」（六月） 菅野衣川『Creation Dawn』（七月）	カリフォルニア州で外国人土地所有禁止法実施（八月）	
一九一四	月刊『布哇家庭雑誌』創刊 保坂帰一『吾輩の見たる亜米利加』下（四月） 『ユタ日報』創刊（ソルトレークシティ、一一月）	アメリカ・カナダの日本人会を結集する太平洋沿岸日本人会協議会発足	第一次世界大戦（七月—一八年一一月） パナマ運河開通（八月）
一九一五	米国雑誌書籍商組合結成 雑誌『マグナ』（マグナ社、一九一五—一六年ごろ、ユタ州ポテカロ） 翁久允「悪の日影」（六—九月）	ロサンゼルスに日本領事館開設（七月）	パナマ太平洋万国博覧会がサンフランシスコで開催される（二—一二月）
一九一六	詩雑誌『レモン帖』（レモン詩社、一九一六—一八年ごろ、カリフォルニア州アップランド）	住友銀行がサンフランシスコに支店設置（九月）	改正国籍法が施行され、日本国籍からの離脱が可能になる（八月）
一九一七	水上滝太郎、帰国（一〇月）	排日プロパガンダ映画『Patria』公開（三月） カナダの日系移民義勇兵、欧州戦線へ（五月）	米国、第一次世界大戦に参戦（四月）
一九一八	翁久允日米新聞社に入社、文芸欄が活性化する 鈴木悦、田村俊子がヴァンクーヴァーへ		

一九一九	清沢洌、帰国（八月） 中島直人、帰国 翁久允「移民地文芸の宣言」（九月）	在米日本人会が写真結婚廃止を宣言（一〇月）	
一九二〇	谷譲次、シアトルに到着（八月）	ハワイ・オアフ島で第二次大規模ストライキ（二月） 日本外務省、写真花嫁への旅券発給停止（三月） Japanese Exclusion League of California 結成（九月） カリフォルニア州で排日土地法が成立（一一月）	
一九二一	清水夏晨『詩歌集　永遠と無窮』	アリゾナ州（二月）、ワシントン州（三月）、テキサス州（四月）で排日土地法制定	
一九二二	前田河広一郎「三等船客」（八月、二二年一〇月）	帰化不当外国人と結婚した女性が市民権を失うケーブル法成立（九月。三六年撤廃） 米国最高裁、日本人を帰化不能外国人と判示（一一月）	
一九二三	翁久允『移植樹』（七月）	オレゴン州で外国人土地法成立（二月）	関東大震災（九月）
一九二四	谷譲次、帰国 翁久允、帰国（三月）	日本人の米国への移民を禁ずる排日移民法施行（七月）	
一九二五	『日米』が初めて英文欄を設置（四月）		治安維持法成立（三月）
一九二六（昭和元）	『羅府新報』が週一回の英文欄を設置（二月）	日本外務省が在米日本人会との公式的関係を打ち切る（四月）	
一九二七	山崎一心編『北米文芸選集』（一二月）		
一九二八	二世向けの週刊誌『Japanese American Courier』創刊（シアトル、一月） 翁久允、エッセー集『コスモポリタンは語る』（六月）、長編『道なき道』（七月）を刊行		

一九二九		全米日系人市民協会（ＪＡＣＬ）結成（八月）	ニューヨークで株価が暴落、世界大恐慌が始まる（一〇月）
一九三〇	山崎一心編『アメリカ文芸集』（八月）	ハワイで日系人議員が初めて選出される（一一月）	
一九三一	木山ヘンリー義喬『漫画四人書生』（一月） 二世による最初の英文文芸雑誌『Reimei』創刊（ユタ、一月） 翁久允『アメリカ・ルンペン』（三月） 翁久允と竹久夢二、米国へ出発（五月） 『加州毎日新聞』創刊（ロサンゼルス、一一月） 『北米朝日新聞』創刊（サンフランシスコ、一二月）	二世の日本留学が増加する	満州事変（九月）
一九三二	翁久允、帰国（五月）。夢二はヨーロッパへ	ロサンゼルス・オリンピック（二—八月）	満洲国成立（三月）
一九三三			
一九三四	中島直人「ワイアワ駅」（二月）	ロサンゼルスで第一回二世ウィーク開催（八月） アリゾナ州ソルトリヴァーヴァレーで排日事件（八月）	
一九三五	石川達三「蒼氓」（四月） 山下草園『日系市民の日本留学事情』（一〇月）		
一九三六	中島直人「赤瓦の人種」（六月） 佐藤俊子「小さき歩み」（一〇月） 佐藤俊子「薄光の影に寄る——小さき歩み（続）」（一二月） 中島直人『ハワイ物語』（一二月）		二・二六事件（二月）
一九三七	雑誌『収穫』創刊（ロサンゼルス、一二月） 佐藤俊子「愛は導く——小さき歩み（完）」（三月） 山崎一心編『アメリカ文学集』（一〇月）		日中戦争（七月）

一九三八	佐藤俊子『カリホルニア物語』（七月）	ハワイ、ヒロで日本の戦争に協力する義援金キャンペーン（一一月）	
一九三九	佐藤俊子『侮蔑』（一二月）		第二次世界大戦勃発（九月）
一九四〇	雑誌『Current Life』創刊（サンフランシスコ、一〇月） 在米日本人会『在米日本人史』（一二月）	極東オリンピックにハワイの日系人チームが参加（六月）	日米通商条約失効（一月）
一九四一	中島直人、死去（一二月）	米国内の日本人資産が凍結される（七月） 米国陸軍情報部言語学校設立（一一月） 日本、対米宣戦布告（一二月）。米国太平洋岸、ハワイで日系人の指導者たちの連行、抑留開始	真珠湾攻撃（一二月）
一九四二	『Trek』（トパーズ収容所、四二―四三年、英文） トパーズ収容所で図書室が開室（一二月）	米国太平洋岸で日系人の強制収容開始（二月） 米国戦時局（ＷＲＡ）、収容所からの転住についての方針を発表（七月） ポストン収容所で大規模なストライキ（一一月）	
一九四三	『ポストン文芸』創刊（ポストン収容所、五月―四五年九月） 『若人』（ヒラリバー収容所、五―八月）	日系人の忠誠登録開始（二月）。日系二世の志願兵部隊編成 不忠誠の日系人はトゥーリレイク収容所へ移送（九月）	種々の中国人排斥法が廃止（一二月）
一九四四	『Pulse』（グラナダ収容所、五月、英文） 『All Aboard』（トパーズ収容所、四月、英文） 『ハートマウンテン文芸』（ハートマウンテン収容所、一―九月） 『鉄柵』（トゥーリレイク収容所、三月―四五年七月） 『怒濤』（トゥーリレイク収容所、七月―四五年六月）	ジェローム収容所が収容所として初めて閉鎖（六月） 日系人の米国４４２部隊がヨーロッパ戦線で活躍（六月―） 米国で戦時の市民権放棄を認める法案が成立（七月） 二世の大学入学制限が解除（八月）	

一九四五		ハワイで戒厳令が解除（一〇月） 強制収容を起こした排除命令が廃止（一二月） 米国西海岸への転住が認められる（一月） 日本の敗戦により、日系人解放	F・D・ローズベルト大統領死去（四月） ドイツ降伏（五月）、日本降伏（八月）
一九四六		トゥーリレイク収容所が閉鎖（三月）	

作成に際し、次の文献を参照した。加藤新一（一九六一）、田村紀雄・白水繁彦編（一九八六）、稗田菫平（一九九四）、山田廸生（一九九八）、中田幸子（二〇〇〇）、アジア系アメリカ文学研究会編（二〇〇一）、Brian Niiya ed.（二〇〇一）、ハルミ・ベフ（二〇〇二）、日本新聞博物館編（二〇〇二）、奥水栄三郎（二〇〇六b）、水野真理子（二〇一三）。

ま　行

や　行

ら　行

わ　行

は　行

た　行

な　行

事項索引

ら　行

わ　行

は 行

ま 行

や 行

さ　行

た　行

な　行

人名・作品索引

あ 行

か 行

著者紹介

日比嘉高（ひび よしたか）

1972年，愛知県名古屋市生まれ。筑波大学大学院博士課程文芸・言語研究科修了。博士（文学）。カリフォルニア大学ロサンゼルス校客員研究員（2002-03年）。ワシントン大学客員研究員（2009年）。2009年から名古屋大学大学院文学研究科准教授。専攻は日本近現代文学，日系移民文学，出版文化論など。
著書：『〈自己表象〉の文学史――自分を書く小説の登場』（翰林書房，2002年；増補改訂版，2008年），編著に『コレクション・モダン都市文化 第92巻 北米への移民』（ゆまに書房，2013年），共編著に『文学で考える 〈日本〉とは何か』（双文社出版，2007年），『スポーツする文学――1920-30年代の文化詩学』（青弓社，2009年），『文学で考える 〈仕事〉の百年』（双文社出版，2010年）などがある。

新曜社

ジャパニーズ・アメリカ
移民文学・出版文化・収容所

初版第1刷発行 2014年2月20日

著　者 日比嘉高
発行者 塩浦　暲
発行所 株式会社　新曜社
〒101-0051 東京都千代田区神田神保町3-9
電話（03）3264-4973（代）・FAX（03）3239-2958
E-mail：info@shin-yo-sha.co.jp
URL：http://www.shin-yo-sha.co.jp/

印　刷 長野印刷商工（株）
製　本 難波製本

©Yoshitaka Hibi, 2014 Printed in Japan

ISBN978-4-7885-1369-3　C1095

好評関連書より

神子島 健 著
戦場へ征く、戦場から還る　火野葦平・石川達三・榊山潤の描いた兵士たち
A5判564頁
本体5200円
日中戦争、十五年戦争に動員された兵士たちを描いた小説を手懸かりに、兵隊になり、戦い、還ってくるとはどういうことかを、初めてトータルに解明した気鋭の力作。

滝口明祥 著　早稲田大学国文学会賞（窪田空穂賞）受賞
井伏鱒二と「ちぐはぐ」な近代　漂流するアクチュアリティ
四六判376頁
本体3800円
漂流民、亡命者、移民などを描いた井伏作品の異種混淆性に〈近代〉の奇妙さを探る力作。

中山弘明 著
第一次大戦の〈影〉　世界戦争と日本文学
四六判336頁
本体3200円
第一次大戦が日本社会にもたらした意味を当時の新聞雑誌、講談、演劇、短歌、落首等に探る。

福間良明 著
焦土の記憶　沖縄・広島・長崎に映る戦後
四六判536頁
本体4800円
沖縄戦、被爆の体験はいかに語られてきたか。いま、戦後の「記憶」を批判的に検証する。

鶴見俊輔・上野千鶴子・小熊英二 著
戦争が遺したもの　鶴見俊輔に戦後世代が聞く
四六判406頁
本体2800円
戦中から戦後を生き抜いた行動派知識人が、戦後六十年を前にすべてを語る瞠目の対話集。

小熊英二 著
〈日本人〉の境界　沖縄・アイヌ・台湾・朝鮮　植民地支配から復帰運動まで
A5判790頁
本体5800円
〈日本人〉とは何か。沖縄・アイヌ・台湾・朝鮮など、近代日本の植民地政策の言説を詳細に検証することで、〈日本人〉の境界とその揺らぎを探究する。領土問題の必読文献。

（表示価格は税を含みません）

新　曜　社